师者

毛香菊　著

九州出版社
JIUZHOUPRESS

图书在版编目(CIP)数据

师者 / 毛香菊著. -- 北京 : 九州出版社, 2019.12
ISBN 978-7-5108-8745-1

Ⅰ. ①师… Ⅱ. ①毛… Ⅲ. ①长篇小说 – 中国 – 当代
Ⅳ. ①I247.5

中国版本图书馆CIP数据核字(2020)第004859号

师 者

作　　者　毛香菊　著
出版发行　九州出版社
地　　址　北京市西城区阜外大街甲35号(100037)
发行电话　(010)68992190/3/5/6
网　　址　www.jiuzhoupress.com
电子信箱　jiuzhou@jiuzhoupress.com
印　　刷　杭州万星印务有限公司
开　　本　880毫米×1230毫米　　32开
印　　张　13.75
字　　数　331千字
版　　次　2020年3月第1版
印　　次　2020年3月第1次印刷
书　　号　ISBN 978-7-5108-8745-1
定　　价　50.00元

江南一个小县城，一名小女孩被父亲带进了他所谋职的乡村校园。山川悠悠，碧树云天，鸟啼声声，伴随着校园书声朗朗，女孩渐渐长大。校园给了她梦幻般的童年，也用五彩涂抹着她的豆蔻年华。因为老师的一句肯定和鼓励，四年后女孩走进了师范大学。青春总会邂逅爱情，不管女孩是否准备好，也不管女孩如何羞涩地拒绝，爱情的花朵终究绽放了。然而，绚烂娇美的玫瑰却抵挡不住岁月风霜的侵蚀。花儿谢了，女教师还没回过神来，那个被她视为家的男人已经决然离开，只留给她一个冷酷的背影。女人的世界从此坍塌，孤独和抑郁与她形影不离。但她不敢沉沦，因为她是教师。她每天要面对几十双求知若渴的眼睛，要与几十个洋溢着青春激情的心灵碰撞，她需要让自己保持着振奋的精神风貌。她开始与自己陷入泥淖的灵魂作顽强的抗争。若干年后，经历了各种颠簸和磨砺的林如蝶老师出现在另一座城市的一所名校，她终于蜕变成一名充满责任心、业务精湛、内心坚强的名师，而她高中毕业的女儿也因母亲的耳濡目染报考了师范大学……

　　小说语言纯净质朴，笔触生动细腻，心理描写丰富传神，对世俗情感体验和感悟独特。它力图通过一个普通教师世家的缩影折射一个时期社会教育教学的现状和特点，展现人们在这片天地之间的挣扎和拼搏，同时启发读者展开思考：随着社会的发展和受教育者对教育需求的不断提升，未来怎样做老师才能与时俱进，培养出于有益于国家和社会发展的优秀人才？这是新的时代对教师提出的要求，也是社会对延续了几千年的职业所发出的鞭策和警醒。

目录

起　程

一

　　20世纪60年代末,钱塘江上游的小丘陵里,安卧着一个名叫青水的江南小县城。小县城有一条河叫青水河,青水河从县城的北端,蜿蜒穿入城区的腹地,向城郊南面的山地延伸。山势渐险,河面与地面的距离渐渐拉开,到距离县城三四十里的中村镇时,青水河已经成为流淌在深沟里的一股暗流涌动的大水。因靠近芙蓉山,它在此段被称为芙蓉河。芙蓉河看似水面不躁,却深不可测,两岸地势高峻。河的东面有一座规模不大的初中学校,叫中村初中。连接两岸的芙蓉桥是一座简陋的石板桥。桥两边的护栏老旧低矮,只到成年人的膝盖。芙蓉桥平时的人流量并不大,除去周六下午学生离校回家和周日下午学生来学校的时间,这座桥和四围的山林树木一样,常年悠然静默着,在这个幽深和静谧的山野里,尽情地享受着岁月缓缓流淌的惬意。

　　当然,校园里面的气氛就不一样了。上课的时候,每一个教室里面都有激情四溢的老师在讲课。学生们或听课,或记录,或发言,努力学习,求知若渴。一下课,操场上便响起叫喊声和欢笑声,那是学生们在疯狂玩耍。他们有的踢毽子,有的跳大绳,有的躲猫猫,有的玩官兵抓场,不到十分钟,一个个玩得面红耳赤,满头细汗。等到上课铃声一响,一个个又以飞一般的速度奔跑进各自的教室,操场上瞬间又恢复到悄然寂然了无声息的状态。那边,不同的教室里响起了不同的声音:语文课文朗诵声,英语单词跟读声,数学老师大嗓门提问声,不知什么课上学生被老师的幽默激发出来的欢笑声……各种声响,在这个乡村校园此起彼伏、悠扬连绵,形成一种优美的旋律,惹得周围林子里的鸟雀们驻足。似乎是为了回应,它们也不时地发出欢悦的啼鸣。

这天,校园里来了一个小客人,是一个四五岁的小女孩。女孩是被她父亲牵着手经过石板桥,然后走进校园的。

父亲把女孩领到初三(1)班教室门口,然后放手,他自己走进了教室。女孩立刻被堵在教室门口的一群学生围住了。

"嚯,好可爱,是林老师的女儿吗?"

"看着就是,你看那脸型,那眉毛,那眼神,和林老师一模一样的。"

"林老师第一次把女儿带来,一定是家里有什么情况,没人照看孩子了,咱们帮着林老师照看女儿吧。"

女孩怯怯地站在那里,睁大眼睛看着围着自己的哥哥姐姐们,一句话也不说。她脸蛋圆圆的,皮肤白里透红,眼睛很大,两颗闪着黑色光芒的圆润的眼珠像两颗晶莹闪亮的黑葡萄,上下左右滚动着,睫毛长长的,每眨一下眼睛便忽闪忽闪的,仿佛开启了一扇梦幻童话故事的大门,让人浮想联翩。

"你叫什么名字?"一个哥哥好奇地问道。

"我叫蝶蝶。"女孩子朝教室里面的爸爸看了一眼,无奈视线早已被大哥哥大姐姐的身体遮挡住了。

"你几岁了?"一个姐姐温和地问道。

"五岁。"蝶蝶忽闪着眼睛回答。

"你住在哪?"又一个姐姐微笑着问。

"住城里,家里还有妈妈、哥哥、姐姐。"蝶蝶的回答已经超过了姐姐的提问范围。

"以前咋没见过你呢?"哥哥笑道。

"妈妈……生病了,爸爸说带我……来这里。"蝶蝶有点打疙瘩起来,似乎还不是很明白父亲为何带她来这里。

这时候,她的爸爸林老师走过来,对着学生们说:"作业我已经布置在黑板上,大家赶紧写作业吧。"然后回头对着女孩说,"蝶蝶,爸爸带你到办公室,让哥哥姐姐们写作业。"他牵了女孩的小手,两人向办公室走去。

被叫作林老师的男人叫林兴盛,是中村初中初三(1)班的语文老师兼班主任,他还有一个身份是这个学校新上任的教务处主任。这个身兼数职的教务处主任课务被安排得如此繁重,这是因为他知道学校缺老师,主动向校长提出兼任的。为了尽可能把工作做好,林老师通常吃住在学校,可以用起来的时间和精力也都投入到了学校的工作中。

可是,最近妻子身体状况不太好,大孩子们也都要上学,家里也没其他人可以照顾小女儿蝶蝶,林兴盛便把蝶蝶带到学校。到了办公室,林兴盛把准备好的几张卡片放到了女儿面前。

"来,蝶蝶,爸爸叫你认字。这个字念'人'。跟我念,人。"林老师指着卡片上的字说。

"人。"蝶蝶一板一眼地跟着念。

"蝶蝶,你知道什么叫'人'吗?"父亲微笑着问女儿。

"爸爸,我知道的,你就是人,我就是人,对不?"蝶蝶歪着小脑袋,露出得意的笑容。

"太厉害了,不愧是爸爸的女儿……"父亲竖起大拇指,"人就是有两条腿，可以自己站立行走的，你看这一撇一捺像不像你的两条腿？"

"嗯，也像爸爸的两条大长腿。"蝶蝶开心地笑了。

从此，蝶蝶跟着父亲吃住在学校。有时被大哥哥大姐姐围着问这问那，有时在办公室里看书认字，有时在桃树底下荡秋千，有时在操场的角落里玩泥巴。蝶蝶平时跟着父亲吃食堂里蒸的饭和父亲放在煤油炉里炒的青菜，周末跟着父亲一起回城里的家。

一晃三年过去。

这年八月的一天，父亲忽然对蝶蝶说要带她到城里的一个学校去读书。蝶蝶正在家门口草坪上和一群小伙伴在玩耍，父亲走上去，温暖而有力的大手紧紧握住她沾染了尘泥和草叶的小手。穿过嘈杂的大街，走过旁边有一口池塘的小路，从有条狗的人家门口经过，蝶蝶和父亲终于来到了一所名叫解放小学的学校。

办公室里，一名四十岁左右的男老师轻轻地摸了下蝶蝶的头问道："你想来上学？"蝶蝶点了点头。男人叹了口气，然后用公事公办的口气说道："年尾的，岁数小了点，个头也小，恐怕不行。今年有珠算，打算盘不容易的，明年再来吧。"

"别看她个头小，机灵着呢，要不先让她试试看，或许能行的。"父亲的语气异常委婉，甚至有些哀求的味道。没等男人说什么，父亲又说："我也是老师，是中村镇初中的。孩子的母亲在城郊大南门外造纸厂里那做事，那离咱解放小学最近，所以我们带孩子来这里上学。"

男人看着父亲，又看看蝶蝶。蝶蝶也认真地看着男人，目光清澈，眼神明净，但她没有说话，因为她知道这个时候小孩子是不能乱说话的。男人示意父亲和他一起去隔壁校长室。父亲跟着男人去了。不一会儿，男人和父亲又回来了。不知道男人是被父亲的语言打动，还是受她的眼神感染，或者是因为校长对男人说了什么。这回,男人用柔和的眼光看着她,问道:"你叫什么名字?"

"林如蝶。"她认真地看着那个男人回答道。

"你为什么要读书呢?"男人又问。

"爸爸说,读书会让人变得聪明。爸爸还教我认字了呢。"林如蝶很认真地回答,一双大眼睛忽闪忽闪着。男人转身对她的父亲说:"好吧,那就留下吧。"

林如蝶从此成为解放小学的一名学生。

父亲嘱咐林如蝶每天自己上下学,他自己则依然在中村初中上班,多数时间依然吃住在中村初中。要自己掌握上学时间,林如蝶开始还不太适应,没有人监督,她偶尔会忘记上学的时间。不过她发现,老师并没有因为她上学迟到而严厉批评她,相反,在学校,老师的讲课、同学的相伴,让她感受到了校园生活的快乐。渐渐地,她越来越喜欢解放小学的一切:老师、同学、教室、操场、双杠以及校园角落里的水泥乒乓球桌,显然,这个学校的设施比父亲那个学校要好。林如蝶上课很认真,下课玩得疯,考试常常名列班级前一二名。二年级还没读完,她就被老师和同学推荐做了班长。

第一次喊"立正"时,她自己也吓了一跳,原来自己脆亮亮的嗓子如黄鹂鸟一样。随后,她渐渐发现自己在很多方面都可以比同学做得好。比如,拨算盘珠子,她的速度在班里是数一数二的;又如,写毛笔字,每次被老师打红色圆圈的总是最多;还有写作文,得到老师赞美也最多。

有一天,发生了一件很平常却又不平常的事。那天,她回到家,父亲带着满脸的笑意,把一本红色塑料皮的小本本放了她的手里,对她说:"走,爸爸带你去图书馆。"父亲的大手又拉着她的小手,带着她前往图书馆。

从第一次父亲带她到图书室借了书,以后每隔几天,她都会自己去借书,每次借三本,看完后拿来归还,然后借新的图书。她做梦都没想到:世界上竟然还有这么美妙的一间屋子,里面有好几个很大的柜子,柜子里面装满了各种各样的书,书里面有各种各样的故事。借图书的阿姨向她推荐的书比学校里的课本还精彩,还有趣。她如饥似渴地阅读着,像久旱逢甘露的树苗一般,这些书恰好能填补她极其空阔和饥渴的心。自从有了这个红本本,她觉得自己是那么富有,像一个饥肠辘辘的人不经意间拥有了美味佳肴,像一个贫穷落魄的人忽然间找到了金银财宝,那种沉浸在书海里的满足感简直难以形容。

邻居有个和她同龄的女孩叫华朵,是她隔壁班的同学。华朵自从知道林如蝶有这样一本神奇的红本子之后,非常羡慕。有一天,华朵和自己的父亲说她也想要红色的借书证。于是,华朵的父亲找到林兴盛,两个大人说了一通话。几天后,华朵手里拿着红色本子兴高采烈地跑过来告诉林如蝶,她也有红本本了。从此以后,两个小姐妹便相约一起去借书,从童话到小说,从古代到现代,从中国的到外国的。他们一起借书,一起看书,一起上学,一起放学。从小学到初中,又从初中到高中,命运似乎有意把她们安排在一起,让她们很自然地朝夕相伴,几乎形影不离。

当然,林如蝶在家里也不缺伴。她有两个姐姐一个哥哥。林如蝶小学还没毕业,大姐如梅就出去挣钱了,因为母亲身体不好不能继续在造纸厂做事,长女必须接替母亲的责任,为养家做出一份贡献。二姐如兰虽然只是个初中生,可已经从母亲的手里接过所有的家务活。哥哥如浩也进入了初中。因为是家中最小的,林如蝶格外受父亲疼爱,平时家里有好吃的,父亲都会给她留着点;而分配劳动任务时,常常是分配给姐姐和哥哥之后,轮到林如蝶几乎就没什么活干了。林如蝶的课余除了学习,剩下的任务就是看课外书和跟小伙伴玩耍。

现在,林兴盛并不怎么看管这个小女儿,他给了她充分的自由,就像一只老鹰看着自己的雏鹰在振翅练习飞翔,他只在她背后默默注视着。父亲的目光总是温和的,他让自己和与女儿之间保持着一段距离,这点距离正好能让她自由活动、自主学习,这点空间,也让林如蝶感到轻松和愉悦。她贪玩,跳牛皮筋、跳绳、踢毽子、单杆、双杆、排球,她都喜欢。她也爱学习,看书写作练字画画,每一样她都乐在其中。家里客厅的正墙上贴满了三好学生等各种奖状,其中她的最多。

一次全县小学生作文比赛,林如蝶获得了第一名。那天,她拿着奖品——一本金黄色封面的笔记本和一支麦穗形笔杆的钢笔回家时,父亲和母亲的脸上洋溢着欣慰的笑容。父亲摸着她的头说:"不错不错,继续努力。"小学毕业,她获得了校级"三好标兵"的称号,整个学校只两名。当她胸前佩戴着大红花,在锣鼓队伍的簇拥下来到家门口时,左邻右舍都围拢过来,一个个露出了羡慕的神色。父亲朝她走来,脸上写着欣喜,但神情却是很平静,仿佛早就预料到这一天会到来。

林如蝶渐渐长大,长成了一个温文尔雅的姑娘。

读初二的那一年,有一次,在课外活动的时候,她坐在乒乓球桌边上的石板凳子上看《野火春风斗古城》。因为看得投入,忘记了放学时间。同学们都回家了,只剩下她一个人。班主任钱爱玲老师注意到了。钱老师是教语文的,课上得特别好,林如蝶很喜欢她。

"如蝶,这么投入,在看什么书呢?"钱老师走到林如蝶边上轻声说道,怕惊吓到她。

看到钱老师站在自己面前,林如蝶恍然清醒:哦,放学了,该回家了。钱老师却郑重其事地对她说:"如蝶,老师觉得你是块大学生的料子,不如以后考个师范大学,做一名语文老师如何?"

林如蝶似信非信地问道:"大学生?那可是百里挑一的,我爸爸都不是大学生呢,我能行吗?"

"当然行,你有很优秀的语文潜质,综合成绩也很好。只要你保持下去,大学的门肯定为你敞开的。"钱老师微笑着,语气很肯定。

林如蝶看着钱老师鼓励的眼神,心里忽然涌起一股惊喜的暖流:原来我可以去考大学,做个语文老师。钱老师肯定不会骗我。

初中毕业,林如蝶以优异的成绩,考上了青水市最好的高中——青水中学。

"古之学者必有师,师者,所以传道受业解惑也。人非生而知之者……"高中的语文课上,林如蝶全神贯注地和同学们一起朗读着韩愈的《师说》,她读得那么专注,似乎这句话在表达着她心里的一个愿望:考上大学,做一名中学语文老师,传道、授业、解惑……

二

80年代中期的某一天,骄阳热辣辣地铺洒在黄灿灿的大地上,室外地面上的泥土微微地泛出一阵阵燥热泥腥的气息。青水中学的两层教学楼里气氛与往日不同。每个教室里的学生都三五成群,热烈地在讨论着什么。激烈争论的同时,有的神情严肃,有的朗声大笑,还有的围着老师问这问那。他们每个人手上拿着一张表格,表格的第一行上赫然写着:××年××省考生高考志愿填报表。

这是高考志愿填写的最后一天。考生们到了必须做出选择的最后时刻,这个选择关乎他们今后人生的大走向。这些男生和女生虽然已经迈过了十八岁的门槛,但看上去却还都稚气十足。他们都等到了最后这一刻,才不得不将自己未来的命运交付在这张神秘莫测的纸上,而这张纸上一栏栏空格仿佛是一扇扇未知的大学校园的门,让人揣摩着到底哪一扇门对自己是最合适和最有可能。看起来每个人都郑重其事,但事实上,每个人都是在瞎掰,因为他们不知道各个学校录取的分数线，更不知道他们想要填报的那些大学长得什么样，那里的学习和生活环境如何。总之，一切都凭着自己的感觉，掰到哪个算哪个，人生未来的航向只能交给命运之神去安排。

林如蝶坐在教室角落的一个位置，专心致志地填写志愿表。这时的林如蝶和童年时代的林如蝶已经完全不一样了。那个曾经的黄毛丫头早已容颜大变。在青水中学高三(5)班师生的眼中，林如蝶不仅学习成绩优秀，而且容貌也出类拔萃：匀称姣好的身材，一把柔软又充满亮泽的马尾辫，白皙的皮肤，鹅蛋脸，乌黑而清亮的眼睛像两湾幽深而明净的潭水，长长的睫毛随着眼睛的闭合一上一下，浑身上下散发着清新而柔美的气息，宛如动画片里的美少女。

此刻，华朵也在隔壁班填写志愿。在理科世界中独树一帜的华朵，不仅五官精致，气质典雅，而且性格活泼，脸上总是洋溢着自信的微笑。林如蝶在文科班，华朵在理科班，她俩在年级同学的心目中分别是高三文科班和理科班的两朵花，都属于才貌兼具的女学霸兼女神。这俩女神仿佛商量好了似的，成绩基本上保持在年级前三名。据说俩女学霸虽然平时学习比较认真，却也不是为了分数而死读书的角儿。她们俩兴趣爱好广泛，且各有特长。林如蝶是写作能手，在学校文学社担任校刊编辑，华朵则有极强的组织和表达能力，常常有机会担纲学校各种文艺汇演的主持人。关于职业，林如蝶最终决定做老师，尽管周围很多同学并不看好教师这个职业，林如蝶却不再动摇，她脑子中有钱老师的样子，还有她的父亲林兴盛的话语。华朵则决定报考医学专业，她想做白衣天使，不仅可以救死扶伤，还能帮助自己的亲人和朋友解除痛苦，那是多么美好的事情。

高中三年，虽然不在同一个班，两人却一得空便腻在一起。她们一起靠在教室的走廊边沿上聊天，聊各自的爱好，各自的梦想，甚至聊各自喜欢的男生的类型。聊到男生的时候，林如蝶喜欢听华朵说。林如蝶听华朵说男生时,就觉得男生们仿佛像一株株树,每一株树都有自己的特点,每一株树都是独一无二的。林如蝶很惊异于华朵这方面的悟性,她觉得这大概算得上是自己和华朵差异最大的地方。林如蝶常常想象自己未来的样子:穿着精致的套装裙,站在明亮的教室里的讲台上,台下坐满了可爱的学生们,他们一个个睁大眼睛盯着林如蝶,听她讲话,看她在黑板上写字,听到不懂之处,一个个举起娇嫩雪白的手臂,要求老师细致讲解。这时候,她便亲切而骄傲地把自己所知道的知识和懂得的道理毫无保留地阐述出来,学生们听完后一个个神情愉悦,露出了幸福的笑容。对了,这就是教师的模样了:师者,所以传道授业解惑也,老话说得不错!华朵常常让自己梦想的翅膀飞跃到地面明净的医院,她穿着白大褂,走在医院的走廊上,玻璃走廊外太阳光照射进来,把她的脸映衬成暖暖的粉红色。前方,有几个病人站在病房门口朝着她走来的方向看着,眼睛里流露出渴望和期待的神情……

华朵和林如蝶各自怀揣着不同的梦想。填写好了各自的高考志愿表。

终于等到了高考分数揭晓的那一天。林如蝶早早地约了华朵,两人一起步行去教育局看分数。一路上,林如蝶心里忐忑不安,她是有感觉的,高考前几个月,自己生病耽误了不少功课,一直到高考的时候她的身体仍然很虚弱,她感觉自己没有发挥出正常的水平,虽然她早有思想准备,但此刻内心却惴惴不安,她只希望自己的分数和华朵的不要拉得太多,否则上不了浙水师范大学的分数线,岂不是人生的一大遗憾。

教育局宣传玻璃窗前早已围着好多人。林如蝶和华朵也挤了进去,两个人很快找到了自己的名字和分数。结果是:华朵比林如蝶高了20分。华朵进她心中的医科大学没问题了,林如蝶虽然少了20

分,但进入浙水师范大学应该也八九不离十的。尽管之前林如蝶一再给自己打预防针,让自己降低期望值,但看到分数还是心里像灌进了凉水一般,凉飕飕的。她原本是希望自己以高分进入师范大学,成为浙水师范大学的一名优秀学员的。知己莫过闺蜜。华朵看见林如蝶的眉头微微皱起,赶紧安慰:"不是你没实力,是考前那段时间生病耽误了,不怕,到了大学里还能够恢复状态,展现魅力的。"林如蝶点点头,对着华朵傻傻地笑了笑,说道:"好像必须那样,不然的话,到时会被你说师大的人都不如你医大的厉害,那怎么行呢。"

"瞧你,给一点面子,你就一点不客气了。所以说,别人都被你的外表欺骗了,只有我最了解你,你的内心并不如你的外表那般温顺,桀骜和锋利都被你温柔的脸蛋掩饰住了。"

"哪有哦,如果说有,那肯定是跟你学的。"

华朵伸出一只小拳头,轻轻敲在林如蝶的肩上。林如蝶顺势拉住华朵的手,两人一边说一边笑着向远处跑去。

时间一天天过去了,高考生们陆陆续续收到了大学录取通知书。

这天,林如蝶正在家里看《红与黑》。一阵清脆的自行车铃声响过,从门外传来了邮递员急促响亮的声音:"林如蝶,你的大学录取通知书到了,请签字查收。"说话间人已经来到了林如蝶面前。他将一份厚厚的信封交到了她的手里让她签字。林如蝶签完字,从邮递员手里接过信封。她认真地看了看信,然后轻轻地撕开信封口,一张散发着浓浓的油墨香的16开红纸跃入眼帘,上面赫然写着:林如蝶同学,祝贺你被我校汉语言文学系录取。落款:浙水师范大学。

我成为一名师范大学生了!大学毕业后我将成为一名中学语文教师!林如蝶觉得内心有一股潮水开始热烈地翻滚起来。她让自己的心情平复了一会儿,然后又一次低下头,轻轻地读着红纸上的文字。

梦想终于实现了。首先该感谢谁呢？林如蝶的脑子里立刻浮现出钱老师的身影。是啊，如果没有钱老师当年的提示和鼓励，也许就没有自己今天的这个收获，应该第一时间把这个消息告诉钱老师。想到这里，林如蝶快步跑出家门，向着初中母校飞奔而去。

当她气喘吁吁地跑到学校的时候，感觉到学校里笼罩着一种沉闷压抑的气氛。林如蝶有点慌张和不安起来。她先到办公室看，没有钱老师，又转身跑到初三的几个教室，也没有看到钱老师。她回到办公室，发现几个老师神色凝重，表情严肃，林如蝶鼓起勇气问道："老……老师，您看……看到钱爱玲老师了吗？"

"这位同学，你是……"其中的一位老师反问道。

"哦，我是三年前在这里毕业的钱老师班里的学生，我叫林如蝶。"林如蝶回答。

那位老师一把抓住林如蝶的手，说道："小林同学你听我说……昨天，钱老师因……因为心……心肌梗塞，猝然倒在了讲台上，被送到医院时，她……已经……"那位老师断断续续地说着，最后的话还没说完，她已经泪流满面，泣不成声了。

林如蝶听了那老师的话犹如三伏天头顶响起了一个大霹雳，她有点不相信自己的耳朵，她怀疑自己是不是听错了："不，不会的，怎么会这样？半年前我还见到钱老师呢！"

"是真的。后天学校要为钱老师开追悼会。你如果有时间可以来参加。"那位老师抹着眼泪说。

林如蝶失神地站起身，步履踉跄地走出办公室，泪水就像断了线的珠子从她那双美丽的杏仁眼里涌出，顺着她那白皙的脸颊无声地滑落。她走到一棵粗壮的银杏树下，蹲在树下开始号啕大哭起来。

林如蝶不知道自己是怎么回家的，她只觉得头重脚轻，神情恍惚，脑子里和心里全都是钱老师的音容笑貌，举手投足，都是那样的刻骨铭心。现在这些只能成为永久的记忆了。

晚餐时刻。一大家人围着四方大桌子吃饭。

此时的林兴盛已经担任中村中学校长。过去的十多年，他通过不断的努力，赢得了学校领导和老师们的认可，被提拔为校长。之后，他以身作则，带领全校师生积极投身教育教学改革，把学校搞得红红火火。不仅如此，他还不忘兼顾家庭，时刻关注家里四个孩子的健康成长。在家庭重要事务的处理和安排上，他是把握全局的核心人物。

此刻，四方大桌上坐了六个人，除了父亲林兴盛，还有母亲余仙花，大姐林如梅，二姐林如兰，哥哥林如浩以及林如蝶自己。林兴盛忙着帮妻子端菜，如梅和如兰帮着炒菜。炉子里烧的是林兴盛从市场上买来的干柴，余仙花坐在灶前的小凳子上，往柴灶内添柴火。快到饭点了，大家都不约而同地聚集到厨房里，围坐在大四方桌前，晚餐正式开始。

"今天是周末，难得大家都在家，全家团聚是值得高兴的事情。不过，今天我们家有一件更值得高兴的事情要向大家宣布：我们家出了一个大学生，你们的小妹如蝶考上大学了！所以，今天我们聚在一起，为咱林家出了一名大学生而庆贺。"林兴盛在全家动筷子吃饭前兴奋地说了一段话，座席上每个人都露出了舒心的微笑。

如梅竖起大拇指："还是小妹厉害。"

如兰乐呵呵道："为咱姐妹争光了。"

如浩说："看不出蝶蝶有这么一手啊，确实给咱林家长脸了。"

林如蝶表情有点僵硬，面对一家人叽叽喳喳地谈笑，她只是偶尔勉强微微一笑。

"怎么了？看起来你有点不开心。"林兴盛关切地问道。

"钱老师去世了。"林如蝶眼睛发红，眼眶里一下子噙满了泪水。

"咋回事？哪个钱老师？"如梅和如兰不约而同地问道。

"读初二那年，钱老师对我说，我可以考上大学，做语文老师。我当时很开心，认为钱老师不会骗我，所以就想好了要考师范大学，当语文老师。这些年，我一直都把钱老师的话记在心里。现在，我考上师范大学了，钱老师却突然走了，是心肌梗塞，也许她太累了。她工作极其负责，待学生特别好，学生都觉得她像妈妈一样。我今天去学校，是想告诉钱老师我考上大学的，没想到……就再也见不到钱老师了……"林如蝶一边说一边就哭了。

"别难过，钱老师为了教育事业付出了自己的所有，她在天之灵可以得到告慰的。你如果真的要感恩钱老师，就到师范大学好好地磨炼自己，把自己锻造成为一名优秀的老师，接钱老师的班，继续做钱老师未做完的事情，这是你对老师最好的回报。"林兴盛拍着如蝶的肩，语重心长地说。

如梅、如兰也先后劝慰妹妹，好歹把林如蝶劝住了。林如蝶平静了一会儿，说道："你们说得对，到了师大后，我一定要好好学习，苦练各种基本功，为将来自己做一个合格甚至优秀的老师打好基础。虽然班里有些同学对老师这种职业很不以为然，认为老师工资低，没啥地位，不愿意报考师范大学，但我坚持我的选择，而且绝不后悔。"

"你别听那些人瞎说，他们没当过老师，就说当老师不好，凭什么那么说啊！你看你老爸我不就是老师吗？你爸我会差吗？相信你们都认可我这个当家人的吧？当然了，我只是中师毕业，跟咱如蝶大学生比起来，就稍微有点差距了。如蝶现在是咱这个家庭里的第一个大学生，是为咱这个家争了光呀。"林兴盛说到这里，脸上现出欢喜的神情。

"在我看来，老师这个职业收入还稳定，特别适合女孩子做。做人民教师是很光荣的事情。"林如兰也大力支持妹妹当老师。

"是啊,当老师吃皇粮的,哪里会不好啊,再说了以后自己家的孩子读书还能得到照顾呢。没啥不好,我支持你。"如梅也表达了自己态度。

"虽然你老爸因为当老师,常常顾不上家,但我不反对蝶蝶去读师范当老师,女孩子家做一名教师起码可以混口饭吃的。"余仙花也表达了自己的立场。

"有一句话怎么说来着,教师是太阳下最崇高的职业。这么好的职业一般人是没有机会选择的。你现在有了,很多人羡慕都来不及呢。"如浩也很支持妹妹去当老师。哥哥和姐姐们七嘴八舌,林如蝶感觉心里满满的,看来自己所处的这个家庭天生就与教师有缘,爷爷是旧时私塾学堂的老师,父亲是乡村教师,哥哥和姐姐们也对老师也有着特殊的感情,看来,自己选择老师这个职业是完全正确的。

三

林如蝶在父亲和如兰的陪同下,来到了坐落在锦华市的浙水师范大学。父亲和如兰一人提着一袋行囊,林如蝶背着一个鼓鼓的背包,忙着报到,找寝室。找到寝室,父亲和如兰一个打扫卫生,一个整理物品和铺床。这样,林如蝶显然轻松多了。看得出来,这个套路在他们之间已经很默契了。一直来,林如蝶家务做得很少,生活上的许多事情父亲姐姐们都会帮着打点好,林如蝶只需要快快乐乐地读好书做好功课就行了。现在,一切就像当年在老家读高中初中和小学那样。安顿好林如蝶的住宿后,父亲和如兰第二天一早就坐火车回青水了。

浙水师范大学校园里的路上。

林如蝶拿着刚刚从门卫处取来的信,撕开信封,开始看信。

"亲爱的蝶蝶,转眼间我们分开已经一个月了,你现在感觉还好吧?听说浙水师范大学是一所非常不错的学校,学校的师资非常雄厚,校园环境也很美,什么时候我过来看看你,参观一下你那美丽的校园……"

林如蝶一边走,一边看华朵的来信,忍不住嘴角向上扬起,这个坏朵朵,想安慰我就直接说,还需要这么拐弯抹角的吗?虽然自己高考成绩输给了华朵,但自从来到浙水师范大学,看到学校优美的环境和良好的学习条件,林如蝶不由自主地喜欢上了这个学校。在大教室上课,听口音各异的教授讲课,和同学们一起打排球,在菜肴和点心丰富的食堂里选择自己喜欢的饭菜,周末白天到图书馆看书,晚上到学校电影院里看电影……大学里的一切都让林如蝶感到新鲜而美好。这一个月下来,她觉得自己的生活非常充实。这才是她想要的生活,这就是她之前梦想的生活。没想到这个大学就这么轻易地满足了自己,她觉得好幸福。

"看什么呢,这么高兴?"耳边忽然响起浑厚的男声。林如蝶抬头看,是同班的童大俊。这个童大俊,总是神不知鬼不觉地出现在自己身边,仿佛在跟踪一样。

"你也来拿信吗?"林如蝶问,因为走在这条路上的同学十有八九是来拿信件的。

"是的,我也拿了封信,老家同学寄来的。"童大俊挥了挥手上的信,他还没拆,似乎也并不着急拆。

"那你还不赶紧看?"林如蝶说。

"我不看也基本上知道信里的内容,所以不急。呵呵。"童大俊淡淡地笑道。

"这样?"林如蝶觉得童大俊有点神秘,但不好意思再问下去。

两人一起往教室走。

"这个周末很多人要出游,大家准备分两组,一组去金凤山,一组去双龙洞,你选哪一组? 金凤山还是双龙洞? 双龙洞似乎名气更大一点,但我两周前已经去过了。这次想去金凤山,怎么样,你也报金凤山吧,我们一块有伴啊。"童大俊看着林如蝶,眼神很特别,充满一种说不出的惊喜和期待的意味。

林如蝶一抬眼,被童大俊的这种眼神碰撞到了。这眼神竟然让她获得一种奇怪的感觉,仿佛有一种无声的语言在对林如蝶诉说。它说:"你好,我被你吸引住了,我觉得你和一般的女孩子不一样。你身上,有一种特别的清逸孤傲气质,不单单是用漂亮两个字能形容的……周末出游,希望你能选择去金凤山,和我一起。"

林如蝶为自己能如此莫名懂其妙地读一个男孩的眼神而感到惊异,这种感觉是不是就是以前华朵对于男生的感觉,林如蝶从前不懂,今天第一次有了这种对于男生的奇妙的感觉。

但林如蝶却不直接回答对方。她有些慌乱,却故意轻描淡写地说:"这个嘛,我现在还没想好。等我想好了,我再告诉你噢。"林如蝶稍稍侧过脸,很快地瞄了一眼童大俊。

林如蝶看到一张被太阳晒得有些红黑的国字脸,乌黑浓密的鬓发很有型地镶在光洁的太阳穴和额头的上方,眉毛浓黑得像两柄剑向上扬起,剑眉下面是一双异常有神的大眼睛。林如蝶看童大俊的眼睛时,发现童大俊的双眼刚好捕到了自己的目光,仿佛是早就等待着的。林如蝶心头微微一颤,仿佛被一道电光击中了一般,她赶紧掉头,眼睛看路,一边说话:

"我可能就随大流,跟着组里的人了。"林如蝶说着这些话的时候,觉得自己表现得有点机械,似乎注意力被刚才侧脸看童大俊一眼的动作分散掉了。

林如蝶以前从没这么正儿八经地关注过一个男生,之前对任何男生也都没什么感觉。虽然她的周围聚集了很多男生关注的目光,但她从未去主动迎合过那些目光,那些目光也从来没有机会和她的目光有正面交锋。此刻,这不经意的一瞥,让她沉寂的心湖忽然间有了微微的波澜。原来男生被太阳晒黑的脸色是那么健康温暖,充满阳刚之气,原来男生炯炯的目光是能带电的,原来男生身上有着一种和女生不一样的气场!是之前自以为是的孤傲遮蔽了自己的眼睛和心灵,还是自己此刻开始长大了?

林如蝶一路走去,表情淡定,内心却思绪翻滚。

两个人来到中文系大楼,上了二楼。赶着上早课的同学纷纷奔向教室,木地板上响着各种频率和力度不同的脚步声。林如蝶的中跟皮鞋匀称地敲打着地板,发出和谐悦耳的节奏,她让自己粉红色的泡泡袖连衣裙裙摆轻轻地向后荡漾开去。

走在后面的童大俊身上黑色的T恤衫无形中成了林如蝶飘逸粉色纱裙的烘托背景,使粉红的颜色显得更加引人注目,路过的男女生们禁不住向他们行注目礼。

中文系甲班的教室里已经炸开了锅,一大堆人围着生活委员,叽叽喳喳询问着两条旅游线路的具体情况。

"如蝶,你终于来啊了,快报名……"同桌周秀丽看到林如蝶走过来,一把抓住她的手,"赶紧了,报金凤山,可以野炊哦,报名后马上到大教室去上课,别犹豫了,不然迟到的。"周秀丽总是那样,说话做事都风风火火的,时刻和别人比速度,而林如蝶却不急不躁地,一边从抽屉中找书本,一边走到生活委员那边报名。然后从容不迫地走向等在教室门口的周秀丽,两个人肩并肩向大教室走去。

后面童大俊一个人捧着书本,跟在林如蝶和周秀丽的后面,也默默地向大教室走去。

金秋十月,天高气爽。金凤山漫山遍野撒满了红色的枫叶,远远看去,像一只金红色的凤凰。它屹立于锦华城北,海拔四百多米,是

登临俯瞰锦华城市的最佳点之一。登顶需爬一千八百多级台阶。金凤山自古便是锦华人的一种心理凝聚和精神象征，外出远行的锦华人用"一日不见金凤山，就要掉眼泪"来形容自己的思乡之情。

此刻，中文系甲班的这伙年轻人一路欢声笑语，走在攀登金凤山一号峰的路上。每个人身上都有一个包，只不过大小不同，花色不同。男生背的是鼓鼓的大布包，里面装的是生蔬菜、肉、大米、面条和酒水，或者是锅碗瓢盆什么的。女生包里装的大多是零食、水果、面巾纸等小件物品。女孩子都是胆小的，怕生米煮不熟，吃不成饭，带些点心做防备，至于水果嘛，不管饭熟不熟，都是需要的。还有人带着录音机，一路放着《冬天里的一把火》，把一颗颗年轻的心里面的火都点燃起来了，大伙一路欢歌，一路说笑，不知不觉就来到了一号峰下。

开始分组砌灶了。童大俊不知何时出现在了林如蝶的边上。"今天这个灶就交给我来砌吧，这个我在行，看我的了。"童大俊把背在身上的锅放在了地上，一边大声说，一边开始寻找适合砌灶的位置。林如蝶朝童大俊一笑："好啊，那就包给你了，看看你实力如何。"林如蝶和几个女同学去找水源去了。

童大俊还真没吹牛。等林如蝶她们找到水源，洗好蔬菜和水果，童大俊已经把灶砌好了，并点好火在烧水，一边还得意地哼着小调。

"你的嗓音不错啊，小曲哼起来很好听呢。"林如蝶对童大俊说。

"呵呵，我只是随便哼几句。等会唱首歌给你听听，我平时就喜欢唱唱歌什么的。"童大俊说。

"是吗？好的，等会闲着时你表演一个。哎，你怎么知道这样砌的灶可以烧火做饭？"林如蝶好奇地问。

"这是我小时候经常做的事情。"童大俊嘴角轻轻向上提起，"我们农村的孩子小时候经常吃不饱，没到饭点肚子就会饿。我就和几个伙伴到地里挖几颗红薯，然后砌个灶，搭个架子，把红薯放在上面烤。要放锅的灶无非在边上围一圈，然后留个出烟口就行了。"

"你家是农村的？"林如蝶觉得很意外。她看着童大俊，虽然皮肤被太阳晒得有点黑，但面目清俊，气质优雅，完全没有泥土的气息，全然看不出是农村长大的孩子。

"我兄弟有三个，我是老二。父亲在我读初一的时候去世了，当时弟弟才念小学，家里非常艰难，我和弟弟都面临辍学。母亲四处向亲戚朋友借钱，很不容易借到。"童大俊说起家事的时候，神情有些黯然，似乎回到了过去的艰难岁月。"后来，我边打工边上学，终于考上了师范，因为听说师范学校都是免伙食费和学费的，这会让我过得轻松点。"说到这里，那张年轻的太阳色的脸顿时绽放开来，露出了舒心的笑意，让林如蝶刚刚有点紧缩的心又舒张开来。但林如蝶得知童大俊很早就没有了父亲，内心还是很感慨。童大俊太可怜了，那么小就没了爸，自己还要为自己的未来担负起全部的责任。难怪从开学到现在，看到童大俊似乎穿的一直都是一黑一白两件半新不旧的T恤衫。不过，虽然是旧衣服，童大俊穿在身上倒还挺精神。

林如蝶为自己内心涌起的诸多感慨而惊叹，发现自己又一次如此细致地关注童大俊的身世及长相。她明白自己在男女感情方面似乎比同龄人要成熟得晚一些，高中时班里同学常有诸如某某和某某好，某男生对某女生有意思的讨论，她从不参与，因为她根本没感觉，她从没对哪个男生有过兴趣。倒是有不少男生，在路上经常会向她行注目礼，她也不在意，也从不向他们看一眼。她的心思都在学习上，在书本上，她的很多业余时间都泡在书里。

此刻，林如蝶想到自己对童大俊的身世触发感慨，她突然觉得，应该开始关注在自己身边的男生们了。这或许是一门全新的功课，和男生交往会给自己带来怎样的结果，靠近男生了解男生感受男生的情感世界，会让自己有怎样的感悟，这些问题都必须自己去解决。

这样想着之后，林如蝶就露出真诚的微笑，对童大俊说："你看，艰难的日子不是过去了吗？你现在一切都挺好的，未来会更加美好呢。"

"是的，我也这么认为。"童大俊也自信应答道。

"我想听你唱歌。"林如蝶说。

"好，那我就给你唱一个《故乡的云》。"童大俊爽快地答应了。

"天边飘过故乡的云，他不停地向我召唤，当微风轻轻吹过，有个声音在对我呼唤：归来吧，归来呦，浪迹天涯的游子……"优美的旋律伴随着浑厚的男中音在金凤山上回旋飘荡。入秋的金凤山色彩缤纷、层林尽染，微风吹拂，远处街道楼宇迷蒙飘忽，城市如梦如画。坐在小山坡上，任凭山风轻拂，静听童大俊浑厚的男中音，看远处的风景，一切都太美了。林如蝶听得有些沉醉，拾柴火和洗菜回来的同学也忍不住坐下来听童大俊唱歌。

童大俊唱完时，众人给予了热烈的掌声。

唱歌归唱歌，做饭的整个过程，童大俊依旧很卖力。他手脚麻利，切菜炒菜起锅，一切都做得顺顺当当，看起来他确实是锻炼出来的。都说穷人的孩子早当家，林如蝶这回亲眼见识了。相比之下，自己这方面太欠缺，根本不能和童大俊相提并论。

这次金凤山野炊，林如蝶的意识里多了一个新的观念：农村长大的男孩子是勤劳能干，踏实务实的，这是城里长大的男孩子不能相比的。

四

金凤山回来的第二天,林如蝶收到老乡送来的一个书面通知:定于本周末召开浙水师范大学青水老乡同学联谊会。联谊会上有才艺表演节目,希望每个人都做好准备。林如蝶又喜又忧。喜的是,来师大这么久了,终于有机会和师大所有的老乡大哥大姐认识了,那肯定会有很多惊喜,因为林如蝶听说学校里很多青水老乡都非常优秀,能认识那么多优秀的老乡学哥学姐,是多么荣幸的事情;忧的是,林如蝶不知道自己该表演什么节目。兴趣爱好虽然有,但这几年只顾着学习,什么唱歌、跳舞都没怎么训练了,没有一样东西拿得出手。怎么办呢? 第一次在老乡哥姐面前亮相,就这么没货,多丢脸啊! 林如蝶想来想去,最后决定朗诵一首自己写的诗,临时写一首短诗,然后有感情地朗诵一遍,那也会是别具一格的。

主意定下,林如蝶就回到寝室,趴在被窝里开始写诗:"心口呀,莫要厉害地跳/双手啊,莫颤抖地把丝巾系歪了/手捧信笺心潮荡漾/紧紧贴在胸口上/几回回梦见同乡人/泪洒枕巾眼望穿/千声万声呼唤你/亲爱的学哥学姐/原来你们在这里……"

林如蝶模仿贺敬之《回延安》的格式,写了三节,给诗歌取了个标题叫作《师大初晤》。写完之后第二天又修改了下,然后又读了几次。

老乡联谊会日终于到来了。

这次,林如蝶特意穿上了如兰给她定做好并邮寄过来的新裙子——一条料子上好的火红色的连衣裙,裙摆足够大,转起圈子来像一把大红绸伞,袖子是恰到好处的泡泡袖,桃形的领口还有一条红色的带子可以绑成一个蝴蝶结。裙子的款式是当时最时髦的。可以说,在班里,林如蝶作为一个城里家庭条件不错的女生,无论在穿着打扮还是吃用方面,都属于可以引领时尚的,但她平时一直尽量让自己低调。只有到这种非常重要的场合,她才会真正精心地打扮自己。

梳妆打扮好,寝室里的伙伴们露出了惊异的神情:"我们的如蝶今天这么惊艳啊!"

"人靠衣装马靠鞍。没听过吗?本姑娘衣装一改,灰姑娘变白雪公主。嘿嘿。"林如蝶神气地甩下一句,大模大样地走出了寝室,向中文系二楼大教室走去。

刚走出寝室门几步,迎面遇上了急急而来的童大俊。"哇,这么漂亮,变成红衣仙女了?仙女到哪去呢?"童大俊两眼放光。

"参加聚会。"林如蝶顾不上说那么多,头也不回继续向前走。童大俊又折回身子,跟着林如蝶,也向林如蝶走的方向奔去。

中文系二楼大教室披上了节日的盛装。门口张贴着大红纸写的标题为《浙水师范青水老乡欢聚一堂》的海报。还有几个专门负责接待的同学。教室里面,灯火辉煌,许多彩色纸带环绕着每一只白炽灯管,灯管透过彩纸散发出五颜六色的光线,整个教室显得光耀夺目,彩秀缤纷。前方大黑板上"相识在今日,乡情恒长久"十个大字彰显着晚会的主题。

林如蝶走进教室时看到了很多人,有几个熟悉的面孔,那是和她一样今年新来的同学,大多数的面孔是陌生的。她被门口负责接待的人引入一个座位坐定。看着眼前的一切,林如蝶的心里暖暖的,又有一种压抑不住的激动,似乎心里揣着个小青蛙,随时要从胸口蹦出来。

晚会终于开始了。

主持人开始讲话:"各位青水老乡晚上好。今晚,我们浙水师大的青水老乡同学能欢聚一堂,互相认识,为今后成为亲密的兄弟姐妹打下基础,这是我们青水学子的荣幸。在这里,我们首先要感谢一个人,他就是我们青水老乡会的会长、政史系的老大哥李重天。此次联谊会是李重天会长多方联系并组织,才得以顺利召开。现在,我们有请李重天会长讲话。"

林如蝶看到,从前排座位走出一位身材高大,黑发浓密的男生,白净的国字脸上泛着红光。他面带微微的笑意,给人一种文静而又充满魅力、严肃又不乏温和的气质感。在林如蝶的审美范围,这种类型的男生用玉树临风或者男神等字眼来形容是当之无愧的。无疑,他就是李重天了。林如蝶早就听说老乡学长李重天是浙水师范大学学生会副主席,是浙水师范大学青水老乡同学会的最主要的负责人,青水老乡同学会连续几年都是在他的组织和策划下召开的。他还是学校政史系的优秀学生,是一个深受学弟学妹们敬仰和崇拜的老大哥学长。

在林如蝶浮想联翩的时候,李重天已经走到台上。林如蝶不由自主地竖起耳朵,听李重天讲话。

"亲爱的学弟学妹们,亲爱的青水老乡同学们,大家好。我们每年举办一次浙水师范大学青水老乡同学联谊会,今年已经是第四届了。这是我在师大最后一次参加联谊会,八个月以后,我就会离开师大,离开在座的老乡同学们,奔赴工作岗位了。所以,我很珍惜这最后一次的相聚。今天在场的,除了原来的老面孔,还多了一批新生力量。稍后,我们要隆重欢迎新来的小老乡同学。我希望用联谊的形式,加强我们老乡同学之间的交流,增进彼此的友情。希望稍后的才艺展示时,每个人都亮出自己的绝活,大胆地展示自己,让大家看到,我们在新的一年里取得的成绩和进步。最后,让我们一起预祝这次联谊会圆满成功。"

一阵热烈的掌声响起。李重天说话的时候声音浑厚,中气十足,并且始终面带微笑,林如蝶听得入神。她没想到老乡们口中经常提到的李大哥不仅风流倜傥、器宇轩昂,而且那么从容自若,和蔼可亲,说话那么有条有理，入情入理。如果在他毕业离校前，自己有机会和他认识向他学习，那多好。

联谊表演在一片喧闹声中开始。除了独唱、小合唱、快板、相声、舞蹈，还有猜谜语、说笑话、插科打诨的内容。轮到林如蝶了，她的小心脏忍不住强劲地鼓动起来，按捺不住地在胸腔里突突地跳。林如蝶走到场地中间，下面刚好对着李重天。她看到李重天正微笑着看着她，她感觉自己的脸立刻红了，但她知道，会场的灯光比自己的脸还要红，所以，她站定后，稳定了自己的情绪，用手整理了自己脖子上的红丝巾，然后轻启丹唇：

"亲爱的老乡学哥学姐们，我是新来的中文系的小师妹林如蝶，今天给各位带来的是我仿照贺敬之《回延安》改编的诗歌《师大初晤》。心口呀，莫要厉害地跳/双手啊，莫颤抖地把丝巾系歪了/手捧信笺心潮荡漾/紧紧贴在胸口上/……"

林如蝶看到李重天一直认真地看着自己，然后对他旁边的主持人说了一句话。虽然她并不是听得很清楚，但她似乎猜到了他说话的内容，那一定是诸如"小姑娘不错""朗诵很有感情"之类，她看到他俩对自己微笑。

"青水山唱来锦城水笑/亲人们相伴蝶飞来/肩背包袱手捧书/浙水校园好风光/春光明媚金凤山/情深谊厚青水儿郎……"

林如蝶朗诵完，台下响起了热烈的掌声。主持人赞美了一番，说新生可畏，然后继续后面的节目。

后面的节目林如蝶没办法让自己去关注了，她完全沉浸在自己刚才的朗诵中。之前她一直担心自己的诗歌写得烂，可能被学哥学姐耻笑，但从刚才热烈的掌声中她感觉到，她的努力没有白费，朗诵诗歌时情感表达出来了，气氛酝酿出来了，这就够了。

林如蝶一边和边上老乡同学交流，一边吃瓜子和糖果，好让自己激荡的心平静下来。才艺表演结束后，表演场又变成了一个交谊舞舞场，会跳舞的人自行找伴跳舞。几个高年级的男生走过来。有一个学哥向林如蝶摆出邀请的手势，林如蝶笑了笑，欣然接受了邀请。

音乐是简单的慢三步。林如蝶一边轻轻踩着步子，一边用余光观察和自己跳舞的男生老乡。"我姓洪，是地理系的，也只有一年的时间在大学读书了。时间过得真是太快了，想当年我和你一样，也刚刚来到师大。对一切都充满好奇，对未来充满计划，可是，转眼间，三年一晃而过，真叫光阴似箭哪。"姓洪和林如蝶说话像讲故事一般，和着优雅的慢三舞曲，让人觉得是在回味过去的美好时光。而这样的美好时光，却是转瞬即逝的，他似乎想告诉别人，在这个校园里的时间非常珍贵，要好好珍惜。

一支舞曲唱完，林如蝶看到李重天大哥向这边走来。他走到林如蝶面前停住了，笑着对林如蝶说："你的普通话很不错，声音也挺好听，朗诵也很有感情，你是我们新生老乡中的小才女啊！"林如蝶被意外的夸奖弄得有点不好意思，赶紧说："李大哥过奖了，打油诗而已，让大哥见笑了。以后还得多多向大哥哥大姐姐们学习。能请李大哥跳支舞吗？"最后一句话，林如蝶是鼓足勇气说出来的。

"当然可以，只是我跳得不太好，你如果不介意的话，就来跳一支。"李重天用带着一丝歉意的眼神看着林如蝶。

"其实我也是刚刚学会的，可能跳得还没您好呢。"林如蝶也笑。

"好吧，既然水平不相上下，那我们就合作来跳一曲。"李重天脸上洋溢着从容的微笑，犹如一个宽厚仁慈的长者，亲和地看着娇气稚嫩的女孩。

音乐响起，李重天向林如蝶做了一个邀请的动作，林如蝶就伸出手臂，纤细的左手搭在李重天高大而厚实的左肩上，右手被李重天宽厚的大手轻轻地握住，一对身影伴随着音乐的节奏汇入拥挤而又有些昏暗的舞池。

一支慢三步舞曲跳完，林如蝶竟然没有回过神来，她太专注了，什么都没想，甚至都没敢动一下搭在李重天肩上的左手臂和被李重天握住的右手手指头。她发现自己的额头和手心微微有点冒汗。李重天在林如蝶心目中犹如德高望重的老前辈，她和他跳舞的时候不敢轻易说一句话，或者说，她宁可静静地跳，一句话都不说。舞曲结束了，李重天很有礼貌地对林如蝶说了声"非常感谢"，然后丢给林如蝶一个暖暖的微笑离开了。

又一个老乡男生邀请林如蝶继续跳舞。

在整个晚会人群中，林如蝶看上去是最娇小稚嫩的女孩子，这不仅仅因为林如蝶在年龄上是最小，更因为她的气质里有股天真无邪的稚气，让人猜不准她的年龄。林如蝶从后面和他跳舞的几个老乡男生当面赞美她的话中初步知道了自己在他们心中的印象。有的说林如蝶清丽唯美，犹如童话世界里的白雪公主。有的觉得林如蝶单纯幼稚，仿佛不食人间烟火的脱离世俗的小仙子。对于人们对她的各种认识和看法，林如蝶不置可否，她觉得那只是别人对自己的最初感觉而已，至于自己究竟是一个怎样的人，她觉得这个问题应该不是什么问题。

晚会结束的时候，已经是晚上九点半了。

林如蝶走出中文系大楼时，碰到了迎面走来的童大俊。"联谊会结束了？"童大俊问。

"你怎么知道？"林如蝶有点诧异。

"傍晚你走出寝室时，看你打扮得那么漂亮，后来跟你过来一看就知道了。"童大俊幽幽地说。

"你们不开老乡联谊会吗？"林如蝶反问。

"组织一次会议要费很多时间和精力，我们金山县新一届老乡会到目前为止还没人领头。"童大俊说，似乎有点羡慕林如蝶。

"我觉得这样的联谊会挺有意思，也挺有意义的。"林如蝶余兴未消。

"看得出，你今晚挺开心的。"童大俊看着林如蝶说，"这么晚了，我送你到寝室楼下吧。"

林如蝶说不必送，但童大俊还是把林如蝶送到寝室楼下大门口，看着林如蝶走进大门，才转身离开。

五

林如蝶和高年级老乡的联系渐渐多起来，只要老乡会里有活动，就会有人送纸条或者口头通知，什么节假日或周末出游，开办摄影学习班、书画辅导班，编排各种文艺节目，组织文学创作活动等。这些活动往往和师大的校园活动相关联，老乡们多数都会积极参加。

那天，林如蝶接到一个通知，说是书法练习班要开办了，她毫不犹豫地报名参加。

周末的傍晚，林如蝶按照通知上的提示，早早来到书法培训班教室。让林如蝶吃惊的是，辅导老师竟然是李重天。林如蝶吃惊的表情被李重天看在眼里，但他没说什么。人一到齐，他就泰然自若开始讲解颜体的来源和书写特点。

"我今天给大家介绍的是颜体。'颜体'由唐代书法家颜真卿所创，和柳公权合称为'颜柳'，有'颜筋柳骨'的说法。'颜体'缔造了一个独特的书学境界。既有卓越的灵性，境界瑰丽；又有坚强的魂魄，境界雄健。颜体书法的特点是结构方正茂密，笔画横轻竖重，笔力浑厚，挺拔开阔雄劲。下面请大家看着碑帖第一页，仔细观察各个字笔画的粗细和力度。待会先看我写几个字，然后再自己开始练。"

林如蝶看李重天用那毛笔写字时胳膊肘并没有放在桌子上，但写字时却运笔流畅自如,写出来的字雄健浑厚,笔锋饱满。没想到李大哥还能写一手漂亮的字!林如蝶在心底里暗暗赞叹。

下课了,林如蝶正想离开,被李重天叫住了。他还没卸下刚才上课时严肃的面色,对林如蝶说:"以后每周四晚我给你加一次辅导课,这样才会进步快些。一年的时间要学精不容易。"林如蝶知道一年的时间是说他只有不到一年的时间在大学里了。

"李老师……李大哥,您那么忙,真有时间……加班给我辅导?"林如蝶惊喜之中带些不安。

"没关系,晚上我空的,你六点半左右到这个教室来便是。"李重天很肯定地说。

"那……太麻烦李大哥了。"林如蝶在不安中答应了。

很快到了周四的晚上。晚饭过后,林如蝶正收拾东西要去书法教室,童大俊已经等在大楼的门口。"有事吗?"林如蝶没等童大俊开口就问。她感觉童大俊找自己越来越频繁了,她开始有点感觉出童大俊的意思了,估计童大俊是想和自己交男女朋友。可林如蝶还不想呢。我才21岁,正是学知识的时候,以后做老师需要多方面的技能,书法绘画、演讲朗诵、琴棋乐器,各种东西都要懂一点,学一点,否则以后怎么做老师啊。眼下,先把毛笔书法这门功课拿下,谈什么男女朋友啊!林如蝶心里拿定了主意。

看到童大俊手里拿着两张电影票,林如蝶就直截了当地说:"我不想看电影,你找另外的人去吧。我要去练书法。"

"今天书法班不是不上课吗?"

"我补课的。不抓紧,不知道猴年马月才能学出来呢。抱歉,我真的去不了。"

童大俊耸耸肩,表示很遗憾。林如蝶不再理会他,向前奔去,一路小跑,赶到了书法教室,李重天已经在等她了。

　　林如蝶发现，除了自己，教室里还有另外两个女学生，神态也很拘谨生涩，看起来也是大一新生。"来，如蝶，坐前面来。"李重天第一次这样叫林如蝶，让林如蝶有种异样的感觉。她赶紧走上前来，坐在了两个女生的右边。

　　李重天开始说话了："我之所以给你们几个开小灶，是因为我觉得你们几个的书法基础比较好，我希望你们几个在我离开师大之前能有初步的成效，希望你们平时能自我加压，争取走在其他同学的前面。现在，开始看我写颜体'师'字。写一撇，用力中等，线条不能太粗，然后连着一竖，稍粗些，落笔时稍回一下锋……"话说完时，一个苍劲有力的"师"字就写好了，横细竖粗，挺拔秀气，标准颜体的风范。"女孩子练颜体比较适合，粗细交错，刚柔并济。就像颜真卿的为人做事风格，刚毅果决又讲究智谋。"李重天讲解得比白天上大课时更加耐心细致。除了教写字，李重天还穿插讲一些书法家的小故事，教态也和上大课不同，变得亲和而随意，林如蝶的压力不知不觉消失了。学完之后回寝室她仍然余兴未消，继续临帖练习，直到手很酸才停笔。写得好的字，第二天会得到李重天的表扬，写得不对的，李重天又会在周四上辅导课的时候手把手纠正她运笔的方法。在李重天的指导下，林如蝶书法进步快得连她自己都感到惊讶。

　　一晃一个多月过去了，书法班第一阶段的学习结束了。这一个多月里，林如蝶拒绝了童大俊五次看电影邀请，只接受童大俊三次相伴去图书馆看书和两次打排球的邀请，剩下的业余时间专心致志学书法，甚至连周秀丽也被她带起来开始在寝室里学习临摹颜体碑帖。李重天对林如蝶说，现在这个水平，可以到农村为农民的箩筐写名字了。他说，他们老家农村里的人新打了箩筐都是要用黑色的毛笔写上名字，以免和别人的混起来，他还说，找个机会带她到农村去给农民的箩筐免费写字。林如蝶听了很高兴又将信将疑。

师大丰富多彩的生活是林如蝶之前没想到的。林如蝶感觉自己的脑子和手脚都不够用，什么都想学，可就觉得精力不济，时间不够用。

六

师大的校园里到处都是运动的场景，林如蝶和周秀丽都报了排球兴趣班，两个人经常一块去练排球。那天打完球，浑身是汗的林如蝶因为太累了，躺在球场边上的草坪上歇息了半天，等她回寝室的时候就感觉头有点昏沉，她也没在意，就洗澡洗衣服了，衣服洗完后感到浑身无力，去食堂吃饭的力气都没有了。她让周秀丽帮她带点鸡蛋炒面回来，自己就先睡觉了。一觉醒来脑袋昏昏沉沉、又胀又痛，嘴巴干得好像要撕裂开来。寝室里一个人都没有，周秀丽给她带来的饭放在她床头的柜子上。这个时候人们不是在图书馆，就是在大教室看书，或者约了同学或朋友在哪里散步。

"水，水……"林如蝶忍不住叫出声来，希望或许有人在，能给她倒点水喝。

"如蝶，你在吗？"林如蝶突然听到童大俊的声音。她还没能答应上来，就看见童大俊急匆匆地来到了她的面前。"我今天在楼下大门口等了好久，都没看到你出来，想想你肯定在。你怎么了？"他看到林如蝶睡在床上，开始焦急起来，又看到打来的饭还在桌子上，问道："晚饭都没吃？"他身手摸了摸林如蝶的额头，惊叫了声，"哇，好烫，你发烧了，赶紧去医院。"说完，忙着扶林如蝶起来。

"水，水……"林如蝶有气无力地说。童大俊赶紧倒了杯水，用凉开水冲了，端到林如蝶面前，扶她坐起来，喂她喝水。林如蝶喝完水，童大俊便不由分说，把林如蝶拉起来背上，直奔学校医务室。

晚上10点，林如蝶在医务室挂着针。童大俊坐在一旁，一会儿瞅瞅躺在床上的林如蝶,一会儿看架子上的盐水瓶。他知道,这个时候,林如蝶最需要帮助。平时想要关照林如蝶,却一次次被拒绝,现在她无法拒绝,也没有能力拒绝。生病的人是最脆弱的。这个时候,他必须守护在她的边上。

林如蝶再次醒来的时候,感觉自己脑子轻松多了,不再那么撕裂般痛了。她看到童大俊趴在床沿打瞌睡,内心突然溢满感激之情。她觉得童大俊对自己真心不错,而自己却一直对他过于冷漠。

"给你添麻烦了。"看到童大俊醒来,林如蝶有点不好意思。

"哪里的话,你生病,我照顾你一下,理所当然的啊。"童大俊揉了揉眼睛。

"周秀丽来过吗?"林如蝶问。

"来过了,她本来想留下的,我说我可以照顾你,让她先走了。"童大俊说。

林如蝶知道周秀丽肯定会问寝室管理阿姨,然后来找她。

"你看,这是周秀丽从附近小店买来的,我剥一个给你吃。"童大俊从桌子上的塑料袋子里拿出一个橘子,剥开来要喂林如蝶。林如蝶挣扎着伸出手,想自己拿着吃,童大俊却将两瓣橘子往林如蝶嘴里塞了进去。林如蝶来不及躲避,张嘴咬住了橘瓣。看到林如蝶很用力地吃下了两瓣橘子,童大俊开心而又得意地笑了。

这次,林如蝶没有生气,看到童大俊的笑,她感受到的是一丝调皮的气息。这种感觉对她来说,是极其难得的。说来奇怪,平时很少有人会这样对她,这是一种善意的违背她意志的做法。童大俊这种的做法,让她觉得这个人有点情趣,她隐约感受到了童年小伙伴在一起玩耍的味道。

童大俊又将两瓣橘子递到林如蝶嘴边。林如蝶正想咬住,童大俊却将手缩了回去,林如蝶咬空了,童大俊于是开心地大笑。正笑时,林如蝶猛地一伸脑袋,把橘瓣和童大俊的手指头一起咬住了。童大俊痛得哇哇大叫,直喊投降。林如蝶这才放开,狠狠地对童大俊说:"别和我玩花样,我叫你痛不欲生。"

"如蝶大姐饶命,小生再也不敢了。"童大俊慌忙领罪。

林如蝶觉得自己的病好得特别快,两天后她的身体便恢复到了正常。

林如蝶自己也弄不清自己是不是和童大俊在谈恋爱了。但她从内心开始接受童大俊的帮助了。天气渐冷了,林如蝶的手冬天都会长冻疮,洗被单成了一大难题。童大俊主动提出帮她洗,他自己的被单就是自己洗的。他说男生身上有火,不怕冷,洗冷水手也不会长冻疮,他手劲又大,被子刷得干净,洗出来的被单保证干净清爽让如蝶姐姐满意。周末,不等林如蝶开口,童大俊就到林如蝶寝室,让林如蝶和他一起拆下被单,他拿去洗了。林如蝶没有拒绝。在她眼里,洗被单和包被子都是很大的工程,是她从来不曾接触过的。在来上大学之前,她的衣服和被子都是姐姐洗的,家务都是妈妈和姐姐们做的,她甚至连扫地的机会都没有。幸好,从小学到大学校在学校要做卫生打扫,不然,她也许连扫地都不会。大学里每天供应的热水只能用来喝,洗衣服不可能用热水,所以,冬天洗被单是她的难关。都说英雄难过美人关,如今是美人难过冬天洗衣服关啊。

林如蝶不得不承认童大俊是能干的。不仅能把被单洗得干干净净,而且还会包被子。洗完之后林如蝶亲眼看着童大俊一针一线把被子包好,然后折叠好抱到林如蝶的床上。林如蝶从此对童大俊另眼相看。

初冬周末的上午。情人坡上每隔一段路的草坪上都有三三两两的大学生坐在上面玩,有的是哥们或者闺蜜在一起玩耍,有的是情人在亲密交流,有的男女朋友可能是第一次约会,有的老同学在一起兜风。所有的人都是轻轻地说着话,生怕吵到了别人,抑或是怕悄悄话被人听去了。阳光暖暖洒在绿茸茸的草坪上以及草坪上的人的身上,情人坡散发出温馨而浪漫的气息。

童大俊第一次把林如蝶带到这里来。这是师大校园里很特别的一片天地。看童大俊熟练找场地的样子,林如蝶想,他一定来过好多次了。

"是的,我经常一个人来。你都很忙,我约不到你,就一个人来这,待在这里的感觉很好,让我有一种在家的感觉。"童大俊看出了林如蝶写在脸上的疑问,继续说道,"我父亲走得早,母亲非常辛苦。为了分担一些家务,我经常帮母亲做家务,放学一回来,我就替母亲放鹅,把鹅赶到青草肥茂的地方,让鹅吃得肚子圆滚滚的。鹅养大后卖掉的钱留着给我们几个兄弟交学费。"

"所以,你对草地有特别的感情。"林如蝶说。

"当然,你看绿茸茸的,像翡翠地毯一样,躺下去,就能触摸到大自然生命的活力。"童大俊脸上表现出陶醉状,"走在这上面,你不觉得脚底软软的,身轻如燕吗?"说完他突然拉起林如蝶的手,不由分说向前跑起来。

林如蝶挣脱不了,只好跟着一路跑,跑了一阵。来到远离人群的地方,两人不约而同停下来。林如蝶喘着气坐下了,童大俊则一屁股躺下,让四肢张开,在草地上写成一个大字,两眼看着林如蝶傻笑。

"说说昨天怎么回事?怎么和班长吵起来的?"林如蝶把憋了一夜的问题拎出来了。

"昨天,饭票发到最后不够了,刚好轮到他没有了。他就说我工作能力不行,完全是教训人的口气。我哪里轮得到他教训了?"童大俊似乎余愤未消。

"人家说得也没错,饭票发少了,说明有问题了,问题到底出在哪里，这个需要你去弄清楚，没弄清楚，自然是你的问题了。"林如蝶觉得确实是童大俊的问题。

"你也帮他说话？问题还没弄清楚，他就开始教训我，他算老几？不要以为班长就多了不起，他作为班长，不是应该协助我解决问题吗？可是他却当着众人的面给我难堪。我虽然穷，但还轮不到他来教训我。"童大俊脸上显现出倔强的神色。

"那你也不必把事情闹大，搞得两人动起手来，你力气大，他吃亏了，在众人面前下不了台，你也让他够难受的了。"林如蝶依然同情班长，因为她知道最后的结果是班长挨打了，童大俊的铁拳头把班长的嘴角都打出血来，很多同学都看到了班长的狼狈样。

"我就是要让他知道，我虽然贫穷，但不是好欺负的。是他先无礼我才出手的。"童大俊坐起来，脸色阴沉，两眼盯着前方，恨恨地咬紧牙关。

林如蝶不敢继续说下去，她看着童大俊的眼神，似乎里面有很多别人所不知的秘密。这种秘密可能不是那么简单的三言两语就能问清楚的，难得来一趟情人坡，她也不想把这么温馨浪漫的场所演变成问询室，弄得两个人不愉快。她只在心里暗暗提醒自己：童大俊有自己的想法，他的生活经历决定了他的性格，而这种性格，和自己的有着很大的不同，在他的身上，蕴含着一种桀骜的野性，一种不容易被降服的蛮劲。

"不说那些不愉快的事情好吗？难得今天我们来这里，好好享受这美好的大自然，摸摸这草地，呼吸这空气，看看周围的风景，这是一片多么美好的天地啊。"童大俊看着林如蝶时，语气忽然变得极其柔和。

林如蝶瞟了童大俊一眼，将视线投向远处，幽幽地说："你身上有好多优点，是其他的男生所没有的，比如勤劳、能吃苦、成熟、体格强壮,等等。"林如蝶差点将"帅气"一词说出来,但她终究没说出来,她内心告诉自己,童大俊是个英俊帅气的男生,是她想象中的男子汉的样子,他那能放电般的目光对她充满了强烈的吸引力,那棱角分明的脸,像埋藏着一种磁场,多看一眼就会被一种无形的磁力所吸引,更不要说他那身高和胖瘦度极其标准的体型和健硕有力的肌肉,那特征完全被赋予了男人健美的特征。从外表来说,林如蝶觉得童大俊可以算是标准的帅哥。

"但是,你就是性子太急,太躁了一点……"林如蝶的语气中流露出遗憾,然后继续幽幽地说着,仿佛是自言自语。而此刻的童大俊,已经不在听林如蝶说话了,他不知不觉地向林如蝶的身子靠近,他的正面几乎要触碰到林如蝶的背,他的脸与林如蝶的后脑勺只差一个手指宽,他分明已经闻到了从林如蝶乌黑的长发间飘出来的洗发水的香气和从林如蝶的领口散发出来的淡淡的体香,他的心跳开始加速,感觉自己浑身的血液流动加快,一股暖暖的感觉由心脏向四面蔓延。他伸出手想摸一下那乌黑油亮的秀发,他的手几乎要碰到那乌黑油亮的发丝了,可是,就是摸不到。他发现自己的手在颤抖,不,是自己的身子在颤抖,他听到了自己粗重的喘气声,看到肌肤雪白的脖子,看到阳光照耀下,那只耳朵表层有细细绒毛,耳廓上细若游丝般的淡红色的血脉在浅浅的肌肤下盘根错节交织。他慢慢地靠近了它,越来越近,越来越近……

"你干吗?"林如蝶不知什么时候突然一个回头,发现童大俊靠自己是那么近。

"我……我……我闻到了一股香味。"童大俊突然变得有点结巴起来,"那……那好闻的香味,好像是从你的头发里发出来的。"

"那是海飞丝洗发水,昨晚才洗的头发。"林如蝶问道:"那你平时用什么洗发水的呀?"

"我……我用肥皂，就是洗衣服用的肥皂……我从小都这么用的……有时也买香皂。"童大俊有点心慌，但他尽量掩饰住了，并且在心里忽然有了一个很坚定的注意：今天一定要做一件事情，一件非常重要的事情。他让自己稍微平静下来一些，然后看了林如蝶一眼，咬了咬嘴唇，目视前方，认真地说："如蝶，我喜欢你……"

没有回应声。但他相信，林如蝶一定听到了。果然，一会儿林如蝶转过身来，对童大俊莞尔一笑，轻轻说道："其实，我还没想好是否要在大学里和男生谈恋爱呢。当然，我知道，你一直对我不错，平时像大哥哥一样地关心我，我生病，你又细心地照顾我，这些我都记在心里，我以后会报答你的。只是今天你说的这个事情，你得容我好好想想，等我想好了，再给你回答。"

林如蝶的表情是轻松的，话语是简洁的，但是她的内心有波涛在翻滚。她一方面确实还不想谈恋爱。虽然，他觉得童大俊长得挺酷的，但是，她觉得童大俊的脾气不好，很容易激动，遇到事情容易急躁，不能冷静对待。还有，他有时很孤傲，自尊心极强，不容易相处。她喜欢大气又温和的人。而自己因为独立生活能力不够强，没能拒绝童大俊对自己的关心和照顾。现在，是该好好想想该怎么面对了。

情人坡约会后，林如蝶发现自己对童大俊的感觉有了变化。她不再那么没心没肺地答应童大俊的帮忙了，对童大俊也不再和原先那么随意地说阴阳怪气话了。她知道，之前，她可以不理会任何人的说法，说他们是哥们也好，兄妹也好，男女朋友也好，她都不去计较，因为她自己是清楚的，她和他什么也不是。而现在，她感觉自己已经走在了是非曲直的中间线上，她自己对局势已经失去了稳妥把控的能力。她需要离童大俊远一点，让自己好好思考一下自己究竟在做什么。

一连三天，林如蝶没接受童大俊的任何邀请，也没让童大俊有机会接近自己。她陷入困惑的自闭状态。第四天上课的时候,他看到童大俊头发凌乱,脸色更加红黑,两只眼睛里布满血丝。周秀丽告诉林如蝶,昨晚童大俊和寝室同学斗酒,最后自己拿了一整瓶黄酒喝下去,之后醉得一塌糊涂,还一个劲喊你的名字,所有的人都知道了,他向你示好,而你拒绝了他。

"怎么会这样?"林如蝶喃喃自语,"难道真的就这么早面对找对象成家的事情? 可我真的没准备好。"

但童大俊那蓬头垢面的形象像一枚印章一样深深地刻在了林如蝶的脑子里,她的心里泛起一丝酸痛的感觉。

七

周五的晚上,晚饭过后,林如蝶拿出毛笔、墨汁、字帖和毛边纸,开始练字。自从那次生病后,练字的时间就变得很少了,因为童大俊经常来看林如蝶,不知不觉就把练字的事情抛在一边了。她写到"毛"字时,想起了上个月和李重天一起到老家青水县清漾乡耕耘村给毛光海大伯等几家农民写箩筐的事情。

那次,在李重天的指点下,她一共写了三家人的箩筐。都是姓毛的。她听说,这清漾不仅是浙江毛氏发祥地,而且和湖南毛泽东那边的毛氏也有着渊源,林如蝶忽然就对毛光海大伯多了一丝亲近感,写起字来就更加顺手了。写好后得到李重天的连连称赞。毛光海大伯说:"重天啊,每年都是你给大伙写的,今年你让你弟子写,我看这小姑娘写得也不错啊,小小年纪好本事,你是名师出高徒啊。"

李重天说:"我说过,这姑娘行的,让你们放心,你也看到了,还满意的吧。这姑娘是我们学校的才女啊。"

林如蝶听了这话,脸一下子就红了。她一直忐忑,怕大伯对自己写的字不满意,而他们却给了她这高的评价,尤其是李重天,之前从来没有这么高地评价过自己，现在称她为才女，她内心充满了欣喜。但是，她说："多谢你们的鼓励，我知道我写得不够好，和李大哥相比，差距是没法说的，需要进一步努力，我一定会继续努力的。"

那一幕美好的记忆永远定格在林如蝶的脑海里。她觉得自己的这个成绩是李重天给的，她应该感激李大哥。

正想着，周秀丽在门外喊："如蝶，有人找你，说是姓李的。"没等林如蝶站起身出去，李重天已经微笑着走进来了。"怎么想曹操，曹操就到了？"林如蝶心里暗暗吃惊。

"李大哥，是哪阵风把你吹来的？"林如蝶赶紧起身迎接。

"怎么，你这寝室那么多人可以随意出入，我就不能来了？"李重天微笑着说。

"不是，我是说你那么忙，怎么有时间来我这里。"林如蝶慌忙解释。

"我早就想来了，这阵子忙着准备写毕业论文在搜集资料，确实脱不开身，但是，再忙也得好好过个节嘛，是吧？"

"过节？什么节？"林如蝶惊讶地张大了嘴巴。

"今天不是情人节吗？"李重天的目光从林如蝶脸上滑过，落到了桌子上的字帖和毛边纸上，"怎么，就这样打发这么美好的节日？"他仔细地看了起来。"这个'鹳'字，右边的位置还不够了点。这样的比例就不和谐。"李重天指着那个字。

"好久没练了，都有点荒废了，惭愧。"林如蝶很不好意思，"今天是情人节？我平时不太关注这些节日的，你也关注这样的节日吗？"李重天如此看重西方的节日，林如蝶颇感意外，因为在她想来，李大哥应该是比较传统的人。

"是啊，以前我是从不在意这种节日的。但是，现在不同了，这是我在师大的最后一年了，每一个节日我都想好好过。今天，我带你去一个地方，我们共同庆贺在师大你的第一个情人节和我的最后一个情人节。沾点节日喜气的光，如蝶，相信你一定会赏脸的吧。"李重天满怀期待地看着林如蝶，目光里充满了热情和等待。林如蝶知道，她应该无法拒绝了。

校园"媄姿咖啡小屋"内，灯影绰绰，不时有三两小群或一对男女推门而入，一会儿便出现在咖啡间的小茶座上，相围或相对而坐。林如蝶跟着李重天走到一个窗户边的座位上坐下。

"李大哥，我还是第一次到这种场合呢。"林如蝶似乎有点顾虑。

"别担心，来这里喝咖啡的不一定就是男女朋友，很多都是来聊天或者谈论问题的，也有些是专门来喝咖啡的。我之前和朋友来过这里几次，觉得这里的氛围很好，在这里边喝咖啡边聊天是很惬意的事情。今天带你来体验一下。"李重天像安慰似的对林如蝶说。

"你喜欢喝什么？"李重天接过服务生递过来的单子，"樱桃红还是橄榄绿？樱桃红是有樱桃的味道，甜的。橄榄绿是绿茶带些橄榄味。要不你来一杯樱桃红，如何？"

"好的。我喜欢甜的，就樱桃红吧。"在昏暗的光线中，林如蝶对着李重天微微一笑。

"一杯樱桃红，一杯橄榄绿。"李重天对服务生说道。

"好的，马上就来。"服务生回答后轻快地走了。

"感觉这里如何？"李重天问。

"挺好的，有点诗情画意感。"林如蝶由衷地说。

"朦胧的影子，优雅的音乐，加上咖啡的醇香，真的很美妙。"李重天也不吝啬自己的赞美之词。

"这里咖啡的味道一定很好。"林如蝶的话语中充满了期待。

"必须是好的，因为这里是像诗一样的地方。诗意的氛围酝酿了咖啡的味道，咖啡的浓香又使这屋子的气息更加温馨。咖啡，灯光，人影,在这互相交织,都是美妙的风景。所以我觉得,有些时候,一种事物的本身并没有多少光彩,但当它和其他事物恰到好处地配合在一起时,奇迹便出现了:美妙的画面呈现出来了。人也是这样,一个人,未必是风景,遇到一个合适的人,搭配在一起,整个画面,整个空间,甚至整个世界都会变得生动曼妙起来。"李重天说得非常投入,像在阐述一个道理,又仿佛在叙述一个故事,在描绘某个场景,而这场景、这故事似乎又是给过他深刻体验,是曾经发生在他身上的故事。

林如蝶凝神屏气地听着,仿佛进入了一个神话世界,身处一个未来的空间,尽管她对李重天讲的故事似懂非懂。她端起服务生送过来的咖啡,开始搅动杯子里的液体,一股浓香扑鼻而来,滑入她的咽喉。

"好香啊。"她不由自主地叫了声。

"喝一口试试。"李重天说,"有一丝苦味,对吗?"

"是的。"

"再喝一口,看看如何?"

"好喝。香甜的。"

"人生有时就像喝咖啡,第一感觉是苦的,但随后就能品味到其中的甜美。"李重天缓缓说道。

林如蝶专注地听着,她感觉李重天要讲故事了。

"我之前也曾经历过一些苦难,但我坚持继续努力,后来获得了成功,品味到了生活的乐趣。咖啡需要用味觉和嗅觉去感知,生活需要用心去创造和经营。不过,我今天想告诉你一个道理:一个人的风景不够美,两个人组合就会创造出美好的意境。就像现在,我和你在一起过节,比我们各自单独过节有意义多了。你说是不是?"

"嗯,有道理。今天你把我带到这里,让我感受到了和平时不一样的感觉,这种感觉真好。"林如蝶紧跟着回答,但却心里发虚,因为其实她并不太明白李重天的意思。但没有时间思考了,她只能附和着先回答再说。李重天今天带自己到这里喝咖啡有什么用意,她觉得好模糊。

"我是农村人家的孩子,家里兄弟比较多,我在家中是老大,母亲早逝,父亲一个人肩负起家庭重任,我们兄弟不忍心让父亲那么吃苦受累,约定一对一承担抚养任务,就是我们几个长兄工作后分别要负担一个弟弟或者妹妹。所以,每个人都很努力。我明年毕业后工作了就要承担抚养三弟的任务,但我相信,我会很好地完成任务……"李重天第一次对林如蝶讲述自己家里的事情,这让林如蝶对李重天更加肃然起敬,还没毕业,就要承担起抚养弟弟的责任,难怪李大哥给人感觉特别的成熟,完全是一个家长的风范。相比之下,自己作为家里最小的女儿,从来没为家里的生计操心过。其实,父母养四个孩子也不容易,但是,在林如蝶的记忆中,父亲总是乐呵呵的,家里没怎么为吃饭发愁过,也许是父亲的能干,也许是到自己能记事的时候,家里最艰难的时期已经过去了。总之,林如蝶没有经历过艰难岁月的洗礼,她的生活并没怎么受到特别的冲击。

"吃过苦的孩子懂事早,穷人的孩子早当家。"她想起父亲的话,但父亲给予她的却是一个温馨、和美、无忧的家园。林如蝶觉得自己比师大里的很多来自农村的同学都幸福。

李重天又和林如蝶聊了他毕业后的计划,说想回青水市,到母校青水中学当老师,业余时间练练书法,如果可能,以后还可能开一个书法培训班,等有钱时自己买一个教室,把培训班长久办下去。他说中国的毛笔书法是一门宝贵的艺术,他希望人们会坚持把这门艺术传承下去。林如蝶听李重天说话时非常专注,她觉得李重天说得太好了,如果她有这样的条件,也愿意做这些事情,因为非常有意义。林如蝶觉得和李重天在一起聊可以从中学到很多知识,获得很多有益的启示。李重天确实很有大哥的风范,绝不像童大俊那样,逼迫着她,让她都想着要怎么躲着他。

从"媄姿咖啡屋"出来,夜幕已经很深很深,天黑沉沉的,像被盖上了黑色绒布,一阵冷风吹来,林如蝶不由自主地缩了缩脖子。李重天见状脱下了自己的外套大衣,披在林如蝶身上:"十二月的风,还有点刺人的,你可不能受凉感冒了,不然的话,我有责任了,今晚的咖啡就喝错了。"

"不会,我没那么娇嫩。"林如蝶不安地要把大衣脱下来还给李重天,被李重天制止住了。他把林如蝶送到寝室大楼门口,看着林如蝶走进去,关上门,李重天才离开。

林如蝶一回到寝室,周秀丽就悄悄从被窝里钻出来,拉住林如蝶,告诉她今晚童大俊来找过她。没等到人,就留下一张明信片和一包糖果,让我转交给你。明信片和糖果在你的床头放着。

林如蝶拿起明信片,两只猫的图案,背面是童大俊的笔迹:"你是我唯一的守候!"署名:爱你的人。落款时间:×年×月情人节。

林如蝶看着明信片上的两只猫的眼睛,那么明澈,有点像童大俊的眼神,仿佛童大俊在看着她,让她做出是否接受他的回答。她闭上眼,思绪有点乱。她还是希望能一直把童大俊当作哥哥一样看待,和他像兄妹一样相处,就像她和李重天那样相处。而童大俊却不能控制好自己的情绪,看到童大俊越来越凌乱的头发和憔悴的眼神,林如蝶有时心里会产生动摇,很想去安抚他一下。但她不敢再次接近童大俊,她感觉童大俊有点像一座等待喷发的火山,一旦有点燃的源头,他会立刻爆炸。我该怎么办?找个人和他好好谈谈。把这个任务交给秀丽吧。

周秀丽得到林如蝶交给的任务后,当天傍晚就去找童大俊,把林如蝶暂时不考虑和他确定恋爱关系的意思转告给了他,并希望他能好好控制好自己的情绪,不要一厢情愿地做事情。

八

　　周末,阳光和煦。林如蝶和周秀丽,还有同寝室的其他几个女同学一起,在寝室大楼门前的草坪上晾衣服、晒太阳。远远就看见童大俊向这边走过来。他慢吞吞地向草坪走来,目光远远地一直朝着林如蝶。越走越近,他的眼睛毫无斜视之意,逼视林如蝶的眼神越来越清晰,让几个女生感觉到一种莫名的紧张感。寝室的女同学一个个起身离开了,最后只剩下了林如蝶。林如蝶静静地坐在板凳上,抬头看童大俊。她看到了一张莫可名状的脸:方正的国字脸因为牙关咬紧而有些变形,原本红黑的脸色显得有些苍白,浓黑的剑眉因为紧蹙而扭曲着,眼眶有些凹陷,眼睛里互相攀扯的血丝异常清晰。从前英俊潇洒的笑脸变成了一张狰狞绝望的面孔,似乎一个刚从地狱里爬出来的好久不曾见到阳光的人。

　　林如蝶忽然有点害怕起来,她不知道童大俊为何变成这个样子。是因为自己拒绝和他确定男女朋友关系并疏远了他吗?

　　"如蝶,我只想最后问你一次,你到底答不答应我?你到底愿不愿意和我一起?"童大俊的声音像从地底下发出来似的。

　　"我……你……"林如蝶从来没有像现在这么慌乱过。她也不知道自己为什么会这么慌乱。她知道,虽然童大俊此刻面目神情让她觉得可怕,但童大俊肯定不会伤害她,她只是无法理解童大俊为何把自己搞成这个样子。看到童大俊这样,她心里感到说不出的不安和担心,甚至有点难受。她无法立刻回答出"不愿意"三个字。她不能想象,如果她说出这三个字,童大俊会有怎样的反应。她不希望出现让她更加无法应对的局面。

　　"你别这样,我没想好,让我好好考虑下,这事不急啊,我们在同一个班,如果想在一起有的是时间啊。"林如蝶尽量让自己表现得镇定,"快放假了,学期终结考试马上要到了,考试的压力很大,我们都需要花很多时间复习功课,你我都先应对考试,等考试结束我给你答复,好吗?"

"一言为定。我等着你的答复。"童大俊显然也同样尽力克制着自己的情绪,他一边说一边从口袋里摸出一枚石头印章交给林如蝶,"这是我刚刻好的,虽然没有别人刻得那么好,但我下一个送给你的章一定会刻得更好。"林如蝶接过印章,看到上面是反向写的"蝶"字。

林如蝶知道童大俊所指的别人应该是指李重天,因为就在几天前,李重天忽然来教室找林如蝶。

班里同学把李重天引到了林如蝶面前,林如蝶很是吃惊。李重天还是第一次这么公开来找林如蝶,而且是找到林如蝶的教室里来。林如蝶想,可能是有重要的事情通知她。她怔怔地看着李重天,呆了十几秒钟,看见李重天伸出右手,摊开手掌,将一枚石头印章呈现于众人面前。李重天露出惯有的平和的微笑,说:"这几天业余时间,我躲在寝室里刻章,书法作品最后的落款需要印章,你看,我给你刻的这枚,是用黄蜡石刻的。你可以在自己的书法作品后面加盖印章,整幅作品的档次会得到提升。你瞧一下,还满意吗?"

林如蝶惊奇而又欣喜地接过印章,看到的是小篆体的"林如蝶"三个字,边缘部分有间隔的断裂和破损。林如蝶皱起眉头,觉得有些奇怪:"新刻的? 为什么这些地方是破损的?"

"完整的封闭是不好看的,有断裂和破损,是给这个围城开出几个透气的窗口,而且有了这几处断痕,会显得古朴而自然,这样的落款,才能和你写的那些古代书法的风格相吻合,达到和谐一致的美。"李重天从容不迫地说。

林如蝶听了觉得很有道理,连连点头。

此时,边上已经围了好多同学,都争着看印章,一些人还不时拿眼睛瞄给林如蝶送印章的这位高年级学长:高高的个子,白净的脸,大方自然的微笑,配以中气十足的浑厚的男中音,俨然一个玉树临风的男神。然后就有人轻轻说道:"这不是学校学生会的主席李重天吗?"

"是不是李主席看上咱班的如蝶了?"有人随口接道。

"别乱说,小心李主席批评你。"有人提醒。

这些都被林如蝶都听到了,透过人缝,她还看到了童大俊坐在座位上,一声不吭地沉着脸,用极有敌意的目光看着李重天。

林如蝶收起石头刻章,向李重天道谢。李重天离开的时候又说:"写一个作品,落款的时候用上这个印章,参加两个月后的全省大学生书法大赛。凭你的实力,还是有希望获奖的。我很看好你的,加油,如蝶同学。"

林如蝶相信,就是从那天开始,童大俊决定要为自己刻石章的。之前,学校里有很多男生都学习刻石章,童大俊也学了一阵子,但没见他弄出正式的作品来,这次,他终于刻成了。林如蝶仔细看那个"蝶"字,笔画比较生硬,封边死板,和李重天刻的显然不在一个水平上。但是,她还是轻轻地说了声:"刻得不错。谢谢。"童大俊得了这句话似乎忽然安定了许多,不再说什么,转身离去。

一个学期很快要结束了,所有考试科目已经考完。这阵子,林如蝶忙得什么都顾不上,每天紧张地复习迎考。童大俊也没再来找她,相信他也在应对考试。大学的功课,平时可以偷懒,但考试却需要实实在在的功夫花下去,否则难以过关。虽然,有两门功课考得不理想,但幸好都过关了。她忽然担心起童大俊来。看童大俊这两个月的状态,她总觉得,如果童大俊能够全部通过,那才叫奇迹。果然,听说童大俊有一门没有通过,需要补考。林如蝶想到放假之前必须给童大俊一个答复,但考虑到童大俊要补考,就没再去找他,而是写了封信，交给班主任沈教授。她在信中告诉童大俊，自己还是不想这么早和任何男生建立恋爱关系。她请沈教授帮忙转告童大俊，劝童大俊放弃对她的追求，说自己和童大俊没有缘分，让童大俊以后不要再找她了。

　　班主任沈教授早听班里的同学说起童大俊追求林如蝶的事情。在他看来，这两个人在一起会让人有所顾虑，因为两个人性格差异比较大。不过，恋爱这种事情有时是不按正常套路发展的，个体的差异并不一定会决定两者在一起行不通，有时反而会形成一种互补。大学生了，学生们自己有心仪的人，做老师的也不必站出来横加干涉，还是随他们自己去应对吧。当林如蝶找到沈教授，提出自己的请求时，沈教授说："我会尽力把你的意思完整地转达给童大俊同学，但是，最终童大俊会不会接受，也许也不是我能控制的。"

　　补考终于结束了。学生离校的最后一天，沈教授约童大俊到学校足球场上，两人肩并肩而走。

　　沈教授说："大俊，一个学期很快过去了，我对班里的情况了解还是不够充分，对有些事情掌握的信息也不够全面，不过我可没少听说你和林如蝶的事情。怎么样，能说说你的想法吗？"童大俊明白，自己和林如蝶的事情已经传到了沈教授那里，他也不想隐瞒什么，就很直接地说："是的，我喜欢如蝶。"

　　"很坦诚嘛。但是，如蝶是不是愿意接受你呢？"沈教授说。

　　"那我不管，我只相信，只要我坚持不懈，如蝶一定会被感动，我的梦想一定会实现的。有志者事竟成，不都是这样说的吗？"童大俊并不看沈教授，两眼注视着前方。

　　"可是，林如蝶却让我转告你，她并不想在大学里谈恋爱，她希望你以后不要去打扰她，如果你真的喜欢她，那就先尊重她，给她一片宁静的空间。"沈教授语重心长。

　　他们沿着足球场走了两圈。除了谈林如蝶,还聊了些别的事情。最后,沈教授说:"今天我把林如蝶的话带给你了,也把我个人的想法和你说了,何去何从,你自己定夺了。"童大俊点点头,默默看着沈教授离去的背影,直到沈教授转了弯,看不见为止。

　　寒假终于到来,校园里处处是忙碌的景象。收拾东西的,招呼伙伴的,亲友来接应的,一个个都归心似箭的样子。林如蝶得到青水老乡通知,统一买票,统一出发坐火车。这让林如蝶非常开心,因为她感觉一个人跑到锦华城火车站买票,是一件非常烦人的事情,且不说自己想要的那班火车票能不能买到,就是能买到,专程跑那么老大远,也是很费劲的事情。现在,有了老乡会,有了牵头人,她什么都不用做,车票有人买,车票钱也有人预付,出发时会有人来招呼,去火车站有人带路,到了车站有人看车次,上厕所有人帮着看行李,多好啊。林如蝶的心情特别好,她把三筒酥饼和四袋怪味豆用塑料袋装好,又装进拉链包,心里想象着父亲和母亲吃到酥饼时的喜悦之情,她仿佛看到父亲脸上绽放出的喜悦的光芒,听到母亲对自己说:"从来没吃过这么好吃的东西,如蝶真是孝顺,真是我们的乖女儿。"然后哥哥姐姐们也开心地说:"还是咱们的如蝶小妹有出息。"

　　火车隆隆作响,三个小时的车程对如蝶来说恍如一瞬,因为从上了火车坐定那一刻,老乡伙伴们便拿出扑克牌开始打牌。一桌,两桌,打的打看的看。伙伴们一下子就沉浸在你争我抢的争夺战中。林如蝶在一旁看大家打牌,她忽然发现李重天不在其中。当然,她知道,并不是所有的青水县的学生都坐了这班车,有些人因为有事情没处理好,会坐晚一些班次的车,李重天属于事情比较多的人,更何况,他最后只有一个学期就要离开师大了,也许想多点时间待在学校。

　　短短的寒假很快过去了。过这样的寒假,林如蝶的感觉只有两个字可以形容:太快。真的太快了,几乎是一眨眼就过去了。来不及细细品味。回想起来,这个寒假收获也不小:父亲给了崭新的压岁钱,如兰给做了新衣裳,和华朵在一起玩了好多天,完成了参赛的书法作品,还拜访了亲戚,吃了很多好吃的。一个月的寒假过去,林如蝶足足长胖了一圈。这一圈的肉等到学校去慢慢消耗吧。

九

第二个学期开学时,林如蝶感觉一切顺畅多了。无论是生活上的自理能力还是和同学交往的方式和方法,以及应对童大俊,林如蝶都能比较自如地独自面对,不再处于手忙脚乱的状态。童大俊看到林如蝶,也没有像以前那样表情不自然、情绪激动了,而是转过身去,悄悄回避。林如蝶让自己像对待其他同学一样对待童大俊,童大俊则尽量回避着林如蝶。

一天傍晚。林如蝶正在寝室里洗衣服,听到秀丽在楼下有人叫:"如蝶,有贵客找哦,赶紧下来。"

林如蝶很是诧异,一时想不出该会是谁。因为如果是童大俊,秀丽不会说是贵客,而是直接说童大俊来了,如果是陌生人,那自然也不一定就是贵客。一定是秀丽认识,但并不常来的人。林如蝶衣服还没晒好,就直奔楼下。她看到了站在大楼门口的李重天。

"李大哥,您怎么来了?"好一阵子没见到李重天了,林如蝶发现李重天竟然有了变化:头发留得有偏长了,脸色有些苍白,镜片下的眼神看不分明,但嘴唇紧抿,嘴角向下弯曲,神色凝重。林如蝶心里暗暗吃惊:怎么了?难道有什么不好的事情发生了?

"如蝶,你跟我来一下。"李重天不动声色地说。

"什么事?跟你到哪里?"林如蝶问。

"你来就是。"

"可是,我洗好的衣服还没晒完呢?"

"等会回来再晒好了。"

"那行吧。"林如蝶想,可能是有很重要的事情,否则李重天不会这个样子。在林如蝶的眼中,李重天是个办事谨慎牢靠的理性之人,她难得看见他今天这种反常状态。

林如蝶跟着李重天走。林如蝶向政史系寝室大楼走去。一路上,李重天依旧神情严肃,一句话都不说,林如蝶紧跟在边上,感觉自己像个犯了错误要被批评的孩子。在政史系二楼的第三个房间,李重天停住了脚步,转过身来对林如蝶说:"这是我的寝室,今天冒昧地把你请来,是有点事情想和你说。请进吧。"

林如蝶小心翼翼地走进去。里面没有人,寝室里的其他男生都出去了。男生寝室和女生的就是不一样,不仅色彩单一,都是灰白或者青绿的冷色调,而且东西摆放也比较杂乱,几个小书桌上,书散乱地摆放着,床底下,凌乱地摆着几双鞋子。李重天把林如蝶引到里面的一张床坐下,显然那是李重天的床铺,半新不旧的草席和枕头,枕头边上两大摞书。看得出李重天平时学习抓得很紧。

"快毕业了,大家都在看书查资料准备毕业论文,有点乱。"看到林如蝶用诧异的眼神看着自己,李重天有点歉意地说,"可是,怎么说呢……我一时竟不知道怎么和你说了。"李重天忽然有些磕巴起来,这让林如蝶更加诧异。

"这阵子忙着毕业的事情,都没时间去找你。本来一直想去找你的。"李重天停顿了下,看到林如蝶眼神里充满了疑问,有些迟疑。犹豫了一会儿说道,"我想告诉你,你的书法作品获奖了。"

"真的?"林如蝶惊喜地叫了一声,林如蝶几乎有点不敢相信自己的耳朵。

李重天从抽屉里拿出两个红本本,翻开上面的一本。只见里面证书上赫然写着"某某省大学生毛笔书法大赛三等奖获得者:林如

蝶"。看到自己的付出终于获得了回报,林如蝶心里充满了幸福感:
"谢谢李大哥,都是你不辞辛苦地教,我才能有这个成绩啊。"

"是你的天分好啊。学的时间并不长,但成绩可喜,恭喜了。不
过,你还有很多可以进步的空间,今后可以继续努力,再上一个台
阶。"李重天语气中依然充满大哥般的关怀。

"那另外一本是谁的?"林如蝶盯着另一本。

"你打开看看不妨。"李重天说着,把另一本红本本递到林如蝶
手中。

林如蝶翻开一看,顿时尖叫:"哇,一等奖,太牛了,李大哥。"原来
李重天也参加了比赛,而且获得了一等奖。林如蝶将敬佩的目光投
向李重天,却发现他并不高兴,脸上依然是扫不开的阴霾。

"得一等奖还不高兴吗?"林如蝶很疑惑。

"听我说,如蝶,我今天叫你来其实不是为这个事情。"

"那是什么事呢?"

"如蝶……如蝶……难道你就真的一点都不知道吗?"

"知道什么?"林如蝶更加感觉奇怪。

"好吧,今天不管怎么样,我都得把话说出来了。"李重天看了看
林如蝶,然后低下头说:"你……是个好姑娘……"

短暂的沉寂。李重天头也没抬,接着说:"从第一次看见你,我就
觉得你和一般女孩子不一样。你是一个单纯天真的女孩,心地善良,
性格温婉,尤其是你清丽脱俗的气质,一般女孩子没有。你身上所有
的,都是我心目中一个优秀的女孩子的所应该拥有的特质。我从内
心希望能和你有缘……教你毛笔书法,是我想希望接近你的一种方
式。有机会和你在一起,我非常开心。好几次我想对你说点什么,可
我又怯于表达,终究没有将自己内心的感情对你表白……"

林如蝶睁大眼睛听着,内心如有一股潮水在翻滚。一直以来,她

对李大哥很崇拜,但她从来没有让自己往那方面去想。在她看来,李大哥的威信和名气都是高高在上,他的才华和他优雅的处事风格,令她觉得高不可攀,他是浙水师大所有青水同学仰望的偶像,是众多女生心目中的男神啊。而现在,他竟然如此赤裸裸地向自己表达他对自己爱慕之情,这真的太出乎她的意料了啊!林如蝶在心里说:李大哥,您该不是一时心血来潮,和我这个小女生开玩笑的吧?不然为什么我从来都不曾把您和我联系在一起过呢!

"最近我听人说,你班里有个男生对你有意思,而且你已经接受他了,是真的吗?"李重天抬起头,焦虑的目光扫视着林如蝶的脸,"你先不要回答我。让我先把话说完。三天前我才知道这事情,为此,这三天我都吃不下饭,睡不着觉,心里非常难受。今天无论如何都得来找你,把我真实的想法告诉你,如蝶,你能感受到我的内心吗?"

"我……这个……"林如蝶被突如其来的轰炸弄得有点不知所措,磕磕巴巴地说道:"其……其实没那回事情,我现在……并没有答应任何一个男生,我原本想好了的,在大学不谈对象,虽然童大俊对我有意思,但我并没有决定……和他谈对象。"

"是吗?真的吗?"李重天脸上的阴霾似乎突然间被扫去了很多,就像长时间阴雨的天气突然出现了一丝阳光,他的脸立刻有了一丝红润。但焦躁之色仍然没有褪去,"那……那你对我……"

"这……还没……没……没想过。"林如蝶觉得自己更磕巴了,"我……一直都不知道你心里的想法,我一直就……就认为你的书法教得很好,很让我敬佩,你的学习和工作也很好,是值得我崇拜和学习的大哥,其他的,我……不曾……想过。"林如蝶如实地说出了内心的想法,她小心翼翼地看着李重天,目光中充满了坦诚又有一些惶恐。在林如蝶的印象中,李重天在她面前一直都很严肃正经,从没对她有过轻浮的动作和语言。如果说是表白爱恋的情感,童大俊那高强度的表达也只是让林如蝶稍稍有点感觉,而李重天一直来的表现对如蝶来说与恋爱这个词根本不沾一点边。

看着李重天在寝室里来回不断地走,林如蝶内心不禁有点慌乱。该怎么办?自己是如实回答的,不知是不是伤到了李大哥的心。看李大哥的样子,焦急而又无计可施,非常可怜,可自己为何就对他没有那种感觉呢?谈对象是什么?就是为了将来成为一家人,在一个屋子里过日子,那还很遥远的事情啊,我才21岁,怎么就要想成家的事?林如蝶思绪万千却也不知所措。

李重天终于停止了来回走,他背对着林如蝶站定,用压抑的声音说道:"你还是先回去吧,我说的话,你回去好好考虑下,我也需要静一静。"

林如蝶看着李重天的背影,轻轻回了一声"好的",便静静转身离开,带上门出去了。林如蝶没看到,背对着林如蝶的李重天已是泪流满面。

林如蝶回到寝室后,心里一直无法平静。她开始思考关于恋爱和感情的事情。确实,她对童大俊没有谈对象的想法,对李重天更加不曾想过。可这并不代表童大俊没有这个念头,也不代表李重天不能有这个念头。所谓树欲静而风不止,自己虽然不想这么急就找定对象,但人家要找上门来,要拒绝总得有理由吧。退一步来说,女孩子最终总是要嫁人的,如果真的要让自己做出选择,童大俊和李重天两个站在面前,该选谁呢?林如蝶觉得自己必须要面对非常严肃的问题了。

她开始害怕遇到童大俊和李重天。每天去教室上课,她尽量低着头走路,让自己的目光没有机会和他们相遇。每次去食堂吃饭,她保持着高度的警惕性,老远就要分辨出有没有童大俊或者李重天走过来,如果有,她也尽量避开他们的视线,或者躲在其他人的身后。

她现在害怕看到这两个人,他们要逼她做出人生的重大选择,而她觉得自己根本无法做出决定,她完全没有准备好。爱情是什么?就是一种感觉吗?觉得喜欢和他在一起,那是不是就是爱情了?那么两个人当中,自己会喜欢和谁在一起呢?

连着几天,林如蝶的神经处于一种紧张的状态当中。那夜,林如蝶睡下不久,她看到有一个黑影向她走过来,在他的床沿坐下。她看不清是谁,凭感觉,既不像童大俊,也不像李重天。林如蝶想坐起来打开点灯,那人却迅速伸过双手,掐住了林如蝶的脖子,似乎要将她置于死地。林如蝶感觉自己呼吸困难,立刻要窒息了,她赶紧拼命呼救:"啊,救命,救命……"

她睁开了眼睛,眼前一片雪白,寝室的灯亮了。

"如蝶,怎么了?"

"如蝶,又做噩梦了?"

"林如蝶,你叫得好恐怖啊,我们都被你吓到了!"

"林如蝶,你好几次这样了,什么时候去医院看看吧。"室友七嘴八舌。林如蝶清醒了,她知道,自己又重复做那种噩梦了,只要精神紧张,身体疲惫,就可能出现梦幻。

"哦,不好意思,我最近……可能太累了……"她摸着自己噗噗乱跳的心,喘着气,语无伦次。

的确,这已经是第三次了。林如蝶自己知道,这是自己的老毛病,是高中时就开始的。读高一那年,正好赶上搬家。父亲带着全家把家搬到一个"新"家:那是一片不知建于哪个年代的古宅。古宅里面有一个小天井,小天井和四周的旧房子外墙壁是发黑的青砖,里面是木板墙,房子的内顶原本又黑又脏,被父亲用旧报纸糊了一层。天井在正房与边房之间,这几间房子与周边一大片房子和天井互相连在一起,成为一个很大的整体,估计可能是清末某大户人家的屋舍。

天井的对面住着一对年逾古稀的老夫妇。老夫妇早早地做好了自己的棺材，棺材就摆在林如蝶每天进出的大门左边。每次经过大门，林如蝶都有点胆战心惊，尤其到了晚自习结束回家的时候，每次她都要鼓足勇气，用百米冲刺的速度冲过大门，进入房门后就立刻把门反锁。林如蝶从此经常做噩梦，每次都梦见有人趁她睡觉的时候过来掐她的脖子，让她喘不过气来。每次她拼死挣扎醒过来时，看到房间的门都是锁得好好的，并没有人进入。她想或许自己身体太虚弱，又受到邻居老人棺木的惊吓了。这些事情，她没有告诉父亲，怕父亲担心自己，她觉得应该勇敢地自己面对，自己解决问题。最终，她却发现自己的身体越来越弱，到高三的最后阶段，她大病一场，成绩也落下随着大落。她心里清楚：高考没有考出理想的成绩，和这件事情关系很大。但她始终没有对任何人说起。

此刻，已经到了大学，离开了原来的那个环境，学习压力也减轻了，她以为梦魇应该会逐渐离她而去，没想到一紧张，又做噩梦了。她想，一定要让自己放松，再放松一点。

林如蝶给李重天写了一封简短的回复信，大致的意思说，她一直把李重天当作大哥看待，没有过其他的想法，更主要还因为自己年龄还小，需要用心对付学业，恋爱结婚的事暂时不考虑，希望李大哥能够理解她。林如蝶很快收到了李重天的回信。信用了两张便签，写了满满两大页，林如蝶看完，心里有一丝酸酸的感觉，尤其是她读到下面这段话时："你在我心中一直占有很重要的位置，但是，我没想到的是，你对我没有感觉，这是我的失败。但是，我依然希望你能不要这么快就做出否定的决定，再给彼此一段时间考虑这件事情。如果最后你依然觉得你我无缘，那我会尊重你的选择。"

林如蝶没有再回信给李重天。林如蝶觉得自己暂时不能做出决定性的抉择，还是什么也不做吧，让时间来决定。

+

　　春天迈着款款的脚步姗姗而来。班里组织初春联欢会。林如蝶被推荐做主持。联欢会由两个部分组成，前半部分是节目表演，由同学们表演自己上报的节目，独唱、合唱、诗朗诵、相声、舞蹈、小品等，后一部分是自由跳交谊舞。节目表演单里，林如蝶没看到童大俊的名字，显然，童大俊没有报名参加。林如蝶心里有一丝失落，他知道童大俊唱歌跳舞都很不错，虽然是农村出生的，但上天却赋予他一个富有灵性的身体和优美动听的歌喉，在班里的男生中，童大俊这方面的天赋算得上是出类拔萃的。

　　最后一个节目表演结束的时候，林如蝶刚想宣布表演结束接下去是舞会时间，只听见一声响亮的叫喊："等一下，还有一个节目。"林如蝶看见童大俊快步走上来，走到会场中间，对大家说："本来并未准备，看到同学们的表演得这么出彩，也忍不住想表演一个。在这个春暖花开的日子里，能和同学们在一起共同欢聚，我很开心。我今天想唱一首歌，献给能听懂我的歌的人，我要唱的歌名字叫《乡恋》。"

　　"你的声音，你的歌声，永远印在，我的心中。昨天虽已消逝，分别难相逢……"童大俊唱得有些伤感，似乎在向他心中的女神倾诉衷肠。林如蝶听了竟然心里有些酸楚，她忽然觉得童大俊是唱给她听的，否则为什么自己听起来感觉也那么忧伤，是被感染了吗？是被童大俊一直来对自己的专情打动了吗？林如蝶心里忽然有点慌，像一潭平静的湖水扔进一块大石头，湖面上溅起了一圈水花，她的心湖忽然间就不宁静了。她忽然很想弄明白，自己对童大俊的感情到底是怎样一种感情。

　　童大俊唱完，全场掌声热烈，还伴有尖叫声，似乎在为童大俊助威。这声音在林如蝶听起来特别尖厉,和童大俊刚才低沉而浑厚的歌声形成鲜明的对比。林如蝶忍不住偷偷看了童大俊一眼,发现童大俊的眼眶里晶莹闪烁,贮含着泪水。她没想到这首歌曲竟然成了今晚最打动人心的一个节目,童大俊无疑是用了心唱的。

灯光变换,大灯被关,几盏小灯隐隐约约地照着瞬间变成舞场的大厅。大厅里人头攒动,音乐响起,男同学们在找各自的舞伴。

"我可以请你跳一支舞,行吗?"一个熟悉的声音在林如蝶的耳边响起。她转过头,童大俊就站在她身边,目不转睛地看着她,眸子里闪着晶莹的亮光。

"无法拒绝了,就接受吧,和他一起跳一支又如何。"林如蝶似乎听到了心里的自己在说话,她吃了一惊。

《牧羊曲》的音乐在大厅里缓缓流淌。童大俊微微弯下腰,右手反放在后背,伸出左手,向林如蝶做出邀请的姿势。林如蝶迟疑了几秒钟,伸出双臂。两个身体通过手臂的接合成为一个整体,静静地滑入舞池。慢三的节拍是优雅的,童大俊和林如蝶脚步配合和谐,舞姿轻松自然,他们像两只轻盈的雨燕,在自由的天地里尽情地展翅翱翔。

两个身体靠得很近,她的额头几乎要碰到她的鼻子和嘴唇,她的目光一直穿过他的右肩看不断移动着的舞者。她不敢正视童大俊,但却能感受到童大俊的视线一直落在着她的脸上,像黑夜里的一把火,红红的火光散发出灼热的光芒。林如蝶感觉童大俊的身体散发着一种温暖的热量和特别的气息,似乎还有一种特别的磁场,烘烤并吸附着她小小的身体,让他仅仅凭借一弯臂膊和几根手指,就能带着她在熙熙攘攘的人流中穿梭、游走、旋转和飞翔,她觉得自己的身体好轻,轻得在满世界飘飞。

一支又一支,林如蝶已经记不清跳了几支舞曲了,童大俊一直不让林如蝶停歇。最后,林如蝶实在跳不动了,停下舞步,松开童大俊的手,用自己的手臂擦额头的汗珠子。这时,她才看清,大家都已经不跳了,都在看着她和童大俊跳,她和童大俊已经成了今晚交谊舞明星。她觉得很不好意思,没想到自己这么能跳,从开始学跳舞到现在,她跳舞的感觉从来没有这么好过,也从来没有这么疯狂地跳过。今天,因为童大俊的疯狂,她也变得疯狂了。

　　浙水师范大学校园的操场上,暮色沉沉,跑道上、跑道边沿的树荫下,不时有成双成对的人在漫步或闲聊。

　　"这么残忍,这么久不理睬我。"低沉的男中音。

　　"没有啊,我们都忙各自事情呢。"柔美而清澈的女声。

　　"我不相信你真的对我没感觉。"有点执拗。

　　"我只是不想这么早谈对象。"委婉解释。

　　"不早了,我已经23岁,你也21岁了。我们的父母在我们在这个年龄都结婚生子了。"他理直气壮。

　　"可是我……"她显得为难。

　　"如蝶,我真的……喜欢你……"朦胧的月色下,童大俊眼睛里泛着晶莹的光,"自从我第一次见到你,就知道自己喜欢你,就希望能和你在一起;和你接触越多,这种感觉就越来越确定,我就认定你就是这一生中要找的姑娘。但是,当我以满腔的热忱拥抱我幻想中的你时,真实的你却离我那么遥远。我常常问自己,是什么让我无法接近你? 无法获得你的信任? 你现在能告诉我原因吗? 是不是因为我出生于清贫之家?"

　　"没有。我从没想过要以物质条件来衡量一个男人。或许我比较幼稚,对成家这种事情还没有想法。我一直不太关注男生,你算是让我比较有感觉的一个男生,是我进入师大以后接触到的印象最深刻的男生。"林如蝶一口气说了一大通。她发现自己对童大俊说话的语气和以前不一样了,能以平等恳切的心态和他交流了。是什么让自己有了这突然的改变? 难道自己对童大俊产生了感情? 上次和李重天在一起完全不是这种感觉,为什么对童大俊会有一丝特别的感觉呢? 难道这就是爱情? 爱情就是一种说不出的对对方怜惜又关切的感觉? 一种平等而又诚恳的心态? 一种待在一起觉得彻底放松的心境? 这和文学作品上写得不一样啊,和简·爱对罗切斯特的感情不一样,与玛格丽特对阿尔芒的情感、安娜对卡渥伦斯基的感觉都不相同啊。林如蝶一下子从自己的脑子里翻出了读过的文学作品中的爱情故事的几对主人公,都和自己的感觉不相同。是的,她无法知道自己这个是一种什么感情,但她相信童大俊对她的感情热度远远超出了一般同学和朋友之间的感情,他对她的那种热情已经无法掩饰地从任何一个角度流溢出来。或许他的感情就是真正的爱情。

林如蝶正恍惚时,感觉自己的身体突然被一双有力的手臂箍住了。是童大俊,他已经紧紧地将她抱住。她拼命挣扎,想挣脱那臂膀。但是,那双手臂是那么有力,她的挣扎完全是徒劳,与此同时,她感觉到童大俊的脸迅速地朝自己的脸贴上来,猛然间,童大俊的嘴唇以闪电般的速度在她的右腮帮上用力地盖了一个热热的吻,然后迅速地离开了,接着他那紧抱着她的双臂也迅速地松开了。全世界的声音和图像都消失了,只留下一个热热的吻印,烙在林如蝶的腮帮上。

这个热热的吻印像一个发热电源,一股热量由此慢慢扩展开来,林如蝶感觉自己的脸也迅速红热起来。如果不是夜色的遮掩,她相信自己一定是脸色失常的,脸上的红热又悄悄向全身蔓延。不一会儿,林如蝶感觉浑身都暖热起来,她甚至感觉自己的心脏也开始发热。但这种热感并不难受,反而让她觉得舒服,如同冬天怕冷的肢体忽然间获得了炭火的烘烤,让人产生一种想伸出肢体让炭火尽情烘烤的感觉。

她惊异地看着童大俊。她想骂童大俊,想说童大俊你怎么能这样,又想说童大俊你难道就是用这样的做法来表示你的爱吗?又想说童大俊你的嘴唇好烫,但也很温暖。可是她竟然又什么都没说,似乎嘴巴被胶布粘住了一般,一句也话说不出,她觉得说什么都是多余,说什么都不能表达自己此刻的感觉,她根本不知道自己应该说些什么。她甚至很奇怪地发现,自己喜欢这种感觉,喜欢紧紧地被有力的胳膊拥抱的感觉,喜欢让自己冰冷的腮帮被热唇烫热,然后这种热量蔓延到全身的感觉。这种感觉是以前从来没有的。片刻间,林如蝶陷入了莫可名状的思维和行为几乎都静止了的状态中。

"我爱你。"童大俊轻轻说,再一次伸出双臂紧紧拥住林如蝶,仿佛知道林如蝶冰冷的身体需要他身上的热量的传递,他热热的唇盖住了她冰冷的唇,用力地吻,仿佛要把它吻热,要把自己身体上的热量补充给林如蝶,他似乎希望用自己身上的热量,将她冰冷的嘴唇和身体温暖、融化。

突如其来的热吻和拥抱让林如蝶再一次受到一种特别的冲击。而对于这次冲击,她不再反抗,也不再试图挣脱。她顺从地任凭那双像铁箍一样的臂膀拥抱,任凭滚烫的嘴唇的润泽,任凭铁塔般强壮、炉火般的温暖躯体的烘烤。她的脸在润泽中变得温热潮湿,身体在铁箍中变得柔软,心脏在烘烤中被捂热,她轻轻地闭上了眼睛,任凭疯狂的烈火炙烤自己的唇、燃烧自己的身体、融化自己的灵魂……

"风定林愈静,鸟鸣山更幽。""暮云收尽溢清寒,银汉无声转玉盘。此生此夜不长好,明月明年何处看……"忽然,一对男女吟诵古诗的声音传到了林如蝶的耳朵里,她猛然间清醒过来,睁开眼睛,本能地从童大俊的双臂中挣脱开来。她看到一对男女学生从他们的边上走过,男的动情地吟诵着,女的紧紧地依偎着男的,他们缓缓地向前走去。

林如蝶感觉自己像做了一场梦,梦里发生的所有的事情都是她始料未及的。这么久了,她从来没感觉到,自己对童大俊会有这么一种奇妙的感觉,她从没想过会和童大俊会有今天这么一个非同一般的交集,而且是以一种迅雷不及掩耳的速度。自己修砌得金汤般坚固的心墙,竟然在片刻之间轰然坍塌,这是不是一场梦?可是她明白,一切真的发生了,完全不在预测之内。她忽然想起那次李重天把她叫到他寝室谈话时的情景:李重天也是向她表达自己的真情,但李重天只会用语言做媒介。虽然他的脸上也写着焦躁和急迫,但他那平静而理性的语言没有能够感染到林如蝶,他连林如蝶的手指头都没敢碰一下。而童大俊却就这么蛮不讲理地拥吻了自己,夺走了自己的初吻和与男生的第一次拥抱,简直可以称之为强夺。但不知为什么,此刻,林如蝶并不想责怪自己,只是她一时想不明白,为何自己选择的方向在瞬间就向着童大俊倾斜了。她理不出头绪。

林如蝶稍稍整理了下头发,对童大俊说:"不早了,我得回寝室了。"说完,转身向寝室大楼方向跑去。

"我送你到楼下。"童大俊赶紧跟上,搂着林如蝶。两人踩着沉沉的夜色,静静地不说话,一直走到大楼下。童大俊痴痴地看着林如蝶的背影消失在楼梯口。

林如蝶和童大俊在一起的时间迅速多了起来。周秀丽发现林如蝶和童大俊走得越来越近了,她似乎已经嗅出了其中的气味。

一天,周秀丽对林如蝶说:"如蝶,我们大家都看出来了,你似乎已经接受童大俊了。确实,童大俊对你很专情,这很难得,但作为你最好的朋友,我有责任把我的想法告诉你,最后如何定夺,那是你的事情。我觉得童大俊不太适合你,你是城里人家的娇小姐,童大俊是农村穷苦人家的孩子，家里兄弟又多，还没有父亲，以后你跟他过日子，是要吃苦的，你能接受吗？"

"穷不怕的，穷人的孩子更懂事，更懂得体贴人，怎么能以穷富来评价呢。我更看好穷人家的男孩子。"林如蝶说，"确实，我有和童大俊相处的打算了，这就意味着，我最终要和童大俊走到一起。童大俊也有优点的，我相信，我们两个人以后靠自己的双手，白手起家也没问题。我就是觉得童大俊性格急躁了一点，不过我听说如果一个男人真的爱一个女人，他就会为所爱的人而改变自己的。我希望童大俊能因为我而做出改变。"

"好吧，既然你已经决定了，那就按照你自己的想法做吧，我只有祝福你们了，希望你幸福。"周秀丽无奈地摇了摇头。

从初春联欢会跳舞以及夜下漫步校园操场那晚开始，林如蝶和童大俊之间的关系发生了巨大的变化，仿佛久旱逢甘露的树苗，童大俊尽情散发着自己全身蕴藏了许久的能量，为林如蝶鞍前马后，形成了对林如蝶360度的关爱和呵护。除了上课和睡觉，童大俊几乎把所有的时间和注意力都放在了陪伴林如蝶上，只要有林如蝶的地方，就能看到童大俊，童大俊仿佛是林如蝶的贴身保镖。他陪林如蝶一起去食堂，打饭，吃饭，洗碗，陪她逛锦华城老街，为林如蝶挑选衣物，帮林如蝶拎包。

有时童大俊和林如蝶都在的时候，周秀丽和寝室里其他女同学开玩笑："童大俊对如蝶这么好，我们看着都羡慕死了，都想赶紧找个男朋友了。"林如蝶闻言，淡然地笑笑。她并不介意姐妹们说的是玩笑话，还是真心话。她只相信童大俊对她是真心的。她想，那就足够了。

有了童大俊全方位的照顾，林如蝶竟然有了家的感觉。她忽然觉得自己原先在大学里不谈恋爱的想法是多么狭隘，觉得自己之前拒绝恋爱是多么愚蠢。恋爱的感觉是美好的,两个人在一起,没有了孤独,困难一个个远离,冬天不冷了,时间也过得特别快了。原来爱情是一种可以让人变得快乐的事情,难怪古今中外有那么多赞美爱情的诗:"生命诚可贵,爱情价更高。""冬雷阵阵夏雨雪,天地合乃敢与君绝。"爱情可以让人变得快乐无忧,还可以让人变得胆大坚定,甚至可以让人更早成熟。自从和童大俊相处,林如蝶很少做噩梦了。而且,因为有童大俊陪伴打羽毛球,林如蝶的球技明显提高,身体状况也好了起来。她觉得自己不再那么娇弱孤独,有童大俊相伴,生活变得安稳而充实了。

十一

时光像白驹过隙,一眨眼就到了毕业季节。

毕业生分配志愿表发下来了,林如蝶陷入了深深的纠结中。之前她已经想好了,和童大俊一起,到童大俊的家乡金山县去安居。金山县与她的故乡青水县毗邻,只是面积更小一点,地理位置也更偏一点,经济发展也不如青水县。但是这些,林如蝶并不在意。只要和童大俊在一起,只要今后他俩能辛勤工作,凭借自己的双手,过日子是不成问题的。她想象着他们有一个温馨的小窝,两个人一起做老师,每天和活泼可爱的学生们一起,工资足够他们养家糊口,甚至还可以积攒些钱寄给父母,能有这样的生活,她就很满足了。

林如蝶忽然想起还没有把自己谈恋爱的事情以及准备和童大俊一起去金山县工作的计划告诉父母。虽然父亲特别疼爱自己,很多事情从小到大都由着自己,但是,毕竟选择到哪里工作是一件大事,应该和父母通一下气。和童大俊处对象的事情,估计没什么问题,父母是通情达理的,婚姻自由他们都懂,更何况,父亲是肯定不会嫌弃童大俊家境的。父亲早就对她说过,穷人的孩子早当家,他绝不会嫌弃农村出生的孩子。但随童大俊到金山县工作的事情,万一父母不同意怎么办呢?

林如蝶觉得已经到了非给父亲写信不可的时候了,再不告诉父亲,就来不及了。林如蝶铺开信笺,开始给父亲写信。她先把自己和童大俊确定恋爱关系的事情告诉了父亲,表示既然决定和童大俊走到一起,那么就应该分配在一起工作,省得以后调动麻烦,由于金山县有规定,只准外面的师范生进入,不允许本县的师范生分配到外县,所以,她只能和童大俊一起去金山县。再者,金山县和青水县是邻县,回家看望父母也是方便的。

林如蝶把信寄出去后,就等着父亲的回信。但她根本没想到,自己的这个决定,在家里掀起了轩然大波。

这边,林兴盛从收到信的那一天开始,就开始焦躁不安了。林兴盛觉得自己似乎从未如此焦躁过。他对如蝶向来放心,这孩子从小就没给家里添过什么麻烦,在校老师喜欢,和同学也要好,学习自觉;在家与邻里孩子相处和睦,性格单纯,脾气随和,做事靠谱。但是,他没想到这么靠谱的小女儿,竟然自行就定下了男朋友,而且决定要到男朋友那边去落户,这一切发生得太突然了。那么,他这个做家长的究竟为什么焦躁呢?是对童大俊这个未来女婿不满意吗?听女儿说,他虽然农村出身,但身强力壮,又勤劳,最重要的是,他对女儿很好,似乎没有理由反对啊。可是他心里就是那么慌乱,没亲眼见过自己未来的女婿,女儿就要随他远行了。女儿年轻,性格单纯,看人不准,万一找到的人不好,亲人又不在身边,被人欺负了怎么办?这让人怎么能放心得下啊?

林兴盛脑子里乱糟糟的。他决定开个家庭会议,将全家人都召集到一起,让大家发表看法。

周末,林家的大四方桌围坐着一圈人。有史以来第一次的家庭会议就在厨房里进行。

"从小,我们就比较宠爱如蝶,因为她是家中最小的,到了她长大的时候,我们家的条件也开始好了。所以,她是我们家唯一一个没有吃过苦的孩子,也是我们家唯一的大学生。现在,她写信告诉我们,她决定要和男朋友一起落户到金山县。对这件事情,你们有什么看法? 大家不妨说说看。"面对另外四名家庭成员,林兴盛尽量掩饰着自己内心的焦虑。

"这个娜妮,真是不懂事,到那么远的地方去干啥,你们快想办法,叫她不要去。"余仙花急不可待发言,似乎这个女儿一旦走了,就再也不会回了。

"这个事情主要还是由如蝶自己做主。因为是她嫁老公,她自己选的人,她要和他在一起,都是她自己的事情,我们如果要阻拦,必须要有充足的理由,那我们的理由是什么呢?"林如兰对此事并未表现得大惊小怪。

"这个事情太突然,那个叫童大俊的到底是一个怎么样的人,他的家庭究竟怎样,我们都不知道。如蝶这么做,还是有些仓促了,我觉得这事需要慎重考虑。"林如浩站在中间立场,没有立刻反对,也没表示赞成。

在一旁沉默半天的如梅终于开口了,她用笃定的口吻说:"我认为,不能让如蝶到金山县去。我们家好不容易出了个大学生,还是做老师的,如果如蝶在我们青水本县做老师,至少以后她可以关照到大家庭的孩子们。如果她就这样去了金山县,那不是白白培养了她,如蝶的选择是不明智的,我们应该阻止她……"

"可是。我们怎样才能阻止如蝶,我们又有什么好的办法来让她改变自己的决定。说男方家境不好,不行,说她不知恩图报,这话也说得太早,会伤她心的。"林兴盛感觉阻止女儿的理由很苍白。

"叫如蝶回来,或者派人到学校去找如蝶,就说全家人不同意她的选择。这是件很简单的事情。"如梅说。

"这个蝶蝶,书读得越多越糊涂,那金山县哪有咱青水县那么好啊,那是最贫穷落后的县啊,到那里去干啥啊?"余仙花不停地抱怨。

"我觉得这个事情吧,不能那么简单粗暴地解决。蝶蝶之所以能写信回来,说明他们的关系已经确定了,如果没有充分的理由让她和男朋友分手,我们去阻止她,反而会起反作用。年轻人恋爱都是这样,父母越是不同意,他们往往就越是坚决地走到一起。别看蝶蝶她平时温顺,倔起来也都一样的。"如兰说。

"要么也写个信给如蝶,就说不要太着急,考察清楚男生的情况再定,或者索性让她把男生带回来,让我们大家观察之后再做决定。"林如浩说。

一群人七嘴八舌,说了半天,最后林兴盛决定自己打电话给女儿,让林如蝶谨慎对待选择男友这件事情。

林如蝶接到了父亲的电话。父亲的语气有些和平时不大一样。关于选男朋友和毕业分配的事情,林兴盛希望林如蝶考虑清楚,免得以后后悔。林如蝶告诉父亲,自己已经选好了,也不会再改变了。既然选择了童大俊,去金山县就没有什么后悔的余地了。选那个地方是因为选了那个人,对今后的结果,无论好坏,她都做好了心理准备,也希望父亲和家人能够理解。

林兴盛听到女儿口气很坚决,知道一切已成为定局。他缓缓地放下电话,心里隐隐作痛,慢慢地走回家,半天说不出话来。余仙花看到丈夫脸色有变化,问道:"咋了?蝶蝶不听话吗?"

林兴盛摇摇头,不说话。

"蝶蝶到底怎么样了,你倒是说话呀。"余仙花焦急万分。

"哎,就顺着她吧,她有她自己的想法,我们无法改变。虽然,我不希望她离开我们,但孩子长大了总是要飞的,我们自然是绑不住她的。"林兴盛对余仙花说,也是对自己说。

余仙花显然明白了。她摇着头,叹了口气:"哎,书读这么多反而傻了,书呆子一个啊!我们指望不到她什么了。"

林兴盛不语,他慢慢走进厨房,拿掉罩在四方大桌中间的菜罩,看着余仙花刚刚做好的两碗菜,他厌弃地又把菜罩盖上。他觉得没胃口吃饭。是的,他心底有些许伤感,蝶蝶走了,最小的女儿从此不会经常在身边了,她再也不需要他的呵护了,想当初她是这个大家庭的骄傲,谁知如今,她却离父母和这个家最远。到金山县的路并不方便,以后和蝶蝶见面的机会就很少了。他推开了饭菜,离开厨房,把自己关进房间里,不再和任何人说话。

一连三天,林兴盛都胃口不开,饭也吃不下多少,他感觉自己要生病了。但是,他没有理由生病。他是一个堂堂的男子汉,这么多年来,这个家都是在他的辛勤劳作中支撑下来的,最苦的时候都挺过来了,反而要在这个时候垮掉,没道理啊。他不停地告诫着自己:"没什么好失落的,无非少了一个孩子在身边而已,这里还有三个孩子,有什么好愁的呢?只要如蝶在那边好好当老师,好好过日子,就没什么不好的,一切顺其自然吧。"

暑假转眼到来,大学生们回家的时刻到来了。

"爸、妈,我回来了。这就是童大俊。"当林如蝶和童大俊一起出现在父母亲面前的时候,两位老人怔住了,夫妇俩一时都没反应过来,因为女儿之前并没有告诉他们何时到家。

"怎么也不提前通知一下,我好早点买点菜啊。"林兴盛回过神来时说道,一旁的余仙花则一声不响,表情有点僵硬。从母亲的眼神中,林如蝶看到了她对童大俊的敌意。

　　林兴盛安顿了林如蝶和童大俊后，就开始准备饭菜，余仙花把林如蝶叫到另一个房间，拉长着脸说："不是不让你跟他好吗，你怎么把他领到家里来了？"

　　"没有说不要好啊。您该不会是嫌弃童大俊家境不好吧？可是，我爸以前不是说过不能看不起农村人啊。"林如蝶对母亲的反应有点意外。

　　"人家都是找条件好的，你看看咱隔壁的老姚家的闺女春花，没念过什么书，找了个当老板的男朋友，房子、彩电、冰箱、洗衣机，还有金戒指金耳环，样样都有。你倒好，书读得越多越降低自己，白给你读那么多书了。反正你不能跟着他过日子，你明天让他回他自己家去。"余仙花明显生气了。

　　林如蝶心情一下子从90度降到了零度。她没想到母亲会这么排斥童大俊，更不知道家里有这么多人反对她和童大俊在一起的。可之前父亲并没有亲口对她说这些。如果父亲认为不合适，为何不直接到锦华城找自己，和自己摊牌呢？林如蝶越想越觉得委屈。但是如今一切都已定局，想要更改已是不可能的了。

　　林如蝶知道，母亲看起来平时很文弱，但急躁起来的时候也很难通融。她知道，只要自己没有给她一个明确的态度，或许她就会不依不饶。母亲在家很受父亲爱护，儿女们也都尽量顺着她的心意，林如蝶也如此。这么多年，她几乎没有和母亲顶过嘴。但是，这件事情她不能顺着母亲。这是选自己的人生伴侣，是和自己过日子的。只要自己觉得合适，就不能听从母亲的调排。

　　林如蝶没有听从母亲的建议，她也没把这些信息传达给童大俊。幸好父亲还是和以前一样待她，对童大俊也不乏热情。林如蝶深深知道自己在父亲心中的分量。从小到大，父亲从没有对自己说过一句重话，似乎她在父亲的眼里就是一个水晶人，父亲担心自己话说重了，水晶人随时可能会被震破。

午饭在略有些清冷的气氛中进行。童大俊只是大口大口地扒着饭，很少抬头看未来丈人和丈母娘的脸。

"毕业了准备到金山县去？"林兴盛关切地问童大俊。

"嗯，那边不放人，只准进不准出。"童大俊回应道。

"那联系到了什么学校？"林兴盛语气很温和。

"我尽量争取能让如蝶留在城里，我自己到齐贤中学，齐贤中学在金山县城和青水县城的中间地带，到金山和青水都很方便。"童大俊咽下一口饭说。

"到了那边安顿好，打个电话或者叫如蝶写封信回来。"林兴盛似乎得到了他想知道的结果，又客气地让童大俊多吃菜。

林如蝶还没吃到一半，童大俊已经放下碗了。他说："我吃饱了，叔叔阿姨慢吃。"

"到房间里坐一下。"林兴盛对童大俊说，一边起身去端茶。余仙花则一声不吭，脸上没有什么表情。

在房间里，童大俊一个人坐着，看到余仙花走进来，他赶忙紧张地站起来。从走进如蝶家开始，童大俊就感觉到了尴尬的气氛，从看到如蝶的母亲——他未来的丈母娘的第一眼开始，就感觉到可能有一场暴风雨要降临。所以，这顿饭他吃得特别快，不敢看未来丈母娘的脸，吃完了就如同逃离了恐怖的战场一样，逃脱了一种煎熬。此刻，余仙花走进房间，站在离童大俊两米远的地方，终于开口了。

她声音冰冷，语调生硬，一字一句都像冰冷的铁块一样，砸在童大俊的心口："我们全家都不同意你和如蝶的事情。如蝶爸爸好说话，可是我不会让我女儿跟你走的，希望你赶紧离开这里，我们家不欢迎你。"说完，就怒气未消地转身出去了。

童大俊怔怔地坐在那里，表情变得呆滞，一句话都不敢说。半晌,他的心里开始有点乱,不知道该怎么办。他尽量让自己保持平静,等着林如蝶吃完饭过来。

林如蝶终于吃完饭过来了。她拉着童大俊来到庭院里,要和童大俊商量这几天的安排。童大俊说:"我们还是一起去金山吧。"

"那么着急吗?来我家才几个小时就要走?"

"早点过去,我们好安排事情呢。我带你到我老家的山上去玩,那里空气可好了,我小时候经常在那里边放牛边唱歌的。"

"是吗?那风景一定很美吧,有山有树有牛,还有一个放牛娃,哦,那是电影中的画面啊……"

"让开!"林如蝶忽然听到母亲一声叫唤,转过身时,看到母亲站在庭院边,手里端着一盆水。林如蝶想,母亲大概是要给庭院边上的花浇水,或者是要倒脏水。她赶紧躲开,给母亲让路。林如蝶刚一闪开,余仙花立刻将脸盆里的水对着正要离开的童大俊泼过去。水正好泼了童大俊一个照面,浇了童大俊一身的水,童大俊的眼镜上也被蒙上了一层水,前胸的衣服湿漉漉了。他顿时成了一只狼狈的落汤鸡。

"妈,你怎么……"林如蝶一下子惊呆了,忽然明白了是怎么一回事。童大俊尴尬地抹着满脸的水。

"你给我赶紧走人,我们家不欢迎你,赶紧走,赶紧走……"余仙花似乎也是尽量压制着愤怒。看着母亲坚决的表情,林如蝶感觉刚刚缓过来的心一下子又跌落到了冰窖里。她知道母亲的脾气,但她还是忍不住要和母亲论理:"妈,你不要这样!你这样的话,我只有和童大俊一起走了。"

"好啊,把你养大了,翅膀硬了是吧?好,要走你走,立马就给我走,再也不要回来,就当我没养过你。"余仙花第一次对林如蝶说这么狠的话,她似乎被林如蝶刚才的顶嘴气晕了,"你要他,还是要这个家？要这个家，你赶紧让他一个人走，你以后也再也不准去找他；如果你要他，你现在立刻走，我绝不拦你。"

林如蝶哭了，她没想到事情会发生这样急剧的变化。她和童大俊的一切还没开始，就遭到了母亲如此彻底的否定。母亲不知道自己在大学里生病时受到童大俊的照顾，母亲不知道自己身体羸弱，身边也需要一个人呵护。母亲自己也体弱多病，只希望女儿留在她身边照顾她，但不曾想女儿也需要照顾。其实女儿的身体早就出状况了，高中开始就经常做噩梦，以至影响了高考成绩，甚至到了大学，也还经常做噩梦。女儿今后也需要一个身体强健的男人照顾，而不是留在父母身边拖累父母，童大俊是自己再三考虑后选择的。母亲你什么都不问，什么都不知道，就这么独断专行，弄成这么一个僵局。好吧，既然你让我选择，我只能决定跟随童大俊了。我已经决定，做童大俊的妻子，以后和童大俊一起生活。女儿总是要离开父母这个家的，晚离开不如早离开。本来我还舍不得离开这个家，现在，就让我少点牵挂，果断地离开吧。

主意一定，林如蝶一边流着泪一边收拾东西。父亲拿着一个小包过来，他把包递到林如蝶的手上，说："拿着，这是新的床单，别让你妈看见。童大俊他那边条件不好，你拿去用得着。"林如蝶接过小包，把它放进大包里。她知道无论她做出什么决定，父亲还是体谅支持她的。父亲送林如蝶和童大俊到大门外，对林如蝶说："以后我们照顾不到你了，你要自己照顾好自己。"

"谢谢爸爸，我会照顾好自己的。"林如蝶流着眼泪说。

父亲转身回屋了。林如蝶和童大俊赶紧奔向汽车站，因为从青水县城到金山县城的车子不多，错过了，当天就可能走不了了。

当两人赶到车站时，正好最后一班去金山县的中巴尚未发车。童大俊抢到最后一个座位，他安顿好林如蝶坐好，又把行李放妥，然后站在林如蝶的边上。车子开动时，林如蝶发现，车子已经严重超载，有十多个人必须是一路站到金山县城的。

车子驶出青水县城，往三爿石方向走去。不一会儿，就看到远远的三爿石的影子。"三峰——青如削，卓立千仞不可干。正直相扶无依傍，撑持天地与人看。"看到三爿石，林如蝶情不自禁地在心里默念起辛弃疾当年游玩三爿石留下的精美诗句。对她来说，三爿石是最熟悉不过了，她的爷爷，父亲的父亲的家就在那里。爷爷是从前三爿石下镇子里的私塾先生的后代，爷爷也曾经做过私塾先生，父亲小时候接受爷爷的教育，十六岁考到城里读中师，毕业后到城郊的中村学校当老师。父亲和母亲结婚后，从此就安家在城里。林如蝶在城里出生和长大，对于三爿石村的最初印象，都是暑假和寒假在爷爷家留下的。后来读书时期又爬过几次三爿石，她一次比一次喜欢那座山，也一次比一次更加了解自己生长的这片土地。从内心来说，她也不想离开这片故土。这里有她的家人，有美丽的自然风光，有成长的校园和童年的伙伴，有太多值得她留恋的东西。但是，她既然答应了童大俊，就必须有所舍弃，和他在一起，让他感到安稳、踏实。她相信自己未来的小家可以安稳地建筑起来，让她伤心的是母亲如此决绝的态度。坐上破旧的中巴车，她胡思乱想了很多，直到车子剧烈地颠簸起来。

车子颠簸的时候，站着的人开始前俯后仰、左摇右晃。童大俊牢牢地抓住林如蝶座位的靠背，站在林如蝶的左侧，像一堵屏风一样，将她围在一个安静的角落里，但她并不觉得安静。她看到中巴车外面尘土飞扬，灰蒙蒙的白色气浪不时地从窗外涌进来，她被浓浓的尘土的气味呛得咳嗽起来。原来车子已经进入了金山县地界。

跋　涉

十二

金山境内的路况和青水县完全不同,原来相对平整的路面变得坑坑洼洼,高低不平,车子在路上行驶,仿佛在崇山峻岭中艰难地爬坡。有旅客开始忍不住骂娘了:"什么破路,吃一肚子灰尘,还没到了家里就变成灰猫脸了。""这政府也不知道把路修一修。""他们修过了,没多久又破了,车子太多了,路面也承受不住啊。"七嘴八舌的议论声此起彼伏。林如蝶和童大俊一言不发,两个人都静默着,任凭车上的旅客嬉笑怒骂。

颠簸的路段终于过去了,飞扬的尘土也渐渐平息下来。林如蝶看清了两旁高峻的山,山下深深的沟,沟里流淌着清澈的涧水。林如蝶忍不住探出头仔细看,山上那苍翠的树木,沟里那清澈的水花,让林如蝶忽然感到一丝欣喜。这样的画面正是她梦想中的。她在离开师范大学之前,曾经想象过自己和童大俊将来所工作的乡村,那山青水绿,树幽鸟鸣,大概就是眼前这样的景致。这种静谧幽美的乡村很美,林如蝶感觉自己会喜欢上这里。

车子到了金山县城,林如蝶跟着童大俊下了车,又跟着童大俊上了一辆破旧的拖拉机。童大俊用方言和拖拉机驾驶员说着什么,似乎是谈价钱和要去的地址。谈妥了,童大俊先是托举着林如蝶上了拖拉机，然后自己爬上来。拖拉机发动了，机头"突突突"有力地咆哮着，向着远处的乡村驶去。

一路上他们依然沉默，只有拖拉机马达强有力的"突突"声一直在乡村的泥土道路上回荡着，伴随着纷纷扬扬的尘土。林如蝶用手帕捂住了鼻子，神情极其专注地看着向后倒去的公路两边的行道树和村庄。暮色四合时，他们终于到了童大俊的老家：金山县翠岗村。

拖拉机师傅把林如蝶和童大俊卸在大路边，继续"突突突"地向前驶去，一会儿便消失在茫茫夜幕里。几百米的远处有零星的灯火闪烁，仿佛夜幕下跳动的火苗，给苍茫大地平添了一丝生气。

"那就是我的家，不，从现在开始也是你的家了。"童大俊指着远处那片闪烁的灯火。林如蝶不说话，默默地跟着童大俊走着。一条不算宽阔的机耕路，从大路边，一直向树林的深处延伸。树，是矮矮的树，童大俊说是橘子树。这里的人家，十家有八家都是种橘子的，虽不能赚很多钱，但至少自己有橘子吃了，倘若是种得多的人家，还可以卖掉一些来补贴家用。

林如蝶只是静静地听着，并不追问什么。她刚刚开始从之前母亲过激的反应给她带来的压抑中舒缓过来。她抛开了心头的那片阴霾，开始关注眼前这个全新的即将属于她的世界。虽然眼下这个世界是黑暗的、迷蒙的、混沌的，是一无所知的，但她闻到了一股植物的叶子散发出的清新的气息，听到了不知名的虫鸟热情的鸣叫声。在这片广阔的天地间，她就是这片天地的主人，这片天地此刻只属于她和童大俊两人，能在如此芬芳馥郁的时空中自由地走路，不赶时间，也不问前路，只管静静地走，这种感觉是那么的奇特而美好。

大路变成小路，小路也由笔直变得弯曲且高低不平。有一段是很陡的斜坡。童大俊连揽带抱扶着林如蝶走过陡坡，这段陡坡让林如蝶尝到了月夜下爬山的惊险滋味。

　　终于来到一个老式的农村屋舍的大门前。门被推开了,昏暗的灯光下,四个人正围坐在四方桌旁吃晚饭,看见林如蝶和童大俊,他们同时扭过头看,一个个脸上都露出惊讶的神色。一个年纪五十光景的妇人站起身,对着童大俊说:"是大俊吗? 是大俊回来了? 怎么不提早打个电话? 你们还没吃吧,赶紧坐下吃。"她一边说,一边走过来拉林如蝶,让林如蝶坐到她坐的位置上,又收拾了她自己还没吃完的碗筷,快步向厨房走去,"我再去弄些吃的,大俊你俩先坐下吃。"

　　童大俊一一介绍着餐桌旁的家人:大哥童大民、大嫂惠芬、侄儿牛牛。灯光太过昏暗,林如蝶既看不清三张面孔,也看不清桌上的菜。童大俊夹菜给她,说是自家做的冬瓜干,是用面粉裹了晒干的,很好吃。林如蝶夹了一片,轻轻地放进嘴里,冬瓜干滑滑嫩嫩的,有一丝爽口的清香,味道确实不错。她又吃了童大俊夹给她的其他的菜,或许是她真的饿了,也不问是什么菜,只觉得味道都不错。她没想到,在这昏暗的农家饭桌上,看不清的饭菜竟然味道非常好,比自己青水老家母亲做的菜饭好吃多了。

　　吃过饭,林如蝶才得以仔细看这个家:由做饭的厨房和睡觉的主房组合而成,厨房饭厅和睡觉的正屋被一条路隔断。路的北面是厨房、饭厅和猪圈,路的南面是旧式的带天井的四合杂院。但童大俊的家却是大杂院边上的一座两房一厅的边房。对于老式房屋的研究,林如蝶懂得并不是很多,她担心的是这陈设极其简陋的房子今晚将如何安顿下这么多人睡觉。童大俊将林如蝶带到一个房间。房间的灯光依旧是昏暗的,暗得林如蝶感觉整个世界都是模糊的,仿佛一切都是在迷蒙的梦幻中,她来到了梦中的童话世界,灰姑娘离开了王宫,脱下水晶鞋,回到自己的灰色的屋子,开始灰色的生活。但看到童大俊在身边,林如蝶下意识地捏了捏自己的手臂,痛的,才知道,一切都是真实的。童大俊的母亲进来了,她开始铺床。小小的房间里成90度角摆放着两铺床,一铺是童大俊母亲的,一铺应该是童大俊的。母亲显然是在铺童大俊的床,因为平时童大俊不在家,这床成了临时放物品的地方。现在,她看见童大俊母亲抱着几件旧棉袄和一个旧床单,对童大俊说:"你先带她到门口附近走一下,等我把床铺好再回来。"

童大俊和林如蝶在门口的小路上相依而走。这是一条公共通道,偶尔就有路人经过,路的北面是厨房和猪圈。林如蝶提议去那里面看看。

这里的每一盏灯都昏暗而缥缈的,厨房照例也一样。去厨房,必须经过猪圈旁。还没走近猪圈,林如蝶就闻到了难闻欲呕的臭味,她忍不住捏住了鼻子。童大俊笑了:"你现在不习惯,我们农村家家户户都养猪,时间长了你就适应这种气味了。"

"我怕猪的。"林如蝶看到黑乎乎的猪趴在木栅栏里面哼哼唧唧,赶紧转身跑开,仿佛那黑乎乎的东西会朝她追赶过来。

童大俊笑得更欢了:"哈哈,猪是不会咬人的,猪是咱农家的宝贝啊,我们过年过节要靠它。家里养几头猪,留一头过年杀了吃,其余的要拉出去卖,换来全家各种用度:买年货、做新衣、交学费、还债……"童大俊说到这里忽然就停下不说了,似乎喉咙忽然被堵住了一样。

"嗯,我知道,可我确实有点怕。小学毕业那年搬家,当晚到附近人家去还借来的铁锤,回来时天色已黑,经过一个黑屋门口时,忽然有一种古怪而又可怕的声音在身边猛然响起,我吓得浑身起疙瘩,脑门忽然发热,没命地跑回家。回到家里,父亲看我脸色煞白,问我怎么了,我说遇到鬼了。父亲让我带他去看哪里有鬼。父亲紧紧搂着我,叔叔也一起陪着我向那间黑屋走去。靠近黑屋子时,那古怪的声音忽然又响起,我吓得魂不附体,紧紧抱住父亲,浑身颤抖。叔叔拿

了手电筒去照看。原来是猪。父亲说真是傻孩子,连猪的叫声都没
听过。"林如蝶一口气说了一大堆,仿佛要把过去的东西倒出来清空
一般,"看来以后我应该有很多机会和猪接触,到那时肯定会不再怕
猪了。"

其实林如蝶心里还有其他的话没有说出来。比如,猪圈离厨房
这么近,不太卫生吧?夏天会不会长很多蚊子呢?有什么办法不让
猪圈的气味这么难闻吗……她想问好多问题,但是,她最终一个问题
都没问。

回到屋子的时候,童大俊的母亲已经把床铺好了。母亲说,童大
俊睡一铺,我和如蝶姑娘睡一铺。如蝶忽然感到心里暖暖的,刚才有
点忐忑的心忽然就放松了许多。虽然,她跟着童大俊来金山了,而且
她决绝地离开了母亲,坚决地将自己托付给了童大俊。但是,真正来
到翠岗村这个陌生的乡野,她的心底忽然又萌生了一种缥缈不安感,
觉得自己犹如风筝一般,在漫无边际的旷野中摇晃。今晚,是决定自
己命运的时刻吗?她似乎觉得自己还没有做好足够的精神准备。童
大俊母亲的一番话,让她感觉到一丝家的安稳和温暖。

浓浓的黑色像墨汁一般,看不清床和门,分不清天和地、东和西、
南和北。林如蝶只感觉到自己已经在一个陌生的世界里了,这个陌
生的世界虽然有点生冷,但还是有一些安稳感的。她独自睡一头,另
一头睡着童大俊的母亲,她未来的婆婆。不知何时,林如蝶发现自己
平日里冰冷的双脚竟然被一双粗糙温暖的大手握着,并紧贴在对方
热热的胸口上。哦,是童大俊妈妈,是妈妈!林如蝶的心里忽然有一
弯暖暖的水充盈起来,荡涤着心房,让她感到自己忽然间有了归属,
有了依靠。从走进童大俊家到此刻睡在床上,林如蝶还没来得及喊
她"妈妈"或者"阿姨"。林如蝶不知道该怎么称呼眼前的这位老妇
人。从见到这位老妇人开始,她就觉得这是一位和别的农村妇女有

点不一样的母亲,她和自己的母亲是完全不同的两种人,她看林如蝶的眼神一点不陌生,仿佛林如蝶早就是她的女儿一般。虽然林如蝶还没过门,但她显然已经将林如蝶看作是她的儿媳妇了,以至于林如蝶感觉到她的每一句话每一个动作,都是那么像真正的母亲一般,没有生分,能考虑到林如蝶的最细微的感受。林如蝶冬天手脚冰冷,晚上睡觉常常因为双脚冰凉被冻醒,经期常常因为肚子痛吃不下饭。母亲从来没有带自己到医院看一下。当然,母亲自己的身体也不好,她一直指望林如蝶毕业后能回青水县,留在她身边,她需要的时候,能叫唤得动。但是,做女儿的没有如她所愿。后来,林如蝶便养成了遇事不和母亲商量的习惯。父亲工作忙,林如蝶自然不想打扰父亲,姐姐们都要出去打工挣钱,没有很多时间和自己在一起。读大学的这些年,林如蝶更是不再将自己的身体不适或生活遇到的困难向家人诉说,她觉得自己已经长大了。但她或许没想到,其实她离长大还是有很长一段距离,有很多的事情她并不能很好地把握。不然,也不会和母亲闹成这样的结果……

没有得到亲人祝福的婚姻是不会幸福的……林如蝶记不清这句话最早是谁说的,她的心忽然就像被针刺了一样,一阵难言的痛让她忍不住轻轻地抽泣起来。当她发现原来自己在哭泣时,她赶紧用手捂住自己的嘴。她的手触摸到了一片湿漉漉,枕巾已经被泪水洇湿。

林如蝶感觉自己浑身是汗,她想抬起头,透一下气,脖子却被一个人按住了,林如蝶看不到那人的脸,便拼命挣扎,想摆脱那人的手,但那人的手劲相当大,任凭林如蝶拼死挣扎,他都不放手。林如蝶想喊来人,救命,却感觉喉咙嘶哑干涸的发不出声音,林如蝶感觉到自己马上要窒息了。不行,我不能就这么死了,一定要活下去,一定要摆脱那双可恶的手,一定要喊。林如蝶凭借着最后一点潜意识拼命地叫喊,挣扎……

"怎么了？如蝶……如蝶,你醒醒……"林如蝶醒来时,发现童大俊抱着自己一边喊一边用焦急的眼神看着自己,"你在喊救命啊,怎么了？梦见什么了？不要怕,有我在呢。"

"好可怕,我差点醒不过来了。"林如蝶迷迷糊糊地说,还没有从刚才可怕的梦魇里挣脱出来,"我以前也经常做这种噩梦,梦见有人要掐死我,每次我都要费尽所有的力气,才能醒过来。所以晚上一个人睡觉总是怕。我怎么和你在一起了,妈妈呢？"

"我听到你叫喊,就赶紧过来了,妈妈到那边去了。看你这样,我如何放心啊。现在,你不用害怕了,有我在,什么妖魔鬼怪都不敢来的。"童大俊安慰着林如蝶,又把林如蝶抱得更紧了一些。被童大俊抱在怀里,林如蝶慌乱不安的心渐渐平复下来。然后她浑身无力,像柔弱无骨的小可怜,乖乖地蜷缩在童大俊宽厚的臂弯里。被童大俊的胳膊拥围着,林如蝶感觉到自己身体很快被童大俊火热的身体焐热了,然后越来越热,热得快要被融化了。她感到这种被融化的感觉是那么的美妙,那么的神奇,有一种说不出的舒适和惬意,仿佛身体没了重量和质量,肉体和灵魂都化成了一道飘飞的青烟,可以绕着另一个温热的身体游走,而那个温热而充满活力的身体就是它们最后的归属。

奇妙的感觉让林如蝶忘掉了所有的烦恼和不快,刚才的梦魇带来的惊吓也逐渐消失了。现在,对她来说,童大俊就是安全的依靠,是温暖的港湾,是家的归宿,是幸福的源泉,童大俊就是他的一切,离开了父母,离开了青水城,离开了哥姐同学和朋友,离开了她曾经的所有,她换来的是一个童大俊,但童大俊没有辜负她,童大俊的一个拥抱就能让她忘记所有的病痛和烦恼,感受到整个世界的幸福和美好。

童大俊安抚好林如蝶,两个人躺下继续睡觉。林如蝶忽然觉得背下碰到了硬邦邦的块状物,她重新坐起来,翻开缝了很多片补丁的破旧的床单。她看到,破旧的床单下面,垫着几件同样破旧的废棉袄,废棉袄的棉花又黑又硬,而且粗糙不平。之前是因为她紧张和疲劳,并没有感觉到。

林如蝶没有说什么。她把旧棉袄重新调整了位置,然后很快钻入被窝睡下了。她竟然很快就进入了宁静而甜美的梦乡。

天亮的时候,林如蝶醒来了。昨日昏暗的一切终于清晰地呈现在眼前了。这两间老屋确实够寒酸的,用四壁空空来形容一点不为过。除了两张旧床,一张看不清颜色的老旧简单的衣橱,再也没有什么像样的家具,墙壁则是变了色的斑驳的青砖,不曾用白石灰刷过。

走出简陋的屋子,林如蝶却看到了另一番美丽的景象:宽阔的农田,绿油油的草,农人赶着牛在田里犁地,一旁是清莹莹的池塘,水里不时泛出几圈涟漪,那是鱼儿调皮地探出水面;天很高青蓝蓝,地很远绿莹莹。这是书本上的图画,现在自己竟然来到了画中。她陶醉其中,和童大俊在田间小路上奔跑起来。

"看左边那山,那是我经常打柴的地方。待会儿我带你去看一下,体会一下爬山打柴的滋味。"童大俊说,"现在我们先回去吃早饭,吃过早饭就去。"

那座山叫牛头山,林如蝶并没看出山的形状像牛头,也没感觉出那座山和其他的山有什么不同。那仅是一座非常普通的小山,因为童大俊,它被赋予了特别的意义。童大俊喜欢这座山,惦记着这座山,是因为它是陪伴他童年成长的摇篮,它陪伴着他度过了一个个平凡而快乐的日子。

"我生在一个小山村,那里有我的父老乡亲,小米饭养活我长大,风雨中教我做人……"静幽幽的山上响起了童大俊浑厚的歌声。声音醇厚,中气饱满,字正腔圆,传到很远。竟然比以前听到的他唱的其他歌曲更好听,林如蝶心里忽然有一种说不出的喜悦。她非常享受地听着,又牵住了童大俊的手,在童大俊有力的拉拽下,一步一步向上攀登。此刻,这座山是属于我和童大俊的,这片天地属于我们的。林如蝶感觉自己被围裹在一种漫无边际的幸福之中。

十三

在翠岗村待了两天后,林如蝶和童大俊就去金山县教育局去报到了。分管教育的洪副县长亲自接待了来自师范大学的毕业生们,其中还包括像林如蝶这样的来自其他县的志愿者。洪副县长特别对来金山县支持教育事业的外地大学生表达了最诚挚的欢迎。然而最后却宣布了一则让林如蝶颇感意外的消息,那就是从今年开始,所有的大学毕业生都必须先下乡锻炼,以后要想调进城,必须经过严格的考核筛选,以后城区教师都是从乡村学校教师中择优选调。

座下哗然一片。因为之前浙水师范大学毕业生很多是留城的,外地来支援金山县的则全部留城。来之前,童大俊也告诉林如蝶,说他之前为此专门找过洪副县长,洪副县长当时非常肯定地对他说,欢迎童大俊带女朋友回家乡支持金山县的教育事业,只要能来,到哪里都不是问题。有了领导这句话,童大俊心里才很踏实。他自己到哪里无所谓,但他希望林如蝶能留城里,毕竟她从小城里长大,适应城里的生活。林如蝶那时听说能留城里,也就毅然而然地填写了到金山县支教的志愿表。

情况变化太突然。

教育局的人在念名单,哪些人被分配在哪个学校,念到名字的就跟着那个学校的领导走。每个学校都派了负责的领导过来迎接新老师。

"林如蝶,金山县金川中学,童大俊,金山县金川中学……"林如蝶听到了自己和童大俊的名字,他们竟然被分配在同一个乡村学校。好吧,不管这个学校怎样,至少和童大俊在一起了。

一位中等个子、圆头圆脸的中年男人出现在他们的面前。

"我叫徐可道,是金川中学的校长,欢迎你们加入我们这个集体。现在你们跟着我,我带你们到学校去。"那个男人看着林如蝶和童大俊,满脸笑容,仿佛看到了两件宝物,让林如蝶感觉又亲切又有点不好意思。

又是一辆拖拉机,不过比前两天从金山县城到翠岗村的那辆稍微好一点。林如蝶、童大俊和徐校长三人坐在拖拉机的后面,车子很快就开动了,仿佛想尽早把两个新客送到目的地。

车子很快驶出城区,路面由干净的水泥路变成了松散崎岖的泥土路,车子开过,车尾便卷起一层烟雾般的尘土,呛得人有点呼吸不畅。林如蝶拿出手帕捂着鼻子。徐校长笑着说:"咱乡下学校条件艰苦,能把你们这么好的大学生盼来,真是捡到宝贝了。到了那里之后有困难你们尽管提出来,只要我们能办到的,都会尽力去办的。"

"谢谢徐校长,我也是农村出生的,没啥困难会难倒我,可是如蝶,她从小在城里长大,有些东西可能会不太适应。不过,有我在也不怕的,我会照顾好她的。"童大俊说。徐校长又一边问童大俊家里父母及兄弟的情况,一边介绍了学校里的情况。

林如蝶大多在听,并不插话。其实,她不是不想参与谈话,而是受不了车尾扬起的灰尘,她不明白这两个男人为何对灰尘有一种天然的抵抗力。

终于到了。林如蝶感觉自己仿佛经历了万水千山,然后到了天底下某个边远旮旯的山村里。原来童大俊家所在的翠岗村并不算最偏僻边远的旮旯头,真正的旮旯村在这里,它的名字叫金川镇。

下了拖拉机,林如蝶感觉浑身散了骨架一般,脸上又被蒙上了一层厚厚的尘土,很想到哪里洗一把脸。徐校长乐呵呵地说:"一路颠簸,让你们受苦了。不过,金川是个好地方啊,这个地方从前是一个跨三省的交通中心,人气很旺,这里山好水好空气更是好,你们一定会喜欢的。你看,一条溪贯穿这个镇,我现在就带你们到溪里去洗把脸。"

"这条溪叫金川。"徐校长指着面前一条水清澄明,时有水花飞溅的溪水边,趁洗脸的时候兴致勃勃地讲起了金川,"此处最丰富的是山溪水,水流成川,又因一个姓金的人在此处做过知府,故名为金川。别看这里偏僻,从前可曾经是三省交接的交通重地,是一座千年古镇呢。镇内山清水秀、环境优美,曾经有过一段不算短暂的辉煌历史。宋代大文豪朱熹曾来金川会友、登山、览胜,写出了'山列金屏秀,水流翰墨香'的千古绝句。金川也因此闻名遐迩。"

伴随着徐校长的介绍,三个人走进了一条古老的街道。这是金川镇的中心街道,这条梦幻般的老街,恬静而优雅,像一段悠然的叙述,偶尔也有欢闹的喧嚣,像一场欢欣的舞蹈。老街里的人拎着菜篮,挑着老箩筐,推着自行车,踩着错落有致的鹅卵石,来来往往穿梭着。

三个人渐渐走进了老街的腹地,静谧的画轴渐渐切换成恰到好处的欢腾。

香飘四溢的包子大饼铺,品种琳琅满目的干货店,叮当脆响的打铜打铁铺,色彩缤纷静雅整洁的布店,还有沿着老街两边摆着的蔬菜、瓜果、水产等土特产的农贸集市,一切都让林如蝶感到新奇,一个小时之前她还以为自己将要进入是一座偏僻落后、人烟稀少的破落古镇,转眼间她的面前呈现出一幅生机勃勃、人声鼎沸的喧闹世界。林如蝶觉得有点梦幻般的感觉。

三人来到了一片矮山前面。金川中学就坐落在山脚下,有一座两层教学楼。学校规模不大,只有初中三个年级共十二个班。沿着山脚往上看,不到半腰处,分布着一排排旧平房,老师和学生的宿舍就在那里。

徐校长把童大俊和林如蝶带到了山腰处最高一排的最边上的两间房子前,乐呵呵地说:"这就是你们的新家了。靠里面的这间给林如蝶,边上那间算是童大俊的。咱们学校每人都能分到一套小房子,虽然旧了点,但在乡镇学校当中,住宿条件算是好的了。希望你们能满意。"

徐校长打开门,让两个新老师参观房间里面。房间里摆放着一张学生床和一张旧的办公桌子,一条椅子。走进去,还有一个无窗的小房间,再进去是一个小厨房,里面有烧柴火的灶。

"只要到附近山上拾点柴火,立马就可以点火做饭的。怎么样?童大俊你会做饭吗?"李校长带着一丝挑战的意味问。

"没问题,我都会的。"童大俊很得意地回答。林如蝶不好意思吱声,因为她没有底气。柴火灶做饭,小时候只看母亲做过,自己从来都是不用插手的,长大后城里人家早就不烧柴火了。

真的是一切从头开始了。学校不仅没有食堂,也没有图书馆、阅览室,没有什么体育活动器材,甚至没有医务室,有个代课老师一边代课一边自学中医,也就勉强算个校医了。这个学校和林如蝶十几年前自己在青水市所就读的青水二中相比,简直是天壤之别。青水城小学和中学的学校都有像样的操场,有各种运动器材,有宽敞的学生寝室,有藏书丰富的图书室。林如蝶压根没想到自己来工作的学校竟然这样是一个落后县的偏远的山旮旯头学校。在这里,时间仿佛倒退了二十年,一切都像在梦幻中一般,有恍如隔世之感。

十四

林如蝶和童大俊到学校的第二天,徐校长把两个人叫到办公室,郑重其事地说:"我们学校因为离城里比较远,交通不便,愿意来我们这工作的年轻大学生很少,去年好不容易来了两个,待满一年都走了。你们来了,是为学校增添了新鲜血液,你们就是学校的骨干力量,学校就把最重的担子交给你们了。你们每人各担任初三一个班的班主任,同时各兼教两个班的语文课。我可是听说你们两个在大学里都很优秀,我们学校明年毕业班的希望都寄托在你们俩的身上。"

徐校长的这番话,让林如蝶突然之间感觉到肩上的担子沉甸甸的。和童大俊来学校之前她想过了,既然和童大俊来了,就是决定嫁给他了,那就要甘于做平凡的老师和平常的家庭主妇,作为女人,自己肯定会在家务上多操心点,让童大俊有更多的精力在事业上做一番拼搏。两个人的收入养一个家应该没问题的。但是,此刻听徐校长一番叮嘱,忽然感觉到徐校长那么信任自己,把那么重要的任务交给自己,自己以后工作就不能不尽心尽责,否则会辜负徐校长的期望的。

"不要有什么压力,我带你到附近走走,我看这里的风景还是不错的。"童大俊提议在正式上课之前两个人先熟悉下周围的环境。没等林如蝶反应过来,童大俊拉着林如蝶的手,开心地直奔山顶。

山不高,林如蝶觉得称之为馒头山很恰当。自己的家就安插在馒头山的半山腰。从家出发,向下走是学校,向上走是爬山,这种奇特的感觉让林如蝶觉得有点像游戏,这个游戏让她感到非常新鲜。不多会儿,两个人便爬到山顶了。

"'会当凌绝顶,一览众山小。'没想到现在登山顶对我们来说是轻而易举的事情了。真好,以后我们可以经常来爬山了。哇,风景好美啊,没想到金川这个地方虽然偏僻,但历史悠久,文化底蕴深厚,而且自然风光如此之美,我千里迢迢总算是没有白来啊。"林如蝶抹着额头上的细汗,露出了开心的笑容。

"这里比我老家翠岗村好多了,不仅名气大,山清水秀景色美,物产也丰富多了,好吃的东西很多,雪花饼、雪片糕、贡面、浓香豆腐干,还有老街上那些油条、包子、花卷、豆腐脑、馄饨……哦,美食很多。到时我带你到老街去一一品尝。到时别赖上这地方舍不得走哦。"童大俊开心得像个孩子。

"本来因为没能留城里,感到有点遗憾。现在却是因祸得福了,这么美的乡村,这么蓝的天,这么清澈的绿水,在这里生活,如同住在仙境中。咱俩暂时就先做神仙,好好享受美妙的世外桃源生活吧。"林如蝶看着蜿蜒的金川溪,像玉带镶嵌在金川古镇的连绵山脉的边缘,那从头顶一直铺展到山脉边缘的淡蓝色的天幕,纯净而唯美,她感觉自己已完全融入大自然之中,和这一片美丽的山水天地合为一体了。她情不自禁地闭上眼,深深地陶醉在天地间的氤氲之气中。

一阵微风吹过,一股沁人心脾的感觉渗透了林如蝶的全身。她睁开了双眼,看着蓝天白云和群山环抱下的金川城,觉得自己此刻已然成了李白笔下的"云中仙",她和童大俊已经开启了神仙眷侣的生活模式。她正沉醉于这种美好的感觉时,忽然感到童大俊从后背将她环抱。她不挣扎,甜甜地闭上眼,任凭那双有力的臂膀将她的身体托举起来,让她像飞舞的蝴蝶一样旋转起来。

即将正式上课前的那天晚上,林如蝶将准备要穿的衣服放在床前的椅子靠背上。这是一条很普通的白底子上撒着绿色圆点的人造棉连衣裙,是她和童大俊第一次情人坡约会时穿的,童大俊说他最喜欢看林如蝶穿这条裙子。林如蝶调好了闹钟,安然入睡。童大俊却还没有回来。初来乍到,童大俊忙忙碌碌地走东家串西家,似乎想尽快和学校的那些人熟络起来。

"嘀铃铃,嘀铃铃——"早晨的闹钟欢快急促地响起,对林如蝶和童大俊来说,如同催命鬼一般。林如蝶和困意斗争了一番,然后起身,迷迷糊糊地穿衣梳洗。等大脑稍微清醒时,离早读的时间还差二十分钟。她看到童大俊竟然还没起床,就叫醒了还在酣睡中的童大俊。

厨房里静悄悄的。林如蝶发现没什么食材可以做早餐,也来不及做早餐了。她带上上课用的物品,出门下山。这边,童大俊打仗一般刷牙洗脸已经完毕,也匆匆奔向教学楼。

从宿舍到教学楼的路程并不长,但走起来却没想象中那么利索。山虽小,地势却陡峻,下坡的时候需要小心翼翼。对于坑洼凹凸的地面,童大俊应对自如,似乎熟悉了一个调皮鬼的脾气。林如蝶则深一脚浅一脚的,像在充满杂物的废墟上跳舞一般。走到教学楼时,她竟然出了一身细汗。

教室里,学生们早已入座。林如蝶在教室门口停下了脚步,看了看满屋的人头,深呼吸了一口气,然后挺起胸膛走进教室。

教室里忽然响起了热烈的掌声。林如蝶看到讲台下一张张陌生而又稚嫩的脸庞富有活力,一双双充满期待的眼睛如同一把把隐藏着巨大能量的小火炬,强烈的光芒从纯真的瞳孔里散发出来,径直射向林如蝶。林如蝶感觉到这些光芒像一股电流,触碰到了她小小的身子。她的精神顿时为之振奋起来。她扫视了下全场,然后开口说话:

"同学们好!我是刚来的新老师,姓林,树林的林,名如蝶,如果的如,蝴蝶的蝶。从今以后,我就是你们的语文老师兼班主任了。"

讲台下面再次爆发出雷鸣般的鼓掌声。

林如蝶继续说:"我来自与你们毗邻的青水县。能成为你们的老师,我感到非常荣幸。我刚刚大学毕业,也许有些地方可能会做得不够好,希望你们能包涵并多提宝贵意见,希望今后我们能成为好朋友,一起快乐度过初中阶段最宝贵的最后一年时间。"

她看到台下一双双亮晶晶的眼睛像电光一样牢牢地汇聚在自己

身上，仿佛自己就是一个聚光体，这让她情思飞扬：

"大家知道什么叫语文吗？著名教育家叶圣陶先生说过，语文就是语言和文字，口头为语，书面为文，文本于语，不可偏指，故合而言之。意思是说，语，是指我们口头上说的，文，是指我们书面写的文字，两者相辅相成，不可分割，合起来称为语文……"

林如蝶滔滔不绝地讲开了。学生们不时发出热烈的掌声，惹得隔壁办公室的老师到教室门口一看究竟，原来是新来的林老师在上课，便笑笑离开了。

上完第一天的课，林如蝶感觉很顺利也很开心，看起来学生们很喜欢自己。之前她一直担心自己不适合当老师，担心自己稚嫩的气质会使学生不把自己当回事。没想到自己和学生们的交流非常好，一堂简单的交流课，就把学生们的心给俘获了。林如蝶甚至感觉有些得意，因为当她介绍自己在中学阶段的学习情况时，从学生听她讲话时的表情中，她更明显地感觉到他们对自己这个新老师的信任和崇拜。

两节课后，一个女学生来到办公室。她中等个头、皮肤有点黑、饱满的瓜子脸上嵌着一双大眼睛。

"老师，我叫徐花花。您今天给我们上课，班里同学们都很爱听。我们大家都很喜欢您。很多同学都想知道您住在哪间房子？课外时间我们可不可以到您家玩？"女孩说。

"哦，是徐花花啊，咱班的班长啊。我听原来班主任说你很不错哩，学习好，工作能力又强。我初来乍到，对班里的情况不太了解，以后还需要你多多配合啊。我家啊，就住馒头山坡的最上面一排，只要你们愿意，随时可以来。"林如蝶一听是徐花花，心里满是欢喜，因为她早听说徐花花是个很优秀的女生。

第二天，林如蝶在闹铃中起床，童大俊仍然在睡梦中，厨房里还是什么吃的也没有,只有刚买来的大米。柴火灶膛冷冰冰的。林如蝶束手无策,便叫了声童大俊,希望他能起来做早饭。可是,童大俊只是翻了个身子,便很快又睡着了,还发出轻微的呼噜声。学校食堂没有供应早餐,附近除了学校,也没有任何商店,林如蝶只能饿着肚子去上课。

上完两节课,肚子咕咕地直叫唤。办公室一个老教师告诉林如蝶,代课的肖老师家里开了个代销店,那里或许可以买些吃的。林如蝶和童大俊便按照指点,来到肖老师的代销店里。

肖老师的店开在自己家里,准确地说,是在他自己家里腾出一个角落,角落里摆上一个橱柜子,里面摆放着一些糕点和各种生活用品。

"你想买什么?"肖老师四十岁左右,粗糙而微胖的脸上满是笑意。

"早饭没吃,有些饿了。来看看您这儿有没有什么可以吃的。"林如蝶对肖老师并不熟悉,只知道肖老师是代课老师,代课老师的身份其实就是农民,他们的工资很低,如果不另外做些事情贴补家用,是不够养家糊口的。

肖老师热情地给两人倒了杯热水,又从柜子里拿出两筒纸包的雪花饼,说:"这个叫雪花饼,是我们金川的特产,流传了很多年,味道一直没变,你们尝尝看。"

撕开纸,林如蝶看到了米黄色的雪花饼上,铺着一层薄薄的白色的粉末。林如蝶拿出一个,很轻,很蓬松,闻一闻,清香扑鼻,咬一口,甘醇可口,入口即化。一个饼两三口就吃完了。林如蝶一口气吃了四个,童大俊一口气吃了六个。两个人都吃得很满足。林如蝶说,第一次吃这么好吃的饼,明天还会来。

之后,林如蝶和童大俊便常常来肖老师的店里买雪花饼。林如蝶想好了,回老家看父母哥姐时,一定要带些雪花饼回去。这种风味特别的糕点老家那边没有,她深信他们一定会非常喜欢。

看两人天天早上吃雪花饼,肖老师说:"雪花饼是好吃,可不能老当早餐吃啊。以后我还是做点大饼,你们到时过来吃大饼好了。"

果然,后来再去小店,肖老师已经买了平底锅,开始烙大饼了。

中饭也不用自己做。和学生一样,在上早课前把淘洗好的米加入适量的水放在饭盒里,再把饭盒放在大蒸笼里,和学生的饭盒放在一起让食堂的阿姨抬到锅炉上蒸。午饭时间,师生们一起,去厨房找到自己的饭盒,找到早上就拿过去的碗,碗里是食堂阿姨炒的菜,每人一份。晚饭也是如此。一日三餐就这样解决了。

后来,他们俩学着其他老师们的样子,也买了煤油炉。两人开始用煤油炉自己烧菜做饭。

买菜要到镇上去。学校离镇中心有些偏远。每隔几天,童大俊便会带着林如蝶一起,去金川镇买菜,每次都买够吃好多天的菜。每当周末买菜时,童大俊就顺便带林如蝶去老街的油条铺子吃早餐。

童大俊不知从哪里买来一辆老旧的自行车,每次他用它带着林如蝶去古镇。经过一段相对开阔的石子路,自行车便转到了古镇的老街弄堂里。一路上,自行车在老街鹅卵石铺就的路上抖抖落落,像跳舞一般。林如蝶揽着童大俊的腰,生怕自己从自行车后座上抖落下来。老街的弯道很多,每三五米或者十几米就有一个转弯。当童大俊不断地踮脚停车时,林如蝶便要求下车自己走。走在光洁的鹅卵石上,林如蝶莫名地欣喜,圆圆滑滑的石头匀称地铺洒在弄堂的泥地上,让原本湿润黏稠的地面和墙面变得格外清新古朴,走在这样的地面上,仿佛走进了民国时期的民宅巷道……

童大俊将林如蝶带到一家叫作"柳记油条"的铺子。据说,这是一家年代久远的油条铺子。铺子比一般的铺子宽敞,里面的布局也极其简单，一张普通的老旧的木桌和长条的木板凳，大粗碗里盛着野山茶叶泡的茶。林如蝶和童大俊坐在铺子里，一人一碗茶，边喝边等油条。油条铺子的生意很好，不时有三三两两的人进来，都各自找了空位子坐下，安静地看着师傅炸油条，一边等着自己的那一根油条出锅。

林如蝶认真地看着师傅炸油条。师傅有两个，一个在案板上揉面拉面筋，一个在油锅边给油条翻身。拉面条的师傅先将案板上已经切好的小面条用筷子压一下中心，然后拎起它的一个头，让它旋转，变得有旋转的形状后，就轻轻地送入油锅。油锅边的师傅手持长长的毛竹筷子，看着油锅的油面上冒着青烟，适时地给油条翻身。刚入锅的油条，要让它充分地炸一下，等到边缘稍微出现一点黄色，再给油条翻身，然后不断地重复，直到油条金黄焦脆，香飘十里。炸油条的师傅同时要关照几根油条的情况，所以一刻也不能分心。他们两个很少和顾客说话，只是专心地做他们的事情，隔壁铁匠铺子叮叮当当的声音不但不会对他们造成干扰，反而像一种清脆的节拍，为他们无声的美食艺术配上优美而浪漫的节奏。

每当这时，林如蝶就感觉自己身处世俗之外的天地里。这里是另一个世界，与自己从前生活的青水县是相隔遥远的另一个世界。原先的那个世界里有亲人、朋友、同窗，而这个世界，一切都是全新的，过去的一切都不存在了。她只需要和童大俊一起吃饭上班，一起在古街买菜逛集市，双宿双飞，看古街烟火飘飞，看山水风景满目。世间的人情，生活中的琐碎，都可以看淡、看轻，轻得像蛛网一样。

吃着美味油条夹馒头，喝着豆香浓郁的咸豆浆，林如蝶喜欢静静的，不说话，只听别人说。童大俊一边吃，一边用金山县的土话和边上的人交流。林如蝶隐隐约约能猜出他们所谈的大致内容。吃完美味早点，林如蝶跟着童大俊逛街买东西。两人在古街逛了一大圈，最后满载而归。

十五

金川中学是金川镇唯一的初中,学生是来自金川镇八个村的初中适龄孩子,绝大部分的孩子是寄宿的,除了教师子女和附近监狱干部职工的孩子。

那天,林如蝶第一次去学生寝室检查学生作息情况。她穿过高低不平的泥巴路,来到一座大礼堂前。这是原来监狱开大会用的大礼堂,外面看上去比较破旧,屋顶边缘黛青色的砖瓦已经有很多残缺,斑驳的外墙也陈述着曾经的沧桑。这房子到底有多少年,林如蝶无法估摸。走进去,空荡荡的大厅被隔成一个个小房间,房间的隔墙顶部距离礼堂破旧的屋顶有很大距离,房间外墙红色的砖块裸露着,看得出是刚刚砌好的,块砖之间缝隙里的水泥看起来都还不曾干。不知怎么的,林如蝶心里突然泛起一阵心酸。她找到自己班学生所在的寝室,站在门口,闻着寝室里新鲜的泥土味,新做的木板床铺发出的木材的气息,半晌迈不动脚步。

"啊,是老师来了,快进来了。"看到林如蝶走来,原来在收拾东西的学生们纷纷停下手中的活,向林如蝶这边跑过来,脸上露出惊喜的神色,似乎没想到林如蝶会这么突然出现在她们面前。林如蝶看到,她们的被褥几乎都是比较旧的棉花被子,包被子的被面大多是农村人家常见的那种大红花,并且大多都带有补丁,箱子也多是很旧的木板箱子,多数都是未曾油漆的。小小的房间铺满了床,床头连着床尾,有的横竖相连,有的左右相连,且都是两层的。顶上因为距离礼堂高高的锥形的顶部比较远,所以,房间显得空空荡荡的。没有电扇,上卫生间必须走到几十米外面的茅屋。这样的房间夏天免不了会蚊虫叮咬,冬天起风的时候屋里会很冷。这样恶劣的住宿环境,林如蝶是无论如何都没有想到的。

但是,学生们没有一句怨言。看着他们井然有序地整理着自己的东西,林如蝶的心里泛起一阵阵酸楚。

寝室离食堂很近,林如蝶来到了食堂。食堂不大,里面仅有一个锅炉和一台柴火灶。学生们的饭都是由自己带的米放在锅炉上蒸的,菜都是自己周末从家里带来的干菜。学生们每周回家要带足够吃一个星期的干菜。厨房只有一个胖胖的阿姨,蒸饭做菜都是她一个人的事情。胖阿姨每餐炒一个菜,只提供给老师,多数是豆腐干或者大白菜,有时在青菜里加一点肉末,那就算是属于改善型的伙食了。

林如蝶必须经常去寝室,尤其是吃饭时间,因为偶尔会有学生找不到自己的饭盒。找不到饭盒就意味着要饿肚子,这可不是小事,因为学生们平时没有零食,一顿没得吃,半天饿得慌,学习的事情就无从说起。

有一回,徐花花在自己班的饭笼里没找到自己的饭盒。

"林老师,我的饭盒……找不到了……"徐花花来到林如蝶面前,一句话还没说完眼泪就啪嗒啪嗒地落到地上。

"怎么回事? 是谁拿错了吗? 花花你先不哭。"林如蝶将自己刚吃了一半的饭给徐花花。徐花花不肯吃。

"我已经吃饱了,你先吃着,我带几个同学一起帮你找。"林如蝶再三安慰并催促,徐花花才捧起那半盒饭。

林如蝶发动几个已经吃完饭的男生和自己一起找饭盒。最后在一个窗户下干涸的水沟里找到了徐花花的饭盒。徐花花看见自己饭盒的饭早已脏得没法吃了,伤心地哭了。她说浪费了这么多的饭,如果在家里,爸妈肯定要骂的。

"可能是哪个同学因为我向老师您打报告报复我的。"徐花花哽咽着说道。徐花花作为班长,对班级事务非常上心,班里大大小小的事情,她都会管,并经常向林如蝶作汇报,包括哪些人经常拖欠作业的,哪些人睡觉时爱说话,哪些人体育课未下课就提早去食堂吃饭,哪些人打扫卫生不合格,等等。

林如蝶没想到做班干部会遇到这样的问题,班干部工作负责,但却让同学对她产生了敌意,这个问题很严重。看起来班干部做工作也是要讲究方法的。第二天,林如蝶在班会上宣布,以后班干部轮流做,让每个人都尽一份管理他人和班级的责任。

林如蝶把徐花花丢饭盒的情况向学校政教处汇报,要求学校出台《关于处罚损坏他人饭盒行为的规定》,以后对损坏他人饭盒的行为进行严肃处罚。

不久,学校发布了《关于处罚损坏他人饭盒行为的规定》。学生饭盒遗失的现象终于没有了。

看到学生们生活条件艰苦,林如蝶常常感慨万千,不知道该怎样去帮助她们。她想,也许陪伴是最好的关爱。她经常在教室里和学生们一起吃盒饭。她看学生们吃的干菜各不相同,有的是用旧的搪瓷茶杯装的,有的用是玻璃瓶装的,大多是霉干菜萝卜条之类的,还有些看不清是什么的菜。少数家庭条件好一点的同学会带碎带鱼、炒萝卜丝,那是很羡煞人的美味了。林如蝶注意到徐花花带的菜竟然是一整瓶霉豆腐。

"徐花花,你每餐都是这样吃吗?"林如蝶问。

"这几个星期都这样。"徐花花吃得很香。

"霉豆腐真的这么好吃吗?"林如蝶很疑惑。

"嗯,还行的。"徐花花微微一笑。

"我可以尝一口吗?"

"可以。"

　　林如蝶尝了一口，一股醇厚的咸香味糅合在她的口腔里，确实比她以前吃过的霉豆腐好吃，林如蝶很奇怪自己并不喜欢的霉豆腐，怎么会被农村人家做得这么美味，不过这个拿来作为每天的配饭菜，还是不行的。徐花花长期这样，应该会营养不足吧。不过，她还是开心地夸奖道："徐花花，你妈妈真能干，这霉豆腐做得真是非常好吃。"

　　"老师，尝尝俺家的腌生菜，也蛮好吃的呢。""老师，我的萝卜丁也很不错的。""老师，尝尝我这个……"看见林如蝶吃了徐花花的霉豆腐，边上几个学生都纷纷拿出自己的菜给林老师品尝。林如蝶又尝了几个学生的干菜，发现味道都还不错，她一边不停地点头，一边开心地笑了："都很好吃，你们的爸妈都很能干，菜的味道好，你们多吃点饭，身体棒棒的，才有力气读书。""老师，给我讲讲你在大学里的故事吧。""老师，听说你家在城里的，离我们这里很远，那你怎么会想到到我们这个地方来的啊？""老师你的声音真好听，我们都爱听你上的课。""老师抽个时间上我们家去好吗？"……一餐饭吃下来，林如蝶回答了学生提出的很多问题。她欣喜地看到，学生对自己的关注度很高，说明学生喜欢自己，这让她感到很欣慰。她决定抽一个周末做一次家访，到几个同学的家里去，了解家庭情况，和家长接触一下。她选择的第一个家访对象就是徐花花。

　　徐花花听林老师说要去她家家访，黝黑的脸上顿时绽放出灿烂的笑意，眼睛里闪耀着惊喜的光芒，她担心自己听错了，重复问了两次："老师，您真的要来到我家来，这个周末？"

　　"是的，不欢迎吗？"林如蝶看着徐花花吃惊的表情问。

　　"太欢迎了，做梦都希望老师能来我家呢。那你可不要改变主意哦，周……六早上六……点钟出发，可以吗？"徐花花激动得有些语无伦次了。

　　"行啊，没问题。"林如蝶毫不犹豫地回答。

周六的早上五点五十分,闹铃响起,林如蝶利索地起了床。拿起两包雪花饼,装进挎包,又背了一个前一天晚上就灌满凉水的水壶,就匆匆向学校那边的大路跑去。徐花花和另外两个学生已经在那里等了。林老师一到,三个人马上上路了。

"徐花花,咱今天要花多少时间呢?"林如蝶边走边问。

"不远的,就从水库进去,然后走一段山路就到塘岭了。"徐花花说。

林如蝶听过塘岭这个地方,似乎是有点远的。

"我每个星期都回家的,走习惯了,不觉得远。"徐花花指着右前方远处的山说,"那座山翻过去就是。"

"花花,你工作认真,学习努力,考试成绩也很不错,将来你可以去考大学的。"林如蝶想起了当年鼓励自己考大学的钱老师,现在她要把这句话送给徐花花。

"考大学? 我可以? 老师你哄我吧?"徐花花看着林如蝶说。

"不哄你。你的基础还是不错的,只要你坚持努力,先考上金山中学,到那里好好读高中,就能考上大学。"林如蝶用很肯定的口气对徐花花说,就像当年钱老师对她说的那样。

徐花花沉默了。林如蝶偷偷看了她一眼,发现她的眼神里多了一丝亮光,她知道徐花花已经把自己刚才的话听进去了。

一行人来到了一个大湖前。徐花花说,这就是万家垄水库。林如蝶被眼前的风景震慑住了:很大的一个天然水湖,湖水清澈如明镜,对面的青绿色的山倒映在水中,连绵的青色黛山体嵌入水中,正是一幅明丽的山水画。微风偶尔吹过,泛起层层涟漪,碧波荡漾,湖面顷刻间又宛如青春美少女一般,矜持娇羞,温婉柔和,细碎的波痕如眨动的眉眼,动人之状妙不可言。

林如蝶第一次走进山里的水库,展现在她面前的是一个清明澄澈的世界,她感觉自己进入了小说中的仙境。她跟着徐花花顺着湖边蜿蜒而上的山间小路,来到一个天然码头。码头边上已经站着一堆人,看来都是在等渡船的。不一会儿,渡船来到了。七八个山里人下了船,这边一伙人迅速登上小船。开船的说了声"坐稳喽",小船便伴随着"突突突"的声音稳稳地向湖对岸驶去。

　　来到对岸,下了船,林如蝶才发现自己犯了一个错误:不该穿带跟的皮鞋来的。对岸的山路明显不像原先的那样平坦了,只一湖之隔,一切便已经完全不相同了。走在凹凸不平的山路上,林如蝶平时一直穿的中跟皮鞋就变得不那么顺脚了,但幸好是向上的路,鞋跟高还算能应对一下。

　　徐花花却很轻松,说老师您不用怕,不远的,翻过前面这座山就很快了。林如蝶于是加快了脚步。下了船的六七个人一起静静地沿着绵长的山路走,慢慢地,那些人陆续拐进了路边的小路,走进了属于他们的村落,到最后只剩下林如蝶和徐花花两个人了。

　　山路渐渐陡峻起来,林如蝶跟着徐花花继续向更高更深的大山里攀登。此刻说攀登,已经是名副其实,因为山路已经完全是阶梯式地向上提升了。山路狭小而不规则,脚下完全不是台阶,只可以说是能容下一只脚的小坑洞。林如蝶想起了李白的《蜀道难》里的句子:"西当太白有鸟道,可以横绝峨眉巅",这不就是鸟道吗? 怎么会有人把家安在这样的荒山野林? 林如蝶禁不住感慨万分。这哪是家访,分明是一次长途跋涉,是一次身体和意志的锻炼。

　　"老师,您念的是什么诗句啊?"徐花花问。

　　"是李白《蜀道难》里面的句子。意思是说,一个地方在远离都市的高山上,攀登艰难,很少有人去,就如你的家,坐落在这偏僻的大山里,犹如走进人迹罕至的世界。"林如蝶感慨道。

　　"不会啊,山里还有好多人家呢,我们整个塘岭村都在里面了,进去你就知道了,里面什么都有,前不久,村主任家里还买了一台电视机呢,村里人都去他家看电视了呢。"

"竟然还有电视? 那是怎么搬进去的?"林如蝶非常诧异。

"扛上去的呀。我们村里的人扛东西爬山,个个都是好手。每年过年,村里的人杀猪宰羊,都要把猪肉和羊肉扛出山来,拿到镇里的集市去卖,用换来的钱再买家里需要的各种东西。所有的东西都是这样肩扛手提搬回家里的。通往我们塘岭村,只有这条路。"徐花花开始一五一十地向林如蝶介绍自己的村子。

林如蝶奋力攀爬,几乎是四肢并用。爬上最陡峭的一段山路后,一个平整而开阔的天地突然出现在眼前。

"老师,到了。"徐花花说。

原来之前的每一次"快到了",都是徐花花对林如蝶的善意诱骗。或许是她担心老师畏惧路途遥远,半途撤退。一个十五岁的孩子,她渴望老师能到她家做一个客,那是她的荣耀,也是他们全家的荣耀。

"以前有过老师到你们家家访吗?"林如蝶问。

"没有。"徐花花摇摇头,"俺家有点远了。"

和徐花花交流得越多,林如蝶就越是感觉到徐花花的懂事,她知道很多实实在在的事情,完全不像是一个十五岁的孩子。在城里,十五岁还处于嬉戏玩耍的年龄,各方面还需要大人照顾。像这种为了保证老师顺利到达而善意欺骗的技巧,不是十五岁的城里孩子能有的,更不要说,每次一个人走那么远的山路到学校读书了。出山读书,就是对大山里的孩子成长的最大历练,经历了这样的历练,十五岁的孩子怎能不提前长大!

一片玉米地出现在眼前。玉米已经成熟,到处都是嫩黄色的玉米棒子,尖头处一绺金色的穗发格外显眼。好美的玉米田! 林如蝶的心再一次被秋收的美景震慑,这玉米田并非天然,而是塘岭村的村民们辛勤播种的果实。看着这整片整片丰茂的玉米丰收在望,林如蝶觉得之前所有的担忧都是多余的。显然,这是一片滋养生命的土地,这里的人勤劳勇敢,用不着外人为他们的生存担心。

终于来到了徐花花的家。

一座泥土垒成的房屋。中间一个小小的厅堂,两边各有一个房间,后面是一个大厨房,格局和外面的农村人的房子一样,只是面积更小一点。墙是泥土垒的,室内的摆设极其简陋,不,那不叫摆设,只是生活最必需的几样东西:厅堂里的一张很旧的没有上过油漆的木头四方桌,几条木板凳,卧室里各一张旧床和一张小衣柜,都是没有上漆的。泥墙上也没有任何装饰图画或者挂件,只有在厅堂四方桌靠着的墙上,贴着七八张边角已经有点泛卷的小奖状,那是徐花花的各种奖状。这样的家,林如蝶从未见过。之前她听过也看过很多贫穷人家,但比起这里的生活,他们都是可以算是丰富和充实的。看到这个家,林如蝶才觉得"家徒四壁,一贫如洗"等词语并非凭空生造出来的,世界上真的有四壁空空的家,而且里面的人在这样的家已经生活了很多年、很多代。

徐花花不知何时出去了。悄悄回来时,后面跟着一个四十出头的中年妇女。显然,那是徐花花的母亲。她母亲出现在林如蝶面前时静静的,像地上飘来的一抹尘土,没有声音和痕迹。她个头不高,脸色黝黑,剪着短发,额前的刘海有点干涩,她穿着一身藏青色的旧布衫。她看到林如蝶,眼睛里稍稍闪现出一丝惊喜,似乎又有点局促,双手无意识地放在衣襟下方擦拭着,一边自言自语地说:"哦,老,老师……来啦,先坐会儿……"她说话声音很轻,也许她就是这样说话的。她又像来时一样,轻轻地,很快地走进里面的厨房,消失在林如蝶的视线里。

等她再出现的时候,她手里端着一只大粗碗,上面冒着热气。这回,她的脸上铺着一层水汽,眼神也湿润了一些。因为刚从厨房里出来,估计是蒸汽将她的脸蒸出了一层薄薄的红晕。她把一大碗面端到四方桌上,对着林如蝶,原本僵硬的脸上露出一丝笑意:"家里也没啥好东西,这个面,趁热吃吧。"林如蝶看到沉沉的一大碗面,推辞着不肯接手:"这么大碗,我吃不了,我和花花分着吃吧。"

"花花另外还有,我给她留了,这个你吃。"女人执拗地要林如蝶接碗。

"还是分一半出来吧。"林如蝶也执意让徐花花母亲再拿来一个空碗,她刚想夹些面条到另一个碗里,那母亲却抢先了。林如蝶看到,原来,这满满的面下卧着两个白亮亮的水煮鸡蛋。她是不想让鸡蛋被夹出来。她夹出了些面条到另一个碗里,然后就一个劲地让林如蝶吃。徐花花也一个劲地催着林如蝶吃。

林如蝶的眼睛有些湿润。她感觉到,唯有把这碗面和两个鸡蛋吃下去,才能安抚徐花花和她母亲对老师的那份难以言说的心意。

徐花花坐在门槛上。没几分钟,一碗面就被她倒进肚子里了。她抹抹嘴巴,显得非常满足。看得出,这碗面对她来说是奢侈的美味,和平时每日白米饭配霉豆腐相比,那是改善伙食了。

吃完面,徐花花又陪着林如蝶去村里走。村子并不小,林如蝶看见一户户泥墙屋掩映在各种树林边,它们在青黑色树叶的衬托下,显得古朴而优雅,似乎不是人之所为,而是上天自然造就。这里的一切都是纯自然的,包括住在这里的淳朴的人。和外面的人不同,他们一个个都是静静地在家里或者地里悠然地干着自己的农活。有几个人看见徐花花带着林如蝶眼神中流露出惊诧和欣喜,可还没张口,徐花花就乐滋滋地告诉他们,我的老师来我家了,这是我的林老师。然后他们就带着羡慕的口气说:"花花真有面子,可以让你的老师到我们家里来坐坐？""不行，来不及了。等会下山怕天黑。"徐花花似乎要对林老师的安全负责，她把该考虑的重要细节都考虑到了。

回到家里，徐花花便整理好自己的东西，准备和林老师一起下山。林如蝶不让她下山，说回去的路，自己一个人回去没问题。但徐花花死活要和林老师一起下山，林如蝶拗不过，只好同意了。临走时，林如蝶悄悄把两包雪花饼放在四方桌的菜罩下。

下山的路不好走，因为高跟鞋后跟高成了劣势，但她心中有更大的动力支撑着她：和大山里的孩子比，自己的这点困难算得了什么？自己已经二十多岁了，吃过的苦，还抵不过十五岁的徐花花。凭着这一点，自己就应该克服一切困难。

一路的颠簸有一路的感慨做陪伴，一路的辛苦有一路的惭愧相抵消。回去的路竟然比来的时候轻松顺利些。

回到家，天刚好擦黑。童大俊责怪林如蝶回来那么晚，这一整天的时间都消耗在一个家庭里，这样的家访太浪费时间了。林如蝶说，她选的家访对象很准，今天的行程让她明白了一个重要的道理：一个人的成长不只是看他在书本上学到多少东西，生活中的很多东西都也是需要学习的。从这个意义上说，不能说农村里那些考试分数不高的学生就不如城里的孩子。农村孩子学习的氛围和城里的孩子不一样，他们的生活经历比城里的孩子更丰富，学到的东西自然也更多。

这次家访让林如蝶意识到自己的微不足道。她觉得自己就像是温室里的花朵，从小受到父母的呵护，生活中的很多困苦她都不曾体会过，更谈不上深入了解。因此，她还必须向农村的孩子学习。

因为这次家访，林如蝶的脚肿痛了好多天，但她一点不觉得委屈。

十六

林如蝶接手的这个初三(1)班的原班主任吴老师就住在林如蝶隔壁。吴老师体型高瘦,梳着两条辫子,不到五十岁,丈夫早年因病去世,留下她一个人带着两个儿子、一个女儿。她在山上空地上开了一片菜地,种上丝瓜、苦瓜、南瓜、豆角、白菜、辣椒等各种蔬菜,课余时间去打理,家里基本不用买蔬菜。吴老师还养了鸡鸭,她将吃不完的饭菜拿来喂鸡鸭,等到过年过节的时候便宰杀鸡鸭。在林如蝶看来,吴老师既是优秀的老师,又是尽责的妈妈,还有农夫的能耐,是一个不简单的女人。

听说吴老师的两儿子都谈了对象,她正准备给儿子打家具,林如蝶和童大俊两人就趁空暇时间到吴老师家,想从吴老师那里了解置办家具的办法。

童大俊把来意向吴老师说明后,吴老师很慈爱地看着林如蝶和童大俊说:"你们两个人真不简单,小小年纪,什么都靠自己,特别是如蝶,一个城里的女孩子,到我们这偏僻的地方来,实在是难得。我也听说了,童大俊父亲走得早,家庭经济实力不太好。我给你出个主意,可以让你节省一些花销。你到山里去找那些愿意出卖木材的人家,自己弄车到他们家运木材,把木材运到镇上的锯板厂锯成木板。那样做成本只有市场的一半,就是人辛苦些。至于木匠师傅,我已经找好了,他们马上就会来我家做。等我家的活做完,我就让他帮你们家做,完工时我和他说说,价钱和我一样算。"

吴老师的话像一壶温暖而甜香的茶,让林如蝶和童大俊两人的心头暖暖的。

周末,童大俊一大早就出去了,一直到傍晚才打电话回来,让林如蝶尽快赶到锯板厂。他说他已经从山里的人家那儿买到了整整一拖拉机的木头,眼下木头正在木板厂加工。因为搬运木头的缘故,他里面的衣衫早已湿透,让林如蝶给他带件衬衣过来。

林如蝶赶紧骑上自行车,向着镇里的锯木厂飞奔而去。天色渐暗,林如蝶远远地听见锯板厂里传出的锯木板的声音。走进去后,林如蝶看见,昏暗的灯光下,童大俊正和锯木师傅一起,抱着一根粗大的树干,将它推到巨大的电锯下。随着轰鸣的声响,伴着清新的木屑的香味,一片片白色的木板从机器下缓缓地钻出来,就如同树干诞生了一个个新生儿。

等到木板全部锯好并装上平板车时,天已经完全黑了下来。童大俊换上干净的衬衣,准备开始拉平板车。锯木厂的工人们下班了,剩下的事情要童大俊和林如蝶两人自己解决。童大俊决定分两次拉木板。童大俊在前面拉,林如蝶则在后面推。一路上很顺利。到校门口附近时,完全是上坡了,平板车上不去。正好是晚自修下课时间,林如蝶便跑到教室让几个男生来帮忙。很快一堆人蜂拥而至,他们纷纷抢着抱起木板,飞快地奔向半山腰的屋子。十几分钟后,一车新锯的木板便全部被卸到屋子里,房间里到处弥漫着新鲜木屑的香味。

草草抹了把脸,林如蝶赶紧开始做饭。她用高压锅煮粥,又炒了个白地瓜片。夜幕下,两个精疲力竭的人各自端着一碗大米粥,香甜地喝着。林如蝶第一次觉得大米粥的味道原来是那么清香可口,芬芳味美,仿佛第一次知道大米粥原来有这么好的滋味。就这么美美地喝着时,她忽然又有了疑惑:是乡村的大米特别新鲜养人,还是自己饿得慌方才品出了大米最本质的滋味?

童大俊说也要开始自己种菜了。他在房前屋后的空地上挖了两小块地,种下了辣椒、丝瓜、苦瓜、番茄等苗种。林如蝶每天负责浇水。两人还到镇上买来几只小鸡和小鸭,用平时吃的剩菜剩饭喂养,小鸡小鸭们也会自己到周围找吃的,天黑了,它们又会自己钻进屋檐下的鸡窝里睡觉。

盛夏,收获的季节到了,他们的劳动成果不亚于其他老师。番茄青红交映,辣椒挂满枝头,苦瓜翠嫩诱人,丝瓜条条水灵,鸡鸭们也长大了不少,每天活蹦乱跳,在馒头山上觅食。林如蝶计划好再回老家青水县时,把丰收的果实带回去,给父母一个惊喜。或许他们会拿看外星人一样的眼光看着自己。

转眼就入初冬了,天气开始转冷。晚上,童大俊仍旧在外面玩得很晚才回家,大多时候是到其他老师的家里打牌。林如蝶则喜欢一个人在家里看书、备课、写日记。有时觉得有点闷,便和童大俊商量,买个电视机。童大俊口头上是答应了,但没钱,到哪里借呢?学校的老师们收入普遍都不高。童大俊说,最好的办法是到学校里借。童大俊找到徐校长,说向学校借一点,以后每个月学校从两个人的工资里扣,半年之内就还清。徐校长爽快地答应了。

电视机搬回家了,童大俊倒腾了半天,屏幕上跳跃的雪花点终于变成了图像,两个人激动万分,赶紧坐下看电视。但没多久,屏幕上雪花点又迅速飞舞起来。林如蝶只好放弃看电视。因为位置太偏僻,电视接收信号的能力很差。林如蝶还是恢复了原来的习惯:看看书,偶尔写写日记。但是,她发现自己写的日记出现了越来越多的叹息,还能逐渐地感觉到一种压抑不住的孤寂之气,她隐隐感觉有点不妙。

林如蝶断断续续写日记已经很多年。虽然和童大俊谈恋爱那段时间落下了很多,但只要空闲下来,她还是习惯性地要写,她把它看作是自己生命走过的印迹,将来老去的时候可以回首往事。但如今,这种记录似乎有点成了寂寞心情的发泄了。至于为什么寂寞,她自己也不清楚。是童大俊经常在外打扑克?是金川这个地方太静谧?

还是学校的生活太单调？抑或是离开父母亲太久，自己这朵温室里的花朵开始不能适应异乡的气候了？

林如蝶尽量不让自己去想太多，她觉得想多了可能更不好。但她不去想时，那种寂寞感也并未因此消失。

十七

又是一个周末，林如蝶早早把班里的事情交代清楚，将学生都放了，回寝室准备开始炒菜做饭。她用煤油炉焖好饭，然后炒白地瓜。这白地瓜形状和红薯差不多，只是白色的，有很多水分，像白萝卜，却又有白萝卜没有的甜香味。林如蝶把它切成小小的四方片，干炒后适当加点水，有时还会买点瘦肉，切片同炒，味道很好，也很下饭。

林如蝶炒好了白地瓜，关上煤油炉，正要吃饭，一个穿着红衣服的男生跑过来，看着林如蝶，怯生生地说："童老师在吗？"

"他到城里办事了，你找童老师有什么事情？"林如蝶觉得很奇怪，今天是周末，都到这个点了，怎么还有学生没回家？

"今天自修课，我们班的纪律不好，童老师罚我们不准吃午饭，一定要等他同意才能吃。我们到现在还没吃午饭。没等到童老师，所以我来问一下。我是班长。"原来是童大俊班里的班长。

"原来是这样，童老师到城里办事赶不回来了。这样吧，你通知同学们先把饭吃了，然后让同学们回家吧，自修课纪律差的人回去写个自我检查，星期一统一收起来交给童老师。"林如蝶暗暗为童大俊的工作粗暴疏忽而焦急，也惊讶他班里的学生竟然如此听话，因为除了他这个班的，全校的学生离开学校都差不多快有一个小时了。

"那童老师知道吗？"那班长似乎还是不放心。

"没关系，我会告诉童老师的，你尽管按照我说的去做。"林如蝶语气很肯定。班长终于放心而去。十多分钟后，林如蝶吃完饭站在家门口，远远地看见，下面校园里，童大俊班里的学生一个个离开学校，看见那穿着红色的衣服班长走在最后一个。等其他人都走了，她又走下去看，看见童大俊班的教室的门窗都锁好了，才彻底放下心来。

林如蝶觉得不可思议，为什么学生会这么怕童大俊？虽然还不知道原因，但她已经相信这是一个事实。而这种怕，不是嘴上的那种，似乎是怕到骨子里头的。到底是什么原因让学生如此敬畏童大俊？林如蝶又想到自己，她觉得学生好像并不怕自己，胆子稍微大一点的学生都会找自己玩耍，一会儿说一起打球，一会儿要和自己聊天。那次，一大帮人到家里，林如蝶招待不过来，就给他们看相册，有几个学生竟然向林如蝶讨要照片，林如蝶便把重复的那几张送给了他们。

林如蝶想，虽说自己并不害怕童大俊，但有几次童大俊生气，脸色阴沉时，林如蝶还是感到有点无奈。童大俊有时生气的时候，眼里冒着一团冷而发亮的火星，仿佛就要燃烧起来。林如蝶不敢看那点火星。有一次童大俊回家太晚，第二天林如蝶说了他两句，童大俊就拉长了脸，半天不和林如蝶说一句话。林如蝶瞥见童大俊那眼睛里有两粒火星，仿佛一触即燃，她便一句话也不说了。

林如蝶觉得不知什么时候自己开始对童大俊让步了。从之前大学阶段的绝对强势，慢慢变成与童大俊平等相处，再到开始有了谦让和依靠童大俊的感觉。或许这就是夫妻吧，从恋人关系转换成夫妻关系，很多东西都自然会发生变化，再说，虽然大学时代，自己各方面似乎比童大俊都更有优势，为众人所认可，但就业成家后，童大俊的孔武霸气以及灵活实干等特点也逐渐体现出来。很明显，在金川这样的地方，若没有童大俊的鞍前马后，林如蝶的日子会过得辛苦而无助。而有了童大俊，林如蝶就如有了后盾，有了依靠一般，大小问题都可以有人商量着解决。现在,童大俊就是她的家,没有童大俊,她就如浮萍一般,找不到依托。

但是,她不明白,自己为什么会产生失落感和孤寂感,而且这种感觉随着时间推移越来越清晰。

天色渐渐暗下来,浓浓的墨色像一张巨大的网,慢慢将整个金川镇罩住。晚饭后,老师们都各自回到自己家,散落在不远处的教学楼漆黑一片。山上一片死寂,浓黑的天幕仿佛要把人吞噬了一般。林如蝶关上门,拉上窗帘,打开台灯,拿出书和日记本,开始看书写日记。这些天,她觉得自己的心有点空落,她想通过日记来思考自己心情空落的原因。

是工作不顺心吗? 不是,学生还是很喜欢自己的课的,课堂气氛很好,师生的关系也不错。校领导和县教育局的领导也都来听过自己的课,教研员在听过自己的课后,也称赞自己的课是他听过的今年全县新老师中最好的一堂课,甚至县教育局副主任也都抽出时间来听自己的课。幸好那天自己临场发挥好,虽然准备不是很充分,但也还算是把课处理得恰到好处。自己已经得到了领导的认可了。学校里的其他老师都认为自己大方得体,专业知识强,教学基本功扎实,又耐心和善,简直就是天生当老师的料子。这些话让她很受用。曾经想过先教几年书,然后设法改行,现在这种念头不知不觉地消失了。或许这就是无意插柳柳成荫吧。

林如蝶觉得自己这个老师当得也太顺利了,也不知是托了谁的福。但林如蝶不得不承认,自己所有的这一切优势,与自己从小生于城里长于城里有着密不可分的联系。城里的教育条件或许是乡村十年甚至二十年后都赶不上的。就如童大俊,虽然他的天赋极好,但他普通话、口语表达,汉字书写水平,写作基本功,都赶不上自己。所以,有时并不是人们想让自己有多大能耐就能有机会,先天的环境也是影响一个人发展的重要因素。人生中有些东西是自己无法掌控的……

林如蝶边想边写着。她觉得孤寂的根源不是自己无法胜任手头的工作。那么是无法从童大俊那里得到安全感，又或者是无法适应金川这个偏僻落后的生活环境吗？林如蝶忽然觉得自己找到了答案，但这个答案也让她有点慌乱起来。如果自己这么快就厌倦了风景如此优美的金川，那么以后的日子该如何应对？如果自己现在就对童大俊失去了信心，那以后这个家将如何安顿？

但是，童大俊的很多表现，真的让自己难以认同。除了睡觉时间，大部分时间都在外面。虽然整个金川中学的范围也就那么一点大，但林如蝶不会自己去挨家挨户去找人，这里是童大俊的地盘，他在自己的故土上过日子，和朋友一起玩，林如蝶没有理由绑着他，而林如蝶自己又不愿意跟着童大俊去打牌。在这里，人们的娱乐似乎只有打牌，除了打牌，再无其他娱乐。一帮人把所有的业余时间都消耗在这里了，这让林如蝶感觉自己是一个被团队排除在外的人。

今晚，童大俊到城里办事去了，林如蝶将要在这黑漆漆的山岗上渡过第一个一个人在家的夜晚。

想到这里，林如蝶的心忽然有点莫名的慌乱。仿佛听见有人敲门的声音。她想，那一定是自己的心慌时的臆想。她就继续写自己的日记，不去理会。

"笃笃笃"敲门的声音似乎又响起来了，林如蝶仔细听，又没了，她想自己的臆想，就狠狠地在心里骂自己："没出息，自己吓自己。"刚在心里骂完自己，"笃笃笃"的声音又响起。这回林如蝶听清楚了，千真万确，她顿时挺直身体，紧张地问道："是谁啊？"

"笃笃笃。"又响了几声，却没有人回答。林如蝶紧张地睁大了眼睛，身体僵硬靠在桌沿上，脑门发热，浑身的血液开始往脑门上冲。

她大喊一声："谁?"依旧没有人回答，"笃笃笃"的敲门声也不再响。

　　林如蝶身体一动不动，眼睛死死地盯着480门锁。她知道，那是一种安全性能不太好的门锁，如果坏人一定要进来，是有办法从外面打开的，那她该怎么办呀?　她心里越发慌乱起来。忽然"笃笃笃"的敲门声又响起，伴随着整扇门的振动，看得出外面的推门的力量很大。林如蝶猛然感觉脸上火辣辣地红热起来，血液再次冲到了她的脸上、脑门，她觉得自己的神经紧张得马上要爆炸了，但是，她的身体却一动不敢动，好像被人施了魔法，完全不听自己大脑的指挥了。不，应该是，大脑已经不属于自己的了，她整个人完全瘫痪了，她没有了大脑，只有火烧一般的头和像擂鼓一般巨响的自己的心跳，她甚至已经听不见敲门声，看不清门振动的状态了。她完全失去了正常的知觉。

　　好久好久，林如蝶觉得自己才从昏死中清醒过来。她的身体依旧是刚才僵硬地坐着的姿势。四周寂然无声，门也不振动了，她满脸一层虚汗，浑身一层冷汗。她估计敲门的人已经走了，虚弱地站起来，缓慢走到窗户边，拉开窗户的一个小角，看到外面根本没有人影。她悄悄走到门口，鼓起勇气打开房门，看到门外无人，迅速走出房门，又"砰"地一下关上门，然后像离弦的箭一般冲向隔壁有灯光的吴老师的家，把吴老师家的门敲得震天响。一边叫："吴老师开门，吴老师开门。"

　　"怎么啦?"吴老师打开房门，看见脸色苍白惊慌失措的林如蝶，吃惊不小，"怎么了，小林老师?"

　　"有……有人敲……我家的门。"林如蝶话不成句，说完便无力瘫倒在地昏了过去。

　　等林如蝶醒来时，发现自己已经躺在吴老师家小房间的床上，身边好几个老师都在。

吴老师端来茶水,让林如蝶喝下。半晌,林如蝶才心惊肉跳地把自己在家里遇到的情况说了一遍,一边说,一边还浑身颤抖,仿佛有人会随时冲进来抓她一般。几个老师都安慰道:"不要怕,可能是风吹动了门,明天把这事情和校长反映一下。"

"以后,如果童大俊在外出差,晚上睡觉你如果觉得不安稳,就到我家来吧。"吴老师说,

童大俊第二天回来,看见林如蝶脸色依旧苍白,知道事情的经过,便知道这回林如蝶被吓得不轻。他最了解林如蝶了,在课堂上,她可以汩汩滔滔神采飞扬,在这种黑暗孤单的处境中,她一定是弱者。童大俊在大学时就发现了林如蝶的这一弱点,他觉得这是城市里长大的娇弱的女孩子的通病,他一点不觉得奇怪,娇弱的女孩就是需要男人保护的,如果女人个个都那么强悍,哪里有他们男人的用武之地呢?所以,不管是真有人来敲门,还是风捣的蛋,童大俊都不去追究,他想要做的事情是以后尽可能地保护好林如蝶,不让她再次受到这样的惊吓。

童大俊似乎也发现林如蝶没有原来那么开心了,他有时就推掉了牌友打牌的邀请,吃过晚饭,陪着林如蝶散步。回来的时候经过吴老师的家,他们一起进去看吴老师为儿子打的家具。

吴老师为儿子定制的两套家具打得差不多了。看见童大俊,吴老师就跟师傅交代准备给童大俊开工的一些事情。按照当地的包工做法,木匠师傅每天三顿的饭是要雇主做的,工钱按照工时计算,如果林如蝶和童大俊没时间做饭,也可采取包活的形式,定好要做的东西,协商好价钱,然后让木匠师傅自己负责吃住。童大俊和林如蝶采用了包活的形式。

师傅是本地人,看上去也老实本分。为了让木匠用心打制家具,林如蝶不时准备些点心招待木匠,偶尔陪师傅聊聊家常,还买些香烟

给师傅。三个月时间过去了，家具打制完工。林如蝶和童大俊又开始张罗给家具做油漆的事情。

十八

学校要进行校内公开课比赛。教务主任汪垚老师来找林如蝶。

汪老师三十岁左右，瘦瘦的，却很精神。汪老师和林如蝶搭档，任教林如蝶班里的数学，无论备课、上课还是批作业，都非常严谨，对自己要求很严格，工作五六年了，而且已经是一个三岁孩子的父亲了。

"报名参加课堂教学比赛吧，林如蝶老师。"汪老师笑眯眯地对林如蝶说。

"一定要参加吗？"

"你一定要参加。"

"为什么？"

"参加了，如果拿到学校第一名，就有机会到片里参加比赛了。"

"为什么要到片里参加比赛？"

"如果片里比赛拿第一，就可以参加县级的教坛新秀比赛啊，得了县里的教坛新秀荣誉，那可就光荣了，不仅是你个人的荣誉，也是我们学校的光荣啊！"汪老师说话时眼睛里闪出欣喜的光芒，仿佛这件事情成功在望。

"我从没想过这些事情呢。"林如蝶淡淡一笑。

"所以我要告诉你，你好好努力，这个梦想说不定哪天就变成现实了。你看，我也报名了，我也在向梦想进军呢！"汪老师很认真地看着林如蝶。

林如蝶感觉得出来，汪老师是真心要追求自己的梦想的，也是希望她也能参加。看起来汪老师比较看好她。

"名我给你报上去,你赶紧好好准备,一周之后举行公开课比赛,到时我们会请片里的和县里的教研员来做评委,比赛是公平的。"汪老师最后用充满鼓励的眼神看了林如蝶一眼,就离开了。

一个星期,应该来得及。林如蝶想,不就是上一堂课而已,平时每天都上课,比赛的课就和平时一个样子上,那样学生们也都很开心的。所以,不用怕。

离公开课开课没几天了,林如蝶并无多少东西要准备的。她被指定的课文是朱自清的《春》。这是一篇很美的写景兼抒情的散文,林如蝶很喜欢,但她并没在如何设计精致的教学环节上动脑筋,她只想做两件事情:第一件是让学生感觉到这篇文章很美,第二件是让学生把文章的美找出来细细赏析。林如蝶打算和学生一起共同分析,加上有情感地朗读指导,把文章的美展现出来。

开学这些日子以来,林如蝶发现乡村孩子与城里孩子在朗读方面存在差距。一篇优美的文章,城里的学生不需要老师过多的指点,基本能把语言里所包含的味道和情趣演绎出来。她实习时的学校就是一个市级城区学校,那里学生的语文能力极好,表达和朗诵都很出色,老师上课经常被学生推着向前。但金川的孩子们做不到。林如蝶有时让学生读课文,多数学生都表现出为难的神色,能准确地把作品中的情感表达出来的极少,有些语气语调的处理很不自然。不过她相信,学生们的可塑性是很大的,只要她用心教,总有一天,孩子们会有令人满意的进步。

上公开课的时间到了。学校里来了好几个客人,林如蝶看到了曾经来学校听过她上课的语文教研员胡老师,胡老师在一次教师课堂教学评议会上赞赏林如蝶是新毕业语文老师里个人综合素质最高的老师之一,希望她今后严格要求自己,争取早出成绩。胡老师的表扬,让林如蝶既惭愧又激动,同时也让她觉得自己不能马马虎虎应付教学这件事情。现在,胡老师和另外几个老师以评委的身份再来听她的课,自己是否能够再一次获得他们的认可呢? 林如蝶在心里对自己默念道:加油!

上课铃响了。林如蝶忽然莫名地有点紧张了。她在心里对自己说:不要看评委,上自己课,当作评委们不存在,每天怎么上课的,今天就怎么上。慢慢地,林如蝶找到了感觉,带领学生们寻找散文中美的字眼、美的景物、美的情感,动情地范读朱自清先生所描绘的清新的充满春天气息的文字:

"春天,如花枝招展的小姑娘,她笑着,跑着,春天,如健壮的青年,引着我们上前去……"在学生们充满感情的朗读声中,下课的铃声悄然响起,温情融融的课堂终于落下了帷幕。

"真不错,林如蝶老师的课既生动又实在。""这个老师的基本功很好啊。""声音条件好,朗诵也很好。"林如蝶在教室的走廊上听到了几个老师和评委的议论,她知道这堂课基本成功了。

晚饭,童大俊和林如蝶在家请客,徐校长、汪老师和学校好几个老师都来了。童大俊和林如蝶一起,忙着又是炒菜,又是招待客人。

"今天我们请大家来聚餐,是感谢徐校长和汪主任对我和林如蝶的栽培和关照。自从来到这个学校,我们得到了很多锻炼,也收获了很多。尤其是如蝶,备受各位领导和老师的关爱和指导,这让我们非常感动。在此,我和如蝶先敬大家一杯。"童大俊来了个开场白,说完将一小杯黄酒一干而尽。

看着自己杯中满满的黄酒,林如蝶有点慌了:自己不会喝酒的,这可怎么办? 童大俊似乎看出了林如蝶的难处,便抹着刚喝了酒的嘴巴,满口酒气地对着林如蝶说:"喝吧,如蝶,你今天应该喝的。"说完把酒杯往林如蝶的嘴巴里送。

林如蝶只好狠了狠心,闭上眼,猛地喝了一大口,但只喝了小半杯。她想要把剩下的喝完，童大俊却抢过了杯子，说了声"让我来"一仰脖子便把将剩余的酒一干而尽，然后抹了抹嘴唇，又起身开始单独向徐校长敬酒。

林如蝶之前也没怎么看过童大俊喝酒，她原先只知道童大俊会喝一点酒，但酒量不好，没想到他其实酒量不错。林如蝶忽然间觉得童大俊身上似乎还有不少自己不了解的成分，之前的童大俊身上她自以为所熟悉的东西，现在有些模糊了，而此前从未出现过的某些元素，在童大俊的身上悄然地冒了出来。不过，能喝酒也不算是坏事，只要能适量就好。林如蝶为自己的多虑而感到好笑。

童大俊热情地招呼客人吃菜喝酒，自己也一杯接着一杯又喝了好几杯。饭局结束的时候，童大俊的脸已经通红，但神志很清楚，走路也稳当。他把客人送到门口，一边叮嘱路上小心，一边嘱咐下次再聚之类的话。

客人陆陆续续地离开了。林如蝶开始收拾碗筷。童大俊身子微微摇晃地走进卧室，原本高度兴奋的神经开始放松下来，他摸到了床，一仰身就躺倒在了床上。

"如蝶，我今天有没有喝多啊……"童大俊说话开始变得有点打疙瘩了，"如蝶，来呀……快来呀……"

林如蝶放下碗筷，把手洗干净擦干，走过去把童大俊的外套解了，线衣脱了，鞋子也脱了，帮他腿抬到床上，又给盖上被子，一边说："喝酒可不要逞能啊，看你，真的醉了。"

"我没醉……"童大俊喃喃地说。

林如蝶又用毛巾给童大俊抹了把脸，她发现童大俊的身子好热，整张脸红彤彤的，连脖子和胸部也都红了。"喝酒脸红的人是有情义的人。"林如蝶脑子中冒出当地人说的一句话。

"如蝶，能娶到你是我的福气。你放心，我以后一定会好好待你，等我们的家具上好油漆,我们就布置婚房办婚礼。你说我该给你买点什么结婚礼物呢?"童大俊梦呓般地说道。

"我们哪有钱买结婚礼物啊? 买电视机的钱还欠着学校没还清呢,打家具的钱还没付清,还需要买油漆上油漆的工钱。如果要结婚,还要办酒席,我们需要很多钱,我们到哪弄那么多钱啊?"说到钱,林如蝶就担忧。眼下两个人每月的工资,扣除买电视机分期付学校的钱外,所剩余的也就只够他们两个人生活的开支,根本没有积余。

"算了,礼物就先不买了,戒指项链之类的东西可有可无,少了它们,照样过日子,等以后手头宽些再说。"林如蝶也不管童大俊是否在说醉话,也只管自己说心里的想法。她想,少了书橱和写字台是不行的,少了金器首饰,不会影响正常的生活,至于洗衣机、电冰箱什么的,那些东西太奢侈,完全不属于她生活消费里的内容。再说,现在住的房子,室内没有自来水,即便有洗衣机,也是发挥不了作用的。

"好吧。那以后再说吧,以后一定给你补上。现在,咱们最重要的事情只有一个,那就是睡觉……"童大俊伸开双臂将林如蝶搂在怀里……

林如蝶闭上眼。她对男人的某种行为不是很理解,但她没有抗拒的意识,被童大俊搂着是一种享受,每次依偎在童大俊的怀里,她就有一种温暖和安适感,也会变得像小白兔那么安静。即便有失落的情绪,顷刻间就像雪花遇到了阳光,很快被融化。童大俊有力的臂膀像为她围起来的一个安全的港湾,倚靠在这个地方,便可以暂时把所有的烦恼都放下。

但此刻,林如蝶却忽然感觉心里有一股燥热翻滚起来,然后喉咙一涨,忽然感到一阵恶心,刚吃下去的东西差点吐出来。推开童大俊,靠着床坐起来。喘着气说:"我有点恶心,想吐。"

林如蝶靠在床背上。有一阵想吐的恶心感从她的胃底下传递上来。猛然间她意识到一个最可能的事情：会不会是自己怀孕了？

第二天，童大俊陪着林如蝶一起去镇卫生院。

镇卫生院里。妇产科医生正在给林如蝶做检查。医生看上去三十多岁的模样，长得挺丰满，说话快人快语的，嗓门有点粗，看上去是个热情和善的人。

检查完毕，她把童大俊叫到面前说："恭喜了，你老婆有了。"

林如蝶在一旁，听得清清楚楚。她还听见医生和童大俊的对话。"看你老婆现在的状态，比较虚弱，本来应该等身体养好一点再怀孕。""可是，都怀上了……""那就要注意营养，买点营养的东西吃吃。""好的，我回去赶紧去准备东西，我们还需要补办一个婚礼，到时请你喝喜酒。""喜酒？你们婚礼还没办？""是的，我们家具还没做油漆。现在，我决定等会就去领证了。"

看着医生渐渐远去的背影，林如蝶心里在犯嘀咕："大俊和她说话怎么那么投合呢，似乎他们早就认识。"对于自己怀孕的事情，林如蝶并没有像童大俊那么开心，她觉得太突然了，说实话，她还没准备好，她都不知道自己是什么时候怀上的，她还没和童大俊举行婚礼，自己都像个孩子，忽然间就有了孩子，不久之后就要做妈妈了，这事情真的有点仓促了。

就在不久前，她还有点怀疑自己跟着童大俊到金川来是不是一种错误的选择，甚至还心生一丝后悔之意，后悔自己当初那么果决地做出决定，她隐约觉得自己今后无法长久在这地方待下去，她甚至产生了想赶紧离开这个地方的念头……她不敢想下去，她开始安慰自己：命运有时就是一种注定，我既然已经跟着他来了，就只能安心在这里落户生根了，不可能再做另外的打算了。不要多想了，就和童大俊去领证算了，以后的日子，走一步算一步吧。

周末的上午，林如蝶穿上了大学时经常穿的如兰为她编制的粉红色的中长毛线外套,那是她最喜欢的一件衣服。从大学毕业到来金川中学做老师,她还没买过新衣服。童大俊穿上了一个星期前买的藏青色的中山装,腰板更挺直了,气质完全不一样了,像一个很有身份的官家子弟,浑身散发着英俊之气。摄影师傅发送着指令:"靠近些,再靠近些。微笑,好,非常好。"只听得"咔嚓"一声,林如蝶和童大俊人生旅程中具有特别意义的瞬间被定格了。

几天后,两本贴着一对新人黑白结婚照的结婚证书到了林如蝶和童大俊的手里。童大俊捧着红本本,脸上的眉毛笑成了两把小镰刀。林如蝶也捧着红本本,并没有笑,只是默默地把红本本小心地放在写字台那个上了锁的抽屉里。她想,需要回青水去办一个婚礼,必须让该知道的人都知道:她林如蝶结婚了,爸爸妈妈的小女儿结婚了,哥哥姐姐的小妹结婚了,华朵的闺蜜结婚了,到时是否需要写信告诉周秀丽,还有,她忽然想起了另外一个人,比如李重天。不过,他们自然是不需要告诉的,这里离他们太远,自从离开师大,与周秀丽、李重天等人的联系基本上就断了。

寒假到了,林如蝶决定趁放假回青水县看看自己的父母和哥姐们,顺便告诉他们,自己要和童大俊举办婚礼了。自从那次离开家,林如蝶还没有回去过。曾经有一段时间,林如蝶觉得自己情绪低落,心情压抑,找不到原因。她本以为是童大俊常常在外面打牌,让她独自在家里的缘故。后来才发现,即便童大俊没有出去打牌,在家看电视陪着她,她依然无法开心起来。现在想,一定是想家了,想爸妈和哥姐了。疼爱了她这么多年的亲人,说分开就分开了,生活怎么能就这么瞬息万变呢。她刚开始无法接受和母亲以那种方式分开的事实。但幸好,后来她和父亲有几次通信。父亲是宽宏大量的,并没有责怪她,反而安慰她不要挂念家里,希望她在学校好好工作,照顾好自己的生活,想家的时候可以随时回家。有了父亲的这番话,林如蝶的心里轻松多了。她一直想着找机会回趟家，看看母亲气消了没，看看姐姐们有没有变化。现在，她面临着一个严峻的事实：她怀孕了，她和童大俊需要办一个婚礼，虽然，她已经和童大俊领结婚证，但在世俗的眼光里，这并不意味着他们已经结婚了，他们还差一个公开的婚礼。

　　林如蝶打电话给父亲，说放寒假时她回家。父亲马上表示欢迎她带着童大俊一起回家过年，说母亲已经早早地包好了粽子，也买来了青水县人过年吃的土特产——青水米糕。父亲知道林如蝶喜欢吃米糕，也喜欢吃家里的粽子。但是，这些对林如蝶来说都不是最重要的，最重要的是，她又可以回到她生活了二十多年的老家，回到那一桌一凳、一盘一碗都熟悉的家。尤其又可以看到父亲了。

　　林如蝶还记得父亲曾经为她做过的一件事情。还是她读小学四年级的时候，有一次，学校少先队要举行盛大的少先队活动。要求所有的先队员要穿白衬衫搭配青蓝色的长裤。林如蝶都没有。不过白衬衫可以借用姐姐如兰的，青蓝裤子，姐姐们也没有，但她必须弄到。她是少先队副大队长，活动的时候要站在队伍的最前面，整理好中队队伍，然后向大队长汇报。女儿的忧虑被林兴盛看在眼里。家里孩子多，买布需要布票，每家发到的布票是按人头限定的，一般家庭都要等到过年才能发到布票，这样才能给家里的孩子做新衣服。林如蝶看到父亲和母亲在里面房间说了些话，让母亲从箱底里拿出一块旧的花布被面。父亲上班去后，母亲就开始裁剪花布被面，最后缝纫成一条松紧带腰的裤子。下了班，父亲急急赶到家，拿出从店里买来青色的染料，准备将母亲剪裁好的裤子染色。晚饭过后，暮色四合。黯淡的灯光下，母亲在烧火，父亲把青色的染料倒入锅里，反复搅动，又把花裤子扔进锅里。水沸腾时，父亲用力地搅动着锅里的裤子。过了一段时间，父亲把裤子捞起，放在脸盆里冷却。他找了把雨伞,要把裤子拿到两百米外的池塘去清洗。外面下着大雨,林如蝶执意要跟着父亲,为父亲打伞。林如蝶和父亲一起,深一脚浅一脚地向池塘走去。池塘在两百多米外的茫茫黑夜里,两个人走到时,发现池塘的水已经溢满到路面了。林如蝶双手打伞,父亲低头洗裤子,雨伞被风吹得东西南北乱摇。回到家时,两人都成了落汤鸡。一到家,父亲便让林如蝶赶紧擦干身子上床睡觉,而他自己则又点燃柴火烘干裤子,因为第二天上午林如蝶就需要穿青蓝色的裤子。第二天,林如蝶醒来的时候,床头摆着叠好的青蓝色的裤子,干干的,带着淡淡的靛青的香味。

父亲为林如蝶做的事情太多了,林如蝶随便一想就勾出一大串。每当回忆起往事,林如蝶的心头都是暖暖的,那是她从小生长的家储存在她灵魂深处的温暖而幸福的记忆。

十九

农历腊月二十五,离年关已是很近了。青水县城的街头,行人都匆匆忙忙地走路,显然都急着往家里赶。林如蝶走在前,童大俊紧跟在后,两个人转进一条鹅卵石铺的两边是青砖砌墙的小弄堂,在门牌为道姑寺巷15号的大门口停下。林如蝶停顿了下,喘了口气,然后就径直推门进去,走过庭院时,她微微回过头看了下大门右边,发现那口棺木还在那里,便不再看第二眼。她来到墙壁被刷得雪白的庭院这边父母的老房子门前。

"爸,妈,我们回来了。"林如蝶对着正在厨房里劈柴火的林兴盛和在一旁帮着收拾的余仙花喊,曾经的不愉快仿佛早已被岁月的风吹散。

"啊,如蝶回来了! 回来就好!"林兴盛赶紧放下手里的斧头,站起身,伸出手接过女儿手中的东西。

"爸,妈,你看我给你们带来了什么?"林如蝶看到母亲一时没有吭声,就让童大俊将两个大纸盒打开。第一个纸盒还没打开,就听到里面"咯咯咯咯"的叫声。

"是鸡啊,还有鸭!哪来的?"脚上绑着绳子、活蹦乱跳的鸡和鸭被放到地上时,余仙花觉得很惊奇。

"我们自己养的。还有菜,你看,都是我们自己种的,辣椒干,还有豆角干,都是我们自己种的菜没吃完,晒干的。"林如蝶如数家珍,脸上露出自豪的神情。

"怎么可能? 如蝶连扫地洗碗都不会,怎么会种菜养鸡啊?"余仙花和林兴盛两个人都惊异地瞪大了眼睛。然后林兴盛笑了,说:"一定是大俊教的。"

"如蝶现在很能干了,已经会做饭了。我们还种花草,种在自家门口,菊花、月季花、木芙蓉等,可漂亮了。"童大俊接着说。

"看起来农村是个锻炼人的地方啊。"林兴盛感慨的同时,余仙花抓住绑着鸡和鸭脚的绳子,试图把它们绑在四方桌的桌腿上。

"生鸡,环境还不熟悉,等会儿跑走了,就找不回来了。"余仙花说。

林如蝶拿出一大包糕点,把一堆雪花饼和雪片糕摆放在桌子上。

等余仙花绑好鸡,童大俊喝过茶,林兴盛在厨房里把米淘好放进高压锅,白菜、萝卜洗好,放在菜板上,天色有些暗下来了。林兴盛对林如蝶说:"我和你妈要到如梅那里吃晚饭的,他们电话已经打来催我们过去了。我们要准备过去了。"

"啊?"林如蝶心里迅速产生一个疑问:难道自己和童大俊不能一起到姐姐那里吃饭吗?

"大姐和大姐夫请的什么饭啊?"林如蝶忍不住想知道更多。

"我也……不太清楚,他们就是请了你姐夫那边的家里人和我们这边如兰和如浩两家人。"林兴盛说话忽然有点不利索。

"那我和童大俊在家里吃?"林如蝶依然弄不明白。

"嗯,菜橱里面有一碗骨头炖豆子,还有两棵青菜,你们自己能炒吗? 不行的话,我炒好了再走。"林兴盛说完准备转身回厨房。

"我们能炒的。"童大俊赶紧说。

"那我们先走了。你们也马上可以开始做饭了。"林兴盛说完和余仙花一起出去了。

只剩下林如蝶和童大俊孤零零待在家里。屋子里忽然间变得冷清起来,仿佛忽然间所有的人都消失了一样。林如蝶忽然觉得这地方开始有点不像自己原来的那个家了。终究是要离开的,这个家对我而言,或许真的成为过去了。从前在这个家,有好吃的,父亲总是第一个叫喊自己去吃,有好玩的,哥哥姐姐都会想到自己,不为别的,仅仅因为自己是家里最小的,最需要疼爱,用当地的话说,"窝里的最后一个蛋,随便怎么滚都行"。

但是,一切说变就变了。自从她跟随童大俊到金山县,她和家里的人联系渐渐地少了,但让她想不到的是,大姐和姐夫竟然不欢迎自己到他们家做客。林如蝶想到这里,心里忽然感到一阵苦涩和酸痛,全身忽然一阵发冷,鼻子一酸,眼眶竟湿了。

"是如蝶回来了吗?"如兰的声音忽然从门外传进来。

"二姐,你怎么来了?"如兰的出现,让林如蝶有些惊喜。

"爸告诉我,你们今天要回来的,我特地过来看看。"如兰还和以前一样,嗓门亮亮的,黯淡的屋子忽然间像有一束温暖的阳光照进来。

"你不去大姐那里吃饭吗? 她没有叫你去吃吗?"林如蝶问。

"她叫我了呀,怎么? 她没叫你们也去? 就留下你们两个?"如兰觉得很奇怪。

"没关系。不去就不去,家里也有吃的。"林如蝶强装出无所谓。

"这样啊? 那我也不去吃了,你们难得回来,我在家陪你们。"如兰临时做出了决定。

"你去吧,都叫了你了,你不去不好。"林如蝶劝阻如兰。

"哎,在哪里不是吃饭,我们在这里搞些吃的,一样的,大姐那里少一个人无所谓的。"

如兰说完,就开始手脚麻利地在厨房里忙乎起来。林如蝶和如兰一起,开始烧火做饭。不一会儿,三碗菜,一锅饭就好了。三个人开始边闲聊边吃饭。

晚上,林兴盛和余仙花回来了。林兴盛一看到如蝶就问:"晚饭吃过没?"

"吃过了,二姐过来和我们一起吃的。"林如蝶说。

"难怪没见如兰去如梅那里吃饭。"余仙花说。

"如梅家里人很多,去的话也很挤,在这里弄点吃吃也行。今天你俩吃得清淡点了,明天我们把你带来的鸡杀了大家一起吃,顺便也庆贺下。"林兴盛说。

"庆贺什么呀? 爸。"林如蝶问。

"我今年混了个全县优秀校长。"

"老爸你真不错。"如兰和如蝶一起叫道。

"哎,岁月不饶人啊,我年纪大了,这一届校长也刚刚任期满,本来可以好好休息了,可学校暂时还没有接班人,教委领导希望我再干一年,我想了想就答应了。还有最后一年,干完这一年,我就真的要退出历史舞台喽。"林兴盛感慨满怀。

"老爸干嘛还要干一年呀,既然可以退休了,就好好待在家里安享晚年,和老妈一起到处走走,调养身体,那样多好。"如兰说。

"是的,您当了一辈子老师,也很辛苦,可以休息了。"林如蝶也说。

"蝶蝶你当老师还适应吧？一开始可能觉得累，但一旦适应了，就没什么难的了。你看我，干这一行这么多年，都一直喜欢。做了校长之后，还是尽量给自己排课。我一直认为，作为一个老师，有自己的一批学生，有那一亩三分田耕耘着，是一件很幸福的事情。最近几年校长责任制实行后，我确实因为工作太忙没法上课了。没课上，我还有点失落呢。"林兴盛说得很恳切。因为做校长，他已经离开讲台好几年了，但显然，他一直很怀念曾经站在讲台上的岁月。

"其他没什么，就是金川学校位置太偏了，到镇上还有一段路，生活也不是很方便。还有，回青水也不是很方便，如果有机会，以后我还是希望换个地方。"林如蝶幽幽地说。

"但是，那里有特色豆腐干，还有美味的雪花冰和雪片糕呀，你不是说很好吃吗？"童大俊笑着抢话。

"味道确实不错，我已经尝过了，这都是你们金川那边的特色糕点。我们这边虽然也有类似的雪片糕，但味道没有你这个纯正，没那么好吃。如蝶，不要急，好好干，以后会有机会调到更好的学校去的。"林兴盛安慰道，"难得你们过年才有时间回家，这几天咱们一大家人好好聚聚。"

二十

第二天早晨，林如蝶醒来的时候，听见母亲在院子里大声说话："稀饭早好了，还不起来吃？"她赶紧坐起来，揉揉还迷糊的眼睛，看到童大俊还睡得很沉，就推了他一把："该起床了，爸妈已经把饭做好了。"

童大俊迷糊着"嗯"了一声翻个身又睡去了。林如蝶只好自己先起来，穿好衣服打开房间门，看见父亲正挑着一担水往厨房里走。

　　父亲挑水的样子林如蝶已经很熟悉了。从有记忆开始,家里的水大多数都是父亲挑的,从水井到家有五六十米的距离,虽然要经过一道齐膝高的门槛,跨过两道一尺多宽的庭院水沟,但父亲挑得很悠然。此时,父亲已经六十岁,但步伐仍然不减当年。有时如浩在家,会帮着挑几担,如兰回家也会颤悠悠地挑大半担水。倘若父亲、如浩和如兰都不在家时,母亲则会用吊水的水桶,很费劲地拎一桶水回家。这个家,只有林如蝶未曾挑过水或拎过水。

　　但此刻,看到父亲颤悠悠的身影,林如蝶有点心疼。她赶紧又跑回房间,摇晃着童大俊的肩膀:"起床帮爸爸挑水吧。"

　　"吵什么呢? 我都没睡醒呢。"童大俊看起来还很迷糊。"就算不挑水,也该起床了。在我们自己家里可以睡懒觉,可在这里睡懒觉影响多不好。所有人都起床了,都等着我们一起吃早饭呀。"林如蝶很想让童大俊立刻起床。在林如蝶的记忆中,家里人是没有睡懒觉的习惯的。但自从和童大俊在一起,也不知道什么原因,他们经常会睡懒觉。特别是童大俊,周末的早上,如果不到八九点钟,他都不愿意起床。在学校没人管,可是在这里这样,父亲和母亲会怎么看。

　　童大俊没有理睬林如蝶,林如蝶只好一个人去厨房,洗脸刷牙。"大俊还没起来么? 早饭熟了,可以吃了。"林兴盛说,看起来他和母亲一起已经等了好久了。

　　"嗯,我去叫他。"林如蝶赶紧刷好牙,洗过脸,再回房间,强行把童大俊叫起来。

　　四个人吃着早饭。

　　余仙花说:"我前几天去了一次县人民医院,碰到了华朵。华朵在医院牙科做医生,她比以前更漂亮了。我问她找好男朋友没,她说找好了,到时结婚也会通知如蝶的。人家现在可是既有钱又离父母家近啊,不像我们如蝶,人在老远,想找你陪我去下医院都不可能。

唉,儿女离开父母那么远,什么事情都指望不上。"

"你就别胡说八道了。"林兴盛赶紧接话,一边对如蝶说:"华朵可能还不知道你回来,如果知道,她肯定会过来看你的。"

这一点林如蝶相信。其实,林如蝶早已经打定主意,吃过早餐后就去看一下华朵。之前她和华朵有约,谁先找到男朋友,谁就先请客。现在他们两个都找到了男朋友,到时一起聚下,也就当作互相庆贺。

林如蝶吃完,对着全身镜子照了一下,她稍稍皱了皱眉头。她感觉自己身上的衣服不够鲜艳。记得以前读书时,每年过年前,她都要买新衣服,和同学见面时,互相之间免不了要看对方穿的,看对方的发型,甚至戴着的饰物,然后叽叽喳喳议论一番。但自从和童大俊在一起,林如蝶就没有买过新衣服。因为没有钱买新衣服,童大俊因为之前就没什么衣服,所以,有时不得不买些新衣。不过,在遥远的金川镇的学校里,林如蝶穿那些衣服,没有感觉到自己有什么不对。而现在,在青水城,她忽然间觉得自己的衣服怎么就那么暗淡无光,甚至有点寒碜的味道了。

她将带来的稍微新一些的蓝色弹力絮棉袄穿上,感觉自己看起来精神了一些,然后叫了童大俊,准备一起出门。

刚走到天井那边老旧的木门口,他们听到吱呀一声,大门被推开了。一个面目姣好、穿着艳丽的姑娘挽着一个英俊挺拔的年轻男人出现在大门口。

"华朵!""如蝶!"两个女孩子几乎同时叫了一声。

林如蝶几乎都认不出华朵来了,她只觉得站在她面前的女孩好漂亮,好洋气啊。她睁大了眼睛,看着站在她面前的美女:乌黑的长发瀑布一样地垂下来,软软地披在肩上,前额光洁,弯弯的眉毛像一弯新月,高而挺的鼻梁上架着粉色聚酯边框眼镜,肌肤雪白光洁,嘴唇薄而红亮,身着一件过膝的驼色呢子大衣,脖子上围着一条五彩羊绒围巾,脚蹬一双黑色皮质高筒靴子,整个人像大商店橱窗里的模特,艳丽时髦,光彩照人。

或许林如蝶看华朵的表情有点惊愕,华朵笑了:"怎么,你的铁姐都不认识了吗?"

"哦,我仿佛看见仙女忽然下凡来了,一时没反应过来。真的叫'士别三日当刮目相看啊'。当年那个调皮的小姑娘,什么时候变成让人眼花缭乱的仙女了? 这就是你的白马王子?"林如蝶把目光转向华朵边上的年轻英俊的小伙子。只见那小伙:微胖的圆脸,理着像板刷一样整齐的平头,带着金丝边眼镜,穿着黑色皮上衣,藏青色的裤子,脚上一双铮亮的圆头黑皮鞋。整个人显得干净利落神气十足。

"是的,我男朋友毛忠革,都是'文革'期间出生的,名字上有标记。青水县人民医院的,同单位同行。"华朵咯咯地笑了。

"童大俊,金山县的一名乡村中学老师,我大学同班的,我现在也是金山县的一名乡村老师,我和童大俊一起在金川中学上班。刚才是想到你那里去看看你,没想到你们先来了。来来来,咱们坐到家里面慢慢聊。"林如蝶赶紧招呼着两个进家门。

林如蝶带着华朵两个走过庭院,走到穿堂,遇上了正从厨房里出来的余仙花。

"阿姨好。"华朵看到余仙花赶紧打招呼。

"哦,是华朵啊,我都快认不出来了,变得更漂亮了。哦呦,这是你男朋友吧? 好帅气的小伙子。看你们,多让人羡慕啊。唉,可惜咱家的如蝶,跑得那么远,咱身体不好时叫她端杯水喝都别想,也不知跑到那么远的地方去有什么好。"余仙花对林如蝶似乎有太多的失望和不满,却一直找不到发泄的端口,现在忽然有了机会,她趁华朵什么都还没说的时候,就一股脑儿地倒苦水。

"不会的,阿姨,如蝶也很不错。老师这种职业挺好的,以后你会慢慢体会到的哦。"华朵笑嘻嘻地安抚余仙花。

林如蝶没说话,一边引着华朵继续往里走。华朵继续安慰余仙花:"阿姨不用担心,你看,家里不是还有哥哥和姐姐嘛,这么多孩子,您要是哪天身体有什么不舒服的,还可到医院里找我,我也会像如蝶那样照顾您。"

"哎哟哟,看华朵这孩子,就是懂事啊,阿姨听了你这话,比吃了蜂蜜还甜啊。"华朵的话让余仙花很受用,她赞美着华朵,脸上笑成一朵花。

林如蝶站在童大俊的边上,没有吱声。她觉得自己浑身有点发冷,脑门却有点潮热,眼圈有点湿润。她担心自己不自然的表情被看穿,赶紧去厨房拿热水瓶,准备给两个人泡茶。

四个人在一起聊。林如蝶感觉到在她和华朵之间有了一种说不清的东西。似乎有一层烟雾般的薄纱,依稀地将她和华朵隔开来。薄纱的那边,华朵是那样的欢愉、大气、光彩,连同他身边的英俊男生。他们像一对饱受阳光雨露滋润的金童玉女,散发着无限阳光和温馨的青春气息。薄纱这边,脸色苍白、衣着朴素无华的林如蝶和童大俊,像从田间走过来的村姑和农夫,粗糙而黯淡。

聊了一阵儿,林如蝶站起身分别给华朵和毛忠革的杯子里冲热水,自己也倒了杯水,捧着杯子暖手,一边前言不搭后语地说着:"这鬼天怎么这么冷,华朵你说过要请我们吃饭的,我也说过要请你们吃饭,现在那么咱扯平了,干脆都等到婚礼时一起吧。华朵,你打算什么时候办酒席啊?"

"快了,再过两个月,房子和家具什么的忠革爸妈都会准备的,不需要我们操心,我们只需要在婚礼上出现一下。当然,我们的婚礼上,必须出现的还有你们俩,你们是必须到场的哦。"华朵的声音清爽悦耳,带着甜甜的温柔,仿佛刚从甜水缸里捞出来,每一个字都渗透着甜香的气息。因为靠得近,林如蝶似乎都闻到了从她身上发出的甜香。

"我们肯定来的,怎么可能不来呢,除非你们嫌弃我们。而且,到时我和童大俊的婚礼也不能少了你们两个的。"林如蝶感觉自己的笑容有点不自然,和华朵那灿烂的笑容比起来简直不好意思出现在同一个空间里。

四个人聊了一阵后,毛忠革提议到外面走走,很快得到赞同。林如蝶说,不如到母校青水中学走一趟,好久没去过母校了,众人一致同意。于是,四个人鱼贯走出道姑寺弄15号破旧古老的大门,一起朝青水中学的方向走去。

二十一

再过两天就是大年三十了,天气依旧寒冷。林如蝶想,还是躲在家里暖和,还能帮着家里准备过年吃的东西。一大早如梅和如兰就过来帮母亲包粽子,三个人打算用半天时间把一大洗衣盆的糯米包成粽子,同时让父亲和母亲把这些粽子煮熟。

林如蝶的任务是做丸子。她将荸荠洗净,去壳,切碎,又取少许瘦肉剁碎,然后拌入淀粉进行搅拌,等搅拌均匀之后搓成一个个丸子。她一边做丸子,一边看她们包粽子。她看见如梅将一大碗酱油倒入洗好的糯米中,又撒入一些盐,倒入一些菜油,然后用双手搅拌糯米。如梅搅拌的时候两只金耳坠不断地晃动着,左手无名指上,一只厚实的金戒指很显眼。如兰端出母亲早就浸泡好的酱油肉条,新鲜咸菜。母亲余仙花在挏粽叶。一会儿,三个人坐下来开始包粽子。

如兰抓起一片粽叶,做成尖角的形状,将糯米抓到尖角里,再放入一条酱肉、一些咸菜,然后上面又用糯米盖上,再抓一片粽叶盖上,折好,用粽披将粽子绑紧。三条粽披将粽子绑得紧紧的,一个四角粽子就包好了。看两个姐姐包粽子,对林如蝶来说是一种享受,她们娴熟的技艺在林如蝶眼里像是一种艺术。林如蝶想,现在先把手法看熟,等以后空些,自己也可以包粽子吃。

大年三十到了,在父母这里吃年夜饭的除了林如蝶和童大俊,还有如浩一家子。

林兴盛和余仙花一直在忙,昨天余仙花将林如蝶带来的一只鸡一只鸭宰杀并拔毛除内脏,林如蝶一直在边上用心看着,并适时帮着忙。今天林兴盛将鸡鸭剁成小块,又将买来的草鱼剖了,还浸泡了香菇木耳,今晚的菜自然是丰盛的。

林如浩过来了。他开始贴春联。他熟练地拿出准备好的面粉,加水,放在炉子上边烧边搅拌,不到两分钟,一小锅糨糊便煮好了。林如浩端着凳子在大门口,自己爬上去,林如蝶帮着将长长的红春联递上去。贴完春联,两人又一起来给父母帮忙弄各种菜。有香菇炖鸡,笋干煮鸭,黑木耳肉片,草鱼红烧,肉丸鲜汤,猪脚黄豆,桂花糖年糕。菜也差不多全部烧好,嫂子和侄儿也刚好到。

三点一刻,一桌丰盛的大菜已经摆好。桌上还有自家酿制的香气浓郁的糯米酒,还有粮食谷烧。糯米酒一般是给女人喝的,粮食谷烧一般只有男人才喝。

外面的鞭炮已经响得震天动地,仿佛沉睡了千年的大地终于醒来,这是中华民族传统佳节,人们要以最隆重的礼节来迎接新春的到来,用最响亮的声音来庆贺和铭记这一天。整个青水城沉浸在欢天喜地的辞旧迎新的氛围之中。

林如浩放过鞭炮后,七个人围坐着开始吃饭。

"今天是大年夜,丽晶,涛涛,咱一家敬爸妈一杯,祝爸爸妈妈新的一年一切平平安安,身体更加健康。"林如浩做了开场白。

"祝爷爷奶奶身体健康!"小涛涛的声音中还带着奶气。

"叔叔,阿姨……不,今天该换个叫法了。"童大俊似乎准备了好久,说话时神情显得有点庄重,"我和如蝶已经领证了,今天该叫爸爸妈妈了。爸爸妈妈,我和如蝶决定不久之后举办婚礼。来,如蝶,咱们先一起祝爸妈平安健康,新年快乐。"

童大俊又接着说道:"我和如蝶打算三月份把酒席给办了。家具也打好了,油漆也刚做好,其他的东西都有的,到时我雇一辆车来接新娘子,到时如蝶提前几天过来在这里等。"童大俊一边说,一边不时用余光往余仙花那边瞟。余仙花嚼着一块鸡肉,没有说什么。

林兴盛开口了:"早点办掉,反正都要办的。这边的事不需要你操心,你只管把你那边的事情做好。该有的东西尽量都办起来,生活上需要用到的东西都买起来。"

"嗯,那边都有的,不会缺什么的。"童大俊像表决心似的。

听到童大俊这么说,林如蝶禁不住在心底自言自语:"哪里都有了呢? 就是一个黑白电视机和一套刚刚做好的家具而已,项链、戒指等金首饰那些东西都没。不过。那些东西是可有可无的,我之前自己表态过不需要的,就不去计较了。"

"爸、妈,到时我们一起合计合计,大约有多少客人,一共需要摆几桌酒席。"林如蝶对着余仙花和林兴盛补充了一句。

"估计大概有五桌吧。到时让你两个姐姐来帮忙买菜烧菜,我和你妈也会帮忙的,都不是问题。"林兴盛显得很放松的样子。他看起来完全有信心把这事办妥。

七个人边吃一边聊,一边关注着电视机上的节目。电视上,主持倪萍和赵忠祥已经闪亮登场,小朋友表演的玉兔迎春的开场秀拉开了帷幕。

四个人边打牌边看电视。林兴盛洗完碗在一旁坐下,安心地看节目,余仙花靠在藤椅里,慵懒地嚼着米糕,双手还捧着一个火熜,那是林如蝶最熟悉不过的东西。但自到了金川,她什么取暖的家伙都没有去买,火熄就更无从说起了。她现在忽然明白为什么金川的冬天特别冷,因为那里没有火熄,也没有其他烤火取暖的东西。一条被子,还是林如蝶当初从家里带到大学里学用的,大学毕业直接带过去了。童大俊家里什么也没有,如果需要添置什么,唯一的办法就是去买新的。但是,他们目前没有多余的钱。所以,只要是能省的,他们都一概省了。林如蝶现在不由地有些感慨。然而在金川的时候,她没有任何想法,也并不觉得自己缺什么。一回到青水县,她忽然发现和父亲母亲的家比起来,自己有太多的东西是缺少的;和华朵比,那距离就更远了,华朵的光彩照人甚至有点让林如蝶睁不开眼睛;还有大姐手上的大金戒指和耳朵上的金吊坠,像几只硕大的眼睛,一直在林如蝶的眼前晃动着。

正月初三早上,林如蝶要和童大俊一起回金川时,忽然觉得自己的腿沉重得不愿意迈开步。在父母家待了几天后,她又找回了从前的温暖透气感觉,刚刚恢复到了原先的顺畅感,觉得自己的呼吸开始匀称了,感觉空气的温度湿度都正常了,天也不那么冷了,每天能吃到热乎的饭菜了,再也不会冷得将身子蜷缩起来了。这才是她曾经拥有的正常的生活状态,这里才是她习惯待着的地方。可是,此刻她却是必须立马离开这个地方,去坐那颠簸而且会弄得满脸灰尘的中巴车,让布满尘土的车子将自己再次驮送到那山坞里的学校,走进那边陲之地,过一种几乎与外界隔绝的生活。哦,多么不可思议,自己为什么要到那种地方去上班呢?当初是怎样的一种情况让自己决意去了那个地方?

林如蝶觉得自己像做梦似的,不明白当初自己怎么会走到那大山旮旯里去呢?那么遥远的地方,除了童大俊一个人是与自己有关联的,那里所有的事物原来根本与自己不沾边。不过,现在应该说还有一些人与她有些关系了,比如一些学生,比如一些老师。倒是让林如蝶有点记挂了。她不能忘记班里学生争着给干菜让她品尝的情景；她不能忘记和徐花花一起爬塘岭以及到塘岭后看到和感受到的一切；她不能忘记那夜自己受惊吓跑到吴老师家里，吴老师和其他几个老师给予她的宽慰；她不能忘记学校教务主任汪垚对她的热情激励和县教研员胡老师对她上课所给予的高度评价……如果没有他们，她不知道世界上还有这样一个村庄，那里的人们以那样一种方式生存；如果没有他们，她不知道那么小的孩子，接受学校的教育并不比城里的孩子多，却在生活上俨然如大人一样成熟；如果没有他们，她不知道同样叫作学生的，情况却可以完全不同，同样被称作教师的，处境也可以截然不同的，虽然都同样是两只眼睛两条腿。

林如蝶不禁又想起自己读初中时的学校——青水县二中。学校就在离父亲家四百米左右的地方，很近。那时，青水二中就是全县最大的初中，学校有很正规的图书室、阅览室、篮球场和排球场以及单杠双杠的操练场所，活动课体育器材应有尽有，还有钱老师……全然不像她现在所在的金川中学那样，什么也没有。廿年之前自己在青水二中读初中，学校的一切都历历在目。如今再看金川初中，那破旧的教学楼，那简陋的学生寝室，那只供应半碗青菜的食堂，那犹如蜀道一般的上学和回家之路……所有的一切，都让林如蝶感觉在梦幻中，仿佛穿越回到了二十年前。不，是比二十年前更早的时间和空间。而这，仅仅因为是到了金山县的金川镇，一个从前与她没有任何关联的地方。现在，因为童大俊，她必须再次出发，回到那个地方，她已经没有退路可选。

林如蝶跟着童大俊走。一路沉默无语。是的，即便有十二分的不情愿，她还是得跟着童大俊走，因为她已经是童大俊的妻子了，她已经是金川镇的人了。

坐在烟灰色的大巴车上，她反复回味着大姐夫、二姐夫留下的话:"怎么,住两天就要走了? 就那么留恋那座金山吗? 它给你金子了还是让你住金屋了? 你怎么连个金戒指都没啊,不是已经订婚了吗?""放着好好的城里人不做,非要跑那么远的地方,也不知道你喜欢人家什么? 喜欢那里什么?"她又想起母亲说的:"看人家华朵,在本地医院上班,离家又近,嫁得又体面,哪个会像你,从城里跑到山旮旯头去,以后我生病了都指望不到你来照顾。这么多年的书真是白读了,书越读得越多越是呆气……"

"可是,妈妈,你不知道,我也身体不好也需要人家照顾。我希望自己生病不要拖累你,有童大俊能照顾我就行。"林如蝶在心底默默地说,她两眼迷糊,清冷的泪水不知不觉溢出眼眶。

是的,林如蝶心底的这个秘密母亲不知道,父亲不知道,姐姐们也不知道,甚至连童大俊都不知道,确切地说,她自己也说不清楚。她只知道自从父亲搬家到道姑寺那片老宅,自从她每天要鼓起勇气不看门后的那棺木一口一口气奔跑进大门,跑进自己的房间,然后心慌意乱地反锁上房间门起,她就经常做噩梦,睡觉时经常被人卡住脖子,让她觉得每天都感觉到死亡的阴影。她无法解释是什么原因让她有那种感觉,只认定是自己的身体出了问题,她觉得自己最终决定嫁给童大俊的时候,可能有一部分就是因为这个,因为和童大俊在一起,她有一种安全感,噩梦少了,精神状态也好起来了。虽然家里人并不看好童大俊,但是,她还是坚持了自己的选择。

既然选择了,就继续坚持吧。林如蝶想到这里,跟着童大俊踏上了回金川的旅途,不再犹豫。

二十二

回到金川中学,林如蝶很快地投入忙碌的教学工作中,在青水县那几天所产生的种种不快的感觉顷刻间又如蒸汽一般,发散在空中,不见了踪影。全县的教学比武已经拉开了序幕,第二轮片级教学比赛马上就要开始。

汪垚找到林如蝶:"第二轮是片里的教学比武,你要争取在片里的上课获得成功,只有那样,才能有机会到县里参加最后的决赛。"

"我尽力吧,我每次上课都只能跟着自己感觉走。"林如蝶并不觉得自己有多大把握。

"我和徐校长都相信你的,凭你的实力,只要你用心,你会成功的。第一轮不是成功了吗?"汪垚仍然信心满满。

"我还是那种感觉,只按照平时上课那样,行就行,不行就算了,顺其自然吧。"林如蝶自我宽慰。

"好好准备,我们相信你一定能行的。"汪垚最后留下这句话。

林如蝶对比赛没抱很大的希望,她觉得有些事情要碰运气的,上课成功也并不能说这个老师就有多优秀了。上课是有很多偶然性的,学生的表现以及老师那天的情绪和身体状况,还有评委老师的喜好,诸多因素对自己有利时,那堂课是会成功的,有一条不对劲,就可能会失败。所以,她并不在意结果如何。但她还是会好好准备这一堂课。毕竟,它体现了公平竞争的原则,自己应该积极努力展示出优秀的一面。

比赛的地点是金川县城最西端的黄石中学,内容是一篇文言文。从抽签后备课到开始上课,时间只有三个小时。林如蝶用最快的速度准备了比平时上课更丰富的内容,然后安排了一些突出学生课堂自我表现的环节。临上课前,她把备好的所有内容在脑子中仔细地回忆了一遍。

一切准备就绪,林如蝶忽然有一种成竹在胸的感觉。比赛课上得非常顺利。但上完课的当天晚上,林如蝶做了一个梦,梦见自己落选了。醒来之后她对自己说,认真对待过就行,不要在意结果。

第三天,比赛结果出来,林如蝶获得了第一名。其中的一个评委的评语是:"林老师教态大方得体,声音柔美,课堂教学内容重点突出,教学环节清晰有节奏,教学方法灵活有个性。"

林如蝶并不知道,这个评委,其实是县教委主任,曾经也是语文老师,那天正赶上到黄石中学检查工作,自然也就成了评委了。

回校后第二天,汪垚到林如蝶办公室,笑嘻嘻地对着林如蝶说:"我们又有饭吃了。你果真是常胜将军,只要出征,必定凯旋。厉害啊,小姑娘。"

"运气好吧,那天身体状况和精神状态都还好。所以一切就都顺了。"林如蝶真的觉得那天是自己状况比较好。

"状况好就能赢? 那你赢得也太简单了。所以要让你破费一下,买点好菜,犒劳犒劳我们几个。还是放你家里,我叫我老婆来帮忙做饭,如何? 哈哈。"

"没问题,我原本就想请你们吃饭。"林如蝶笑着说。

"是吗? 看起来真的有好事情。"汪垚瞪大眼睛看着林如蝶。

"我和童大俊要摆结婚宴席了。"林如蝶把一句话轻轻地吐出来,仿佛怕别人听见似的。

"哇,好事啊,终于等到这一天了。那需要大张旗鼓地操办一下。"汪垚的嗓门变得更大了。

办公室几个老师都围过来。

"什么喜事?""林如蝶和童大俊要办喜酒了?""哦,有喜酒喝喽!"边上的七嘴八舌。

"我和童大俊商量好了,决定三月十二日摆酒席。三月十二日是植树节,是播种生命的日子,寓意很好,那天也正好是周末,我们到时借学校的礼堂,摆几桌酒席,亲戚朋友同事聚在一起欢聚庆贺下。"林如蝶干脆就说开了。

"好,我找学校同事来帮忙,帮你们找厨师,安排人员搬桌椅摆碗筷,还要叫人剪个大红喜字,挂几个大红灯笼,让场面喜庆热闹些。你们两个就放心吧,学校里有这么多兄弟姐妹,这事一定会办得妥妥的。"汪垚接着说。

"我也来帮忙。""小林老师,也给我分配点任务吧。""如果需要人手,叫我一声我马上就到。"边上的叽叽喳喳。

"谢谢汪老师。谢谢兄弟姐妹们。"林如蝶原本有些矜持的脸庞绽放出菊花一般的笑靥。

婚礼如期举行。

三月十日,林如蝶先回到青水县城。林兴盛已安排好了一切:厨师、菜单、碗筷、桌椅、招待客人用的各种糕点和糖果,以及客人饭后离开时要带走的礼品。

十一日,林家人几乎都投入操办林如蝶酒宴的帮忙中。余仙花把亲戚朋友送来的礼品一一点数好。礼品不算很多,但林如蝶很满足了:有母亲买的用绸缎面包好的弹力絮小被子,如梅送的踏花大床单,如兰为她定制的大红绸缎旗袍、绣花枕头,华朵送的精致毛毯,还有其他亲戚送的搪瓷花罐、压顶热水瓶、搪瓷痰盂、塑料澡盆水桶等各种小件用品。

"还满意吗?"林兴盛微笑着看着林如蝶,然后忽然神秘地说:"还有一样东西,是我送给你的,我知道你一定喜欢。"

"是什么呢?"林如蝶有点惊讶,她没想到父亲还要给自己一个惊喜。其实,父亲什么都不用送,她都能感受到父亲对她的浓厚的爱。这么多年了,父亲呵护她的地方实在太多了,她根本数不过来。以前读书时晚上从学校回家,父亲会从橱子里拿出糕点给她吃;高中时听她说总觉得疲惫,精神不济,父亲便从有限的工资里拿出钱为她买来登峰牌双宝素,悄悄放在她的床头;要去读大学了,父亲带她到商店,挑选她喜欢的学习和生活用品；读大学时，父亲还经常写信给她，了解她的学习和生活情况……

此刻，他想对父亲说：你已经给了我很多很多了，我不需要任何礼物了。

"你把那张青布拉开，看看里面是什么。"父亲说。

林如蝶看到靠墙的那个地方，有一块青布遮着一件物品，看起来，那物品不小。林如蝶一下子没猜出来会是什么东西。她不慌不忙走过去扯住了布，然后慢慢拉开。

"哇，缝纫机，西湖牌的！"林如蝶惊叫起来。这款缝纫机是当时最好的品牌，是当时女孩子比较体面的嫁妆，大约要300多元，相当于父亲两个多月的工资。那是林如蝶从来不敢去想的东西。家里的缝纫机都是母亲在用，都用了十八年了，已经为家人缝补和制作了不知多少衣物了，一直没出什么问题。父母一开始就反对自己的婚姻选择。可是现在，忽然之间给了她最好的嫁妆，对林如蝶来说，这是一种怎样意外的惊喜啊！

看着锃亮的缝纫机，林如蝶心里感到无限温暖，眼睛里闪烁着泪花。她低下头，轻轻说了声："谢谢爸爸。"

第二天，中午十一时，迎亲车子开到了道姑寺巷附近。童大俊、童大民和驾驶员等三人满面笑容走进来，林兴盛赶紧招呼贵宾。该来的客人似乎到得差不多了，除了两个姐夫。

林兴盛让林如蝶过去再叫一下两个姐夫。

都什么时候了，还要人专门到他家里叫？这个死男人。如兰忍不住埋怨着自己的老公顾大兵。如梅说不知道老公蒋海洋为什么还不来。林如蝶起身去叫两个姐夫去。

步行十分钟，林如蝶来到了大姐夫的家门口。敲了一阵门，门终于开了，蒋海洋在家。

"姐夫，今天我结婚，邀请大家喝喜酒的，都快开席了，你怎么还不去呀？"林如蝶带着焦急。

"你结婚，我为什么一定要去？我都跟你说了，不要嫁到那个山旮旯里去了，你不听，你不听也罢，就不要叫我去喝这酒，你以为我稀罕喝你这酒？我又不是没酒喝。你听着，这酒，我没兴趣喝。"蒋海洋连珠炮似的一下子扫出一大堆，每一句都像一把利刃向林如蝶的胸口刺去。

林如蝶没有防备，被刺得心惊肉跳起来，虽然之前她因为大姐夫也不同意自己选择童大俊和他吵了几句，但是，他完全没想到姐夫此刻会这样直截了当地呵斥自己。她感到非常委屈，心想：你不来就算了，凭什么这样辱骂我？童大俊是穷，金山县是落后，但这也不能成为你看不起我和童大俊的理由。

"山旮旯里又怎么了？你凭什么看不起我们？不管我的选择是对是错，我今天已经选择了，不能更改了，这喜酒，爱喝不喝随你，我不求你！"林如蝶抑制不住内心的愤怒，将压抑在心头的闷气一股脑儿地倒出来。

"你竟然敢这么对我说话！这么没大没小。我长到这岁数，还没人敢这么对我顶嘴，我会告诉你父亲，你是怎么对待兄长的。"蒋海洋暴怒了，他或许压根没想到平时温文尔雅的小姨子会如此犀利地反击他，他本来是想教训教训这个不懂事的小女孩子，不经过大人同意，擅自跑到金川镇那种鬼地方，受骗上了当自己还不知道。现在，这个小妮子竟然如此傲慢无礼。他再也无法忍受了，扯开嗓门吼道："你走，我绝对不会喝你这样的喜酒，你已经不是青水的人了，你赶快给我滚！"

"你以为我稀罕到你家求你吗？我现在就走。"林如蝶出来了，她浑身颤抖，脸色苍白。她觉得自己凭空受到了莫大的侮辱。因为蒋海洋看不起贫穷的童大俊,因而也看不起了嫁到金川的她,显然,他已经打定主意,把她这个小姨子从他的大家庭的花名册中删除了。

不就是你经济条件好一点吗? 不就是童大俊贫穷一点吗? 如此势利,这是什么姐夫啊! 林如蝶越想越来气,同时一种说不出的委屈和愤怒在胸口弥漫开来。

还要去邀请二姐夫吗? 自己这副沮丧的脸孔,哪里还能再上门邀请人? 离开大姐夫家,林如蝶正边走边愁闷伤心时,耳朵里忽然传来熟悉的说话声:"刚才那个叫童大俊的来叫过我了,我就是不理他,看他能怎么办……"她赶紧抬头看,看见二姐夫顾大兵和一个人一边说话,一边与自己擦肩而过。显然,他没看见林如蝶。

"姓童的这样娶老婆也太容易了,太让他捡便宜了。"顾大兵边走边说,看起来是向父亲家的方向走的。应该是去喝喜酒的。林如蝶的心越发堵得慌。看来,看不起童大俊的不只是大姐夫,二姐夫也这样,这是为什么? 难倒贫穷真的那么让人嫌弃? 父亲不是说过吗:人穷一点不要紧,只要勤劳。勤劳可以弥补一切。她一直是坚信父亲的话,才对童大俊的家境清贫不在意的。两个姐夫的家庭条件的确都比童大俊好得多,但是,那又怎样,每个人的情况不同,童大俊父亲走得早,一切靠自己打拼,这是命运安排给他的,又不是他的错!

林如蝶懊丧地往回走。走到家里时,看见童大俊和父亲正等着她,酒宴马上开始。

林如蝶提醒自己必须暂时将刚才的不快置于脑后,赶紧将自己融入宴席的喜庆氛围当中。她压制着内心的不悦,尽量让自己表现出愉悦的神色,招待着各位亲朋好友。婚宴结束时,童大俊微微有些醉意。为了早点赶到遥远的金川镇,童大俊和林如蝶决定立刻出发去金川。

父亲送童大俊和林如蝶到大门外,母亲在天井里面目送林如蝶走出大门,如梅和如兰忙着帮搬嫁妆。华朵作为伴娘陪伴林如蝶去金川,毛忠革与华朵同行。一行人把车塞得满满的,向着林如蝶远方的新家——金川出发。

车子行驶到一半路的时候。林如蝶也感觉头晕恶心,不知道是因为车子颠簸还是中午没好好吃饭。她有点想呕吐了。华朵也开始出现身体反应不良。

"这么远的地方啊,如蝶,金川竟然这么远?"华朵终于忍不住了,开始用疑问的口气问林如蝶。"是啊,有点远。不过。习惯就好了,如果你多来几次,就不会觉得那么远了。"林如蝶忍着不舒服安慰华朵,她不想把自己不舒服的感觉传染给其他人,更不想让华朵觉得自己在这样的地方生活有委屈,"其实那地方很不错的,风景很美,空气又好,当地人很淳朴,我住这那很适应的。"

"哇……"林如蝶终于没忍住,对着准备好的塑料袋剧烈地呕吐起来。

"我也要吐了……哇……"华朵也紧跟着呕吐了,一边吐一边嘀咕,"这路不好,如蝶你回家一趟不容易啊,看来,我们以后要经常见面……不那么方便。"

"可以写信,总会有办法联系的。"林如蝶虚弱地说。

车子终于到了金川。新娘新郎在众人的簇拥下,来到了被布置一新的婚房门前。

外面看起来和平时的没一点变化,但里面,已经焕然一新。鸭蛋青色的组合柜子、床、写字台、新买的双人布艺沙发,一台唱机,从里面飞出小虎队的歌:

"把你的心,我的心,串一串,串一株幸运草,串一个同心圆……"欢快而激昂的旋律,将装饰一新的婚房渲染得热闹而喜庆。床上三条用簇新的被面包着的被子整齐地叠放在床上,一条是母亲买的刚刚带过来的,另一条是林如蝶大学用过的旧被子,最厚的一条是大俊的妈妈从老家带过来的,是用自己家种的新棉花弹起来的新棉絮。另外还有一条薄薄的毛毯,童大俊说是她母亲几天前从镇上买来的,说母亲平时没什么钱,能节省下钱给咱买个毯子,很不容易了。林如蝶觉得也是,那毯子是军绿色和咖啡色相间的格子,看上去很清爽。童大俊的母亲专门用薄薄的旧布缝制了一个套子,说睡觉的时候把套上,省得把毯子弄脏了。床上还摆上了从青水那边带过来的嫁妆。新家具和新床上用品布置很整齐,房间里充满了喜庆而温暖的气息。

童大俊的母亲,站在一旁,一边招呼客人,一边也给林如蝶端茶。接过杯子,林如蝶叫了声"妈"。这是林如蝶第一次这样叫,之前她也想了好久,该什么时候叫这一声"妈"。此刻,接过茶杯,看到婆婆穿着崭新的蓝布棉袄罩衫,梳着整齐的短发,林如蝶从她脸上看到了一种掩饰不住的欣喜之情,显然,婆婆今天很高兴。但她还是很节制,不轻易表露自己内心,这一点林如蝶也能感受到。上次在翠岗村老家,林如蝶就感受到了未来的婆婆的与众不同,她觉得这个婆婆很能干,如果不是出生农村,家里有几个儿子等着她养育,有这么一大堆家务等着她去操持,那么,她不会让自己如此清贫和辛劳。岁月已经在她的额上刻下了好多道印痕,像是记录下她曾经的苦难和沧桑。而此刻,她的眉头是舒展的,她的脸上散发着光彩,眉宇间渗透着暖暖的笑意。

"路上坐车累了吧,要不要在床上躺一下?"婆婆关切地问。

"还好,就呕吐了一次。现在好了。"林如蝶一边忙着安顿客人。

"来,喝点红糖茶。"婆婆很快端来了一杯热乎乎的红糖水,要林如蝶赶紧喝。拗不过,林如蝶喝了几口,感觉还不错。"这是我们本地的甘蔗糖,很鲜味的,也滋补人的。我刚镇上买的,你偶尔喝点,补血的。"婆婆满脸笑容。

"谢谢妈。现在好多了,我要和我童大俊一起去招呼客人了。"林如蝶赶紧跟着童大俊,向学校礼堂走去。

婆婆又给其他客人泡红糖茶去了。

礼堂里已经宾客满座、热闹非凡了。

学校的大部分老师走来了。徐校长和汪垚老师在忙着招呼。礼堂大梁上,四个红灯笼高高悬挂,礼堂后面,厨娘们忙着各种厨事。

看见新郎新娘来,有人起哄:"新郎新娘来喽,发喜糖喽!分喜烟喽!"

童大俊赶紧从兜里掏出香烟,熟练地撕开,一桌一桌很快地分过去。林如蝶听到很多声音说"新娘好美啊,新郎帅呆了","天造地设的一对啊",还有其他各种赞美之声,让她觉得今天的她和童大俊仿佛就是天上掉下来的金童玉女,是璀璨的明星。

酒宴在划拳喝酒声中进入尾声,之后散场各自回家,并没有出现传闻中的野蛮闹洞房行为,这让林如蝶感觉欣慰。因为没有更多的地方住宿,童大俊那边多数的亲戚都自行解决住宿或者当晚回去,华朵和毛忠革被安排在隔壁的房间过夜。

夜深了,四周恢复了原先的宁静。林如蝶能清晰听到隔壁华朵和毛忠革两个人的对话。

华朵说:"唉,没想到如蝶竟然会到这么偏僻的地方来,还和这边的男生结婚,从此以后就是这里的人了,我怎么感觉我要失去这个珍贵的闺蜜了。"

"这地方确实偏僻了些,但是,这有什么关系呢,生活在哪里都一样啊,只要和喜欢的人在一起。你看童大俊,多帅气,他们俩挺般配的呀。"毛忠革说。

"我了解如蝶,她该吃不起这样的苦。这里不适合她。"华朵担忧。

"人是会变的,和什么样的人过日子,是她自己想好了的事情,我相信她不会后悔的。"毛忠革不以为然。

"你这么看好童大俊?好像你很了解他一样。"华朵轻笑。

"那你了解我吗?你为什么就肯嫁给我了呢?是看我长得帅气?还是看我们家有钱?说实话。"毛忠革开始坏笑起来。

"你真是坏透了,没说几句就贫嘴了,瞧你得意的样子,瞧你那副德性……不和你说了。累死了,睡觉睡觉。"华朵似乎开始用拳头擂毛忠革。

林如蝶没想到这房子隔音效果这么差。但是,她想今天是大喜的日子,不管人家说什么,都不必计较,今天该高高兴兴的。终于有一个属于自己的家了,从今以后,童大俊就是我的丈夫了,我没有理由对他挑肥拣瘦的了。

林如蝶早上醒来的时候,就听见外面叽叽喳喳的说话声了,显然,客人们都起来了。她听到婆婆说话的声音。

"洗脸的热水还有,还有谁需要。早饭已经准备好了,你们先去吃吧,不然会凉了。大俊和如蝶两个让他们再睡会儿。"婆婆说。

"好的,阿姨这么早,辛苦了。"华朵的声音。然后林如蝶听到华朵等人都到厨房那边房子去的脚步声。

等林如蝶穿戴好到厨房时,看见一伙人正喝着热腾腾的白米粥。

"如蝶,你妈妈做的白米粥真的好吃极了!"华朵一看到林如蝶就喊。

"如蝶,跟我过来去洗脸,热水我给你准备好了。"婆婆在一旁说。

林如蝶跟着婆婆走过去,来到婆婆睡觉的房间。那里,一张废旧的学生课桌上,一脸盆冒着热气的水中泡着一条崭新的毛巾。角落那张学校发的单人木床上,只有一条单薄的旧毯子,上面一件军大衣,下面是一张草席,草席下面铺着一层厚厚的稻草。

"妈你昨晚就睡这里的?"林如蝶忽然发现自己疏忽了一件事情,昨晚因为忙,竟然没有关注婆婆在哪里睡觉。

"我还用得着你操心的呀?我自己会划算的哦。"婆婆很淡定地说道。

"难道就这样睡?不冷吗?"林如蝶有点内疚。

"哪里会冷呢,这稻草是最暖和的,我们这边一直都是稻草铺垫在下面的,铺得厚厚的,暖和着哪。"婆婆笑眯眯地说。

"那上面的毯子也太薄了吧?天这么冷。"林如蝶还是很愧疚。

"有军大衣呢,这是大民当兵带回来的,可暖和了。你不用担心,我们庄稼人,没那么娇气的,什么样的日子没过过,现在条件都好得很了。"婆婆的脸上笑意满满,让林如蝶确认婆婆这样睡觉真的很暖和了,于是她安心去洗脸,喝稀饭。稀饭的味道真的是好极了,林如蝶也感觉好久没吃过这么好喝的稀饭了。

在馒头山的一块岩石上,华朵和林如蝶并肩而坐。

"如蝶,我真心佩服你,能下这么大的决心,在这个地方安营扎寨。换了我,恐怕不行,我怕孤独,我觉得这个地方太偏僻了,自然环境虽然很美,可是,生活太单调,太乏味。这两天,除了看山看水看树,我都不知道还能干什么?小镇也离得那么远,找人玩也不方便。"

"看山看水不是挺美妙的事情吗?为什么一定要到小镇上找人玩呢?没事情可以自己一个人看看书,写写文章啊,我不觉得有什么不方便,我有时还喜欢孤独呢。"

"看来这里只适合你,不适合我,所以,你能留在那里,我只能留在青水市。和童大俊情况不同,毛忠革家里经济条件还不错,房子是现成的,其他结婚的东西也都准备好。和你相比,我真是省力多了。"
华朵似乎在为林如蝶感慨。看得出,她是感觉到自己和这个铁杆姐
妹从此会聚少离多了,她为林如蝶感慨的同时也表达出自己心底的
那一丝遗憾。林如蝶知道,这样的感觉,除了她华朵,别人不会说
出来。

林如蝶沉默了一会儿,然后似乎很轻松地说道:"未来是个未知
数啊,以后的事情很难讲,只要我现在自我感觉还好就行了。"

"你三天回门时来找我,我带你看我和毛忠革的新房,一切都差
不多都弄好了,我也快要摆酒席了。到时你要安排好时间。"华朵叮
嘱道。

"一定来的,你的婚礼我怎么能缺席!"林如蝶很肯定地回答。

二十三

三天后,林如蝶回青水。

华朵带着林如蝶参观自己和毛忠革的婚房。林如蝶看见装饰一
新的新房子,里面崭新靓丽的家具确实和自己的有着天壤之别。华
朵这些家具,看起来又精致又古朴典雅,听说是毛忠革的父亲到家具专
卖店里买来的。华朵指着那暗红色的木质家具说,那是红木,毛忠革的
父亲在专卖店有熟人,在店里看好后直接到厂里拉货的,价格优惠很
多。但即便是优惠价,也不便宜。林如蝶刚听到华朵报价格的时候怀
疑自己听错了,一套家具,怎么可能要花她一年的工资?经过华朵的介
绍,林如蝶才知道,这红木真是可以作为收藏品保值和增值的。

林如蝶抬头看,站在她面前的华朵,一下子变得更加光彩照人
了,让林如蝶都有点睁不开眼睛。林如蝶看着华朵被纹饰过的眉毛,
如凝脂一般姣好的脸庞,抹过唇膏的红润的嘴唇,还有乌黑柔顺的披
肩长发在白皙的脖子间微微的飘荡,忽然间觉得华朵已经脱去了曾

经质朴的外壳,幻化成气质高雅、犹如欧洲电影大明星赫本那般美艳
的明星了。

天哪,华朵竟然越来越美艳了,如果我是男生,也一定会被她深
深地吸引。读书的时候自己曾经也以为自己是美的,是很多男生心
目中的女神。现在才明白,自己的那种只是豆蔻年华的青涩之美。
现在,那种青涩已被乡村粗粝的风霜剥蚀了,那种特有的东西也随之
消散在往昔的时光之中。美丽只属于华朵,天使不可能诞生在落后
偏僻的乡村。林如蝶的内心虽然依旧细腻敏感,但她已经不会为自
己与华朵之间在不知不觉中形成的差距而感到失落了。

华朵带着林如蝶去玩旱冰,骑单车,游泳,等等,就和小时候那
样,林如蝶感觉非常开心。

第二天,第三天,林如蝶按规矩要拜访两个姐姐和哥哥。拜访了
哥哥和如兰两家后,林如蝶远远地站在大姐家门外停住了。她不知
道该不该进去。她停下,站着等了一会儿,觉得自己根本无法强迫自
己走进去,就决定离开。她转身回到父亲的家。

"都去过了?"父亲问。"大姐那里没进去。"林如蝶说。"怎么不进
去?""门关的,我想里面没人,就没进去。""毕竟是你的大姐啊。"林兴
盛似乎知道其中的隐情。

林如蝶低头不吭声,她眼前浮现着蒋海洋蔑视的面孔,耳边响着
他刺耳的声音:"我绝对不会去吃你这种喜酒,你赶紧给我走人。"她
的心里仿佛压着了一块冰冷的石头。林兴盛见林如蝶不吭声,沉默
了片刻,就离开了。

在青水住了三天,林如蝶按时回金川了。

林如蝶一回到金川,她又产生了梦幻般的感觉,仿佛来到一个与
世隔绝的地方。

傍晚,童大俊把饭菜做好,两人一起吃饭。林如蝶感觉胃口不太

好,起身去找婆婆带过来的霉豆腐。办完喜酒,婆婆就回翠岗村了,留下了一瓶她自己做的霉豆腐,有点香,微微辣,林如蝶觉得很合自己的胃口。

童大俊一边吃一边兴致勃勃地说着话:"看,你身体反应越来越明显了,我们的孩子已经在一天天地成长,我以后得买点营养一点的东西来给你补身子。"

"每个月扣去还给学校的钱,我们也没多余的钱啊,补品什么的就别买了。"林如蝶说道。

"这就不用你担心了,我自然会有办法。"童大俊安慰到。

林如蝶将用开水泡了半碗饭就着霉豆腐勉强吃完,就洗漱上床了。山区的天气总是比城里要冷些,在青水市并不觉得冷的林如蝶,此刻又开始觉得身上冷飕飕的。她钻到被窝里,拉过那条厚实的棉被盖在自己的身上。她发现棉被又大又硬,盖在身上也不觉得暖和,仔细看时,发现是一条不曾见过的被子。

"这是哪来的被子? 我们原来的那条新的大被子呢?"林如蝶问童大俊。

"前几天嫂子回去的时候带走了,这条是嫂子另外拿来的。"童大俊说。

"哦,这样啊。"林如蝶就不再问下去了,反正都是大俊家里的东西,随便他们怎么换。不过,这条被子真的太硬,林如蝶越睡越冷,最后还是把自己读大学时用的那条旧被子和母亲新买来的小被子两条重叠起来盖上,才感觉暖和些。

"山区这鬼天气怎么这么冷。"林如蝶第一次说话带了点埋怨的意味。其实,她今晚感受到的不仅仅是冷,还有因为胃口不好没吃下多少饭的不舒服感。家里没什么零食,童大俊也没有买零食的习惯。这么晚了,也没有地方可以买好吃的,林如蝶也决不会提出要买什么吃的东西。还是躲在被窝里看书吧。林如蝶拿出一直订阅的《作品与争鸣》，看了几页，觉得很疲惫，就丢下书睡觉了。她希望童大俊也早点上床陪她。她叫了两声童大俊，没人应答。显然，童大俊又出去了，他肯定是找人打牌去了。林如蝶心里有点堵，但也不能做什么，就闭上眼让自己尽快进入梦乡。

在金川，日子就这样简单地日复一日地过去，林如蝶的感觉也日复一日地发生着微妙的变化。白天上课，她精神振作，身体忙碌而内心充实，晚上在家，常常一个人独自发闷。童大俊总是早出晚归，各家串门打牌，除了吃饭时间，几乎看不到人影，一直等到林如蝶感觉困得坚持不住了，童大俊还是没回来。

林如蝶找了个机会对童大俊说："能不能不要花那么多的时间打牌？"童大俊说："打一下牌而已，又没做别的什么事情，不打牌我做什么呢？"

"你能不能早点回来？"

"不是我能决定的啊，大家没散伙的意思，我一个人说不打了，那多扫大家的兴啊。"

"我一个人，在家闷得慌。"

"你可以看看书，看看电视啊。"

林如蝶还想说什么，但是她感觉到再说，也没什么用处，童大俊这牌是一定要打的，学校里男老师的业余生活就是晚上聚在一起打牌。不管怎样，林如蝶不想让自己也成为牌迷，整个晚上耗在扑克牌里，这不是她想要的生活。

一天吃晚饭的时候，汪垚来了。童大俊一看汪垚，就对林如蝶说："今天我就不出去了，叫大家到我们家来打牌，汪老师一起来。"

汪垚很认真地说道："县里教坛新秀最后的决赛评选开始了，林如蝶代表我们黄石片初中语文老师，要去应战了。早点布置给你，你可以早点做准备。这次可要全力以赴啊,对手是来自全县各个中学的最好的语文老师。下周四就要去县里报到。第一天下午去抽签,然后备课,第二天早上上课,上课的地点在红石中学,离县城三十五公里。参加课堂教学比赛的语文老师有十个,评分的根据有三点:上课情况、两整年的备课本、各种教学获奖证书。"

汪垚一口气说了好多,他看起来对林如蝶这次去参加比赛相当重视。

"怎么,有压力吗?这段时间看你的气色是有点不太好。乡下的学生调皮,工作太辛苦了,要注意休息。"

汪垚走了,童大俊另外叫来几个老师一起,摆开了战局。

林如蝶感觉到了任务的艰巨:时间如此之短,参赛选手来自全县各个区,实力都很强,自己身体状况又不好。她不知道自己这次去参赛将会是怎样一种结局。她想到每次徐校长和汪垚都那么肯定自己的实力,就会在不知不觉中自信起来。但是,身体状况如果不行,一定会影响到比赛,所以,当务之急就是让自己身体好一点,精神放松一点。另外,这次她决定好好用心,毕竟是最后的决赛,该是全力以赴的时候了。

虽然已经有5个月的身孕了,但穿着宽松的衣服,一般人看不出林如蝶是个孕妇。这回,童大俊专程安排好时间陪林如蝶到距离金川镇三十五公里的红石镇中学抽签,又把林如蝶安顿好才回金川中学。

林如蝶抽到的是第二天上午第一节课,课文是法国小说家都德的《最后一课》。备课时间是一个晚上,备课资料仅限于课本和教参,除此之外没有任何资料,也不得有其他任何人来做指点。林如蝶她看到有些老师有准备好的录音机和课文朗读磁带时,也从红石中学教务处借来了录音机和空白磁带,然后把自己关在备课室里。晚上

　　九点钟过,她终于备好了课,也录制好了自己朗读的课文片段。躺在床上睡觉前,她把上课的整个流程在脑子中演绎了一遍,就像放电影一样,然后安心地睡觉了。

　　早上第一节课前十分钟,林如蝶第一次到她所要上课的班里。林如蝶扫视了整个教室,不慌不忙地说道:"今天借咱班上一节课,能有机会和同学们认识很高兴,希望等会儿的课能给同学们带来收获和开心。"学生们纷纷鼓掌表示欢迎。

　　林如蝶是想好了的,她要用两个亮点战胜其他对手。一个是自己的朗诵,一个是自己对于文学作品的独特的感悟能力。所以,她要把朗诵和分析作品两件事情做出彩。别的老师使用的是买来的专用课文朗读录音磁带,而她是自己朗读的,她可以确定,这样做的,目前只有她一个人,而且她对自己的朗读充满信心。至于小说的分析,她相信每个人的感觉都是独特的,解读也会各不相同。课堂上,她要避开教参上已有的对于文本的解读,她要让学生和自己一起,对于文本说出自己的独一无二的见解。

　　上课了。林如蝶按照设计好的程序,先分析小弗朗士心理活动,期间播放自己朗读课文的一段录音,课堂气氛很活跃,学生发言情况很好。播放最后一段朗读录音时,全场静悄悄,生动传神的声音在教室内悠扬地回荡,仿佛还能听见全场五十几颗心脏同时跳动的声音。那像是春雷响彻天际发出的巨大的声音,又仿佛是种子从泥地里破土而出的生长之声,又像是溪水挣脱岩石的羁绊奋勇向前的声音……是的,林如蝶似乎听到每一个蓬勃生命的心跳。所有的人都屏气凝神地听着。

　　"哗……"忽然全场爆发出热烈而持久的掌声,朗读结束了,课也结束了。林如蝶轻轻地长长地吐了一口气,把憋了几个小时的气压轻轻地释放了出来。

　　回到学校。徐校长笑着问上得如何,林如蝶淡然一笑,说还算顺利。徐校长拍着林如蝶的肩膀说:"就等你的好消息了。"

　　晚上,林如蝶又梦见自己上课失败了,没有被评上"教坛新秀"。醒来时便笑自己:嘴巴上说很不在乎,可为什么还要做梦呢? 做梦就是你在意了嘛。

　　一个星期后,评比结果揭晓,林如蝶的名字赫然出现在金山县教坛新秀的名单之上。

　　金川的山似乎没有以前那么清秀了,水也没那么甜美了,空气也没以前那么清新了,即使是以前觉得味道好极了的雪花饼和雪片糕,也一天天失去对林如蝶的诱惑与吸引。因为怀孕,林如蝶的胃口一天比一天差,吃霉豆腐的时间太多,霉豆腐的味道也没以前那么好了。

　　每天没吃下多少东西,肚子却慢慢大起来了,虽然大得不算快。林如蝶觉得奇怪:自己这么吃不下饭菜,肚子里的孩子是怎么长大的? 难道是吸取自己身上的营养? 林如蝶觉得自己一天比一天虚弱。每次上课,她都感觉到自己必须使出全身的力气来讲课。而每次快下课的时候她都感觉自己要晕倒了。这时,她就反复对自己说:坚持住,不能倒下!

　　有一天,课上到一半时,林如蝶在黑板上写字,回头时觉得一阵眩晕,大脑一片空白,就立刻无法控制自己的身体了。她重重地倒在了地上。迷迷糊糊中她听到有说话声,她迷迷糊糊看到有人的脸在她眼前晃动。一会儿她又什么也不知道了。等她再醒来的时候,发现自己经在医院里了。童大俊在他的边上,焦躁地走来走去。

　　"你终于醒过来了,吓死我了。"看见她醒来,童大俊脸上露出一丝惊喜。

"我这是怎么了？哦，我想起来了，我上课摔倒了。我坚持不住了。"林如蝶想起来了。

"坚持什么？吃不消就不要坚持。从今天开始，请假了，不必再上课了，身体要紧，孩子要紧。妇产科医生检查了，说按照正常的时间算，胎儿偏小了，应该是营养不良，你的身体很虚弱，需要补充营养。"童大俊不知什么时候，开始变得婆婆妈妈了，他喋喋不休地数落着林如蝶。

"还有两个月才生呢，这么早就请假不上班？"林如蝶不安地说。

"提早休息会怎么的？就算需要休息两年，那也得休息。"此刻，童大俊忽然间变得像将军一样，毫无商量余地替林如蝶作了决定，或者说也是替这个家做了一个重大的决定。

几天后，恰逢学校一个年轻老师结婚，童大俊带着林如蝶去赴宴。林如蝶破天荒胃口大开，不知多久没见过这么丰盛的菜饭了，不，应该说家里一直都没有做过什么佳肴美食。这餐饭让林如蝶忽然间闻到了久违的菜香，像一个饿了很久的人，忽然拥有了一顿盼望已久的美食。她发现原来并不是自己没有胃口，而是一直来家里根本就没有做过美食。她放开肚皮饕餮饱餐了一顿。

从那之后，林如蝶感觉自己的肚子神速地大起来。见林如蝶胃口好起来，童大俊又差人从老家捎来一只鸭子，林如蝶也破天荒把鸭肉都吃了。离预产期还有一个月的时候，肚子已经大得没有合适的外套可以穿了。于是她穿起了童大俊的运动装。

林如蝶经常一个人在门口坐着，一边晒太阳一边织婴儿的毛衣，有时到隔壁的吴老师那里串门聊天，有时让童大俊陪着在房子后面的馒头山漫步。渐渐地，她脸色也不那么苍白了，腿上也有力气了，她对自然分娩有了信心。

离预产期只有三天的时候，婆婆来了。婆婆同时带来了两套婴儿内衣和一条旧围裙,婴儿衣是小小的和尚衣,围裙是她自己用七成新的蓝色粗布拼凑做成的。所有这些,都由婆婆自己手工缝制。

"这是包婴儿用的。生下来的孩子都是拿来包的,特别是两条腿,如果不经过一段时间的包裹,长大了可能会变成罗圈腿,很不好看的。"婆婆指着围裙说。

"还有这事? 第一次听说。"林如蝶很好奇。

"所以,如果我不来,你们怎么弄得来呢? 不仅孩子是这样,女人坐月子也有许多讲究:一个月之内,不能梳头,不能刷牙,不能下地走路,不能接触凉水,洗脸也要用烧开的水。很多讲究呢,女人如果不做好月子,以后会留下很多问题的,到时有病还难治呢。"婆婆说了一大堆,林如蝶觉得脑子都不够用了。

"原来生孩子都有这么多的讲究啊。"林如蝶没想到面对一个新生命即将诞生,自己竟然一无所知。幸好婆婆来了。

那天凌晨,林如蝶感觉到腹痛。童大俊赶紧叫了三轮车,婆婆也赶忙穿上衣服,三个人一起奔赴金川镇卫生院。黑洞洞的街路上一个人也没有,医院的大门在车灯的照射下缓缓打开。一位后勤人员打开病房门,林如蝶被搀扶进去。后勤人员说,别急,产科医生很快就到了。

十分钟过去了,医生并没有到。窗外风呜呜地响,林如蝶听到婆婆和童大俊说话,说下雨了,天有点冷,要生一个炭火盆才好。随后,肚子又阵痛起来,呼呼的风声,婆婆和童大俊的说话声,立刻被剧烈的痛感淹没,她觉得自己脑子连着背上的神经好像被什么东西紧紧地缠住了一般,痛得撕心裂肺,难以形容。

医生终于来了,火盆生起来了。医生检查过后说,还没落下来。

可是,宫缩带来的阵痛依旧有规律地出现。林如蝶吃不下任何东西。痛起来的时候,她躺也不是,站也不是,坐也不是,浑身不对劲,不知道怎样才能让自己不难受。

　　一个白天过去了。晚上,卫生院的人都下班了,只留下妇产科医生和另一名值班人员。林如蝶像一个打持久战的士兵,疲惫不堪却必须坚持到最后。童大俊和婆婆也是疲倦万分,和衣倒在床上睡着了。林如蝶躺在床上,对规律性来的阵痛已经不再有意识地心理预防和抗争了。她任凭自己的身体自行去对付。她身体里储存的能量已经很有限了,她想要留点力气到最后时刻。

　　最后时刻终于到来了。难以言表的阵痛伴随着想要大解一般的感觉。医生说,要生了。

　　"用力,用力,再用力。"医生鼓励着。

　　"勇敢些,好样的,坚持住。"是童大俊的声音。而自己的手,也始终被一个人的手有力地握着。林如蝶看不到,但她知道,那是婆婆的手。

　　也许被阵痛折磨得太久了,此刻,身体里已经没有力量了,无论林如蝶怎么用力,孩子还是不出来。时空仿佛停止和凝固了。林如蝶开始失去了听觉和视觉,她甚至都感觉不到自己的存在了,只有一个念头清晰地出现在她的意识里,仿佛是另一个空间另一个时间的另一个人在告诉她:得立刻到县城医院做剖宫产,不然,她会死的。

　　她拼命地挣扎,想让自己回到原来的那个时间和空间,回到能看到童大俊、婆婆和医生的那个世界。然后告诉他们,赶紧到县城医院去做剖宫产。她呼喊着。不知过去了多久,她终于喊出来了。她听到了自己费力从牙缝里挤出的声音:"快……去县城医院……作剖腹。"

　　"不用,孩子出来了。"林如蝶听到了医生的说话声,一会儿又听到了并不响亮的哇哇的哭声。

　　"可怜的孩子,脑门被挤得这尖尖的。还脐带绕颈,好危险啊。

我拍了那么多下,他才哭出来。"医生擦了擦额前的汗水,微笑着喘了一口气,说,"不过,这孩子很可爱,头发乌黑,一只眼睛立马就睁开了,很有神哪。"

孩子被清洗干净过后被抱到了林如蝶的面前,放在她的胸口。林如蝶回过神来,缓缓睁开自己的眼睛,明白自己终于闯过了阎王关,又回到了原来的这个世界。她虚弱地看着几个人影在眼前晃过,又看了看身边多了一个活生生的小生命,百感交集,眼角流下了两行晶莹滚烫的泪水。

当天下午,林如蝶被平板车拉着回家了。离开家的时候是三个人,三十多个小时过去再回到这个家时,就变成了四个人。这世界多么奇妙啊!虽然身体已经极度虚弱,但看到躺在身边的宝宝,林如蝶就觉得自己所有的付出都是值得的。

二十四

林如蝶被安顿在里面的卧室,介于外房间和厨房之间,没有窗户。白天,借着外房门口照进来的光线,基本上可以进行穿衣、吃饭等正常的活动。而在这样显得有些昏暗的地方,林如蝶反而觉得更安适。

婆婆做了一碗汤端过来了。淡淡的青色,里面有几根不知名的绿色草叶。"喝下这个,是下奶的,我们这边的女人生孩子遇到没奶水就喝这个,喝了奶水就有了。"

林如蝶闻到一股淡淡的青草味,她闭上眼,狠下心,让自己把汤喝下一大半,感觉味道怪怪的,喉咙里有股强烈的青涩味。

婆婆又端来一脸盘热腾腾的开水,将毛巾在开水中浸泡绞干,给林如蝶擦脸,一边嘱咐:"以后一个月内,都用开水洗脸擦身子,不得用未烧开的生水。"

林如蝶疑惑地看着婆婆和她手里冒着热气的毛巾。

"用生水洗,会落下月子病,到时头痛,脚痛,关节痛。以后治都治不好。"婆婆很严肃地说,"还有,这个月里,不能刷牙,不能梳头,尽量不下地,不能出房间,一旦受病了,以后都会终身遭罪的。"

林如蝶把婆婆说的每一个字都听进去了,她觉得世上竟然有这么多她不懂的道理,自己的母亲都不曾告诉过自己。

林如蝶抱着小宝靠在床上,一边听,一边看着婆婆:花白的头发,饱经沧桑的脸已经失去了红润,带点老树皮的那种颜色,额上的抬头纹非常明显,看得出,丈夫早早去世,她独自一人带大三个儿子是多么不容易。幸好,她的身板看上去还硬朗,整个人精神状态也很好,说话嗓门大大的,中气足足的,依然是农村妇女中的壮劳力。林如蝶忽然就感觉眼眶有点潮湿,她回想起第一次在童大俊家时,婆婆把她冰冷的双脚抱在自己胸口焐热的情景。婆婆虽然自己经历艰难曲折,但却能体谅一个未来媳妇的难处,用独特的方法给未来的媳妇温暖,让她在这个贫寒的家庭里不觉得寒冷。对于一个没有多少文化的农村妇女来说,做到这些,很不容易。眼下,她还要尽自己所能,照顾好儿媳妇,尽到一个做婆婆的责任。想到这些,林如蝶不由自主地对着婆婆点头表自己已经把婆婆的话听进去了。

客人一波又一波。婆婆成了全职招待。一连几天,左邻右舍的,老家的亲戚朋友,纷纷登门庆贺。

林如蝶依然胃口不开。按照婆婆的经验,林如蝶的伙食以米饭和豆腐为主。林如蝶每次只是勉强吃一点。有时实在饿了,她就让婆婆调点米糕粉吃。糊糊的米糕粉散发着甜香味,林如蝶昏沉沉地吃下几口,也不漱口,也不刷牙,又躺下迷迷糊糊睡觉了。

日子就这么一天天过去,林如蝶并不知道日历已经翻到了哪里,她只知道,生过孩子后,自己身体里的元气仿佛被抽走了一般,整个人虚弱无力。每天躺在床上，头晕乎乎的，根本不能下地走路。客人来看孩子，她也是迷糊着有一搭没一搭地应和一下。

那天，她听到童大俊在她耳边说：你妈妈和姐姐要来看你了。她忽然间就清醒了，睁开眼睛，看着童大俊，喃喃念道："真的？妈妈她真的要来看我？那么远，她吃得消坐车吗？"童大俊点点头："她们真的要来。"

第二天，童大俊到车站接到了余仙花和林如兰。她们带来了一只老母鸡，一包豇豆干，一瓶蔗糖和一包婴儿穿的衣服。

母亲抱着小宝很是欢喜："乖宝宝，叫啥名字来着？"

"玲玲。"林如蝶说，"简单的名字，好记。"

"玲玲长得像大俊多点。"如兰说。

"我看像如蝶多一点。你看这鼻子，这嘴巴，都像如蝶啊。"母亲说。

"有的说像我多，有的说像大俊的多，这孩子是从我和大俊这里各取了一些，最后还是像他自己。"林如蝶虚弱地笑了。

婆婆赶紧把鸡杀了放到炉子里炖。她今天看起来格外有精神，对林如蝶说："今天你可以吃鸡肉了。"

吃饭时间到了。婆婆端过来一大碗对林如蝶说："今天开荤了。快吃吧，我从前生孩子都没吃过整只鸡呢。"

林如蝶拿起筷子夹鸡肉，她觉得自己的手没力气得筷子都快拿不紧了。一块鸡肉放在嘴里嚼了半天，竟然咽不下去，变成了一团粗糙的肉渣。她吐了肉渣，用调羹舀了些汤，拌了饭吃了几口。婆婆来收拾碗筷的时候，惊讶鸡肉都没怎么动。婆婆用筷子夹了一块放在自己的嘴巴里嚼了几下，说："可能煮得不够烂。明天我再煮下。"

晚上，林如蝶躺床上，听到隔壁房间婆婆和母亲在交谈。

母亲说："这地方有点远啊。"

　　婆婆："是的,你没来过,就觉得远了。我们住这习惯了,觉得这里生活很方便的。"

　　母亲："怎么没看到附近有商店啊,买东西往哪里去啊?"

　　婆婆："镇上有的。你要买什么,我明天给你带来,不需要你亲自去。"

　　母亲："明天我们要回去怎么坐车买票呢?"

　　婆婆："哪里用得着你们买票啊,大俊会买好票送你们上车的。不着急的,才来,不说走的事情,在这里多玩几天。"

　　婆婆："外婆,我烧了热水,你和大姨洗个脸泡个脚,睡觉舒服点。"

　　母亲："不好意思,辛苦你了。"

　　婆婆："说哪里去了,都是自家人啊。"

　　母亲洗脸和泡脚的声音。

　　婆婆："我来给你倒洗脚水。"

　　母亲："使不得,我自己来。"

　　门开的声音,倒水的声音,显然,是婆婆在倒水。林如蝶听到母亲说:"哎,真是过意不去,还要你来帮我到洗脚水的。"

　　母亲看起来十分感动,一个劲说不好意思。

　　婆婆说:"咱们是一家人,你这么难得来这里,我不知道多高兴呢,倒个洗脚水算什么呀。"

　　母亲似乎不知道该说什么了。林如蝶明白,母亲本想说的那些话,基本上不会说出来了。母亲的话都被婆婆的言行压到喉咙根下去了。

　　两天的时间很快就过去了,母亲和姐姐走了,林如蝶心里忽然像失去了什么似的。虽然,母亲之前有很多做法让她尴尬,但是,母亲为了自己,坐这么久的车来这么偏僻的地方,这对母亲来说是要下很大的决心的。之前,林如蝶曾经埋怨母亲以那种方式对待童大俊,致使她也当日就仓促地决定跟着童大俊来金川,现在她原谅母亲了。可怜天下父母心。林如蝶想起了这句话,觉得它大概适合天下所有的父母亲。

接下来的三天的菜一直是母亲带来的那只老母鸡。婆婆煮了一遍又一遍,林如蝶便一遍又一遍地用汤拌饭,两天后,汤已是清淡如水,毫无滋味了。

"换个菜吧,我实在吃不下。"林如蝶对婆婆说。

"哎,一只鸡吃这么多天都没吃下多少,你这也是让人愁的啊。想俺当年是没得吃呀。"婆婆摇头叹息道,语气里藏着许多的担忧。

"我想吃点别的东西。"林如蝶近乎哀求。

"明天吃红糖拌稀饭吧。"婆婆说,"那个补血的。"

从此林如蝶每天三餐吃红糖配稀饭。大概是因为吃得太少,奶水又少又清淡。婆婆就又去山上采来那种青草,煮了汤让林如蝶喝。

第三次喝青草汤之后,林如蝶感觉自己的身体似乎忽然瘦了一圈,身体里的东西忽然被掏空了一部分。至于是什么被掏了,林如蝶自己也说不清楚,这种莫可名状的感觉她没法对任何人说,她怀疑是否一种幻觉。

玲玲一天比一天消瘦。那天,吴老师来看了她们娘俩后说:"营养没跟上。如蝶得吃点有营养的东西。大人有营养了,孩子才能长胖的。你看你的奶水那么清,像水一样了。"

"我有办法了。"童大俊说。

第二天,童大俊不知从哪里弄来一杆猎枪,说打鸟去了。中午,他拎着五六只麻雀回家。童大俊把那些麻雀去除了毛,剖腹去掉了内脏,然后放在炭火上烤,烤得麻雀肉焦黄松脆,发出浓郁的香味。童大俊自己先抓起一只咬了起来,他惊喜叫道:"哇,好香啊。十鸟赛一参,鸟肉很补的,没有人参,吃下这几只鸟肉,也和吃了人参一样补了。"说着把剩下的装在碗里端到林如蝶面前。

闻起来很香,香得似乎要把胃给吊上来。林如蝶赶紧咬了一口,却觉得干硬而无味,并不像童大俊说的那么好吃。她皱了皱眉头。

"怎么,不好吃吗?"童大俊又咬了一口林如蝶刚咬过的那只,依然觉得很香甜。让林如蝶再咬一口;"要吃下去,不然怎么会有营养?"

林如蝶犹豫着看了看鸟肉,张开嘴,又咬了一口,然后费劲地咀嚼起来。

第二天,林如蝶感觉口腔里火辣辣的,嘴角干裂,血丝渗透出来。

"火烤的东西不能吃的,牙齿要吃坏的。"林如蝶听到婆婆对童大俊说。

"不吃点营养的东西没奶水的,总不能让孩子也饿着啊!"

"我明天再去采癣蛤草。"婆婆说。

孩子终于满月了。

一个月未梳头洗头,一个月没刷牙,一个月也没下床活动,更没走出过房间门。整整一个月,林如蝶遵循着婆婆教授的产妇调养经验,同时也虚弱地坚持做着她作为一个初为人母的人该做的一切:每天让孩子睡在自己身边,坚持喂母乳,半夜昏昏沉沉地给孩子换尿布。她感觉自己用尽了洪荒之力在坚持,终于完成了长达一个月的月子任务。

这天是孩子满月的第一天,也是她可以正式下床并出门走动的日子,她要做几件很久很久没做的事情了:梳头、洗头、刷牙,然后下床走出这个昏暗的房间,走到外面亮堂的世界,呼吸呼吸新鲜的空气,看看房前的那片菜地,夏天时开白色、红色和紫色花的木芙蓉,看下左边的馒头山上的风景,再看看山下对面金川镇的远景,还要看看山脚下教室所在的方向那边的学生们。久违了,曾经的一切。

颤巍巍、轻飘飘地走出房间,白亮的光线刺得她眼睛都睁不开,她闭上眼,一会儿又睁开,然后缓缓走到外房间的镜子前。

她拿起梳子准备开始梳头。但是她的梳子在发丛中停滞不前了。

那原本是长及肩头的乌亮乌亮的披肩秀发不见了。取而代之的是一窝草蓬罩在自己的脑壳上,那草蓬完全结成一个梳不开的团了。林如蝶想起自己在医院生产时在床上艰难的翻滚,回家后整整一个月的迷糊翻覆,从未曾想过要把自己原本秀丽飘逸的乌发梳理一番。她每天最纠结的事情是吃饭没胃口,奶水不够,睡觉不安稳,孩子整天需要自己照顾,换尿布、吃奶、喝水、抱着哄睡,她又忙又累又虚弱无力,每天都昏昏沉沉的,根本没有时间想自己的头发。一个月来,她甚至都没照过一次镜子。现在,这头秀发,终于因为被自己长久折腾和冷落之故,郁结成一团永无法解开的死结。

镜子里面,是一张苍白得几乎没有血色的脸。林如蝶几乎不敢相信自己的眼睛:这是自己吗? 天哪,眼睛和脸都是浮肿的,像是在水里泡久一般,一点气血都没有。张开嘴,更可怕的一幕出现了:原本雪白整齐的牙齿不见了,取而代之的是满口发黄的牙齿,就像电影里头特务分子的大黄牙,丑不可言。天哪! 怎么会是这样? 难怪自己天天头昏脑涨,牙齿也微微作痛,原来每天吃砂糖拌饭、吃米糕粉后不曾刷牙,已经造成了满口牙齿发黄溃烂。

天呐,这么会这样! 林如蝶不断地在心里惊叫哭喊。

站起身,向门外走。她感觉自己身子像一根羽毛一般,轻飘飘的一点重量都没有,脚跟似乎无法着地,身体似乎随时要飘起来,脑子晕乎乎的,周围的一切都在微微旋转。

婆婆有点担心地扶着她,童大俊似乎也有点惊讶地看着她,似乎昨天坐在床上的林如蝶和今天站起来走出房间的林如蝶不是同一个人。林如蝶瘫软地坐在门口的椅子上,甩了甩依旧有点昏沉沉的脑袋,对童大俊说:"我想先到镇上去把头发剪了,再过几天到城里的人民医院去一下,我身体很不舒服。"

"行,那我们准备一下。"童大俊同意了。婆婆也连连点头:"是该去看看,这一天到晚吃饭没胃口,是铁人都得垮下去啊。"

镇上,燕子理发店。林如蝶看着一大坨结成团的头发从自己的头上掉落下来,自己脑袋上的头发逐渐变短,最后剩下耳朵都无法遮去的短发。从中学时代至今,这是她第一次剪这么短的头发,但这次,她没有选择权,燕子老板娘已经尽了她最大的努力把头发留长了。

"我还是第一次见过这样的。"燕子说,"在生孩子之前可以先把头发剪短,或者把头发扎成辫子,就不会出现这种状况了。"

"那时担心的是生孩子有多痛,可没想过头发的事情。"林如蝶不好意思地说,"也好,从没剪过这种发型,换种风格试试。"

周末,林如蝶和童大俊来到县城。久违的县城热闹非凡,人声鼎沸。林如蝶本是喜欢这种氛围的,可此刻,像一个在静处待习惯了的人,突然面对着吵嚷,她竟然有点陌生起来,乡村安静的空间和悠缓的节奏以及一个月的月子经历在林如蝶的身体里头已经有所渗透,她竟然一下子有了乡下人进城的感觉。

人民医院人很多。等检查做完,天色已经昏暗。坐在回金川的车上,林如蝶心里有些焦虑和不安。

"胃溃疡这种病能治好吗?"林如蝶觉得自己像一个无知的稚童,在向大人打探深奥的问题。

"按照医生开的药方吃,肯定能治好呀,怕什么呢?"童大俊安慰道。

"听说这药很难吃的。"林如蝶在童大俊面前没有掩饰自己的脆弱。

"无论药多难吃,你必须吃,不吃药,结果如何你自己清楚。"童大俊的语气变得严厉起来,像对一个做错事的孩子说。

林如蝶不再说话。她估计如果自己再说话,招来的一定是更加严厉的批评。不过,这也怨不得别人,都是自己的问题,因为吃不下,导致长期缺乏营养,因为营养不良,身体各种问题都出来了。吃药的问题别人代替不了。如果吃不下药,挨骂是应该的。

一天,早饭后,林如蝶听到婆婆和童大俊在说话。

婆婆说:"我要到晶晶那里去,她快要生了,没人照顾,我得去帮她。"

"怎么这么快? 不是还有两个月吗?"童大俊很吃惊的声音。

"她说让我早点过去。你这边也差不多了,如蝶已经满月了,自己可以照顾孩子了。我等会儿就走。"婆婆的口气不容劝留。

"那你都没早点说一下,也好让我心里有个准备啊。"童大俊有点焦躁,"我要上班的,如蝶一个人忙得过来吗?"

"这需要什么准备啊? 一个大人带一个孩子还有什么不行的,当年我带你们兄弟的时候大大小小的,我一人要照顾好几个呢。"婆婆很不以为然。

"既然你准备走,那我也留不住你。"童大俊无可奈何。

婆婆进来,对林如蝶说:"我回去了,那边晶晶需要我,你自己小心照看孩子。"说完,就拎着包袱出去了。

"住得好好的,怎么说走就走的? 是不是我们有什么地方做得不好,让她不高兴了?"林如蝶觉得有点疑惑。

"我妈就是这样的人,她决定好的事情,你不能改变她。她应该是老早就计划好的。"童大俊安慰林如蝶。

林如蝶就不再说话。她心里不踏实:自己身体虚弱,一个人带着这么小的孩子,不知能否胜任。

婆婆走后的几天内,她感觉自己手忙脚乱。身体依旧虚弱,烂牙开始隐隐作痛。在这偏僻的乡村,万一自己或者孩子有什么急病,去下医院也不方便。林如蝶忽然有了一个大胆的决定:带着孩子到青水市父母家去住一阵子,那边城区,什么都方便,可以交一点生活费给母亲,自己就不会这么焦头烂额了。

她的想法得到了童大俊的支持。童大俊说:"有外公外婆帮着照顾,肯定比在这里好。你就放心去吧,等产假满了再回来,我会抽时间过来看你们的。"

在童大俊的陪同下,穿得厚厚实实的林如蝶,抱着玲玲出现在父亲的家门口。林兴盛打开门,眼里露出一丝惊喜,赶紧接童大俊手上的东西,招呼着他们入座。余仙花从屋子里走出来,她的后面还站着一个人,林如蝶很快认出来了,那是林如蝶的舅妈,母亲的嫂子。

舅妈热情地走上前,高兴地说:"如蝶回来了,来,我看看孩子。哦,看起来瘦小了一点,是不是奶水不好? 看如蝶的脸色不太好,可能需要好好调理一下。"

"是的,我胃口不太好。"林如蝶虚弱地回答。

"哦呦,是哪里的客人来了? 原来是金川来的远客啊,怎么现在忽然回来了。哎哟,看这孩子瘦成什么样了,是不是家里没得吃的?"蒋海洋不知什么时候走进来了,看到林如蝶,阴阳怪气地说了一堆。

林如蝶不知如何回答,心里很不好受。她从蒋海洋话里理解到的意思是:你嫁给一个穷小子,结果就是现在这样,大人满脸病色,孩子骨瘦如柴。当初不听娘家人的话,自然是没有好结果的。

林如蝶低着头,咬着嘴唇,一言不发。她已经虚弱得没有任何辩驳的气力,她的实际情况确实不好,没有钱给玲玲和自己买营养的食物,穿漂亮的衣服,她跟蒋海洋和大姐比,那是天上和地上的差距。

　　蒋海洋把一包狗肉交给岳父后就走了。林如蝶的心头又多了一种不安的感觉：我是不是像个流浪狗一样被父母亲收养着，如果那样，做人的尊严都没了。

　　幸好，父亲对她依旧笑脸相迎，这个世界上最可靠的人就是父亲了。

　　晚上忙完一切，林如蝶觉得昏沉沉的。玲玲已经睡着，林如蝶也想赶紧休息。可是，她一闭上眼睛就觉得天旋地转，接着就有一双黑色的手伸过来掐住她的脖子。她拼命地挣扎，终于摆脱了那双黑色的手。醒过来时，她赶紧打开电灯。房间里空无一人，玲玲睡得很香。她非常疲惫，却再也不敢躺下，迷迷糊糊靠在床上，等天亮。

　　连续两天如此。

　　第三天，林如蝶来到母亲的房间，看到母亲正拿着针线缝衣服，她走上前轻声对母亲说："妈，我一个人睡觉怕的，这几天我爸都在学校，我想晚上和你睡一起。"

　　余仙花没抬头，继续缝着针线，一边说："这个不行，我身体不好，小孩子哭闹很吵的，我会被吵晕的，我还是和你舅妈一起睡吧，你和玲玲睡。"

　　林如蝶默默地看了母亲一眼，心里翻江倒海，难以平静。她心里有千言万语。她想说：妈您就不能帮帮我吗？我是您女儿，我现在身体很虚弱，需要您帮忙啊。

　　但是，她什么都没说，默默离开了母亲的房间，眼眶中噙满了泪水。这一切没有抬头的余仙花并没看到。

　　每天，林如蝶不但要照看好孩子，要和梦魇斗争，还要做她必须完成的事情，比如洗自己和玲玲的衣服，收拾厨房，扫地，尽量不给母亲添麻烦，虽然她感觉自己非常虚弱，非常希望得到关照，但她明白，母亲一开始就不同意这门婚事，现在能接纳自己住在家里，已经很好了,她不能再要求更多了。

　　林如蝶决定提早回金川,虽然产假还远没有结束。她知道,现在,她真正的家在金川,她已经不属于青水县,她已经从一个青水县城人真正变成了那遥远的金川人。

　　金川车站。童大俊早已等候在那里了。童大俊看上去气色不错,还长胖了。

　　"看来没有老婆和孩子的日子挺潇洒的。"林如蝶轻轻地说,一半像开玩笑。

　　"哪里有啊,其实我非常想你和孩子的,正想着你们要是再不回来,我就要过去看你们了。"童大俊把玲玲抱到怀里,又在玲玲脸上狠狠地亲了几下,"宝贝,这么多天了,爸爸好想你。"

二十五

　　时间如白驹过隙,转眼三年过去。第四年,林如蝶申请调动到了金山县内离青水县较近的胡柚镇。林如蝶想好了,从胡柚镇到青水县父母家,坐公交车只需要一个半小时,而且是直达的,比金川镇到青水市近了一大半的时间和路程,而且,胡柚镇离金山县城也才二十分钟的车程,进城也相对方便些,以后自己和孩子进城看病也方便些。她自己先过去,童大俊随后过来。这样,她终于离开了她曾经非常热爱却最终让她感觉压抑的金川。

　　离开的时候心情是复杂的,林如蝶无法很好地理清自己的思绪。徐校长和汪垚为她送行。徐校长神色凝重,说金川中学失去了一个优秀的老师。林如蝶说,会有更优秀的老师来替补我的。汪垚说有一个学生来找林老师,要和林老师合影。汪垚刚说完,门口走进来一个女学生。林如蝶一看是徐花花,欢喜地迎上去和她拥抱。徐花花在县城读高三,她知道林如蝶要走了,特意跑回来,给林如蝶带来两罐她妈妈做的霉豆腐，她说自己也准备报考师范大学，和林老师一样，当一名老师。林如蝶眼眶湿润了，她告诉徐花花，只要她坚定不移地朝着目标努力，这个梦想就一定能实现，她会走出大山，成为一名光荣的教师，希望未来有一天她们能并肩作战。徐花花流着眼泪走了。

林如蝶来到胡柚镇中学，担任了"先锋班"的班主任。第二年，童大俊也调到过来，也担任班主任并兼任两个班级的语文课。

教学工作同样的辛苦，学生也是同样的活泼调皮。林如蝶每天起早贪黑，早上在早读之前赶到教室，晚上等晚自修结束，学生回寝室就寝，一切安顿好才能回家。作为先锋班的班主任，自然要比普通班的老师辛苦，因为学校要靠先锋班来打品牌的，先锋班的成败就是学校三年一届的教学成绩的见证。林如蝶吃住在校园里，又请了家在学校附近的王婶帮着她照看玲玲，林如蝶每个月给王婶五十元保姆费。

有一次，李文君同学不知何故没来学校上课，林如蝶很不安。李文君家里没有电话，她无法联系上李文君的父母。为了不耽误上课，林如蝶在上课前找到住在胡柚镇上的徐老师，让徐老师帮忙到李文君的家里看下。徐老师骑自行车去了，回来的时候眼眶是红的。他告诉林如蝶，李文君的妈妈刚刚因病在家去世了。林如蝶一上完语文课，赶紧骑上自行车来到李文君的家。李文君的家里挤满了人，一些人围在李文君妈妈的床前大哭，李文君早已经成为一个泪人。林如蝶走过去，把李文君揽在自己的怀里，不断地安慰："文君，不难过，还有爸爸，还有老师、同学，有困难，我们大家都会帮你的。"

李文君抬起头，看着林如蝶，泣不成声："林老师……我要妈妈。"

"文君，以后只要你愿意，你可以把我当作你的妈妈，我随时会来保护你的。"林如蝶紧紧地抱着李文君，忍不住泪水唰唰地流下来。

　　回学校的路上,林如蝶觉得自己浑身发冷,脚步飘忽,才想起自己一整天才吃了一餐饭。回到家里,她又冷又饿又怕。童大俊不在家。正巧王婶把玲玲抱过来。看到林如蝶脸色苍白,她关切地问道:"林老师,你是不是病了?"

　　林如蝶摇了摇头,显出轻松的样子,说:"没,只是有点累了。"林如蝶心里想:我可不能生病,我生病了,谁来照顾文君? 谁来照顾玲玲? 谁来接管先锋班? 所以,我绝对不能生病!

　　星期五那天,林如蝶看到童大俊疲惫的脸上充满怒气。

　　"是不是工作上的事情?"林如蝶小心翼翼地问。

　　"班里有几个家在镇上的学生总是迟到,我再三强调了,结果今天又有两个迟到。"童大俊显然很生气,"我的话他们都不当作一回事,那我这个班主任以后还怎么当下去?"

　　林如蝶看到童大俊那个班教室的门口站着三个男生,都低着头,童大俊在一旁训斥,看起来十分严厉。她走近时,听到了童大俊的训斥声:"不准迟到,我说过多少次了,你们就是要违反。如果只是迟到一两次我也就算了,但是,你们迟到几次了? 还数得清吗? 你们今天都回去给我把家长叫来,否则,不要进这个教室了!"

　　三个学生低着头大气都不敢出。

　　中午,这三个学生依然站在教室门口,他们不愿意回家叫父母。林如蝶想,也许他们也觉得没脸回家吧。她班里也有迟到的,但不至于那么集中在几个人身上。

　　"要不算了,别让他们回家叫父母了。"吃饭的时候,林如蝶劝慰童大俊。

　　"不行,这几个实在是太过分了,一次次原谅了他们,他们一次次重犯,不让他们痛一次,他们永远不会当回事。"童大俊态度非常坚决。

下午第二节课,站在教室门口的三个学生不见了。

下午四点过后,各班级的学生陆陆续续离开了学校,办公室的老师也一个接着一个走掉了。家住在校园内的老师们开始做饭了。林如蝶也开始做饭。她把米放进电饭煲后,朝对面教学楼童大俊办公室所在的二楼望去,发现办公室门是开着的,她估计童大俊还在里面。

"都放学了,怎么还不回家呢?"林如蝶一边嘀咕着一边抱着玲玲往对面大楼走去。

童大俊在办公室里。办公室里还有另外两个正准备回家的老师。

"三个学生都回去了吧?"林如蝶问。

"我在等家长。到现在家长还没来。我会继续等的,我相信他们会来的……"童大俊话音刚落,就听到一阵杂乱的叫嚷声传来。与此同时,一大帮人身强力壮的男人出现在教室门口。为首的一个人高马大皮肤黝黑的中年男人迅速地扫视了整个办公室,视线落在坐在桌前的童大俊身上,然后大步向这边走过来,后面七八个紧跟着过来,一个个气势汹汹的,仿佛要找仇人干架。

这是怎么回事? 他们是谁? 来干什么? 林如蝶惊异又担忧。

一伙人迅速把童大俊包围了起来。几个人开始高声地对着童大俊吼叫:"是你叫我儿子站在教室门口不给听课的吗?""是你让我儿子回家叫父母来学校的吧?""谁给你这个胆了? 敢让俺的儿子站在外面这么久?""迟到一点怎么了,迟到一点就要你命了。""你这个老师怎么当的?""你也不掂量掂量自己有几斤几两? 你在我们这个地盘竟然敢如此威风,你要不要再试试看,我立马叫你在这地盘上待不下去?"……

此起彼伏的数落声,飞扬跋扈的恶言恶语,四处飞溅的口水唾沫,忽然间像洪水猛兽一般涌向童大俊,伴随着一根根手指很蛮横地戳点着童大俊的脸和脑门,几乎要碰到童大俊了。在这一片火药味浓烈的指责和辱骂中,童大俊双唇紧闭,脸色铁青,一声不吭,任凭他们的责骂和手指戳得像雨点一样。

面对突如其来的险恶情况,林如蝶慌了,一时不知所措。

"你们有话好好说,你们能不能坐下来好好说话啊?"林如蝶叫喊着。但是,她的声音在那群大汉们的吼叫声中显得那么苍白无力,根本没人理睬她。

"严老师,薛老师。你们来帮一下忙吧。"林如蝶焦急地向一旁的两个老师求助。刚刚还因为惊愕而张大了嘴呈现出吃惊状的薛老师不知道什么时候离开了,剩下严老师在努力地和皮肤黝黑的中年大汉交流着:

"这里是学校,有话好好说,你们不要这么多人在这里围着一个人嚷嚷。"严老师说。

"我们就嚷嚷,看他下次还敢不敢让我们的孩子站在教室外面!"

"如果对班主任有什么意见,可以和学校领导反映,校长室在对面,你们可以找校长。"严老师继续委婉地劝阻。

"你以为我们怕?你们郑校长是我们本地人,是我的朋友,我们不用和校长说的,我们就直接警告这个老师就可以了。他才来这个学校,就敢这么牛,我们得教训教训他。要是再不听,老子叫他滚出这个学校。"黑大汉说。

"你们要搞清楚事情来龙去脉,不能这么武断地否定班主任老师的工作,老师也是为了你们孩子好……"平时说话极有气势的严老师,现在面对黑大汉这帮人,也像是秀才遇到兵一样。

林如蝶慌忙走出办公室,向政教处跑去,却发现对面政教处原来开着的门,此刻竟然关上了。她拼命敲门,没人来开门。她又跑到校长室去敲门,她想,能对付这帮人的,应该只有校长了。可很明显,校长室没人。她才想起校长在外出差已经好几天了。她快速跑了好几个办公室,都没找到可以帮忙的人。周末的傍晚,各个办公室人也都比平时走得早。

林如蝶又气喘吁吁地跑回,看到那群人依然围着童大俊指手画脚乱骂,但嚎叫声弱了些,或许是骂累了。童大俊依然没有说话,他似乎从一开始就没有张开过嘴巴,没有发出过声音,连坐姿都没有改变。端坐在自己椅子上,双臂撑在桌子上,脸朝前下方,头半低着,脸色发青,表情处于呆滞的凝固状态,整个人仿佛一个僵硬的雕像,任凭那一根根手指在他眼前横七竖八地挥舞,任凭尖利的吼叫在他耳旁恣意飘荡。

林如蝶不断地在边上作解释,希望家长们不要过激,希望能坐下来心平气和地解决问题。

就这样僵持了半个多小时。后来,严老师终于和黑大汉达成了协议,说等下周一校长回来时,大家坐下来一起好好交流,该怎么处理就怎么处理。今天这个样子,是没办法解决问题的。最后,黑大汉狠狠地甩下一句“看你以后还敢不敢,记住,别忘了这是谁的地盘。否则,老子会让你从哪来还滚回到哪去。”说完,带着一帮人扬长而去。

办公室一下空寂了下来,严老师安抚了一下童大俊后也疲惫离去。一会儿,林如蝶站在凝固成雕像的童大俊身边,伸出手,轻轻地放在他肩上,说:“我们回家吧,玲玲还在王婶家里。”

后来一连好多天,林如蝶的脑子里都在上演黑大汉一帮人在辱骂童大俊的那一幕。她想,这半个小时童大俊经历了什么?他是怎么挺过来的?林如蝶没想到,一直来她认为脾气急躁的童大俊,在关键的时候竟然那么沉得住气，如果不是亲眼看见，她不会相信童大俊有这样一面。如果他没有沉住气，与对方开口对骂，那么这帮人一定会像被火点燃了的干柴堆，会疯狂地焚烧起来，那无疑会招来一场恶战，而恶战的结果不用想象都能知道。林如蝶觉得自己还是不太了解童大俊，虽然和他相处这么久，做夫妻也这么好几年了，但有些内心深处的东西，是要在非常情形之下才能被发现。古话说得好，人不可貌相，要真正了解一个人，太不容易了。

周一，郑校长回来了。全校老师也都知道了这件事情，大家议论纷纷。林如蝶从当地老师那里得知那个黑大汉是卖鱼的大老板，人很横，当地人称之为地头蛇，和他一起来的都是他的江湖兄弟。当地老师们都说不要去惹那帮人，遇到他们，最好避开点。童大俊显然不知道这些情况，地头蛇的孩子在自己班里，他没想到。郑校长把童大俊找去谈了半天话。郑校长说那些江湖人的思维方式和一般人是有些不一样的，他让童大俊以后要注意工作方法，要做好与家长的沟通工作。当老师的，面对的不仅仅是学生，还有很复杂的家长群体。之后，郑校长又和鱼老大做了一番沟通，最终并没有处罚童大俊。事情就这么过去了。

班里的调皮鬼周佳浩又做坏事了。他把几条又粗又肥的蚯蚓放在李文君的书包里。李文君摸到蚯蚓后突然尖叫，吓得浑身直哆嗦。林如蝶看到李文君眼睛发直脸色发白，又心疼又生气，她一面安慰李文君，一面毫不客气用教鞭往周佳浩的手臂上狠狠打下去。周佳浩抬手一拦没拦住，教鞭落到了他的腮帮上。周佳浩摸着被打了的脸，眉头紧紧皱起，显出痛苦的表情。林如蝶发现自己下手太重了，但她并没安慰周佳浩。她一边安抚李文君，一边继续严厉得呵斥："谁让你吓唬女同学，你欺负了别人，就应该受到惩罚。"

下课后，林如蝶叫人把周佳浩叫到办公室。她发现周佳浩的腮帮已经肿起来,那条鞭痕鲜红,红得已经渗出血了。林如蝶开始慌起来。她第一个念头就是送周佳浩去卫生院。可是学校离卫生院有一段路,需要骑车。她对周佳浩说:"今天这个事情首先是你不对,老师也是气愤不过才打了你,现在你必须到医院去看一下,我陪你去,你会骑自行车吗?"

"会的。"周佳浩一边说一边点头,他看起来并没有责怪林老师的意思。

林如蝶借来了同事的自行车给周佳浩,自己骑自己自行车,两人一起向胡柚镇卫生院骑去。

"怎么了?"医生问。林如蝶一时尴尬,不知如何回答。

"被胡柚树枝刮到了。"周佳浩回答。

"调皮鬼就是多事,以后少钻胡柚树林哦。碰得这么重,也是少见的。"医生带着责备。

回到学校,林如蝶让周佳浩当晚回家住,如果有什么问题及时让父母带他到医院去看。

"如果你爸妈问脸是怎么受伤的,你怎么说呢?"林如蝶担心地问。

周佳浩说:"老师你放心,我知道怎么对我爸妈说。"

周佳浩回家后,林如蝶整晚都想着周佳浩,脑海中晃动着周佳浩被碘酒涂抹过的红肿的晒帮,她心里很难过。在她的记忆中,她几乎没怎么打过学生。难得打一次,就把学生打成这个样子,这太危险了,周佳浩也是胡柚镇上的,他的父母应该不会是地头蛇吧?如果是,他们明天来找我,我该如何应对啊?

林如蝶心神不安地想着,一直睡不着。直到很晚,她感觉累得实在支撑不住了,靠在床上,连外套都没脱迷迷糊糊睡着了。

第二天,周佳浩一个人来上学了。下午,没见到周佳浩父母来。

　　第二天也没有。第三天也没有。看来周浩天真的是对父母撒了谎，替自己打了圆场。林如蝶一颗悬着的心彻底放下了。但她告诫自己，以后必须做到君子动口不动手，再也不能做这么糊涂的事情了。

　　后来，林如蝶渐渐知道，自己的班里的学生还是比较怕她，虽然自己并不"凶"，但自己对学生要求严格，学生总是怕完不成任务或者担心自己做不好。家长和其他老师的反馈是：林老师看起来文弱，却非常严厉，学生都很怕她，但也很听她的话，可见林老师是个好老师。

　　林如蝶听到这些后，内心充满羞愧感。她想，她做的错事学生竟然替她保密，她对学生狠，竟然没有招致学生的怨恨，这是多么难得，这和童大俊班里的学生和家长是多么的不同，她是幸运的，因为她所教的是"先锋班"，是最优秀的学生，学生优秀，家长也许也会好一些。她想一定要好好对待这帮学生，用三年的时间好好陪伴他们成长，用自己的实际行动，为单纯的孩子们做出好的榜样，争取让这个"先锋班"成为胡柚镇中学历史上浓墨重彩的一笔。

　　后来，林如蝶为这个班的学生做了很多：周末免费给留校的孩子补习功课，把自己的新衣服送给家境贫穷的学生穿，为家庭极贫困的孩子交学费，特别关注失去母亲的李文君同学，和学生们一起看书、打球、表演节目，带学生们走出校园去河边野炊、拍照、玩耍……林如蝶把自己有限的时间都花在了这个让她日夜牵挂的"先锋班"里，花在了先锋班的教育和教学中。

　　为了应对各种考试，林如蝶让王婵每天晚上把玲玲晚一点送过来。王婵每次都会说一句："林老师，你每天睡觉太晚了，这么拼，会把身体弄坏的。"

　　林如蝶满心愧意地说："辛苦王婵了，玲玲多亏你照顾啊！"

　　"玲玲这孩子太可爱了，我喜欢啊，让我带多久都没问题，要是哪一天不让我带，我还舍不得呢。"王婵说。

中考报名时间到了，林如蝶得知李文君和另外一名同学因为家里交不起考试费和住宿费，不能参加中考，便从自己的工资中拿出一大半替她们两个交了所有的费用，然后告诉他们："一定要参加中考，报名费和住宿费老师已经帮你们付清了。"

一天，郑校长找林如蝶谈话，问她可愿意入党。林如蝶说听从校长的安排。郑校长先后三次找林如蝶谈话，并告知这是入党必须经历的三个时段的考察，考察结束符合条件的话就是预备党员了。林如蝶想，能不能入党，顺其自然吧。关键是要让"先锋班"取得圆满的成果，让这个班的每一个学生以最完美的状态毕业。

中考结束了。胡柚镇中学的先锋班的各科成绩平均分均排在全县乡镇中学第一，总分高分人数也远远超过第二名的学校。这是胡柚镇中学有史以来最好的成绩。胡柚镇中学出名了！先锋班成功了！孩子们欢天喜地，家长们奔走相告。

离开胡柚中学时，李文君抱着林如蝶，泣不成声。她说："老师，到了新的学校，我仍然会记住你的。"

年终评比，林如蝶的考核分数遥遥领先，被评为优秀班主任，她已经连续三年被评为校级优秀班主任了。这次，她还被选为金山县优秀班主任、金山县十大优秀青年教师。

林如蝶到县里参加授奖大会回来，郑校长对她说，你的考察期已过，今天可以填写预备党员表格了。这三年你辛苦了，以后有什么困难尽管提出来，学校都会帮你解决的。

林如蝶想，我对学校没有什么要求了，我的生活已经很充实了，如果一定要有，那就是觉得自己太累了，最近经常牙齿痛，以后或许会请病假呢。但是，林如蝶只对郑校长笑了笑，然后说道："好的。谢谢郑校长。"

二十六

　　让林如蝶没想到的是,她马上真的有事情要求助于郑校长了。她想让郑校长能出面去做童大俊的思想工作。

　　那天,童大俊和她说了一番话,让她心潮起伏。童大俊说他想离开这个学校,想离开教师岗位。

　　"你准备到哪里?"林如蝶颇感意外,她知道,童大俊既然能把这个想法说出来,说明他心里有这个念头已经很久了,他或许已经有目标了。

　　"到广州,听说那边挣钱比较容易,我有朋友在那边,听说混得还好。"

　　"你去了,我和孩子怎么办?"

　　"我先去看看,如果找到合适的工作,你后面过来。"童大俊口气中不含商量的余地。

　　林如蝶终于没有去找郑校长。

　　暑假开始了,童大俊出发南下找新的岗位去了。临走前没有多少话交代林如蝶,让林如蝶觉得心里有点空落落的,但每天忙于照顾孩子应对家务,她也没想太多。为了节约开支,她让王婶回家休息了,自己一个人带着女儿。

　　林如蝶带着玲玲回到青水县。她去看了华朵,看到了华朵的儿子毛卓成,一个圆头圆脑皮肤白皙机灵可爱的男孩。华朵还是那么光彩照人,只是似乎没有以前那么爱笑了,说话有时也很有点辣味,甚至对抱在怀里的儿子也会说上几句狠话。林如蝶就笑她:"看看你,做美丽霸气的公主可以给你打满分,做带孩子做家务的老妈子你可能会不及格哦,看你小姐脾气又上来了,可别把孩子给吓着了。"

　　"这日子没法过了。"华朵突然说。

"怎么了？他对你不好吗？"林如蝶吃惊地问道。

"结婚之前他的确一切都围着我转，把我哄得感觉自己像皇帝的女儿一样。结了婚，生了孩子，就顾着自己潇洒去了。我都快变成老大妈了。当然，还有另外一个更重要的原因。"华朵的脸上显现出很复杂的情绪，似乎是伤感又似乎是愤怒。

"男人都差不多的，带孩子不是他们的长项，别指望他们了。"林如蝶说出这话的时候自己都暗暗吃惊，这些年来她也对童大俊有不满，也深刻体会到职业女性在家庭中负担的沉重。但此刻，她竟然说出和自己内心想法不一致的话，大概是想安慰华朵，也安慰自己吧。她把童大俊南下的事情告诉了华朵。

"是啊，看看你，因为带孩子，瘦成什么样了，看得我心疼。"华朵看着林如蝶，目光中满是怜爱和同情。

"我是孕期和哺乳期都胃口不好，缺少营养，现在经常牙痛。"林如蝶说完，忽然才想起应该让华朵或者毛忠革帮她看看牙齿。

华朵让林如蝶张开嘴巴。当她看到林如蝶满口溃烂的牙齿时，心里很是焦急："等下就跟我到医院去，要给你好好检查下，这么不爱惜自己的身体，你还指望让别人来照顾你啊。"

"乡下看牙不方便，你这里又远。"林如蝶小声地笑着说。

"金山县城总该有医院的吧。我还不知道你，就知道工作、孩子、家务，自己的事反而不上心。你这样无私地奉献，童大俊会感恩你吗？"华朵像对自己的妹妹一般教导起来。林如蝶竟无言以对。

到医院牙科做完检查，华朵郑重其事地告诉林如蝶，她的牙齿有好多从牙根开始烂了，有些已经烂得很厉害了，需要做烤瓷牙。趁现在暑假时间在青水赶紧开始治疗。

林如蝶决定听从华朵的意见，在青水住一段时间，彻底把牙齿治疗一番。

　　暑假快结束的时候,林如蝶回到胡柚镇学校,童大俊也终于回来了。他上身穿着白底子胸口带黑色美女头像图案的T恤短袖,下身一条棕色的中裤,脚上蹬风凉鞋,脸稍微晒黑了一些,看起来气色很好。

　　林如蝶看到衣服上的美女头像说:"这衣服挺好看的。在那边待了这么多天,工作的事情咋样了?"

　　"问了几家,都不太合适。"

　　"那接下去怎么弄?"

　　"暂时就这样过,如果这边有别的工作适合我,就在这边另找。"

　　"你是不想在老师这个队伍中混,对吗?"

　　"是的,我想找别的事情做。"

　　林如蝶终于明白童大俊心里在想什么了。

　　童大俊没再提起要南下广州的事情。他三天两个头往金山城里跑,又结识了一些新朋友,偶尔就会找那些人玩去。

　　有一天,童大俊从外面回来,脸上带着喜色对林如蝶说:"告诉你一个消息,县城宣传部要招人的,我已经报名了,其他条件我都符合了,就是有一关我没把握,写一篇宣传文章,后天就要到现场去写的……"童大俊说到这里,用求助的目光看着林如蝶。

　　"想让我帮忙构思文章?"林如蝶问。

　　"你肯定写得比我好,帮忙构思一下吧,林老师。"童大俊很诚恳的眼神。

　　应该帮的吧。如果童大俊能事业有成,自己和女儿也会沾光受益,毕竟是一家人,她和童大俊已经是一条绳子上的蚂蚱了。林如蝶想到这,便放下手中正在搓洗的衣服,拿出了纸笔。

　　一个星期后,童大俊接到了电话通知,让他三天后去面试。第四天,童大俊面试回来,掩饰不住脸上喜悦的神色,对林如蝶说:"成了。"

　　华朵打电话给林如蝶，说很久没见到如蝶，很想念了。林如蝶说，我正孤单着，不如你来胡柚中学来看一下我这个村姑如何。华朵立马答应了。

　　当天华朵就来了，一个人。

　　"孩子太小，带着不方便，那边奶奶会照应的。难得来看你一下，一个人轻松点，咱可以好好地说说话。"华朵一边说，一边拿出她从老家带来的米糕，她知道林如蝶爱吃。闺蜜就是闺蜜，有点像肚子里的蛔虫。

　　"怎么，童大俊不在家？"华朵似乎看出了什么。

　　"他已经调到县宣传部去了。"林如蝶黯然回答。

　　"他一个人到城里去，又把你一个人丢这儿了。"华朵皱起了眉头。

　　"他说他有一年的试用期，等他一年后转正了，再考虑我调城里的事情。"林如蝶有点不敢看华朵逼视她的眼睛。

　　"你一个人在乡下带着孩子，他一个人到城里了。周末才回来是吧？把一个摊子丢给你一个身体这么弱的女人，他也够潇洒的。"华朵替林如蝶抱不平。

　　"没办法，过渡期。我希望这一年过得快一点，带着孩子太累了，孩子白天由保姆带着，晚上都跟我睡觉的。"

　　"女人都是这样被折磨着老去的。又当班主任，又要照看孩子，负担也太重了……你不能这样下去了，不能这么纵容男人的……"华朵絮絮叨叨地说了一大通，但林如蝶听来却有一股温暖的感觉。已经不知道多久了，没有人用这样的口气和林如蝶说话。华朵唠叨过后，卸下了愤青的面孔，虚弱地对林如蝶说："男人都是靠不住的，我已经决定和毛忠革离婚了。"

　　"啊？为什么？"突如其来的消息让林如蝶觉得无法接受。

"毛忠革喜欢上了我们医院里的一名姓宋的实习护士,才二十出头的一个女孩子。是我亲眼看到的。那女孩子的确很漂亮。我不能接受这种事实,我必须和他离婚。"华朵看起来已经拿定了主意。

"离婚这种事情要慎重,我们都快三十了。那实习生才二十出头,他们年龄差距大,毛忠革不会认真的吧。"林如蝶嘴巴上在安慰华朵,心里却是梆梆直跳。说实话,男人在外面有女人,还有离婚等这样的事情和字眼,对林如蝶来说是很远的事情,怎么一下子就出现在眼前了。这种事情来得太突然,太可怕,林如蝶完全没有思想准备,没想到看上去那么斯文的毛忠革,居然会干出这么缺德的事情,男人真的是看不透啊。当然,林如蝶相信华朵也一样没有思想准备。这种让人不知所措的事情怎么能出现在华朵身上呢? 她是那么美丽而善良。

"我怀孕的时候他们就好上了,我一直不知道,只感觉到他总是忙,在家待的时间越来越少。后来有人告诉我,我还不信,直到那天我在医院里亲眼看到。"华朵似乎看出了林如蝶的疑虑,说出了事情的原委。

"天哪,太不可思议了,这么漂亮的老婆,他竟然都不珍惜?"林如蝶依然不愿相信。

林如蝶突然想到童大俊。林如蝶想童大俊是农村出生的,做人实实在在的,虽然脾气急躁了一点,但应该不是毛忠革那样表里不一的人。

"谁能想到啊! 你对童大俊也要有所警惕,男人是很难抵挡外面女人的诱惑的。"华朵似乎是在提醒林如蝶。

晚上,华朵、林如蝶和玲玲睡一个床上。看到林如蝶居室的布置,华朵摇着头,住在这样房子里,在这样的乡村生活,你受委屈了。林如蝶却说她觉得挺好的,需要的生活用品都有。此刻林如蝶想得最多的是：华朵会不会真的和毛忠革离婚？华朵该不该选择离婚？最好是不要离婚，好好的一个家，怎么能说散就散了呢！林如蝶在心里祈祷。

两个人聊到大半夜才睡。

二十七

周五傍晚，童大俊从城里下班回来了。他把东西往房间里一放，便急匆匆奔向不远处的邻居金龙儿的家。

金龙儿的家里总是很热闹，左邻右舍的有事没事都会往那里聚，只要是休闲时间，那里就会有一堆打牌的或者打麻将的人。童大俊去那里八成是冲着麻将去的。以前童大俊只是贪打牌，自从时兴起麻将，童大俊就开始转为打麻将了。

一个星期才回家一次，一回来就惦念着麻将，这未免有些过分了，林如蝶心里满是意见。她手上有很多事情：孩子、家务，有时还有学校和学生家长的一些事情，根本没有时间去阻止童大俊并且把他追回来。虽然她知道等到吃晚饭的时间点，童大俊自然就回来，但从看到他往金龙儿家里跑的那刻起，她的内心就开始觉得压抑憋闷，似乎有一股热烘烘的火苗从心窝里往上蹿。

汽油炉里蓝色的火苗在飞舞，林如蝶心里燃烧着的火苗也火红如血，它让林如蝶内心更加焦躁。看来华朵说得不错，男人真是看不透的，以前千方百计讨好老婆的童大俊，现在也开始变得贪玩没了分寸。麻将虽然很时兴，但是，久别刚回家，最重要的本应该是陪老婆和孩子呀。

晚饭时间到了，童大俊回来了。林如蝶一声不吭，她不想和他说话。

"这个香干豆腐炒得不错，都赶上我食堂里大厨的水平了。"童大俊开腔了,脸上带着一丝笑意。

"怎么可能,哪里比得上你们政府食堂的?"林如蝶感觉到自己的声音冷冷的。她知道自己的脸一定是长形的,像一条瘦不拉叽的苦瓜。

"玲玲,吃一块妈妈烧的豆腐,味道不错哦。"童大俊又把脸转向玲玲,想通过孩子来缓和一下有点紧张的气氛。

唉,难得回趟家,和他闹起别扭我也不舒服,一周没见面了,我也是盼望他回来的,既然回来了,就好好团聚下,等会儿吃过晚饭,我们可以抱着玲玲一起出去走走,晚上在家,一起看看电视,一家人在一起,那才叫作家呀。林如蝶想到里,心软了,放弃了和童大俊对峙的念头。

"我们可以在城里买房了,单位集资的,总价三万元,首付一万多就够了,你看看我们是不是也买一套?"童大俊开始说正经话了。

"那自然要买。可我们手头没这么多钱。不过可以向我的父母和姐姐们借,以后积攒了慢慢还他们。"林如蝶有点欣喜。之前她没想过要买房子,觉得那是一个遥远的梦,现在,梦忽然间就来到了她眼前,而且是可能变为现实的。一切都来得有点突然。

"好吧,那就这样定了,明天一起去看房子,觉得合适,你就到青水县老家向爸爸妈妈或者姐姐们借一点,辛苦你了。"童大俊感觉事情很顺利,很快把碗里的饭三口并作两口倒进肚子。

吃完饭,林如蝶觉得很累,可是,她必须继续收拾。等林如蝶从厨房里洗碗出来,童大俊人影又没了。玲玲被放在圆木站筒里,邻居一个小女孩正陪着玲玲玩耍。

一定又去打麻将了,林如蝶心里在嘀咕:童大俊你不能和别人一样啊,人家夫妻天天在一起,孩子有人带,家务有人做,我一周内一个人要做太多事情,上班、做家务、带孩子,更重要的是,我身边没有一个亲近的人可以聊聊知心话,你回来总得陪陪我吧。

此刻,林如蝶租住在离学校两里多路的镇上,住在一户农家的一楼里。这个镇并不冷清,天气好的时候,几家人没事便聚在门口聊闲天,很是热闹。林如蝶却不习惯于这样的模式。每次看到门口那堆妇人凑在一起,有时还端着饭碗,一边大口吃饭,一边高声说笑,林如蝶就会有一点紧张地小心翼翼地从她们身边经过,默默地走到自己的房间里,然后静静做自己的事情。

林如蝶抱着孩子去找童大俊。果然,在金龙儿的家里,童大俊和一帮人麻将玩得正欢。除了四个打的,还有五个围着看的,一个个盯着花花绿绿的麻将,不时爆发出尖叫声。

"等会儿早点结束回家去。"林如蝶挤进去,站在童大俊的边上,轻轻地在他耳边说。

"哈哈,老婆来了,来催回家的吧。昨天我也被老婆催了无数次了,不过我才不理她,照样打到第二天早上2点半。"那个被人叫"赖头"的男人看到林如蝶走进去时似乎故意对童大俊说。林如蝶走到童大俊身边时,他又看了一眼林如蝶,然后有点阴阳怪调地说道:"弟妹你带着孩子来,这里恐怕不太适合,还是一个人先早点回去吧,让你家男人玩一下不要紧的,没那么可怕的。"

"他今天才到家的,扒了一口饭就来这里了,我怕他太累了。"林如蝶应对着赖头。

童大俊说:"你先回家吧,早点带玲玲去睡觉,我尽早回来。"

那伙人一边抽着烟,嘴巴里一边说着打麻将的行话,还夹杂着脏话。房间里烟雾腾腾,乌烟瘴气。林如蝶抱着玲玲走出了金龙儿的家,林如蝶知道,童大俊根本不可能早回家的,他的眼睛就一直盯着麻将,根本没朝林如蝶和玲玲看过一眼。

林如蝶内心空空地回到家,给玲玲洗了脸和手脚,让她自己在床上玩耍却睡意全无,此刻虽然很累了却睡意全无,心头泛起一阵淡淡的忧伤:平时拼命工作和照顾孩子,是觉得心底有个盼头,可现在不知道自己在盼什么,似乎是一场空欢喜,其实就没什么东西可以盼望。爱情和婚姻真的不是一码事情,女人结了婚,主要的任务就是带孩子,做家务,而男人却随时随地都能开发出新的快乐天地。对女人来说,如果工作、家务和孩子已经消耗了你所有的体力和精神,你还能再做什么? 把老公从朋友堆里拽回来吗? 拽他回来和自己吵架吗? 童大俊玩得很晚才回来,我应该骂他吗? 可是我不知道该怎么骂,长这么大,竟然都没学会如何骂人。

童大俊果真很晚才回来。到底是几点回来的,林如蝶不清楚,因为林如蝶也不知道自己几时几分睡去的,原本没关掉的十五瓦的灯泡已经被关掉,显然,是童大俊回来关掉的。

第二天早饭一过,金龙儿又派人来叫童大俊了,童大俊动作神速,一下子就从林如蝶的眼前消失了。直到吃饭时分才回家,嬉皮笑脸地坐到饭桌前吃饭。

林如蝶很想把他的碗抢下来,但是她忍住了。她只轻轻地问道:"下午不去了吧?"

"嗯嗯,可能,不知道,或许他来叫的。"童大俊说话依然吞吞吐吐。

"只要他来叫了你就去吗? 你是被人家使唤的吗?"林如蝶声音还是轻轻地,但她知道这话的分量。她不知道用什么样的方法来发泄内心淤积的愤怒,脑子中突然蹦出"被人家使唤的"这个词。自从结婚后,林如蝶对童大俊的态度一改婚前的那种骄横任性的风格,变得温顺而平和,难得把让自己觉得刺耳的词语用到在童大俊身上。

童大俊脸色顿时黑了下来,但是他终于没有发火,却也不再说什么话,只飞快地往嘴巴里扒饭菜,两分钟不到,把碗里的饭菜都倒进了肚子，然后一言不发地转身出去了。

林如蝶知道他又去金龙儿家打麻将了。

连着几个星期的周末都是这样。

这天傍晚，林如蝶没做饭，抱着玲玲来到金龙儿的家。老赖依旧坐在他经常坐的那个位置，童大俊坐在老赖的对面。林如蝶对童大俊说："今天晚上你不能打了，我不批准。"

"哟嚯，弟妹发威了，大俊可要怕喽。"老赖怪声怪气地笑起来，声音很刺耳。

"别在这里吵，要吵回家去。"童大俊冷着脸说。林如蝶忽然觉得，短短的一个多月时间，童大俊完全像换了一个人，对她和对这个家的态度完全变了。以前会时刻关注着林如蝶的表情，能感觉到林如蝶的心情变化，现在他根本就没有时间或者说根本就不想知道林如蝶的感觉，林如蝶生气疲惫失望甚至绝望似乎都与他没多大关系。

老赖的笑声让林如蝶觉得有些恶心，但是，她没去理会，她对着童大俊说话："如果你今晚再继续打到第二天，你就不要回来了。"

林如蝶甩下最后的通牒，抱着玲玲离开了那个房间。林如蝶刚走出房间门，后面老赖的声音就清晰地传进了林如蝶的耳朵。老赖说："大俊啊，你老婆是不是没有男人就活不下去的啊？"

犹如被一记闷棍打在了脑门上，林如蝶顿时觉得眼前金星乱溅。她愤怒得浑身的毛孔都竖起来了，她听见自己的心脏开始怦怦怦地跳。天哪，天底竟然有这么龌龊的男人！你童大俊竟然和这种人打得火热，玩得没日没夜天昏地暗，难怪你会一天比一天地无视老婆和孩子的存在。我每天都累得不行，可你却有大把大把的时间和精力打麻将。和这样的男人玩在一起，你今后还不知会变得怎样！

两行眼泪顺着脸颊无声地滚落下来，无声地滴落在地上。林如蝶知道，自己不会吵架，不会泼妇骂街，不会将心里的怨气和怒火像火山爆发一般倾倒出来,她内心有说不出的痛,现在她唯一能做的,只有赶紧离开这里。

一口气跑回了家,关起门,林如蝶忍不住放声大哭。

玲玲摸着林如蝶的脸,有些不明白地看着哭泣的妈妈,她用小手为林如蝶擦去眼泪,说:"妈妈不哭。"林如蝶立刻擦干眼泪。是的,我为什么要哭。等下他回来我要问他,他到底还要不要这个家。

不知过了多久,林如蝶的眼皮就不知不觉地黏合到一起。她感觉到有人在拉扯她的上眼皮。是玲玲。她正用她的小手使劲地掰着妈妈的眼皮,一边叫唤着:"妈妈别睡,妈妈陪玲玲玩。"

林如蝶吃力地睁开眼,勉强坐起来,把玲玲和自己的衣服都脱了,拉过被子盖在自己和玲玲的身上。然后,昏沉沉地睡去。

隐隐约约地,林如蝶感觉到有人敲房门。会是谁呢? 这么晚了,除了左邻右舍,乡村的晚上是没有什么客人登门的。林如蝶轻轻地起床,把门打开。她惊异地看见童大俊站在门口。他的后面似乎还跟着一个人,而且还是个女人。林如蝶说,你今天怎么这么早就回来了? 还带了个客人来家里? 童大俊不说话,推门进来。后面那个女的也跟着进来了。林如蝶觉得那个女的有点面熟,仔细一看,竟然是有一次和童大俊一起在水妹洗脚店门口看见过的穿着裸露的那个女老板。林如蝶心里顿时咯噔一下,质问童大俊怎么和这样的女人混在一起。童大俊依旧冷冷地不说话,轻轻推开林如蝶,拉着老板娘的手往床那边走。林如蝶飞快地冲到女人面前要拦住,她一边叫喊着:出去! 你们出去! 一边冲上去和女人打起来。她手臂奋力挥舞却感觉到自己极其无力,然后她被推倒了,身子开始向山崖下滚下去……她拼命地喊"救命"但却喊不出来,也没人来救她。她的身子一直往山崖下坠落。同时,她听到了越来越清晰的哭声:"哇,哇,哇……"这哭声似乎不是她自己的。林如蝶拼命地挣扎。她感觉到了自己的手脚一动,她醒了。四周一片黑暗。哇哇的哭声一阵高过一阵。她的脑袋嗡嗡直响,不知道怎么回事。她再听,那不是玲玲在哭吗。玲玲,你在哪里?你在哪里?

林如蝶拼命在问自己:我这是在哪?怎么天地是一片漆黑的?灯在哪,开关在哪?

林如蝶开始反应过来,在暗无边际的黑夜里,她的手习惯性地摸到了床头灯绳,用力一拉,眼前一片刺眼的亮光。她半晌才睁开眼,看清楚自己睡在床上,却没看见玲玲,玲玲正躺在地上哇哇大哭。

林如蝶赶紧下床,把玲玲抱在怀里。抱着满脸泪水浑身颤抖的玲玲,她的心却像被拍打着的皮球一样狂跳不已。童大俊还是没有回家。她又感觉到牙齿一阵阵地痛,她随手拿了床头上的杯子喝了口水,但她立刻把水吐了出来,一喝水,牙更是钻心地疼。她一边安抚着玲玲,一边焦躁地等待着什么,但她又觉得没有什么可以让她等待的。

日子一天比一天艰难。好多次,林如蝶觉得自己要疯了,想和童大俊大吵一通,但只要童大俊有半个晚上好好地待在家里,陪着她和玲玲,哪怕只是一起看看电视,她又变得一点吵架的想法都没了。当她感受到一家人在一起的那种特别宁静温馨的气息时,那游荡在心头的失去了方向的狂风,顷刻间就变得温和而顺畅,所有的原本可能排山倒海、风呼海啸的情绪狂潮,都像被太阳照暖了的冰雪,在那一刻被融化消散成涓涓清流。

林如蝶知道,她现在看到的,只是童大俊周末在家的情况,至于平时工作日,童大俊在城里是怎么度过每一个晚上的,她根本无从了解。

林如蝶决定找个机会去金山县城。倒不一定是为了去看童大俊工作的地方,而是真的想出去走一走。来金山县好几年了,除了因为学校工作以及看病去县城人民医院,林如蝶去金山县城的机会很少。该到城里去走走,哪怕是逛逛街、买点衣服什么的也是需要的。看看自己,从来都是素颜朝天,什么化妆品,什么时尚的衣服,她都没有沾过边,经济不够宽裕是一个原因,没有时间又是一个原因。现在,和华朵站在一起,简直一点都看不出她当年和华朵曾经同是学校里的两朵姐妹校花了。最是岁月无情,蹉跎了青春,消瘦了腰围,憔悴了容颜。

那天下午,第一节课后,林如蝶安排好班级事情,向教务处请了个假,说到城里医院看牙齿去了。从医院里出来,林如蝶就往县城最繁华的金桥街走。林如蝶知道,金桥街是一条商业街,在那里可以买到漂亮时尚的衣服。林如蝶在穿着靓丽的老板娘的热情推荐下,看准了一套青蓝色毛线套裙。

"那就这套吧,多少钱?"

"您太有眼力了,这衣服正适合您。衣服不贵,一百五十元。"

"……啊?"林如蝶觉得价格完全出乎她的意料,和她预想得相差太多。

"您看这料子,全毛的,一点没有掺假。您再看这颜色,纯正的天蓝色……"老板娘毫不慌乱,对自己的东西充满自信,继续强调着衣服的种种优点。

林如蝶犹豫着。她今天一共带了两百多元钱,差不多是她一个月的工资。坐车来花了四元,看病开药花了一百元,现在即便降了价钱把这件衣服买下,那她等会回家坐车也没有钱了。

林如蝶很不好意思地向老板娘表示歉意,说下次一定带足钱过来买。

趁老板娘闭口不说话之际,林如蝶飞快地从店里跑出来,然后又飞快地朝前疾步走去。她像做了贼一样地赶紧离开那个地方，那个让她丢面子的店。与此同时，她忽然之间感受到久违了的、对于钱的重要性的陌生而又熟悉的感悟。是的，缺钱永远都不是什么好事情。

然后她直接向县政府方向走去。

在胜利街28号，她看到了门口挂着"金山县人民政府"字样的牌子的大门。其时已经是傍晚四点五十八分，下班时间快到了。林如蝶走到大门口对看门的说找童大俊。看门的说要下班了，干脆在门口等吧。很快，下班的人潮开始向门口涌出来。林如蝶站在门口外面的路边上，看着一拨一拨的人走出去。终于，他看到了童大俊，穿着一件棕色夹克衫，深灰色的西裤，脚穿一双锃亮的黑色的皮鞋，是全新的装束，看上去很精神。林如蝶想叫声"大俊"却没叫出来。童大俊并没看见林如蝶，径自朝门外走。林如蝶不知为何就静静地跟在了童大俊的后面走，她觉得就这样走着感觉很好。一直到走出五十多米之后，在一家中药房门口，林如蝶正想喊，童大俊忽然停住了脚步。林如蝶看到中药房门口站着一个年轻的女人。女人走上前对童大俊说："来了，挺准时的哦。"

林如蝶慌忙往边上的大树后面躲。她的心脏又开始噗噗跳起来。她听到童大俊说："走吧。"然后两个人一起朝前走去。

林如蝶睁大了眼睛，紧紧地盯着两个人，看到童大俊和那个女人一起进去了。原来他们是一起去吃晚饭。

林如蝶的心像被撒了一层灰，顿时暗淡而冰凉起来。她没有再走进餐馆，她觉得后面的事情完全可以通过自己的想象来完成。两个人能如此默契地约定一起吃饭，两个走在一起又如此协调，比自己和童大俊在一起更像夫妻。他们的关系基本可以做那种猜想。

但是，林如蝶也知道，只凭自己的主观臆断，没有事实根据，做这种无谓的猜想，对自己没什么好处。那么要不要跟着进去？如果事实真的像自己猜想的那样，那场面岂不很尴尬？她和童大俊都无法让自己有台阶可下。林如蝶决定坐最后一班回去的公交车。家里，还有玲玲在等她。

周末童大俊回来。晚饭后，林如蝶想和童大俊聊几句，但是，童大俊吃完饭马上出去打麻将了，到林如蝶睡觉时也没回来。

第二天早上，林如蝶买菜回来了，童大俊还是没有起床。林如蝶终于拉开嗓门大吼了一声："你还有过日子的样子吗？这日子还要不要过？"

童大俊终于醒了。他坐起来，睁开惺忪的睡眼，似乎不相信这是林如蝶在对他吼。他看了看林如蝶，发现她的脸色很难看，于是也拉下脸对着林如蝶吼了一声："连睡觉的自由都没有了，这家还待得下去吗？好吧，我走。"说着，抓起衣服两下三下就穿好，然后拿了自己的包，摔门出去了。

林如蝶气得半天说不出话。然后，不争气的眼泪从眼眶里溢出来，顺着脸颊滑落下来，滴在了地上。林如蝶的心第一次感到有一种说不出的刺痛，痛得她不想说话，也不知道该说些什么。她一直害怕吵架，不敢对童大俊大声嚷嚷，现在只是吼了那么一句，这个家的天就塌陷了。童大俊现在开始变得不讲道理了。如果说以前是觉得他年轻气盛，脾气不好，那么现在是什么？仅仅是如他自己所说的贪玩而已？不，肯定不是那么简单。只有周末才回家的男人，回到家没有那种急切想与妻子孩子亲热的愿望和行动，只顾着自己在外玩，这难道不奇怪吗？难道童大俊外面有女人了？就是那天看见的那个女人吗？林如蝶的脑海里又闪现出那个女子的轮廓：高高的个子，清秀的脸庞，明眸皓齿，还有一头乌黑的披肩卷发。

不行，不能在这里继续待下去了，我得想办法调到城区学校。林如蝶想起最近听到的消息，说县教委今年将修改城区老师的选调制度,由原来的推荐进城改为考核进城,这对自己无疑是个机会。她在心底做出了一个重要的决定:赶紧申请调入进城区学校。她想起父亲说的话,家和万事兴,如果家庭矛盾重重,怎么能安心工作!

农村学校教师通过考核进城的制度终于开始实施了。林如蝶报了名。郑校长对林如蝶说,如果她现在就离开胡柚初中,那么预备党员的资料将会作废。林如蝶想好了,鱼和熊掌不可兼得,党员只是身份的象征,这个家必须留住。

抽签,上课,交荣誉证书、成绩单和备课本,林如蝶过五关斩六将,终于顺利完成了各种程序。在等待结果的过程中,她还是有一丝说不出的担忧,虽然,她觉得自己的分数是不差的,但她还是担心出现意外的结果,因为她已经懂得:有些时候,事情不一定按照原本该有的结局去发展,随便哪个环节异常都可能让原本公平的竞争变成形式。但她无可奈何,只能听从天意。

一个月后,考核选拔进城的老师名单公布了,林如蝶榜上有名!只是转档案的时候,林如蝶没有拿到预备党员的资料,因为郑校长和她有言在先:如果离开胡柚中学,那就不要带走那些资料了。

二十八

顺利进了金山第一中学,林如蝶感觉自己运气很不错。金山第一中学是金山县城最好的中学。自从到了城里,林如蝶感觉生活发生了翻天覆地的变化。

刚进城时,他们租住在离学校不算远的一个大户人家的一间老房子里。房子很小,只放得下床、衣柜、写字台和小餐桌等几样最简单的家具,但是一家三口能在一起,林如蝶觉得还是很满足。团聚能让林如蝶感受到家的氛围,家能给她以安全感和温暖感。

为了改善居住条件,林如蝶又向父母和二姐如兰求助,凑足了首付,在城区订购了一套小面积商品房。

没过多久,原先订购的房子就交付了。虽然每个月要从有限的工资里挪出还贷款的钱,虽然装修很简单,但住进新房子,林如蝶觉得距离自己所追求的美好生活的目标更近了。

童大俊依旧早出晚归,家务仍然由林如蝶完成。林如蝶每天很早起床,做早饭,并照顾玲玲穿衣吃饭,然后把玲玲送到只有一个值班老师在的幼儿园。此时,距离幼儿园小朋友正常到校时间还有一个多小时。林如蝶又马不停蹄地奔向自己的学校,看管自己的学生们早读。然后一整天在学校忙。傍晚下班后就去接玲玲时,幼儿园已经下班一个小时了,小朋友们都回家了,只剩玲玲一个人在反复地玩滑滑梯。回到家,林如蝶赶紧做晚饭。然后随意扒两口就直奔学校,到学校走进教室时,晚自修的铃声刚好响起。

虽然忙得像狗一样,但是,只要童大俊在家,只要女儿在自己的照应之下安然地成长着,林如蝶的心里就有满满的充实感,觉得生活很美好。

童大俊还是经常在外面玩。他说,一个只知道窝在家里的男人是没出息的,这个社会需要和人交往,男人玩就是在交际。

"你不就是打牌或者搓麻将吗?"林如蝶直截了当。

"都像你这样家和学校两点一线,你以为是好事情吗? 没有朋友的人是最可怜的。"童大俊的口气里竟然带着一丝嘲讽。

"都出去打牌搓麻将,那谁来陪孩子? 我工作忙,每天都很累,没办法和你一样玩。"林如蝶心里委屈。

"反正我不会和你一样,我要过我想要的生活。"童大俊很执拗。

这样的格局,让林如蝶心里有一种不安全的感觉。自从童大俊到城里上班,林如蝶的不安全感一直都没有消除。上次难得一次到城里看童大俊,就意外地看到了让自己困惑画面,现在,是某些情节还在继续呢,还是一切都是自己多心了? 不得而知。她没有更多的时间和精力去解开这个谜。

周六,林如蝶轮到上连课。她匆匆吃了几块饼干就赶往学校,早读加上四节课,整个上午都在忙碌。等到第四节下课,她眼前金星乱冒,似乎要眩晕过去。她赶紧坐下趴着,休息一会儿,她才站起,拖着毫无力气的身子回家了。到家楼下,她觉得又饿又累,看着高高的五楼上自己的家,她感觉已经没有爬上去的力气。

好不容易爬到了楼上。打开门,眼前的情景让她感到有些意外:家里反常的热闹,餐桌围着一堆人,他们在打麻将和看打麻将。林如蝶进来,有几个朝她看了下,随意打了个招呼又立刻回头看打麻将了。玲玲在一旁看电视,茶几上散落着已吃空的饼干包装袋。

"玲玲,爸爸没做午饭吗?"林如蝶说话很无气。

"妈妈,我饿。"玲玲看到林如蝶就开始嚷嚷,一双稚嫩清澈的眼睛可怜巴巴地望着林如蝶。

"12点过了,你没烧饭吗?"林如蝶走到童大俊身边问,又问其他人,"你们都没吃吧?"。

"还不饿呢,我们早饭九点半吃的,你看,这不才玩了两个小时。如果要吃,等会儿大家一起去家庭食堂吃点算了。"一个女人嗓门脆亮。

是谁抢着替童大俊在回答? 林如蝶仔细看这个女人。和自己相仿年龄,披肩卷发,白净的鹅蛋脸,大眼睛,弯弯的眉毛显然是修过的,身材高挑饱满,坐着也能感受到那丰满的胸脯充满着蓬勃的能量。

就是上次看到的那个女人,林如蝶心头忽然就有一种很奇怪的感觉,觉得这女人和这群在自己家里玩的人都和自己有很大的距离。到底是一种怎样的距离,林如蝶一时也说不出来,总之,她觉得此刻在这个房子里的人，都和童大俊走得很近，尤其是这个女人，看起来和童大俊很熟络了，她在这个家玩得那么投入，童大俊也那么开心，她已经很久没有看到童大俊这么开心的笑容了。童大俊这个时候的样子才是当年执着追求自己的时候的样子，才是真正的童大俊。

从恋爱到结婚生孩子，到孩子上幼儿园，不到十年的时间，一切都在不经意间发生了变化，童大俊的灿烂笑容不知何时不见了，自己的清高和傲气也不见了。生活磨砺着人，上班、家务、孩子，柴米油盐的生活早已取代原先的梦境，现实的严峻让人不得不低下头弯下腰去承受原来不曾预料过的重压。身体大概就是被这一层层的重压压垮的。

林如蝶不再想下去了，她现在第一个要做的事情是做饭，她等不到那一堆人饿的时候。走到厨房，发现菜没买，本就该预料到的，只不过心不死，依然愿意相信童大俊有可能会去买菜，心想说不定他心情好就去买了呢？然而都是一厢情愿。她从角落里找出自己老早就买来的已经变得干枯了的洋葱和土豆。这两种菜是林如蝶平时有意多买来放着备用的。

淘米洗菜切菜，林如蝶感觉自己快要晕过去了，走路都不稳当了。早上就几乎没怎么吃，接连着的四节课几乎将她身体里头所有的能量消耗殆尽。她觉得身体像被掏空了一般，大脑却被什么东西绑得紧紧的，非常压抑，喉咙里似乎有一股干燥的火苗要燃烧起来，手中的锅铲盆碗也不太听话地哐哐哐哐作响。

听到厨房里的声音，打麻将的一伙人中有人提议先下去吃饭，吃完饭后再接着干。顷刻间一伙人作鸟兽散。最后，林如蝶还听到那个女人对童大俊喊了声："大众家庭食堂，赶紧过来。"

童大俊应道"好的"，然后叫了一声玲玲，又走到厨房叫林如蝶。林如蝶已经把土豆丝炒好。她虚弱地说道："你去吧，我很累了，走不动了，先在家里用土豆丝填下肚子。"

　　童大俊犹豫了下，就带着玲玲下楼去了。

　　林如蝶一个人在厨房。看着锅里沸水中翻滚着面条，她的眼眶忽然就噙满了热热的泪水，她一闭上眼，两滴大大的泪珠顺着脸颊落下，落入了热气腾腾的锅里，瞬间没了踪影。

　　虽然早已饿得头晕目眩，但真正吃的时候，林如蝶却吃不了多少。稍微用力嚼一下土豆丝，牙齿就隐隐作痛，她只好小心翼翼地吞咽着，一边从锅里捞几根面条。吃得三分饱后，她赶紧上床睡了，她实在太累了。

　　刚迷糊着要睡，林如蝶听到家门被打开的声音，一拨人嘻嘻哈哈进来了，还是那帮人。那个嗓门尖亮的女人说话声和笑声继续主霸着整个客厅，和洗牌的声音交相错杂，家里一下子又变得热闹起来。林如蝶却怎么都开心不起来。喧嚣的声音已经无法让她继续休息，她只好起床，走出卧室，默默无语地在客厅、厨房、阳台和卫生间之间走动，打扫，烧开水，收拾东西，仿佛是这个家庭的一个佣人。而这个佣人安静得连说话的声音都没有，因为屋子里所有人的注意力都在那张麻将桌上。

　　林如蝶开始洗衣服。一个星期的衣服，除了那些不能存放的小件内衣内裤及时搓洗掉之外，其余的基本上都要累积到周末才能洗。三个人一周的脏衣服装满了洗衣机。林如蝶洗好衣服后又把衣服端到阳台上晒。

　　走到阳台外，林如蝶才发现外面空气很新鲜，家里面因为几个男人一支烟接着一支烟地抽，已经变得混浊了。晒完衣服，林如蝶再次走进客厅时，她已经无法适应那呛人的烟味。她只有躲进卧室，关上门，疲惫地躺到床上。她实在撑不住了，必须休息了。

　　接下来的几个小时，林如蝶在一阵阵叫嚷声中昏沉沉地醒来又睡去，睡去又醒来。傍晚，又到了该去学校的时间了，周日的晚坐班安排的都是班主任。林如蝶一个人随便弄了点吃的就去学校了。一帮人还在餐桌上大战麻将城,玲玲一直在看电视。

晚自修结束,林如蝶回到家时已经九点。麻友们还在玩。她没说什么话,吃力地抱起歪倒在沙发上睡着的玲玲,进了卧室。林如蝶实在不能理解眼前这些疯狂玩麻将的人们:为什么你们不会觉得累?都玩一整天了,你们为什么都不愿意休息?你们不休息,难道也不让别人休息吗?

当然,林如蝶已经没有力气对任何人抱怨或生气了,她需要马上休息。

到卫生间简单抹了把脸,就回卧室睡觉了。正当她迷迷糊糊要睡着时,一阵稀里哗啦地洗牌声将她从梦中惊醒,她的心怦怦怦地直跳,脑门嗡嗡嗡直响,人非常难受。等意识清醒过来,明白那是客厅里和麻将的声音时,她才安下心来,继续昏沉沉地睡去。但是,没过多久,又一次巨大的洗牌声又将她从梦中惊醒,她顿时脑子发热,胸口发闷,浑身像充满了气的球,感觉整个人要爆炸了。她打开灯,看到时钟的时针指向1点,分钟指向6时,她忍不住打开卧室门,对着外面大喊了一声:"你们还让不让人睡觉了?"

客厅那边忽然安静了下来,一点声音都没了。林如蝶感觉自己刚才的那一声吼像扔出了一枚炸弹,她觉得自己有点疯了,她想,童大俊应该被她这一声吼搞蒙了,那些人应该被炸飞了,接下去应该各自回家了。她于是又昏沉沉地睡去。可是,她很快又被"啪啪"的声音吵醒。那是打出麻将牌的声音,虽然声音轻了好多,但显然,他们还在继续。"啪,一万。""啪,三索。""碰。"隐隐的叫声依然像冰冷而恐怖的蛇一样阴险地从门缝里钻进来,开始撕咬林如蝶的脑壳。

忽然一声尖叫"糊了",然后又是"哗哗哗"的巨大的洗牌声,嘈杂的声音像无数根尖锐的刺,一起向林如蝶虚弱而裸露的心脏刺来,向她那已经失去外壳保护的大脑神经刺来。此刻,她觉得自己不但没有穿衣服,而且自己的心脏跑到了胸腔的外面,她所有的最敏感的器官都裸露在空气中,正经受这万刺穿透的磨难,她不知道该用什么样的办法才能驱除那些尖锐的利刺对她血肉暴露的脑神经的剐割。她忽然抽出床前衣柜里的抽屉,用尽全身力气狠狠地将抽屉向地上掼去。

"砰"一声巨响,如地震一般,整个房间似乎都颤抖了一下。外面立刻鸦雀无声,然后窸窸窣窣的声音,然后是散乱的脚步声,最后家门"咣"的一声。

一会儿,卧室门被打开了。童大俊站在门口。他看了一眼地上的抽屉,然后不动声色地看着披头散发的林如蝶,声音不重,却一字一句:"听着,不要太过分。不要以为你不玩,就让别人也不玩不成,不要因为你没有朋友就要让我也没有朋友。癫子!"说完,狠狠地摔上房门,再也没有进来。

林如蝶拼命地甩着自己的脑袋。她没想到结果是这个样子,她听不懂童大俊说话的意思,因为她从来没想过要让童大俊没有朋友,她只是受不了麻将的声音,她的神经要崩溃了,她受不了,仅此而已。可是,刚才童大俊却在她面前展示了一副她从来没有见过的决绝的面孔,这个原本是自己老公的人现在完全变成了一个陌生人,不,是变成了一个极其冷酷无情的人,一个在我冰冷滴血一样的心脏上插上一把刀的人。天哪。这世界发生了什么? 他从此不会再理睬我了吗? 我们从此成了陌路了吗? 林如蝶从嘤嘤的抽泣到号啕大哭,又赶紧憋着。她怕吵醒并惊吓到玲玲,她自己现在无疑已经是鬼一样的面孔了,她已经精神错乱了,如果玲玲醒来看到妈妈这儿样子,一定会吓坏的。

幸好,玲玲只是翻了个身,又继续睡了。

二十九

接连几天，林如蝶觉得自己晕头晕脑，走路也脚底轻飘飘的，做事心神不宁。童大俊再没有和她说过话。林如蝶也没敢主动找童大俊说话。而且，童大俊似乎极忙，每天早出晚归的，回来时基本半夜了，林如蝶已经睡下，童大俊则进了另一个房间。林如蝶早上醒来，童大俊已经不在家里了。

这样的日子不知过了多久，林如蝶没有去数，但她分明觉得很久很久了，她感觉自己要坚持不下去了。白天，她依旧打仗一般的忙碌。到了晚上，安顿好玲玲睡觉，她就觉得自己来到了另外一个世界，来到了一个非常宁静同时也非常黑暗的世界，这个世界没有一个人，没有人声，甚至听不到没有任何其他的声音，这个世界也没有任何东西，任何事物，没有花草，没有阳光，没有鸟兽，只有她一个人。她看得见黑色的风从远处无底的深渊里冒出来，向她吹过来，阴森森的，冷冰冰的，湿漉漉的，寒气直侵入她的肌肤、骨头、肺腑和心脏，她感觉自己像掉进了深不见底的冰窟窿里，刺骨的寒冷让她上牙和下牙互相咬紧并不停地打架，她拼命地想伸出手爬出冰窟窿，抬头却看到窟窿上面一张魔鬼般的铁青狰狞的脸，乌黑的嘴巴里露出长长的白色的獠牙，眼珠如铜铃般的凶恶的大眼睛盯着她，仿佛立刻要把她活活吞到肚子里去。

"啊……啊……救命，救……救救我……"林如蝶拼命挣扎，奋力地挥动着双手，可是双手沉重的如同手臂里面灌满了铅。当她终于挥动起一只手臂时，她醒了。又是一场梦。她赶紧拉灯，用手摸着自己满脸虚汗的脑门，吃力地坐起来。

这样的梦，她不知做了多少次，每次都感觉自己将要因窒息而再也回不到有阳光的世界了。幸好是梦，幸好她都挣扎着醒过来了。

她相信,如果她不努力挣扎醒过来,每一次她都有可能再也回不到这个五彩缤纷的世界了。童大俊不在自己的身边,她非常不习惯,总觉得少了什么东西,像一个要喝水的人找不到水喝,像一个需要温暖的人找不到炉火,像一个饥饿的人吃不到食物,甚至有点像一个缺氧的人呼吸不到空气一般。少了童大俊,她觉得自己身体的结构都出现问题了。尽管每晚她都非常疲惫,却每晚都睡不好。

难道婚姻真的是爱情的坟墓?以前她对这样的问题毫无疑问地持否定的态度,但是现在,她开始修改答案了。是的,既然有那么多人这么认为,那么它应该是一种真实的存在。

是不是要先向童大俊低头?否则他这一辈都不会再理睬我了?可为什么一定要我先低头?为什么他会这样毅然决然地无情?当初死皮赖脸求着我,求着我和他在一起,求着我做他的新娘,当我把自己的身体和心灵彻底交给他之后,他慢慢就开始变了。结婚才八九年,曾经的海誓山盟,曾经的甜言蜜语,曾经的卿卿我我,都消失了。他怎么就能变得如此冷酷无情了啊!

据说,有一种病,医院里医治不了,却有一种东西可以治愈它,那就是时间;说有些问题无法解决,却有一种方法可能可以解决,那也是时间。时间如滔滔不绝的江河,汩汩向前奔流。不管你是开心还是伤心,是满怀希冀还是失落绝望,它都不会因为某人或某物而停滞不前,它会带走忧伤和苦痛,也会带走欢乐与幸福。时间让所有事物,所有爱恨情仇被奔涌向前的江水和汩汩流淌小河冲刷,最终的结果是水落石出,该去的一定逝去,该留的自然留了下来。

是的,幸福已经不知何时就被带走,但愿苦痛和烦恼也能被时间的河流冲刷得不见踪影。

林如蝶无奈地开始过独来独往的日子了,能够和童大俊照面的机会很少。有时候,她都怀疑童大俊根本没有回来过。为什么会这样？为什么？她一次次地反问自己。是自己不漂亮？身体孱弱？还是工作太忙家务做得不好？还是不会玩不懂得交际？不，不，他决不能是因为这些。为了童大俊，为了这个家，为了孩子，我已经尽我所能，已经耗尽了我所有的情感和精力。姓童的，你不能这样对我！

　　林如蝶又回想起当年在浙水师范学大情人坡草坪上，童大俊追着自己奔跑的样子，想起自己发烧童大俊背着自己去医务室的情景，想起童大俊喂自己吃橘子的恶作剧，想起第二次到童大俊老家时因为路面泥泞童大俊一定要驮着自己走的场面……那时的大俊是那么阳光开朗、热情如火，身上有一种能把她心头的坚冰融化的执着，她就是因为他的那份执着才坚定决心跟着他闯生活的，她丢弃了所有，只留下一个他，他就是她的整个世界。

　　可是，现在，这个世界坍塌了。

　　林如蝶再次满目晶莹，泪如泉涌。

　　一天傍晚，林如蝶下班回家。她漠然地骑着自行车缓缓穿梭于熙熙攘攘的人流中，转进离家不远的那条路时，她远远地好像看到了童大俊迎面走来的身影。稍微近一点时，她看清了，果真就是童大俊。戴着淡咖啡色宽边眼镜，穿着藏青色的西装，他的脸上显出淡淡的愁绪。好久没看见他了，似乎变得有些陌生了。难道这些日子里他也过得不开心？他为什么不开心？他不开心为什么不回来？她正想着要把自行车停下，然后想着该怎么和他打个招呼时，童大俊却像在梦幻中的人影一样，带着幽怨的眼神从她的眼前一晃而过，他的人也便从她的眼皮底下飘走了，与林如蝶相碰撞到的视线也如同刹那间飞溅的星火，瞬间熄灭。

　　童大俊就这样，悄然走过去了，仿佛根本不认识林如蝶。

　　但是，林如蝶坚信：童大俊是看到自己的。他怎么可能没看见我？几乎是面对面擦肩而过的，如果不是因为我骑着自行车，我的身体都直接撞到他身上了。可是,他为何就这么寂然冷漠地飘过去了! 是他故意无视我吗? 他有什么理由对我如此决绝? 是的,他的眼睛里充满幽怨之气。这到底怎么一回事啊? 这世界到底怎么了?

林如蝶的心里有滔天的巨浪在翻滚,每一阵巨浪都狠狠地摔打在她柔弱的心窝里,痛得她紧缩的心要碎了一般,身边世界的声响忽然间消失了,只有缓缓向后移动的人流,只有无声电影世界里的慢动作,只有轻轻地风吹过脸颊的冰凉,只有几乎觉察不到的泪滴从眼眶溢出又滑落到不知道什么地方……

林如蝶不知道自己怎么回到家的,她再也不能控制住自己,躲进卧室号啕痛哭起来。

空荡荡的房间里,林如蝶听到的只有自己凄厉的哭声,吸收房屋里悲哀空气的,也只有她自己。哭完了,依旧是她一个人。她擦干泪水坐在床沿发呆。

林如蝶决定打个电话给他。

"在金山,你是我唯一的亲人,为什么……要这样对我?"林如蝶感觉自己变了调的声音在颤抖。

"你觉得跟我到金山来吃亏了吗? 好啊,那你随时可以回青水去啊,没人拦着你,你现在就可以走! 马上走!"那头的口气决绝,说完之后,"啪"的一声电话挂断了。

林如蝶呆呆地握着电话筒,半天才回过神来,放下电话时,她又泪流满面,泣不成声。

在学校,林如蝶试图和平常一样地讲课。讲着讲着,她的眼前出现了童大俊的面容,耳边是童大俊低沉而决绝的吼声。她惊慌地呆住了,嘴里正说着的话不由自主地断了,手里的粉笔掉在了地上。下面,五十几双眼睛有点吃惊地看着她。她忽然忘记自己在讲什么了,甚至忘记了自己是在教室里,她的脑子里一片空白……

　　她知道自己又开小差了。她无力地甩了甩自己的头，想让自己清醒一点。但是，她觉得自己眼眶里贮满了凉凉的水。她不敢眨眼睛，怕那凉凉的水溢出来。她布置学生们自己做作业，她自己则轻轻地推开教室门，走出来，又轻轻带上门。刚走出几步，两行清亮的泪水便顺着脸颊很快地流了下来。

　　连续很多天，她一直迷迷糊糊地坚持着上课。每当她觉得自己恍惚病又开始犯时，就赶紧布置了作业让学生做，自己飞快回到办公室，趴在桌上抽泣，抑制不住双肩剧烈地起伏。

　　那天，一旁的祝老师走过来，拍着她的肩膀说："哭出来吧，会好受些。"

　　祝老师正安慰着林如蝶，看见有一个陌生人走到办公室门口。

　　"你是?"祝老师看见一个提着一个竹篮子的农村老妇人往林如蝶这边看。

　　"我是如蝶的婆婆。我来看一下如蝶。"老妇人说。

　　林如蝶停止住了抽泣。她将埋在手臂上的脸往衣袖上面来回蹭了几下，等脸上的水稍稍干了后，微微抬起头，便看到了站在近处的婆婆。她穿着以前经常穿的蓝色棉布夹衣，手上提着一个装了东西的竹篮子。

　　"我在家养了些鸡，这些鸡已经下蛋了，我给你带了些土鸡蛋来。我听大民说了，大俊一天到晚在外打麻将，在家时间很少，让你受气了。你莫要难过。是他不聪明，不懂事，不知好歹，等他回家我骂他。"婆婆用慈爱的目光看着林如蝶，一边安慰道。

　　林如蝶没说话。她知道，婆婆是骂不了童大俊的，仅仅是安慰自己而已。婆婆从老家赶过来，找到学校，找到她的教室，她也是尽力了。婆婆在林如蝶边上的一个空座位坐了下来。她怔怔地看着林如蝶，一会儿又安慰几句，似乎在想用什么办法才能让儿媳妇从悲伤的情绪中摆脱出来。坐了十几分钟,她大约终究觉得无能为力,将篮子轻轻放下,安慰了林如蝶几句便独自悄然离开。

三十

因为身体极其虚弱,需要看病,林如蝶让婆婆把玲玲带去照顾两天。那天上午昏昏沉沉上完两节课,林如蝶直奔医院。

"牙齿现在情况怎么样了?"肖医生温和地说。

"经常痛,吃东西时痛,喝水也痛,喝一口就满口都痛得不行。"林如蝶有气无力地说,她已经一个星期没有正常吃饭了和正常上课了。每次来牙科找肖医生,她都会饱含歉意,仿佛给肖医生带来了莫大的麻烦,因为她第一次去看牙,肖医生就说她的牙齿情况非常糟糕,同龄人中难得见到这么严重的牙齿问题。肖医生每一次都是那么温婉和善尽心尽责,林如蝶觉得自己遇到了一个好医生。

肖医生说,这次必须拔掉几颗,因为牙根也烂进去了。

一听说要拔牙,林如蝶心里有点慌。

"你总是一个人来,拔牙最好让你家先生陪你。"肖医生似乎看出了她内心的怯弱。

"他很忙,没时间陪我。"林如蝶尽量装得轻描淡写:"我一个人行的,先拔一个看看。"

"好的,先拔一个。不要怕,打了麻药就不痛的。"肖医生温和地说,仿佛哄一个小孩子。

她心里是有些怕的,便不再说话。

肖医生将尖尖的针头对准那颗烂牙的根部,然后迅速而果断地扎了进去,一阵刺痛迅速穿过牙根的肉,然后感觉到牙根饱胀起来,慢慢地麻木了,没了知觉。一会儿肖医生拿了钳子使劲地夹着那颗牙齿。虽然已经处于麻木状态,但林如蝶还是能清晰地感觉到一颗连着血肉的牙齿被一副冰冷的铁钳狠命地从牙床里面撕夺出去的过程，她感觉自己身体的一部分元气似乎也随着那颗被拔了的牙齿，从此告别了身体，永远消逝在了缥缈的空气当中。

林如蝶咬着药棉球回家。她无力地躺在沙发上。每过一阵子，满口的鲜血又从口腔里溢出来。到傍晚，痰盂里已经是红红的半痰盂水和血的混合物了。

因为疼痛和不适，林如蝶一整天滴水未进，浓浓的血腥味让她连喝水都觉得难以下咽。

夜幕降临，林如蝶昏沉沉地躺在沙发上，她感觉自己一直处于半昏迷状态。浑身无力，脑子眩晕，不能说话，每隔一阵子，她必须撑起毫无力气的身体吐掉口中满满的红色块状物体，那是血凝结而成的，她担心不及时吐掉，昏睡过去有可能会窒息。到时自己就这么不明不白地把这一生给了结了，那真是可悲了。

她太累了，随时都可能昏睡过去。这个时候，她是多么需要有人在身边，需要他的安抚和关照。她在半昏迷状态中，勉强支撑着，让自己清醒过来，拿起手机，给童大俊打电话。但是依旧是无人接听。

墙上的时针指向凌晨1点，她躺在客厅沙发里，努力撑着不让自己睡去。忽然，她觉得一阵恶心，她赶紧撑起上半身，不由自主地张开了嘴巴，"哇"的一声，一大口血块带着很多黏糊糊的东西从嘴巴里喷射出来，将直接落到了客厅的地上。顿时，地上洇湿着一大摊鲜红，当中夹带紫色的血和血块。

林如蝶吓得呆住了，她怀疑自己这次可能会因为大量吐血而死，但是，她根本想不出该用什么办法来救自己，她已经虚弱得只剩下喘气的力气了。她用袖子擦了擦嘴角，喘着粗气，靠在沙发上，再也不敢躺下，怕一睡着了就永远醒不过来了。她就这样整夜迷迷糊糊地靠在沙发上坐着，也不知是什么时候又睡着了。

林如蝶再次醒来的时候,天已经亮了。她发现自己没死,并且头没那么晕了,嘴巴里也没那么多血冒出来了。她无力爬起来,拿扫把和拖把把地把地面打扫干净,又为自己倒了点白开水,小心翼翼地喝了一小口。

在昏昏沉沉中一天又过去了,夜幕再一次降临。她虚弱地躺在床上,满脑子不停地在胡思乱想:虽然,他是那么冷酷和可恶,可是为什么我依然要想着他?我每天晚上都在听着楼下的摩托车的声音,希望他什么时候忽然早早地回来了,又阳光帅气地出现在我的眼前,我们又好好地过着平凡却踏实的日子。我不要什么钱,也不要他做什么官,只要两个人在一起,和和睦睦,人不孤单,家不冷清。为什么这样小小的愿望都不能实现?一切为什么会变成今天这个样子?如果真是因为我的原因,那你告诉我,我一定改了,如果是你的不对,也希望你能认识到自己的问题。可是,你没有给我们交流的时间。我连见你面的机会都没有了。

林如蝶觉得自己每天都被淹没在无边无际的忧伤的幻觉里。

那天晚上,林如蝶决定整夜不睡觉也要等到童大俊回来,她要向他问个明白,不然总有一天她会在不明不白的焦虑中死去。

终于等到了童大俊回来了。但童大俊并不看她,径自走进属于他的那个卧室。

林如蝶跟着进去。童大俊回过头,眼睛里射出鹰隼一般寒光:"进来干什么?谁让你进来的?"

"这是我的家,我为什么不能进来?"林如蝶虚弱地反驳到。

"你觉得有意思吗?"阴冷的声音。

"那你觉得你这样有意思吗?"林如蝶开始愤怒。

"你到底想怎么样?"极其凶狠的语气。

"我想问问你,我到底做错了什么,让你这样对我?一年多了,你不见我面，不问我的死活，给你打电话也不接，完全视我为空气。这到底是为什么？你告诉我，这是为什么？为什么！"

林如蝶说着说着就哭了，她一想到当初违背父母心意、义无反顾地跟着童大俊去金川，历尽艰难，辛劳持家育儿，换来的竟是这样的结果，就会不由自主地要歇斯底里起来，她隐隐地觉自己又要像上次摔抽屉一样地发疯了。

"不要在这里装委屈，装疯卖傻，没人会可怜你的。"眼泪和哭喊丝毫没有打动他。

"我没装，是你把我逼疯了！我不要你可怜，我只要你告诉我，我究竟犯了什么错？你为什么要这样对我？为什么？为什么？为——什——么——"林如蝶觉得自己的心里如有一头被关押了很久的猛虎，它要挣脱铁笼子到外面的世界，因为笼子的铁丝已经把它的肉身勒成一条一条，它饱胀的皮肉已经开始破裂，被挤压着的心脏像一个被吹足了气的球。此刻，这个小宇宙马上要爆炸了。

"你还要吼吗？你这么委屈，为什么不直接跳楼啊？"声音阴森冷漠得像从十八层地狱里发出来的，蕴藏着可怕的杀机。

"你真的要把我逼死吗？"林如蝶声嘶力竭。

只见童大俊迅速转身到厨房，很快从厨房里出来，手里拿着一把明晃晃的菜刀："来吧，你如果想死的话，没有人会拦着你。"

"这究竟是为什么——啊——啊"厉鬼般的号叫从林如蝶膨胀已久的胸腔里迸发出来，那声音里仿佛聚积了千百年的忧郁和哀怨，像从旷世无人的黑夜的深渊里发出来一样，尖利而刺耳，孤独而沉重，悲怆而绝望，像一把长长的闪着令人心惊的寒光的利剑，穿越壁垒，冲出楼宇，飞向遥远的天际。

这是从一副柔弱女子的身体发出来的最后的号叫，是用爆炸整个身体和心脏换取的能量来展示尊严的最后方式，是对生命中所遭遇的巨大的委屈无法获得申诉的悲愤抗议,是对人生无助的悲伤和因为坚守了很久的希望招致破灭的绝望释放。

睡梦中的玲玲赤脚从卧室里跑出来,她看到妈妈在疯狂地号叫,又看到了爸爸手里拿着一把明晃晃的菜刀,她冲上去一把抱住爸爸的一只腿,拼尽力气哭喊着:"爸爸放下,妈妈你快跑!"

林如蝶没有跑,她宁可死在菜刀下,也不愿意跑。在她看来,她没有理由跑,她不是贼,她光明磊落。她觉得本来拿菜刀的应该是她。是的,她也曾经有想一刀宰了那个让她这多年的苦心守望成为泡影的人的念头。但是,那种念头如一丝落在她额上的蛛网,很快被她用手抹去了,她知道,那不属于她做的事情。现在,她在自己的家里,那个让她的梦想成为炮灰的人居然手上拿着菜刀,这是多么荒唐的一件事情。是的,没有必要跑的,不如就这样终了一生,反正这样活着已经很累,很累了。不明不白被一个自己为之付出所有的男人厌弃,这样活下去还有意义吗?

"咚咚咚。"外面有人敲门,有好几个人在门口说话,有个声音喊道,"如蝶,开下门。"

林如蝶呆呆地看着天花板,毫无反应。那长长的一声吼,已经用尽了她的洪荒之力,她身体里所有的元气都耗尽了,心脏应该也破碎了,血液也停止了流动。她成了一座雕像。

童大俊扭头走进房间。玲玲哭着去开门。

"怎么了,你们这是?"对门的阿红慌忙走进来,来到眼神呆滞身体僵硬的林如蝶身边。

"我听到一声巨大的吼声,感觉是你们家里传出来的。林老师,发生了什么事情?"楼上的戴姐也走进来,看着脸色苍白的林如蝶,一脸的惊慌。

"夫妻吵架难免,有事一起协商,有话也好好说。"跟着进来的楼下老曹声音低沉地说道。

童大俊从房间里走出来，吼了一声："不过了，离婚！"便摔门而出。玲玲抱着林如蝶，边哭边安慰林如蝶："妈妈，别怕，爸爸已经出去了。"

林如蝶僵硬的身体忽然颤动了一下，身子渐渐弯曲伛偻，不一会儿便瘫倒在了地上。

阿红和戴姐赶紧将林如蝶扶到床上。

接下去的日子，林如蝶则如同行尸走肉一般，机械地去学校上课。她已经不再担任班主任了，但仍然经常往牙科跑。她仍然要照顾女儿，正常上班。没人的时候，她就关上门窗，放开喉咙大哭一场，然后擦干眼泪，收拾装束，该干啥还干啥去。

林如蝶努力在别人面前表现得一切如常。她觉得自己像一个身上背着巨大的包袱，走在陡峭的高山的半山腰的人，累到了极点，却不能停下脚步，她知道，一旦停下，她将立刻滚下山坡，身体会掉入深不见底的黑暗的深渊。

她不得不拼尽全力继续向上攀爬。

林如蝶在书橱找书，看见一排书的上面有一只机身磨损很多，屏幕有点花斑的旧手机。她认得这是童大俊曾经用的旧手机，手机是关机的，显然，童大俊已弃之不用了，他应该已经另外买了新手机。

林如蝶好奇地打开了电源，迅速地翻看里面的短信。她立刻发现几句让她恶心得要吐的话，其中有一句是"宝贝，我又想你了"。收短信的叫"悦悦"。她忽然想起了那个晚上到家里来打麻将的那个女人，那天她听到有人叫那个女人悦悦。天哪，他竟然真的和别的女人有关系！林如蝶的心脏又开始剧烈地跳起来，"咚咚咚"，她感觉心脏快要跳出胸腔来。她赶紧关了手机，把它放在原来位置上。

"终于明白了。"她自言自语地说，"我应该退出来了，给你自由。

或许当初跟着你过来,就是一个错误。好吧,那就让这个错误从现在开始结束吧。"

是到了该做出决断的时候了。当一个人的心远离你而去的时候,你想留住他是很难的,不如放手,不如成全他,成全他也等于释放了你自己。想到这里,林如蝶她拿出便签,写下了她自以为是有生以来最郑重其事的一封信:

大俊:

允许我最后一次叫你一声老公。这一次之后,我可能就再也没有机会以妻子的身份和你相处了。其实一年多以前,不,是更早的时候,你的心就不在我这里了,只是我自己不愿意承认而已。是的,我是多么不愿意相信,我们会走到今天这种结局。我一直记着你在大学里满腔热情追求我的情景,你那么全心全意地呵护着我,而最终,我也是那么义无反顾地跟着你,愿意跟随你到天涯海角。那时,我觉得只要我们能在一起,不管过什么样的日子,都是幸福的,即便你变成讨饭的,我也愿意做一个讨饭婆。后来你慢慢地变得不着家了,慢慢变得不爱搭理我了,我想那是因为你忙,正如你说的,生活在这个社会中是需要懂得人情世故的,是需要和人交往的。只是我没想到你会渐行渐远,最终疏远了我。我一直希望你能随时回到我身边,我们依旧一起好好地过日子,一直到老。可是这只是我的一厢情愿,我的脑子太简单。是的,我总是把最美好的希望寄托在别人身上,总是那么一厢情愿……好吧,既然你已经如此坚决不愿和我在一起,现在我也想通了,我同意离婚!刚刚走过来的这些日子,我是经受着怎样的煎熬过来的,只有我自己知道,你一定不曾想过我的感觉。不过,现在,我也用不着再作赘述了,因为我知道你对此不会感兴趣。是的，现在我的一切对你来说轻飘得像空气一样。放心，我以后会一个人，找一个静僻的角落，默默地过我的日子，我相信我能平平安安活下去。你自己多珍重吧。

你曾经的妻子 林如蝶

林如蝶停下笔的时候，她发现自己的眼眶里又贮满了泪水。她感觉自己已经变成一个爱流泪的怨妇了，只要说到这事，写到这事，甚至想到这事，她的泪腺似乎就受到了刺激，眼泪就不由自主地溢出眼眶，不停地从脸颊上滑落。

她赶紧擦干眼泪，把信笺折成一只纸鸟，然后把它放在童大俊的床头。

几天后的一个傍晚，在家里，童大俊坐在餐桌的这边，林如蝶坐在那边。餐桌上是童大俊起草的离婚协议书，一式两份。

"你真的想好了吗?"他平静地问。

"是的。"她很果断地回答。

"好吧，那我们开始签字吧。"童大俊拿起两张离婚协议，率先分别在上面签下名字，然后把协议递给林如蝶。林如蝶漠然接过，看着协议书，沉默了片刻，然后拿起笔，在两张纸的落款处挥笔飞舞，将草体"林如蝶"三个字似举重若轻又像轻描淡写地画了下去。

那夜，金山城的夜格外的死寂，远处金水河两岸楼房的灯光忽明忽暗地闪烁着，金水河面上泛着红黑色的光，仿佛注入了一大股不明来路的血水，让人联想到远古时代屠戮万千的血腥场面，那些从刀光剑影中流淌出来的血，从那时就开始汇入金水河，一直流淌延绵到今天。

三十一

电话响的时候,已经是周末早晨天亮的时候了。

林如蝶接起来。耳边传来了母亲哭诉的声音:"如蝶,你快回来,你爸的学校里出事了……"

"别急,妈……我知道了,你们先别慌,我等下收拾一下就坐车回来。"林如蝶搁下了电话后,发了一个短信给童大俊:我父母家里有点急事,我需要回去一下,这两天麻烦你照顾下女儿。

林如蝶半路上买了个玉米饼,匆匆登上了从金山县城到青水县城的客车。

到青水县城时,林如蝶隐隐听到救护车的声音,她心里像被什么东西揪住了一般,忽然间就变得酸涩而紧张。一进家门,林如蝶就看到母亲泪眼汪汪坐在靠背椅上,如兰陪在母亲的身旁。

"我爸怎样了?"林如蝶尽力掩饰住自己内心的焦躁和忧伤,她刚刚经历了一场莫可名状的失败,感觉犹如被整个世界抛弃了一般,可还没等她明白怎么回事时,就有另外一个声音呼唤她,说需要她,她忽然间就奋力地冲出了那种崩溃无助的虚幻境地,向着呼唤她的声音奔去,无论如何,这呼唤她的声音是熟悉的,真实的,尽管消息很可怕。

"你爸学校的校车出事了,如浩和如梅已经到你爸学校去了。"余仙花眼神焦灼,脸上有泪痕。

"爸学校的学生到城区参加中考,过芙蓉桥时,有一辆车子翻到桥下去了。你知道的,那芙蓉河水很深,车上有四十多名老师和学生,听说已经被抢救上来部分了,但还有一些学生死未卜,这……怎么办哪?如蝶,我们要不要也到学校看下爸爸,也帮忙救人?"林如兰说话时,声音有些颤抖。

"我去看看。二姐,你在这陪着妈妈。"林如蝶说。

"不,我也要去,我们都去。"余仙花态度从未有过的坚决。

他们在街路上拦了一辆出租车,车子载着他们向中村中学飞去。车子到离芙蓉桥还有很长一段路时就被迫停了,人和车都不让进,如浩和如梅也在。但即便是离芙蓉桥那么远,他们还是能听到从那边传过来的哭声。远远看去,那里还有很多救护人员,还有记者,扛着摄像机,那些人一个个都匆匆忙忙的。

林如蝶的心也一直怦怦跳个不停,一边搀扶着余仙花。余仙花因为焦灼几次差点晕过去。林如蝶怕母亲扛不住,提议让如浩留下,其他人都陪着母亲先回家。

一回到家,余仙花就躺到床上,说不出话。

夜幕下的青水城与往日有点不同,街路上除了凄冷的晚风,还不时伴有凄厉的救护车的声音,声音刺耳急促,仿佛要让整个城里的人都知道今日这个城发生了让人揪心的事情。

一阵冷寂的敲门声。林如蝶打开门,是如浩回来了。如浩神情凝重,他站在余仙花的床前,看着床上眼睛红肿的母亲,尽量让自己表现出轻松。如浩叙述着:"还好,落水的学生大部分已经被救上来的……目前只有三个还在寻找。现在天已经黑有点看不清,但他们用了最亮的灯。救护人员很敬业,有不少家长也都加入了救援的队伍……只是担心时间久了……"

"千万要安全啊……可怜的孩子们……你们不要有什么事情啊。你们的林校长也够劳累辛苦的了,这些年为了这个学校都把家抛在一边了……如浩,你爸他怎样啊?什么时候能回来啊?"余仙花声音微弱得像一个即将断气的人。

"很难说什么时候。发生这样的事情,校长是要承担责任的。虽说主要责任在司机,但车是学校雇来的,学校校长可能是要承担连带责任的。"林如浩舔了舔有点干裂的嘴唇。

"唉，都怪我当时没劝住你爸，好好的退休就退休了，何必还要继续干一年呢？当这校长每天都有那么多的事情压在头顶上，这么多年，他还嫌不够累啊。"余仙花懊丧地闭上眼睛，两行泪水顺着眼角滑落。

林如蝶知道，父亲刚开始接来时学校办学条件极其艰苦，为了改善学校面貌，推动学校的发展，这些年来他不惜抛下妻子儿女，吃住在学校，把所有的精力都放在学校上，头发也早早花白，等看到学校有声有色起来，他也到了可以退休的年龄。本来父亲完全可以开始享清福了，可他却在县教育局领导的动员下，同意继续再担任一年校长，因为教育局暂时没有找到合适的接替者。然而，谁能料到在最后的一年，竟然会发生这样的事情。

"学生考试如果能放在本校考就安全多了，本来中村中学这么多学生，应该设一个考点的。"林如蝶觉得考场没安排好。

余仙花房间里的灯整夜亮着。林如蝶和林如兰也醒醒睡睡，睡睡又醒醒。林如浩在另外一个房间估计是睡着了，他也累了。

第二天，林兴盛还是没有回来。余仙花决定让林如蝶陪她去学校一趟。

如兰和林如蝶一起陪着母亲去了。她和母亲终于看到了父亲。林如蝶记不清有多久没有看到父亲了，但无论如何，她都觉得眼前的父亲和自己心中原来的父亲形象差距太大了。她看到父亲原本挺直的腰板变得伛偻了，原本只是有点白丝的鬓发忽然间已经成了一片灰白色，他脸上皮肤干枯，嘴巴紧紧抿着，头发蓬乱，额上显现出深深的皱纹。

余仙花看到丈夫时，赶紧走上前，话还没说，两行泪水立刻滚落下来。林如蝶走上前，轻轻叫了声："爸爸……"也就再也说不下去。

林如兰赶紧找凳子给母亲坐,然后走到林兴盛边上说道:"爸,这不是你的错,完全是偶然事件,应该是驾驶员失误造成的,你没有必要过分自责。"

"超载了……虽然我当时并不知情,但如今恶果已铸成,有三个孩子……走了……"林兴盛眼圈红肿,艰难地闭合着两片干涩的嘴唇。

"三个学生……他们的父母以后怎么过啊……这教育局也要承担责任的,中村初中这么多学生,本来就应该设考点。这责任不能都你一个人扛去啊!"余仙花悲中含怨。

"说什么都没用,三个孩子走了……我不知怎么向父老乡亲们交代……"林兴盛话没说完,忍不住掩面抽泣起来。

余仙花和林如兰也忍不住哭泣。

办公室外面,有嘈杂的声音。林如蝶向窗外看,她看到几个家长和他们的亲友在大声说着什么,他们正和警察交涉,似乎要找校长问话。几个警察正耐心地安抚着两个情绪激动的家长。边上更多的家长在劝慰那两个家长。林如蝶听到其中的一个家长走到人群中间,大声地说道:"要我说啊,这事不能全怪林校长,林校长本人并不知情。大家都知道,这些年,林校长为了这个学校付出了很多,真是做到了全力以赴了。如果不是上一级领导需要他留下,他已经不在这个岗位上了。我们应该理解和体谅一下林校长。"

余仙花上前抓住林兴盛的手,紧张地说:"你要不要先回家休息一下?"

林如兰也上前劝父亲暂时离开这里。

林兴盛摆摆手:"我不能离开,也不会被允许离开。这个事情我是必须承担责任的,无法逃避。"

林兴盛抬头看了看外面,整理了一下衣服,对余仙花和林如蝶说:"你们不要太担心,该面对的我会勇敢面对的。我不抱怨学校,也不抱怨教委领导,这事情和延迟退休没有关系。我一辈子当老师,在教育岗位待了一辈子,我会承担责任到最后一天,我必须陪伴孩子们父母共同面对这突如其来的灾难。如蝶,你带你妈妈回去吧。"

林如蝶含着眼泪扶着母亲离开学校。

林如蝶回到了金山。华朵电话打过来,说要来看看闺蜜。林如蝶说,快来吧,我好想你。

滋味馆。林如蝶任凭泪水在脸颊上恣意流淌。

"我和童大俊分手了,父亲的学校又出了那么大的事情。我觉得我快被压垮了,唯一能做的就是流泪。"

"林叔叔的事情大家都知道了,是林叔叔运气不好。大家都知道他是一个爱学生爱学校的好老师、好校长,老百姓心里自有一杆秤的,你不要太担心。"华朵安慰。

"爸爸的爷爷是旧时私塾先生,爸爸的父亲,我的爷爷办过学堂,爸爸一直为自己出生于教师世家而骄傲,当年我报考师范,爸爸是全力支持我的,但没想到,他当老师的最后一年出了那么大的事情,这对他来说是多么大的打击啊。本来他可以功德圆满退休,现在一切都变了样。"林如蝶很难过。

"相信林叔叔他会调整好自己的。其实我最担心的是你。已经和姓童的分手了?"华朵盯着林如蝶说。

"是的,留人要留心,他的心早已不在我这里了。"林如蝶看起来沮丧且忧伤。

"我早就看出童大俊是个有野心的人,只是没有说出来而已。既然这段婚姻无法维系,那不如让它解散。我也和毛忠革分手了,上次我和你说过之后没多久,我和他就办了协议离婚,他家的所有财产我分文没要。其实,我看重的是男人的人品,而不是那些房子和红木家具。"华朵的声音里并没有多少伤感。

"那你要重新找吗?"林如蝶看着华朵。

"我并不担心缺男朋友,但我不会轻易结婚,我要让自己活得有质量,要找到对的人,绝不再轻易为结婚而结婚。"华朵轻轻一笑,随之又带着责备的口吻说,"你看你,就不知道照顾自己。比上次又瘦了,脸色又那么苍白,再不注意自己的身体,风一吹都能把你吹倒。你和我不一样,你文静柔弱,工作又那么忙,如果有合适的,你还是要尽快重新找一个,再要睁大眼睛看清男人了,可不能再找童大俊那样有野心的人。"

"他有野心吗?我怎么没感觉到?我一直都认为是自己不会经营婚姻,导致被男人抛弃的。"林如蝶自嘲。

"我看得出来,童大俊和你完全不是同一类人,你善良简单淳朴,可童大俊却精灵狡猾,爱往高处走;你像一只温顺的羔羊,而他就如一匹自由奔放的烈马,如果他要四处奔跑,甚至弃你而去,你是无法约束住他的。不过,既然都分手了,你就不要想太多了,尽快地把他忘了,过好自己以后的日子。"华朵愤慨当中又显得平静。

"是的,我要设法忘记他,忘掉过去曾经经历过的事情……"林如蝶一边说,眼泪又不由自主溢出眼眶,"要和过去告别,我得离开这个地方……在这里,我每天只会流泪和发呆,这样下去会变成一个精神病患者……我想去通阳市,通过参加进城考试。最好立马离开金山县城。"林如蝶话还没说完,已经泪眼婆娑,声音哽咽,两道咸咸的清流就从眼眶里流出,顺着脸颊、嘴唇,往下滴落。尽管她在心里不断地对自己说,不能哭,要坚强。但身体不听她意念的指挥。

这顿饭吃了一个多小时,林如蝶却并没吃下去多少东西。

夜晚,两闺蜜同枕而卧。

"你相信命运吗?"昏暗的台灯的光线让整个房间充满了迷蒙的气息,林如蝶幽幽地问。

"命运是要靠自己去争取的,自己不做斗争,听任命运的安排,那就只有相信命运了。"华朵她看着天花板说。

"你说你不缺男人,是不是现在有男的追着你啊。说实话,你这么漂亮,我要是男人,我也会喜欢你。"林如蝶毫不吝惜对闺蜜的赞美。

"有个姓钟的体育老师,虽然不像其他人那样拼命地讨好我,可他温文儒雅的气质很吸引我,我喜欢儒雅的男人。"华朵声音里带着些许欣喜。

"是吗? 那太好了,等你考虑成熟时就早点和人家摊牌,免得到时被别的女人抢走了。"林如蝶担心闺蜜过于挑剔。

"这事得慢慢来,人跟人讲究缘分的,是你的,他跑不掉,不是你的,你也抓不住。急不得。"华朵淡定地说。

第二天上午,华朵要走了,林如蝶去汽车站送她上客车。华朵拉着林如蝶的手,让林如蝶答应她,尽早离开金山,去找新的白马王子,开始新的生活。林如蝶泪流满面,一字一句地说:"我会让自己好好活下去的。"

磨　砺

三十二

时间的轮盘转到了21世纪初的某一年。

一个春季的周日,通阳市的教育局人事科办公室人潮如流,来自五县二区的应聘老师们进进出出。这天是选调考试人员报名填表的日子。

林如蝶手拿报名表从拥挤的人群中挤出来,找到一个空旷的窗台,趴在窗台上开始填写。不断有人从她身边走过,她并不理会。她知道,在这里,她没有熟悉的人,不需要关注什么。

"今天看起来报名的人不少,看来竞争还是蛮激烈的。"一个女人的声音飘过来,林如蝶觉得声音有点耳熟。

"是啊,我希望能选到尽可能多的优秀老师,充实到我们通阳市的教师队伍中来,接下去我们要忙好一阵子。"一个男人的声音。林如蝶的心忽然间像被一根手指拨动了一般,猛然震颤了一下:这男声怎么也这么耳熟?

她赶紧抬头,看见一男一女两张脸从她的眼前晃过。她吃惊地张大了嘴巴,觉得自己像在做梦。她甩了甩自己的头,又用左手捏了下自己的右手,痛的。她意识到自己并没做梦。她呆了一下,赶紧回头再看走过去的一男一女的背影,那男的高高的个子,厚实的身板,理着平头,那女的不高不矮,不胖不瘦,一头乌黑的披肩长发,他们并肩走着,一边说着话,一边向前走去,挤过了走廊里的人流,走进了一个办公室。

林如蝶收起笔,用手半遮掩着自己的脸,不慌不忙地向着那个办公室方向走去。她在那个标有教育科牌子的办公室窗户前侧面站定,装作若无其事的样子,一边斜着眼睛看里面的人。她终于看清了正坐在办公桌前的那个男人,是很多年没见过面的李重天,而那个正将吸管插入盒装牛奶的女人正是她曾经最亲密的室友周秀丽!周秀丽将插好吸管的牛奶和一份早餐包子一起递给李重天,自己坐在李重天对面开始吃另一份牛奶和早餐包子。

林如蝶赶紧离开窗口,走到离办公室稍远一些的地方。她的心扑通扑通地跳个不停,仿佛是一个窃贼。"怎么办?要上前打招呼吗?""不要,太突然,还没弄清怎么回事。"她脑子开始有两个想法打起架来:"这么多年没联系了,秀丽怎么在这里?她怎么和李重天在一起?"

林如蝶的心中忽然有了无数个问题,她很想立刻就弄明白。这两个人都是在她生命中出现过的比较重要的人物。过去的那些年,虽然自己过得颠簸坎坷,但依然无数次在心里默默想着他们,偶尔也会在心里问自己:秀丽在哪?过得怎么样了?李大哥在哪?结婚了吗?新娘是谁呢?此刻,自己一直以来惦念的人竟然忽然出现在自己的眼前,她怎么能不惊喜。

她将表格填写完整,轻手轻脚地交到隔壁的人事科办公室,然后站在走廊下面的台阶上发呆。她在想到底要不要和他们打招呼。

"请让一让,倒一下垃圾。"那熟悉的女声忽然在林如蝶背后响起。林如蝶心里一阵惊慌,她知道是周秀丽从办公室走出来了,只要她把头转过去,周秀丽就一定会认出她,然后她们应该激动得拥抱,互诉衷肠,像从前在大学里一样,两个死党会有说不完的话,道不完的故事。但是,林如蝶忽然意识到,自己已经不会那样做了,这些年她所经历的孤独和伤痛,已经将她心底曾经有的那种激情消磨殆尽了,尤其是和童大俊分手后独处的这些年,她努力遮掩着的灵魂最痛的那片伤口,常常需要自己独自舔舐。这种伤痛一点不比曾经的暴风骤雨般的争吵好受,面对每天要被抑郁和绝望淹没的危险,她已经做了最大的努力来警醒和鞭策自己。为此,她几乎已经将自己身体的能量耗尽,已经把天生的优雅丢失殆尽。现在,她有的是紧张和慌乱。

她没有立刻转过身来,她背对着那个女人,向前走了几步。等女人倒完了垃圾走回来时,她慢慢转过身,看着女人慢慢走近自己。

林如蝶出现在周秀丽视野中的时候,周秀丽忽然间怔住了,呆呆地看着林如蝶,眼睛和嘴巴定住不动了,就像电影屏幕上的图像突然间停滞了一样。她一动不动地站在那里,眼神中充满了疑惑和惊异。半晌,她轻轻叫了声:"如蝶,是你吗?"

"是的。"林如蝶轻轻地回答。

一个文静瘦弱的女子,穿着一条淡灰色撒花连衣裙,剪着齐耳的学生头,带着暗红色边框的聚酯眼镜,虽然瘦削,却也不失窈窕之韵,娴静的面容,隐藏着清逸脱俗气质。她正用她那似喜非喜、似惊非惊、怨中带忧、柔中带韧的复杂眼神看着周秀丽。

"如蝶!"周秀丽情不自禁地上前抱住了林如蝶。

"秀丽。"林如蝶伸出双臂,轻轻地拥住周秀丽的腰。

周秀丽说自己在通阳市华达外国语学校任教,今日是被安排到通阳市教育局帮忙的,这两天进城考核报名,她要帮忙整理名单,并参与后期的监考任务。

"你现在还在金川中学吗? 过得怎样?"周秀丽一脸的焦急。

"早已离开那个学校了。我现在一个郊区学校,是我自己要求去的,在那里工作和生活比较平静,适合我。这些年,日子过得是好是坏先不说,至少还活着……"林如蝶声音低沉而又有些轻飘。她忽然感觉到自己大概显出有些忧伤的意味了,就尽力转换成一种稍微欢快的语调说道:"我今天是来报名参加下个月的通阳市进城考核考试的。我今天很早就出来了,等下要早点赶回去,傍晚女儿要等我的,我们互留个电话,之后我们电话联系?"

两个人互留了电话。周秀丽说:"你想不想见下李重天? 他……"

"李大哥? 他……也在这里……算了我要急着赶回去……"林如蝶发现自己忽然变得有些语无伦次。

"这么急? 不能吃了晚饭再走?"周秀丽流露出一丝失望。

"今天来不及了,从这里到金山县城需要一个半小时,等下次我们有机会聚的。"林如蝶说完,丢下周秀丽匆匆离开。

一路上,林如蝶想着周秀丽和李重天的关系,感觉模糊又似乎有些轮廓。

转眼间一个月过去了。林如蝶再次来到通阳市。考场设在通阳市外国语学校。林如蝶果真又看到了周秀丽。她穿着一袭橘黄色的泡泡纱袖连衣裙,乌黑的披肩秀发,脖子上挂着监考证,和外国语学校的其他老师们一起走进各自的监考教室。

周秀丽并没有看见如潮水一般的人流中的林如蝶。林如蝶随着人流进入试场,很快开考了,林如蝶紧张地做题,完全忘记了周围其他任何人和事物。

下午,考完最后一场。林如蝶走出教室,正向着学校的大门口走时,在她身后响起了一声不急不慢的浑厚的男中音:"就这么急着要回去了吗?"

　　林如蝶一惊,回过头时,一张她曾经非常熟悉的满是红光的国字脸出现在她眼前。十年没见面了,李重天依然是当年的模样和风采,仅仅是胖了一圈而已。

　　"李……李大哥。"林如蝶不由自主地叫了一声。

　　"考了一天辛苦了,该犒劳犒劳自己的。这样吧,把这个机会留给我和秀丽吧,我们请你到'牧羊犬人家'吃烤羊肉。"李重天微笑着说。

　　"我……我不吃羊肉。"林如蝶想到自己的牙齿吃不了羊肉,赶紧拒绝,可是话一出口,她就发现自己的表达有问题。

　　"那吃什么由你来定。说吧,想吃什么?"李重天仍然带着笑意。

　　"家常蔬菜类的,比较容易咀嚼和消化的就行。其实,我想早一点回去的……"林如蝶还是犹犹豫豫的。

　　"那就去'妈的厨房',那里家常菜最多了。吃完我帮你找的士打车回去,就这样定了。秀丽马上就过来。"李重天正说着,周秀丽那边就快步走过来了。

　　"重天,如蝶,你们先去,我这边老同学找我有点事情,等会我再过去。"周秀丽对着两个人说,给林如蝶一个歉意的表情后匆匆离开。

　　"那行,我们先过去点菜了。"李重天招呼了一辆出租车,告诉司机去"妈的厨房"。车子很快到了一家门面以红色为主打色彩的名叫"妈的厨房"的饭店前。

　　李重天点好菜,和林如蝶一起坐在小包厢里开始闲聊。

　　"秀丽都跟我说了。那天她来不及告诉你,因为你急着要回去。"李重天停顿了一下,视线轻轻落在林如蝶的脸上,"我后来是和秀丽结婚了。"

　　李重天似乎很轻松自如地说出了这句话。他看到林如蝶的神色平静,就继续说:"那天,她看到你之后,回来就告诉我了。我们特意安排了今天请你吃顿便饭。本来秀丽也是一起来的,没想到她单位同事今晚临时有个重要的聚餐,她只好留在那边吃。这样也好,秀丽不在,有些话我们可以说得随意些。"

李重天继续说道:"你一定是很想知道我怎么和秀丽走到一起的吧。说实话,我自己也没想到。还记得当初你拒绝我的情景吗?当时我非常难受,后来几次到你寝室大楼的下面,但我都不敢上去找你,只能在楼下来回走。有一次我刚走到楼下,就被周秀丽叫住了,她说她想陪我走走,聊聊。我答应了。我们在操场上走了好久,秀丽把你决定和童大俊一起到童大俊老家学校工作的事情都告诉我了。我非常绝望,秀丽大概是感受到我当时极度恶劣的心情,对我说了些鼓励我的话。她说,她一直崇拜我,我是他心中的偶像,如果我愿意,她希望和我交往。"

李重天说到这里,停顿了一下,声音低沉了下来:"你也许不知道,一个人,当他想要将自己满腔的热情和真诚奉献于他所爱慕的人却遭到对方果决的拒绝时,他的内心是多么的无助和忧伤。我那时感觉到自己心都碎了,而秀丽在这个时候向我伸出了热情之手,想要把我从情感失落的泥潭里拽出来。我接受了秀丽的邀约,每次秀丽约我散步谈话之后,我的心情都会好很多。和秀丽接触一段时间后,我发现,秀丽其实是个很不错的女孩子,无论是相貌、人品,还是性格,都是女孩子中比较优秀的。我以前不曾发现,是因为那时我所有的视线、所有的注意力都在你这里。当我确定你不再给我任何希望时,我的内心开始逐渐接受秀丽了。后来,我和秀丽知道你跟着童大俊到金山县的金川镇一所学校去,两人在那里举行了婚礼。再后来,秀丽从通阳市的一所乡下中学,调到通阳市华达外国语学校,我在通阳市区第一中学任教。我们在同一个城市工作,有很多的时间在一起了。再后来,我和秀丽也结婚了。"

李重天一口气说了这么多话,林如蝶没有插话,她一直在专心致志地听着,连服务员上菜她都没瞟上一眼。

李重天为林如蝶倒了半杯葡萄酒,自己也斟上半杯,然后举起杯子对林如蝶说:"来,为我们十年后的再次相聚干杯。"

林如蝶也举起酒杯。李重天一干而尽。

林如蝶说了声"谢谢李大哥",然后猛喝了一口。酒有点呛人,她咳了一下,然后静静地说道:"都是缘分,秀丽是我大学寝室里最好的闺蜜,她的人品没得说,你能找到她,和她在一起,也是你们的缘分,我衷心祝福你们。"

"你过得还好吗?"李重天觉得今晚这餐饭需要探讨的主要的话题并不是他和周秀丽的事情,他想知道林如蝶这些年是怎么过来的。

林如蝶抬起头,看了下李重天,眼神中露出一丝无奈,说道:"就这么熬过来了。"

"早几年我就听人说了,你在金山县学校中很有些名气呢,是全县的教坛新秀、教学标兵。这就不错了。一个人离开家乡,还把工作做得那么好,不容易啊。"李重天满口都是赞许的语气。

"没有,其实我觉得自己比较幼稚,很多事情都弄不明白,也搞不定。"林如蝶低下头。

"不需要所有的事情都弄明白的,人生就是有很多搞不懂和搞不定的事情的,一切都那么顺利,世界上哪里还会有困难和失败这两个词语?"李重天说。

"可是,有些时候的困难不是自己所预想到的,失败之大也是从不曾预测到的。"林如蝶语气里透露出伤感。

"把你的失败说出来听听。"李重天微笑着说。

林如蝶把自己离婚的情况用最简洁的语言概述了一遍。她很奇怪自己这次竟没有流泪,甚至连微微的抽泣都没有。她第一次惊异于自己能如此平静地叙述这些曾对她来说是痛得难以言说的事情。说完后她平静地看着李重天，轻声说道："李大哥，这就是我的失败，当初不顾一切和他一起去了金山。如今，我却要为离开金山而努力。当初他不顾一切要娶我，现在，他费尽心思摆脱掉了我。好在我不是一个死皮赖脸缠住别人不放的人。我主动地离开了他，我也必须离开他，离开金山，但是，我不得不说，我是失败的。"

"人生的道路很长，这个时候就用'失败'这个词为自己的人生作总结，为时过早。人生是由很多个阶段组成的，前一个阶段的失败，是后一个阶段重新开始的奠基石。你所谓的失败，只是相对于某个阶段而言，而在未来的时间内，你可以化失败为成功，化被动为主动。未来是不可预测的，笑到最后才是笑得最好的。再说，有些不适合自己的东西，与其勉强保留着，不如及早扔掉，让自己重新整装出发，谁说后面就没有更好的机遇等待着你呢。"李重天说话的风格和从前一样，还是那么循循善诱，娓娓道来，"来，我们边吃边聊，这么多年，今日又相遇了，我们聊点开心的事情，不妨来规划一下你未来的日子。你这次来考试，凭我对你以前的了解，相信你能够考上的，只是不知会去哪个学校。但不管是哪个学校，反正你即将成为通阳市的一名教师。我首先预祝你来到一片新的地域，又找到了老战友。我和秀丽都为能再次和你走到同区域而感到高兴。只要努力，相信我们都能再次展现自己的风采，你的未来也会很美好的。"

这个晚上，因为李重天的一番话，林如蝶仿佛看到了自己未来生活的方向，她压抑在心头很久的阴霾第一次获得了从未有过的释放。

三十三

暑假如期而至。林如蝶收到了来自通阳教育局面试的通知。

林如蝶按照通知书上的地址，找到了通阳市大通实验学校参加面试。面试包括自我介绍、教材分析和说课三个步骤。面试结束后，林如蝶按要求把装订成厚厚一本的荣誉证书的复印件交上去，其中一个评委老师当场翻看时，用一种赞赏的眼神看了林如蝶一眼，然后很温和地说道："过几天我们会发通知的。"

林如蝶回去后，一边等待结果，一边收拾东西。她有一种预感，她会过关的，她即将要成为通阳市的一名教师，这意味着她真的要离开金山了。十二年，她在金山待了十二年。这十二年里，她忙碌、艰辛，其中有快乐欣喜，也有痛苦磨难，这十二年是她人生当中多事之秋，也是最重要的时光。从离开故乡到在金山做孩子王，到结婚、生子、生病、离婚……人的一生有多少时光和情感可以拿来这样消耗？她经历了刻骨铭心的大悲大喜、大痛大悟，将生命中最美好的情怀抛洒在这里，将生命中最璀璨的智慧奉献在这里，将生命中最珍贵的健康丢失在这里，将生命中最美丽的青春定格在了这里。这是一片让她爱恨交加的土地。爱着来，却将要带着怨恨离开，不，何止是怨恨，还有满心的灼痛、满腹的悲哀。

这种痛她用了三年的时间都没有消除掉。离开童大俊之后，她独自躲在一所乡村中学三年。三年里，白天她让自己精神饱满、从容有序地工作，但一到晚上一个人的时候，她孤独的灵魂就像走进了一个漫无边际的旷野里，独自游荡，找不到归宿，任凭刺骨的寒风和凛冽的暴雨肆意地啃噬着，像利剑一般狠狠地插在她毫无设防的心坎上，她的心滴着鲜血，感觉到难以言说的痛楚。她常常有很相似的梦境，似乎看到童大俊又回到了她的面前，还是他们初恋的样子，温情脉脉地看着她，用他那宽厚的臂膀将她拥在怀里。但梦很快就醒了，醒来的时候，她就一个人发呆、伤心、流泪，甚至忍不住号啕大哭。她担心邻居听见自己的哭声，便强迫自己停止，但还是忍不住抽泣。她不得不开始思考：自己以前是凭着感觉选择男人的方法是不是错了，那自己以后该怎么去评判呢？感觉不重要，那什么才重要呢？

通知书终于收到了。林如蝶急不可待地撕开信封，轻轻地念着上面的文字："林如蝶同志，通阳中学决定聘用您为高中语文教师，请在8月5日至10日期间到学校报到。"

她立刻打电话给华朵，她要在第一时间内把好消息告诉华朵。

周末华朵来了，还带着儿子毛卓成。

两个人在枝头结满小果子的胡柚树林中漫步。两个孩子在树林间欢快地追逐。

"这次能到通阳中学，我觉得上天还是照顾我的，而且玲玲也能在一个好学校学习了。这是不是上天对经历了这么多年苦难的我的一个弥补？"林如蝶看着华朵。

"是的，你要彻底告别过去，开始新的生活。通阳市的师资力量毕竟高一个档次。在那里，你的才能会得到更好的展示，玲玲聪颖天资也会获得更好的发展。"华朵为林如蝶感到开心。

"是的，我们的生活翻开了崭新的一页，曾经吃过的苦，流过的泪，终于换来了些许回报。"林如蝶说着，忍不住眼眶湿润。

"单亲的孩子不容易啊。卓成还好吗？"林如蝶想起了和玲玲命运相似的毛卓成。

"还好吧，他多数时间在他父亲那边，有时周末或者节假日，我会把他带出来近处走走。毛忠革已经和那个姓宋小妖女结婚了，女的已经身怀六甲，不久之后就要生产了。"华朵幽幽地说道。

"但愿他的后妈对他好一点，大人的恩怨牵涉到孩子，对孩子是不公平的。你看玲玲，就跟没爸一样。年龄小的时候问题不大，我担心进入青春期了，问题会逐渐暴露出来。"林如蝶有点担心。

"是的，我正考虑着这个事情。毛忠革和那个小妖女的孩子马上要诞生了，他更加没有时间关心卓成。我有个想法，把卓成转到你学校去读,具体我会叫毛忠革去想办法,他现在已经是医院的副院长了,有能力办成这件事情,通阳中学这么好的学校他是会认可的,他肯定会卖力做这事情的。"华朵说完用征询的目光看着如蝶。

"这是个好主意! 如果卓成能过来,那真是太好了,我们就有机会经常在一起了,卓成就能得到更多的照顾了。"林如蝶露出欣喜的神色。

8月中旬的一个清晨,林如蝶骑上自行车,早早地赶往她向往已久的新学校——通阳中学。

路上两边全是茂密葱郁的树木,绿化带的边沿是争奇斗艳的各种小花朵,微风轻轻撩起她额上的刘海,又倏然从耳际穿过。

如果说对金川记忆深刻是因为年轻无知,舍弃一切的单纯投入,让她从女孩变成女人,让她从学生变成孩子王,将她最纯真美好的青春情愫如抽丝剥笋般地抽取出来,然后将她青春的版图毫无保留地展开来,并铭刻在了那遥远的古镇深处的话,那么今天,是因为她来到了一个崭新的天地,一个让她感觉整个身心焕然一新的美丽空间,她感受到了自己未来的一切或许可以从此重新开始。在这里,她看到了全新的风景,呼吸到了与之前完全不同的空气,感受到了从前不曾有过的精神上的兴奋和愉悦感。在这里,她感受到的绝不只是风景的美妙,她还感受了一种前所未有的催人奋进的力量。

校园里到处插着鲜艳的小红旗,教学楼上挂着欢迎新老师和新同学的标语。林如蝶在路标的引领下,来到了会议室。

一切都是崭新的,一座享有盛誉的省重点中学,教学楼是崭新的,室内装修是全新的,对林如蝶来说,面对的所有人,也都是新的。

大会堂门口熙熙攘攘,林如蝶在人头攒动的人群中挨挨挤挤地走着,她似乎想在人群中找到熟悉的面孔,但是她知道,除了前两天见过的几个面试的领导,在这里,她应该找不到其他熟悉的人。但是,世界上就是有很多很凑巧的事情。就在她按照座位表找到自己的座位刚刚坐下时,她发现身边有一个年轻的女孩子正微笑着看着她,没等她反应过来,女孩子就开心地叫道:"林老师好。"

那微笑眼神,那惊喜的表情,仿佛一切都是一种预谋,一直看着她,似乎她早就在那里等着林如蝶的到来。

"林老师,还认到我吗?"女孩子满脸惊喜地看着林如蝶。

"是……徐花花吗? 天哪,怎么在这儿遇见你了,真是想不到,你也到这个学校来了? 真是太巧了!"林如蝶惊喜万分。

"我刚才看到名单上有你的名字,怀疑可能是重名,直到看到你才知道我从前的梦想实现了。林老师,我太高兴了,都不敢相信是真的。"徐花花笑得眼睛眯成一条缝。

"是啊,真的是太巧了。我也不用担心没伴了。"林如蝶也很开心。

"以后我们就是同一个战壕里的战友了。我刚才碰到了教务主任,他说他已经安排我做班主任了,到时我要经常请教林老师您的呢。"徐花花说得很认真。

"我们互相学习。估计过不了多久,我就需要向你请教了。这年头,知识更新得太快了,我都怕自己跟不上节奏啊。"林如蝶也一本正经。

会议正式开始,领导们陆续走上主席台,走在中间并落座正中的,竟然是李重天。

林如蝶以为自己又出现幻觉了。她摇了摇头,揉了揉眼睛,定睛细看,依然是李重天。她赶紧低声问旁边的一个老师,主席台上坐在中间位置是谁。边上老师回答,"他是新调过来的校长,叫李重天。听说是个做事非常认真和果敢的实干家。估计他上任后,咱通阳中学的各方面会更上一个台阶。"

林如蝶轻轻地说了声:"哦,那真的是太好了。"她知道自己看到的一切都是真实的。

会议进行到教师工作安排阶段时,林如蝶清楚地听到自己和徐花花的名字都被安排在班主任队伍中,心里忽然产生了莫名的紧张感。对这个学校以及学生的情况一无所知,加上身体状况和情绪调整得还不是很好,她担心自己不能很好地胜任。可班主任人选是学校经过慎重考虑之后才最终确定的,说明学校信任自己。林如蝶想,领导们对她的家庭情况和身体情况并不了解,他们只是从她档案上了解到她的个人经历:她一直是个优秀的班主任和语文教师,从县级学校选拔到市重点学校的。

此刻,林如蝶在心里对自己说:你没有理由推辞,你只能拿出"兵来将挡,水来土掩"的气概,只要努力并坚持,胜利依然属于你。

新的工作环境很美,这并不意味着日子会过得惬意轻松,相反,一切需要做得更好。高一作为高中的起始阶段,老师们都必须做好诸多个第一。比如,与学生见好第一次面;讲好第一堂课;批好第一次作业;开好第一次班会;处理好第一件班级事件等,这些林如蝶是深知的。为了做好这几个第一,她要求自己竭尽全力。她觉得,这个学校和之前自己待过的每一个学校都不同,在这里,她只有付出十二分的努力,才能把工作做好,才能赢得学生的爱戴和学校的肯定。

正式上课的第一天,林如蝶感受到前所未有的紧张。早晨5点10分,她准时在闹铃声中起床。她揉着惺忪的眼睛,将前一天晚上睡觉前就洗好并用水浸泡的米倒入高压锅,把储放在冰箱里的馒头放入蒸锅里,然后洗洗漱,准备东西。等稀饭烧熟,她飞快地喝下半碗稀饭,咬下一个馒头,然后骑电瓶车到学校,到学校时,刚好六点半。

学生多数是住校的。这个时间,已经有一半学生到教室了。林

如蝶拿起讲台上的座位表，又对照着看下面座位上的人。目前她最
熟悉的人是毛卓成。华朵让毛忠革托了熟人，终于把儿子调到通阳
中学，并放在了自己班里，这对自己来说是一种巨大的信任，也是极
大的责任。今后毛卓成的一举一动都在自己的眼皮下，她觉得自己
对他要有足够的关爱，而不仅仅是监督。女儿玲玲被分在徐花花班
里，这让她很放心。现在，她要尽快熟悉班级里的所有学生。她知
道，老师在短时间内能认识并记住学生名字的，对学生是一种精神上
的激励，他们会从内心和老师更亲近。人与人之间的相处是相互的，
你把他看重了，他自然也当你是朋友了。

正当她在座位表上看到一个叫"李周豪"的名字时，门口走进来
一个男生，体型纤瘦，皮肤白皙。他脸上带着笑意看着林如蝶叫了声
"老师好"，然后径直走向自己的座位。林如蝶看到，他正好坐在了
"李周豪"那个位置上。于是，她记住了，这个文静儒雅的男生叫李
周豪。

第一周的主要内容是衔接教育和军训。上午军训，下午科任老
师上初高中衔接教材。

军训的教官个个都很年轻，有些看上去才二十出头，却一个个英
俊威武，训练严厉。有些学生开始有些不适应。上午的太阳虽然不
是很毒辣，但长时间被炙烤着，一张张十六七岁的稚嫩的脸开始显现
出焦躁。但教官们仿佛都没看见，依然让他们继续重复着单调的动
作，脸上流淌着的汗也不允许擦。

林如蝶看到毛卓成站在第一排，脸颊上流着汗，眉头紧锁，显然
很疲惫了，但还是很努力地坚持着。她又看到站在毛卓成边上的李
周豪，白皙的脸变得通红，同样满脸的汗珠子，但他的目光紧紧地集
中在教官的身上，极其投入地听着教官的训话："现在你们就是军人，
是军人就要以军人的标准来要求自己，要发扬革命英雄主义精神，要

有艰苦奋斗,吃苦耐劳的坚强毅力和集体主义精神,要做到站如松,坐如钟,走如风……"

晚上,林如蝶翻看着班级学生档案,她发现李周豪资料的家长一栏中写的是周秀丽。怎么和秀丽是同名啊。这秀丽的名字也太多了,连姓都重合,好巧啊。她再看电话,然后又拿出自己的手机,找到手机上周秀丽的电话,发现竟然一样。天哪,李周豪竟然是李重天和周秀丽的儿子!

她赶紧拨通。电话那头,周秀丽笑着说:"是的,没有告诉你,分班的时候随机分配的,我们也没做调整,这么巧多好啊。不告诉你,是想顺其自然,省得你有心理压力。"

"怎么不说的呢? 早晚得知道啊。等我亏待了你儿子,让我在你这个老同学面前多抬不起头啊。"林如蝶嗔怪道,"李重天是校长啊,校长的孩子在自己班里,能不有压力吗?"

"如蝶,真的不要有压力。豪豪他学习一直还算自觉,你不要太担心,有什么问题,我们可以及时沟通。"周秀丽说。

"好吧,那一定要多交流,不要让一块好料子毁在我的手里,那我会成为千古罪人的。"林如蝶自嘲。

"如蝶,我还不了解你吗? 一个极有责任心的班主任,又是个优秀的语文老师,你档案上都有记录的。我们还是好闺蜜,对你我们不放心,那我们还能相信谁呀!"

"好吧,算是对我的一个鞭策吧。闺蜜的孩子都在我班里了,我自己的女儿却在别人的班级里。看来自己的孩子都是需要别人来教的。"林如蝶终于到了一个说服自己的好理由。

三十四

林如蝶很快发现李周豪不仅在学习方面状态很好,而且人缘也非常好。短短的两个星期之内,他就在同学中树立起了良好的威信,被选为班长。李周豪的优秀远远超过了她的预想,林如蝶由衷地感到高兴。对她来说,李周豪就像她的亲侄儿或者亲外甥那样。林如蝶于是考虑是否让李周豪来主持第一次班团活动,这种极富挑战性的事情最能锻炼学生的胆量和能力。不过,她最终还是觉得应该通过自己报名和民主投票的方式来决定第一次班会的主持人,她相信李周豪能够脱颖而出。李周豪果然不负众望,以绝对的优势当选了主持人。

通阳中学高一(11)班的教室里,第一次班会如期召开。

李周豪首先说了一段简单的开场白,然后宣布了新制定的班规班约。然后又发表了自己作为班长的职责履行计划,接着分别安排各个班干部就自己的本职工作做感悟发言,每个班干部在表述时,需要例举一个案例,以形象地表达自己在以后工作中的开展方式。这些案例给林如蝶留下深刻印象。她深深感觉到李周豪是一个有创新思想的学生,如果发展得好,很有前途。

新学期过得总是特别快,每天忙忙碌碌的。在学校,林如蝶忙着应对各种教学以及班主任工作。她知道,以前的那一套工作方法行不通了,新的环境、新的对象必须有新的工作方式。她把班级工作做成一个金字塔型管理模式,塔尖是自己,第二层是班长和副班长,第三层是各种委员,第四层则是各小组长,最后一层是剩余的普通班级成员。在整个金字塔网格中,每一个人都有自己工作具体的职责范围,权力最大责任最重的是班长李周豪。

高一年级首次举办的大型活动是诗歌朗诵比赛,每个班级要求各出一个节目。林如蝶把这件事情布置给了李周豪,告诉他说有什么困难就找老师。

李周豪说马上去布置。到了教室,李周豪找来几个班干部,在走廊上一起商谈。每个人先发表了自己的看法。有的说,首先要选好的诗歌,既要有激情,又要有故事性,还要有美好的主旋律;有的说,朗诵形式要多样化,男声的,女声的,二人的,集体的,还要有反复咏叹,形成一种回环荡涤的气势;有的说,仅仅是诗歌朗诵还缺乏新意,中间插上美声唱,适度的独唱和合唱可以把朗诵引入一个高潮。最后,李周豪做总结,拟定好节目的形式,把编歌词、找音乐背景、组织朗诵训练、挑选领诵人员等任务一一分配到位。

两天后,李周豪拿着选好的诗稿请林如蝶过目,林如蝶做了很大的修改。她想让自己班级所朗诵的诗不但富有诗意、语言有力度,还要做到不和别的班级有雷同的句子,她所能做的是尽量让诗歌的内容完美。

一个星期后的一堂自修课,第一次班级诗歌朗诵排演在教室里进行。

林如蝶还没走到教室,就听到整齐而响亮的集体朗读声。她循声加快脚步,来到教室门口,看到全班同学正笔直地站在各自的位置上,一个个神情专注,目视前方。

高亢的朗读声音震荡着她的耳膜:

女:青春,为自己生活,也为别人着想。

男:青春,是让心胸成为大海,让江河涌入胸怀。

女合:青春,是学会选择,从有限的时间里去寻找最佳的答案。

男合:青春,是学会绽放,让年轻的心找到梦想飞翔的方向。

铿锵激昂的声音扑向林如蝶,像一针强心剂,让她感觉自己的心脏倏然充满了力量,血液忽然沸腾起来。她毫不迟疑地做出了一个判断:这是用心在诵读,是能够感染人的朗诵,是走进人灵魂深处的朗读,这需要每个朗读者都沉浸到诗歌隽永深邃的意境里。她预想的就是这种效果。现在,她什么还没开始做,这种感觉就已经有了。她知道,组织者李周豪有很大的功劳。

见林老师来了,李周豪又指挥着全班重新排演了一次,让林老师指出不足之处,然后让全体再诵读。林如蝶有一种预感,这次比赛,自己班这个节目可能会得奖。

比赛那天,学生的精神状态特别好。虽然节目被排在后面,但一上台,全班学生的精气神就显得与众不同,四个领诵朗读水平更是超常发挥。末了,观众掌声如雷。最终获得了总分第一名。

林如蝶站在台侧看着李周豪那富有青春朝气的脸庞,听到台下观众赞赏发出的整齐响亮的掌声,她的眼睛湿润了,泪眼蒙胧中,她仿佛看到了那年浙水师范大学青水老乡同学联谊会上李重天沉着大气的发言以及自己激情四溢的诗朗诵,仿佛李周豪就站在了当年李重天站着的位置,冥冥之中好像时光倒流了一般。

诗歌朗诵比赛的成功,让林如蝶更进一步感觉到李周豪的出类拔萃,李周豪不仅多才多艺,更令人敬佩的是他的组织能力,而这种能力是建立在他个人人格魅力的基础上的。林如蝶觉得李周豪就是高一(11)班的一块珍宝,她有幸捡到了这块宝,她除了好好珍惜,用心培养,别无选择。

相比之下,毛卓成显得文静而内敛。但林如蝶对他的关注并不亚于李周豪.通过一段时间的细心观察,她感觉毛卓成和李周豪性格完全不一样。李周豪胆大敢为,稳重又有魄力。毛卓成则喜欢平和安静,很少主动表现自己,不论是学习方面还是班级活动,他只是认真地静静地做着属于他自己的那份事情,低调而不张扬,但也不至于落后。有时上课回答问题时他的思路独特,给人耳目一新的感觉。

这孩子肚子里是有点"墨水"的,性格内向可能和他家庭情况有关,林如蝶想。

第一次月考时间很快到了。

每月一次的考试,都是一次比拼的节奏。三天之内学生一共要考八门功课。三天下来,学生们从原先的生龙活虎变成了温顺安静的羔羊,一个个元气都消耗得差不多了。

出分数时,林如蝶和其他班老师一样,心里有点小紧张。她也和其他班主任一样,第一时间打开校园网络平台,查看自己班级的各学科分数的排名。

Excel表格上面的数据密密麻麻,有各学科平均分、优秀率和及格率的排名,有各种档次的人数,还有每位学生各科的分数以及总分在班级和年级里的排名,可谓是应有尽有。这些数据让林如蝶感觉有点眼花缭乱。

林如蝶仔细地看着自己班级的各种数据。她知道,学校衡量班主任工作做得好不好,教育教学成功与否,主要是靠这些数据。这些数据对她这个新来的老师有着特别的意义。数据好看,说明工作是有成效的,就能得到年级组和学校以及家长的认可;数据不好看,那么这个班主任在学生心目中的威信就很难树立起来。新老师如果第一步就失败了,以后若想翻身,就需要付出几倍甚至几十倍的努力。

林如蝶看到自己班的成绩在年级的中游偏下一点,心里稍稍放松了些。因为开学初她班的成绩是排在倒数第二的。林如蝶并不急于让自己班的成绩马上赶超上来。初来乍到,她需要适应新环境,等熟悉后,她相信自己会逐步向前的,她不靠凶猛爆发力,她靠的是韧劲,慢慢做,只要能坚持,最后一定差不了。

眼下她最关心的是李周豪和毛卓成的成绩,看到李周豪是全班第一名,年级第十名,毛卓成班级第十名,年级一百九十名,她不由得露出了欣慰的笑容,然后才开始查徐花花班里的分数,她还需要知道女儿童玲的情况。她对女儿的要求不高,只要她在班里有中等偏上,她觉得就可以了。女儿自从跟着她,就很少有机会和他爸爸见面。来到通阳市,童大俊从来没有来学校看过女儿。林如蝶觉得以前童大俊还是喜欢女儿的,但自从离婚后,他就像没有这个女儿一样,她担心女儿因此而产生不好的心理状态。她有时很恨童大俊,不仅让她受到伤害,还将影响到女儿。她看到女儿的名次是班级第十二名,年级第两百名,比进班时的排名退步了一点点,她便宽慰自己:正常的,不用担心。

"林老师,您班学生的成绩还是蛮匀称的,有几个还特别优秀呢,你看李周豪这孩子,真是不错啊,看起来既文静又活泼,既稳重又灵活,不愧是咱李校长的儿子,这遗传基因就是好。还有您女儿童玲,也不错,虽然她的名次在年级里不算特别靠前,但她学得轻松,组织能力很强,我班里的班团活动都是由她来主持的,做得很不错的。"徐花花不知何时已经来到林如蝶的身边,正微笑着看着林如蝶。

"你班也不错啊,和他们相比,我们都算是'新人',以后还需多多努力。这阵子你也辛苦的,看你脸上都瘦了一圈了。"林如蝶心生爱怜地看着徐花花。她知道,这一个多月来,徐花花花在工作上的时间和精力绝对不会比她少,她的努力程度根本不亚于自己。

"您明天晚上有时间吗?我想请您喝咖啡。终于可以喘一口气了,我早就想请您到茶室里坐坐,咱好好聊聊了。"徐花花用充满期待的眼神看着林如蝶。林如蝶轻轻笑道:"傻丫头,喝杯咖啡还需要那么郑重其事吗?喝就喝呗,正好我也放松放松。"

"一言为定。明晚6点,坊门街8号卡迪欧咖啡见。"徐花花说完,笑着离去。

坊门街8号卡迪欧咖啡馆二楼。林如蝶和徐花花各捧一杯拿铁相对而坐。暖暖的咖啡冒着微微的热气，浓郁的香味弥漫在灯影迷幻的咖啡厅周围。

"刚毕业出来，就做强度这么大的工作，有点不适应吧？我看你最近脸色不太好。"林如蝶知道女人的脸色最能暴露她的生活和身体状况。

"是的，刚开始，各方面的工作都不熟悉，确实有点让我手忙脚乱。但学校这么信任我，刚做老师就让我当班主任，把这么多学生交给我来管理，我必须把工作做好。跟着大家一起做，还有你在边上，我还是有信心的。"徐花花一点都不觉得委屈，看得出，这段时间的忙碌对她来说也是一种充实。

"玲玲最近表现怎么样？"林如蝶想到了女儿。

"很优秀，综合底子很好，也很有个性，不愧是林老师的女儿呢。"徐花花满口夸奖。

"委屈了这孩子，家庭的变故也给她带来些烦恼的。以前她年龄小不懂事没感觉；现在高中了，逐渐懂事了。她现在不像以前那样什么都跟我说了。"林如蝶表达了自己的担忧。

"是的，高中年龄段是孩子最叛逆的时候，这个年龄有些女生不太愿意和人交流，有的可能会要点小脾气，有的有点叽叽歪歪。但玲玲目前的状态还是比较好的。就是有时说话比较犀利，有时同学会被呛到。"徐花花笑了笑，接着说道，"其实，我今天约您来，还想和您谈谈我的私人感情问题。林老师您是过来人，我想，这方面您比我有经验，会给我一些指点。"

"我的事情也许你听说了。我和童老师已经分手好几年了。"林如蝶淡淡地笑。

"我后来听说了，我们都为您鸣不平，他太不懂得珍惜了。"徐花花噘着嘴,有些气愤。

　　林如蝶心想:徐花花是自己从前的学生,这孩子善良懂事,内心正气很足,我可以和她坦诚地说说。林如蝶把自己从前凭借感性知觉择偶的经历简单地叙述了一番,她没有表现出过多的怨恨,而是带着淡淡的自责,"选择伴侣,也许我的经验并不好的,但失败的经验可以给你借鉴,你就可以避免犯我犯过的错误。"

　　在徐花花看来,林老师的叙述有一种无法外泄的忧伤,那是一种难以被人理解的特殊的情感,这种情感像一股漫长而卷曲的丝线,深深地缠绕着林老师那颗柔善的心,让她的情结被裹挟在某种旋涡里一时转不出来。

　　徐花花感觉林老师好比在狂风暴雨中全力地拼搏过、鏖战过的鹰,她充分感受过了家庭婚姻战争的硝烟。而自己,则是刚刚要冲进暴风雨中进行搏击的小燕子。她还不知道未来将会有什么等待着她。

　　林如蝶说:"说说看,你和男朋友怎么了? 看看我能否帮得上你。"

　　"他叫刘和明。我们认识快一年了,以前没什么特别的感觉,但最近我觉得他有点古怪。"徐花花皱着眉头说,"我和他已经相处了一年多了,最近他老逼着我和他领证,我一时没答应,他就开始急了,让我感到陌生,我忽然觉得自己还不很了解他,不想立刻领证,他就天天追着我。我不知道该怎么办?"

　　"你别急,看一个男人,不能仅仅凭自己的感觉,需要多一些理性思考。"林如蝶说,"他都说了什么,让你这么忧愁?"林如蝶问。

　　"他说,再不答应他,他就天天到学校来找我,直到我答应。"徐花花脸上满是焦虑,"这两天我因为工作忙没理睬他了,他都快疯了,傍晚一下班就守在我家门口。今天傍晚我没回家,他便不停地打电话给我,我都没接。刚才,他又发我一个短信说,我再不接他电话或者再不短信回复他,他直接就到我办公室来找我了。我回复他说今天没时间,明天另外再约。"

"你感觉他人品怎样?"林如蝶问。

"其实,我也说不上他有什么不好,就是最近,看我不太理睬他,他突然变得性急了。现在他急成这个样子,我反而有些担心了。"徐花花说完,猛喝了两口咖啡。

"这是一个特殊的阶段。人与人走近到一定程度,就会产生矛盾,就像两只刺猬,靠得太近的时候,必然会互相伤害一样。现在,刘和明已经和你靠得足够近了,你已经感觉到了他对于你的压迫感。这都不是最要紧的,这是磨合期,磨合期过去,彼此知道如何躲避对方的锐刺,就能和谐相处了。当然,是否能和谐相处,关键是看他的人品如何,还有他是否真正爱你。"林如蝶安慰道。

"嗯,我知道该怎么处理这个问题了,这段时间会再好好考虑这个问题。争取及时处理好这件事情。"徐花花若有所思地点点头说道。

从咖啡馆出来,两人又一起回到学校,在办公室继续办公。林如蝶备好自己第二天要上的课,又将两天的班级日记整理了一番,把重要的信息记录到自己的班级工作记录本上,然后回家。

她躺到床上,迷迷糊糊地觉得有人向她走过来。她觉得很奇怪,家里平时就她一个人,什么时候有人进来了?她紧张地想看清到底是什么人。可是房间里漆黑一片,根本就看不清。正当她正紧张得快要窒息了的时候,她听到那人发出了低沉而温和的声音:"如蝶,我来看你了,我等你好久了,我想你了。"

很熟悉的声音。原来是童大俊。这些年,她一直不愿意相信童大俊变心,一直预感童大俊有一天会来找她,当初那么执着的一颗心怎么能莫名其妙地说变就变了,她感觉童大俊对自己还是有感情的。人心都是肉长的,即便是一时糊涂,身体和思想出了轨,做了对不起自己良心的事情,到一定的时间,他总会意识到并明白过来,童大俊不可能对我真的是那么绝情。

"你终于来了!让我等了这么久!你太过分了。你知道我这些年是怎么熬过来的吗?"林如蝶泪流满面。夜色遮盖了她满脸的泪水,凄凉的声音传递着林如蝶这些年的心酸和委屈。

"好了,别哭了,我不是已经知道自己错了吗?我不是已经回来了吗?以后我们好好地在一起,再也不吵架……"童大俊将林如蝶抱在怀里,林如蝶感受到了童大俊温暖的身体传递过来的热量,这种温热像衣服被斗熨熨过一样,让她觉得浑身有一种说不出的温暖和惬意感,她在这种温暖和惬意中放松,再放松……忽然,她觉得有人箍住她的脖颈,然后收紧,收紧,紧得让她几乎无法喘气,她感觉自己马上要窒息了,她一边拼命地挣扎着想挣脱,一边竭尽全力喊:"放开我,放开我,放开……"

林如蝶醒了,又是一场梦。她额头冒汗,双手冰冷,心脏扑通扑通地跳……

三十五

中秋节快到了,林如蝶忽然觉得应该到班里去看一下女儿。

从开学到现在,林如蝶很少去徐花花班上找玲玲,也没到玲玲的寝室去过,因为玲玲说过了,她会安排好自己生活和学习的,不需要妈妈操心。既然女儿这么说了,她也就尊重女儿,况且自己也一直忙。偶尔她会觉得有些愧疚:自己是当老师的,关心的最多的是学生,自己的女儿总是被忽视。高中了,离高考只有不到三年的时间了,需要重视女儿的学习成绩了。林如蝶觉得应该多和玲玲聊聊,像她对自己班里的学生一样。

大课间,林如蝶去徐花花班里找玲玲。

她刚走到教室门口,就有人朝着教室喊,说童玲又有人找你了,这回是你妈妈。童玲赶紧走出来。

"怎么了? 心情不好?"发现玲玲看到自己时并没有那么开心,林如蝶觉得有点奇怪。

"没啊。考试虽说不太理想,但又会怎样呢? 况且,我不会太在意这些死分数的。"童玲看似轻描淡写的话里头流露出了自己内心的烦恼。

林如蝶知道了,童玲对自己的考试成绩不满意,但她又不想表现出自己在意的样子。

"考试不理想咱先不急,回头找找原因,到时查漏补缺。"林如蝶安慰道。

"顺其自然吧,您知道吗,其实我觉得有比分数更重要的东西。"童玲有些不以为然。

"那当然。有些东西我们也许没有能力一下子改变,但学习成绩是可以通过自己的努力改变的,有了好的分数,以后你想进你心目中的大学就比较容易了。"林如蝶没有把女儿的问题深究下去,她知道女儿指的比分数更重要的东西是什么。

"我以后会尽量努力的。他今天来看我了。"玲玲忽然说。

"刚才谁找过你了?"林如蝶眉头微微皱了一下问。

"我爸刚才来过,说中秋节让我到他那里过。"童玲放低声音说道,一边注意着林如蝶的反应,"他今天到这边来办事,顺便来看我一下,给了我一袋水果,然后说让我中秋节过去。你说我要不要过去啊?"童玲用征求的眼光看着林如蝶。

林如蝶的心猛地感觉到被什么东西啃噬着一般,忽然觉得极其不舒服,甚至有点痛楚。沉淀在心底深处的那潭死水像被投进了一块大石头一般，从潭水的最深底处泛上来一股委屈和幽怨的沉渣来，她的鼻子有点酸。

但她马上意识到自己所处的场合。她没有直视女儿，眼睛看着走廊外面的风景，轻轻地说道："是否要去，你自己选择。你好些年没去了，去一下也无妨。"

"那妈妈你一个人过中秋节没伴的呀，要不，你到外公外婆那里去，你有伴，我也放心点。"童玲又替妈妈担心起来。

"你不要担心我，我会去外公外婆家的。明天放学后，你就过去，路上小心点。到了那边记得给我来个电话报个平安。"林如蝶总算让自己以流畅的对答完成了与女儿的这场交流。其实，她感觉自己表达有点艰难，说话有点言不由衷，表情差点无法自控。正好上课的铃声响起，她赶紧催女儿回教室，自己也转身直奔办公室。

坐在办公室，林如蝶静默了好久才开始翻开学生的作业本进行批改。她必须在学校中秋节放假之前把所有的作业都批改好，发给学生，然后布置新的作业让学生带回去做。

学生们终于差不多走完了，几个小时之前校门口还人头攒动、人声鼎沸，车流如织。此刻，校园一下子变得冷冷清清，就连角角落落都变得安安静静了。仿佛世界在瞬间切换了模式，从沸反盈天的闹市切换成了静谧悠闲的世外桃源。林如蝶一个人在办公室待着，继续整理着从学生周记里摘抄来的信息。和所有归心似箭的老师不同，她并不急着要离开，因为她并没有急着要去的地方。父母要到如浩家过节，如梅和如兰也有自己的家，她们都和各自的家人过节，如果自己过去，不知道应该到哪家，其实到谁家她都是客。她觉得自己其实内心带着隐隐的忧伤，这种忧伤在平时可以被忙碌和充实的工作很好地掩饰起来。但到了节日，那层遮掩的纱布就被掀开，露出狰狞的伤口，那伤口还滴着鲜红的血。

　　林如蝶早已经反复体味过这种伤口被赤裸裸暴露的感觉,虽然是在无人的时间和空间里,虽然没有人看得见她眼角的泪痕和额上的皱纹,但是,独自吞咽咸咸的泪水的滋味只能让她更深一步地走向孤独的深渊。而且她自认为,只有在这个时候,她的灵魂才是真实的,她的容貌才是真实的,而很多时候,她都是在疲惫地伪装着自己。

　　为什么一个人的日子会那么孤独无助?为什么这么努力了,距离梦想还是那么遥远?为什么世界这么大,找一个可以相伴终身的男人这么难……

　　林如蝶的心里有很多个为什么,平时隐藏在心里没有时间和机会问出来的,现在,她也只能自己问自己,却无法自己回答自己。她把脸埋进自己的双手里,轻轻地啜泣起来。稍许之后,她停止了哭,抹干泪水,果断对自己说:"不能这样下去了,得为自己找一个归宿。"

　　中秋之夜,天上是一轮皎洁的满月,地上却有无数颗因为与家人分离而破碎的心。这无数颗破碎的心里,有一颗名字叫林如蝶。

　　一天中午,林如蝶正在办公室批作业,周秀丽电话打过来,说有人要请林老师吃晚饭。

　　"请我吃饭?谁?莫非是哪个学生家长?"林如蝶有点意外。

　　"我的一个老乡,重天也认识的,我和重天也来,沾你的光。"周秀丽神秘地说。

　　"你的老乡?重天的朋友?"林如蝶一头雾水。

　　"通阳市矿山机械公司的销售总经理老戴,他可是公司的业务能手啊,很被老总器重的。"周秀丽的声音带着一些欣喜,"李重天说这个人大概会让你感兴趣的,他也是离了婚的。"周秀丽简单地介绍了那个男人的情况,让林如蝶安排时间和那男人见一面。

　　林如蝶犹豫了一下便答应了。

　　傍晚下班之后,林如蝶匆匆地用冷水抹了一把脸,从抽屉里拿出面霜抹了一把,然后用唇膏轻轻地在双唇上涂抹了一下。她觉得以整洁的面貌赴约是一种礼节,是一个人良好的修养,更何况自己是教师,到那里都必须有着读书人、为人师的形象。她照了照镜子:脸色略微憔悴,皮肤却还算白皙,玫瑰红色的眼镜架在高挺的鼻梁上,乌黑的披肩发柔柔地垂落在瘦削的肩上,她对自己朴素但并不算俗气的外形还是有一点自信的。

　　晚上6点过,通阳市鹿鸣人家人头攒动,灯火辉煌。

　　林如蝶走进666包厢时,三个人已经坐在那里等候了。

　　"终于来了。我给你介绍下。"李重天从座位上站起来,转过身子,看了一眼正好站起来的一个中年男人,对林如蝶说道,"这是通阳市矿山机械公司销售总经理戴成仁,业务精湛,性格开朗。戴经理是秀丽的老乡。"

　　"林老师好。"男人露出灿烂的笑容向林如蝶打招呼。

　　"戴经理好。"林如蝶礼貌地回应男人。

　　三人依次落座。周秀丽忙着给林如蝶倒水。李重天说看一下先前点的菜有没有开始下锅。林如蝶坐在戴经理的斜对面。刚才她不敢仔细看那个男人,只稍微瞄了一眼,感觉不是自己想象中的样子。她想象中的是明眸皓齿,稳健儒雅,让人觉得踏实安稳的男人。而眼前这个姓戴的看上去是瘦长的马脸,眼神灵动脱跳,给人一种精明过人难以驾驭的感觉,刚才两人照面,她没来得及看清他,却感觉自己被他从头到尾看了个透,想遮掩都来不及。

　　"林老师气质很好,一看就是老师。老师是一种很好的职业啊!"戴成仁首先打破了沉闷。

　　"哪里谈得上什么气质,工作不轻松,岁月也不饶人。老喽。"林如蝶微微一笑。

"别这么说,其实每一行都辛苦的,做生意也不轻松。像我,三天两头在外面,总是顾不上自己的家,以至于把家都弄丢了。"戴成仁似乎在暗示着自己之前离婚的原因是因为工作太忙了。

林如蝶有点相信。她想起当初童大俊就是抱怨自己一天到晚都在学校,自己也抱怨童大俊一年到头不着家。人与人之间的感情是处出来的,夫妻间相处的时间不够,感情就会像馊了的粽子,粽叶一打开,里面的糯米团子就散开了。

"我每个月有三分之二的时间都在外面。你对这样的工作有什么看法?"戴成仁似乎想了解林如蝶能否接受他的工作。

"这个不是最重要的。"林如蝶似乎轻描淡写。

"那什么是最重要的?"戴成仁微笑着看着眼前气质如兰的女人。

"两个人相互理解,互相包容,才能相处融洽。"林如蝶虽显得不太在意,却吐字如金。

"英雄所见略同。"戴成仁笑了。

周秀丽把一杯茶水端到林如蝶面前,说出去上个洗手间。

这里两人边聊边暗自观察对方。林如蝶看似随意,注意力却都在对面的男人身上。戴成仁则目光流动,谈笑自如,话题也切换随意,左右逢源,不让林如蝶有半丝冷场的尴尬。

一会儿,李重天和周秀丽才进来。

菜也上来了。李重天给戴成仁倒了满满一杯酒。给林如蝶倒了半杯红酒时,林如蝶阻拦着:"我不会喝酒,别浪费了。"李重天给周秀丽倒了半杯,又给自己倒了一满杯。

戴成仁抬头看着李重天,用羡慕的口吻说:"李校长,你是成功人士,要地位有地位,要才学有才学,妻儿相伴,家和万事兴。哪像我,人到中年,还孤家寡人,为了挣钱常年在外奔波,家不像家啊。"

"老戴,你是老板啊,人在江湖,身不由己。你那么勤劳,挣的钱可比我们当老师的多得多了，你就知足吧。"李重天笑道。

"桃李满天下，这是你们当老师的一生最大的收获啊。钱乃身外之物。生不带来死不带去，人才是最大的财富，当你们年老告退，周游全国的时候，你们随处可以找到自己的学生，有更多的机会可以结伴云游四海，浪迹天涯，那是多么美妙的境界。人生最大的快事，莫过于此。所以，教师是多么有意义的职业，我是神往而不能得之。"戴成仁激情澎湃。

"既然这辈子做不了老师，那娶个老师做老婆，来弥补一下你那未能实现的教师梦吧。"李重天说。

"是啊，眼前就摆着一个这么好的，能不能娶回家就看你的本事了。"周秀丽也笑。

有人帮着接话了，林如蝶这才得开始大胆仔细看戴成仁的样子：马脸、小眼睛、八字眉、鹰钩鼻、厚嘴唇，头发很整齐地向后梳着，乌黑发亮，似乎抹了油一般，一说话嘴角就向上微微翘起，仿佛言语所及皆风轻云淡。

林如蝶发现戴成仁也在看自己，连忙收回视线，用筷子夹了一片酸菜鱼，放进嘴里。

酒足饭饱之后，李重天和周秀丽先回家。戴成仁负责护送林如蝶回家。戴成仁建议两人到附近公园走走。

戴成仁趁着酒劲，继续发挥着自己洋洋洒洒的口才。他说自己喜欢花鸟虫草，喜欢山水风光，能洗衣做饭，也能玩牌胡麻将。他说他还有个儿子在贵族学校读书，他希望儿子将来能出类拔萃，成为人中之杰。他看上去完全沉醉于今晚酒精的作用和朦胧的夜色当中，思维极其活跃，令林如蝶几乎无法插话。不过，这时候林如蝶更喜欢听。她感觉自己的见识面和眼前这位走南闯北的销售经理比起来差距很大。她明白其中的原因，一年到头都窝在学校里，和外面的世界接触真的太少,而且之前的那些年都是在金山小县城度过的,不要说世间大小事情,就是吃穿用等生活内容,她都比自己的闺蜜华朵要无知很多。

林如蝶同时一直在思考:这个男人适合不适合我?从面相上看,并不是自己所喜欢的类型,但感觉他生活阅历丰富,工作能力也强,经济实力应该也是不错的。如今自己结婚的目的已经和最先有点不同了。主要是想有个伴,有安全感,能安稳平淡地过日子。就冲着这点,这个男人大约是可以的。和童大俊分手已经四年多了,这些年,荒芜的心灵长满了野草,要除掉野草,让自己振作起来,也许最好的办法就是在上面种上新的庄稼。一旦心灵有了新的寄托,孤独和忧郁的狂风也许就不会那么疯狂地扫荡我的灵魂了。

回到家,林如蝶继续考虑着:如果答应,意味着这个男人以后就可以随时打电话约自己,从此生活里会多一个人;如果拒绝,那还是维持原来独立而清净的生活状态。也许到了应该结束清净状态的时候了,也许这个姓戴的就是来改变自己命运的人。显然他是一个精明能干、老练稳当的人,家里有这样一个男人,等于有了顶梁柱,以后的生活就不孤单了。至于戴经理的气质与自己理想中的不符合,那也许是自己的问题,自己要求太高,或者是之前习惯了姓童的样子,看其他的人都不顺眼。人的长相或许就是一个表象而已,其真正的内在也许完全不是那样的。那个长得一表人才的童不就是一个狼心狗肺的家伙吗?他最初是那么爱自己,那副爱到海枯石烂的表情至今还深深地印在我的脑海里,谁知道后来会完全变成另一番模样!女人的婚姻就是一场赌博!这次,再赌一回吧,时间会证明这个姓戴的到底是怎样一个人。

戴成仁又出差了,但他每天都打电话给林如蝶,虽然打电话时间并不长，有时就简单的几句问候，但林如蝶已经感觉到，这个男人对她还是很有心的。她在不知不觉中开启了和戴成仁的恋爱模式。

三十六

自从担任通阳中学校长以来，李重天觉得自己肩上的担子更重了。

他每天早上五点半起床，到学校时，校园的晨铃刚响过。学生们刚刚开始出早操或晨跑。他开始沿着校园的主要干道行走，经过校园的广场、篮球场、科技楼、学生宿舍外围，然后走到食堂。一圈走下来需要将近半个小时，他一边走，一边看学生们出操或晨跑，一边了解各处的情况。路上不时有学生很有礼貌地向他打招呼。大家都知道李校长有走校园这一独特的习惯，觉得校长像学校里的蜘蛛侠，随时都可能出现在师生们的眼前。李重天转到食堂后就顺便把早餐吃了，之后就到自己的办公室开始办公。

李重天每天都有忙不完的事情。

李重天刚毕业被分配到通阳市衢水区大泽中学时，就比一般老师要忙。他除了当班主任，教三个班级的课，还每天至少要在本校听一节老教师的课，每周还要两次到城里的通阳中学听名师的课，经常忙得吃饭都顾不上，有时就带点小点心应对。后来，他在大泽中学被提升为年级组长，除了担任班主任，还要负责整个年级的管理事务，忙得昏天黑地的。后来，他参与各种教学比武，获得衢水区教学比武一等奖，接着被选调到衢水区教育局担任教研员、教研室主任，直至来到通阳中学担任校长。过去的那些年，李重天工作任劳任怨、兢兢业业，从最初的青涩的年轻教师，成长为有经验、有气魄、工作能力和领导能力都极强的校级领导。他吃过很多苦，经历很多磨难，不但没有被困难压垮，反而越战越勇，越到后面越是觉得有方向，有目标。

他给自己的座右铭是六个"心"：做事要细心、耐心和恒心；做人要热心、诚心和爱心。如今他最深的感受是：时间不够用。很多事情都需要他马不停蹄地去做，需要坚持不懈地做，需要夜以继日地做才能完成。但是他知道，饭还是要一口一口地吃，事情需要一步一步地做，凡事急不得。

眼下，他正在看教育局刚刚发布的一个红头文件。那文件上写着：关于开展省级特色示范学校评比的通知。李重天仔细看文件，立刻从中获得了一个重要信息：学校要发展，就必须在原来的基础上做一个提升，让学校向省级特色示范学校靠拢。通阳中学是通阳市区一流的高中，创建省级特色示范学校是义不容辞的重要任务，这不仅关系到学校今后的发展、全体教师的利益，更关系到通阳市教育的前途。一个地级市，不打造出一个高品质的一流学校，那就对不起方圆几百里的百姓，对不起脚下这片滋养他多年美丽富饶的土地。

李重天决定马上开一个党组成员会议，讨论并制定创建特色示范学校的方案。

他又开始看第二份红头文件。是一份市级名师评选的通知。上面红色的大字写着：关于通阳市名师评选的通知。

看完，他若有所思地朝窗外看，一边在考虑该如何进行选拔人员，要争取让符合条件的优秀的老师都有机会参加，保证校内的选拔公正而没有漏洞。他自从到这个学校，他一直非常关注老师们，大部分老师的教学情况，他已经了解。他在脑子中点数着最优秀教师的名字：语文的沈老师、政治的刘老师、数学的金老师、英语的周老师……数完之后总觉得还有没数到，他于是又重新数了一遍，最后忽然明白了：林如蝶老师没有数上去。在李重天眼里，林老师无疑是优秀的，只是之前她不在这个学校而已。

林如蝶对各种比赛和评优没有太多的想法。自从学校政教处公布了名师评选文件,业务上有一定能力的老师,只要符合条件的,多数都报名了,但林如蝶没有,她甚至都没仔细去阅读和理解那份文件上的内容。

一天,上完两节课。林如蝶听到有人叫她,说李校长找她有事。林如蝶感到有点意外,心想,李重天从来没有单独和她约谈过,今天是第一次"钦点"她,该会是什么重要的事情呢?

她轻轻地拢了拢头发,偷偷地对着桌上的小镜子照了一下,然后又从包里掏出唇膏,迅速地在唇上抹了两下,然后抿了下嘴唇,然后吐出一口气,镇定地向校长室走去。

她一路猜想着各种各样的可能:学校的通讯报道需要加大力度? 但这个可以由办公室主任通知她呀。她班里的学生有什么事情需要她特别处理? 但这个可以由政教处通知她呀。李周豪有什么事情需要向她交代? 但这个可以利用别的时间电话联系呀,她相信李重天作为校长,不会将他自己的家庭事务这么堂而皇之作为一件大事专门派人找她到他办公室谈话。

林如蝶怀揣着疑惑走到校长室门口时,发现里面已经有四五个人,有两个刚刚和李校长说完事走出来了,另外两个正上前和李校长交流,还有一个继续坐着等。看到李校长这么忙,林如蝶在边上的椅子坐下,听前面的人和李校长交流。都是处理学校事务的。总务主任谈的是学校设备的招标问题;政教主任谈的是学校人文品质提升的方案;教务处说的是关于下一个学年的乡土教材编写计划。这些重要的事李校长一一都参与探讨。

终于,人都走完了,只剩下李重天和林如蝶。

林如蝶已经很久没有和李重天单独相处了。自从那年来通阳市报考,李重天请自己吃了一餐饭之后,林如蝶再没单独近距离地与李重天相处,因为没有时间,也没有缘由。过去的事情虽然并没彻底地忘记，但那只能作为人生旅途中曾经有过的一段记忆罢了。这个记忆或许是美好的，但故事并没往深处发展，一切都是那么顺理成章地结束了，还没来得及发生些什么，故事就收尾了。现在两个人面对面，已经是另外一码事情了。

"李校长，您找我？"林如蝶感觉自己内心还是很坦然的。

"是的，我想和你说个事。市里马上要开始评选名师了，咱学校正在做提升，学校希望有实力的老师积极参与努力争取名师荣誉。你没有报名，我觉得你很有实力，希望你能参加名师竞选。"李重天开门见山。

"这个……"林如蝶感觉有点意外。

李重天郑重其事地说："你是我们通阳中学的一员，你有责任为学校添砖加瓦，学校多一个名师就多一份实力，这就是你对学校的贡献。我希望你能和其他老师一样，以积极饱满的热情参与到各项教育教学的竞争中去，借机也让自己在新的环境里做一次提升。"

"我来这里时间不长，之前因为家庭的变故受影响，内心还有很多积压的东西没有得到释放。我原想……能平平安安地过日子就可以，没想要求得到更多的东西。"林如蝶有点不安，似乎为自己有点自私的念头感到羞愧。

"所以，我才要找你谈话。你还没有完全走出那些曾经让你伤心的阴影。有时忘记过去最好的方法是用奋斗创造崭新的未来。丢掉包袱，让一切重新开始，恢复你应有的生气吧。"李重天语调略微高昂了些。

"你说得对……"林如蝶觉得自己内心有些虚弱，但她还是很努力地表达着自己的感觉，"人这一辈子一直在成长的过程中，我现在距离现实对我的要求还有很大的差距。我会继续磨砺自己。我也希望自己能在新的环境中继续成长。"

"那先就这样定下来吧,有什么问题回头再和我交流。我相信,只要你尽心去做,肯定会有收获的。"李重天最后用很肯定的语气对林如蝶说。

林如蝶回去之后就开始制定计划了。她想,既然答应要参加名师评选,就要有计划去做。过去的成绩已经成为历史,新的征程又开始。九层之台,起于累土;千里之行,始于足下。在新的学校,自己只有一点点积累,一步一个脚印去做,才有可能做出新的成绩。

三十七

吃过晚饭,戴成仁送林如蝶回家。

此时,林如蝶住在位置比较偏的城郊梅花小区。这是林如蝶来到通阳后新买的小套两居室二手旧房。

小区的路灯氤氲昏暗,高大葱茏的树木遮住了小路的大半个天空。

也许是喝了酒的缘故,戴成仁的兴致更高,说:"你看,我们其实是很有缘分的。很多迹象都表明,你和我是可以和谐相处的同类人。更重要的是,我会对你忠心耿耿,保证会让你感受到和我一起生活是多么幸福的事情。"

林如蝶轻轻地笑,她觉得这时候的戴经理还是蛮可爱,她忍不住追问了一句:"你拿什么保证呢?"

"拿我的工资卡,拿我的房子。我正准备购置房子,我向你保证,这房子以后是属于我们两个人的,我的也就是你的,以后我的工资卡也归你管,只有家务活是归我的。"戴成仁的语气真诚而坚决,脸上满是笑意,似乎只要林如蝶一点头,他就立马兑现一切。

林如蝶有点慌,她觉得此刻的自己就好像一个唯利是图的刁女人,只看重钱,而不管其他的东西,这从来不是她的风格。之前和童大俊那么多年,她都没有考虑过钱的事情,自己的工资卡都放在抽屉里,家里要买什么都是先用自己工资卡里的钱。但此刻,戴成仁这么诚心,应该就是表达他很希望和自己走到一起组成一个新家庭。其实,他们认识四个月还不到,林如蝶觉得现在做决定太仓促了。

她沉默了。戴成仁伸手拉住了她的一只手,又说:"相信我,我会对你好的,我会把我们的生活安顿好。你放心,有我在,你今后只管享福好了,你想要的东西,除了天上的月亮,其他的我都会满足你的。"

林如蝶的心开始跳起来,她开始感受到戴成仁的热情和温度了,她在心里想。这是一个有着满腔热情的又富有创造力的男人,能说,能做,胆子大,心思细,做事踏实,应该是能胜任做老公的。但她还是不能轻易地答应他。她故意把话题扯到学校的工作上去,说:"明天还要早读,我得早起。现在不早了,你也早点回家休息吧,在外面这么辛苦,你回来得好好休息下。"

"好的,那你早点休息。接下去我有充裕的时间,到时我过来帮你做饭。"戴成仁满脸喜色被夜色遮掩了。

周末,戴成仁真的拎着从菜市场买来的一条新鲜大头鱼和几样蔬菜,满面春风来到梅花小区。

"你今天休息,让我露一手,做几个菜,也犒劳犒劳你这个辛勤的人民教师。从前只知道老师是光荣的职业,却不知道其中的辛苦。现在,看到你,才明白这份职业责任不轻啊。"戴成仁一进房间门,就把林如蝶原本清冷寂静的家搅动得有了一丝活气。没等林如蝶说什么,他就三下五除二地开始剖鱼洗菜忙乎起来。

林如蝶不好意思地说:"麻烦你了,还是我来吧!"但戴成仁根本不理会,继续做着手头的事情,一边和林如蝶闲扯。

童玲走过来,对着戴成仁叫了声:"伯伯好。"

"童玲啊,我早就听你妈妈说,说你是个很优秀的姑娘,今天见了,果真如此。难得今天休息,我来做几个菜,我们一起好好吃一顿,改善改善生活,周末放松放松。"戴成仁脸上笑意像绽放开来的花朵,一直延伸到嘴角,荡漾到整个脸部。童玲大概是受戴成仁的话感染,竟然没有赶紧回房间做作业,而是看着戴伯伯剖鱼,一边应答着戴伯伯的问话。

戴成仁见有了听他侃大山的对象,更加来劲:"玲玲啊,生活这种东西是靠人自己去主宰的,如果你要让自己生活一天比一天好,就要制定目标,然后努力去实现自己的目标和理想。人做事是需要一点精神的,人如果有那股执着的精神,很多事情是可以做成的。"

"那要想考试第一名也能成吗?"童玲眼睛看着鱼说。

"可以啊,只要你努力。"戴成仁抠完鱼鳞,开始用剪刀剖鱼肚子。

"那我想妈妈身体好一点心情好一点呢?"童玲看着戴成仁用剪刀把鱼肚子剖开,把鱼里面的内脏全部都掏出来。

"那你就努力地学习,考一个好大学,你妈妈心情就好了,你妈妈心情一好,身体也就会好起来。这么关心妈妈,难怪你妈妈说你懂事。真是个好孩子。以后,除了你妈妈关心你,我也会关心你,你将会收到一份多的关爱,未来的生活会越来越美好。"

戴成仁一边将剖好的鱼放在盘子里,一边回头看了童玲一眼,他发现童玲皮肤白皙,五官精致,脸上微带着一丝纯真的笑意,这令他心里感到放松。他知道,这个年龄的孩子是叛逆心理最强的,如果她对你反感,你很难和她和平共处,那也可能直接影响到他和林如蝶之间的关系的进一步发展。现在,他觉得可以放下心来了,一切都在自己的掌控之中。

饭菜的味道确实不错,三个人吃得很开心,还真的有一点小家庭的氛围。这种感觉对林如蝶和戴成仁来说都有点久违了,这种既陌生又熟悉,既突然又自然的感觉真是很奇特,仿佛他们三个在很久之前的某个时候曾经是一家人，只不过后来因为某种原因分开，现在又很自然而然地走到了一起。

吃完饭，林如蝶收拾残局，戴成仁则又和童玲叽叽咕咕在一起聊天了。林如蝶微笑着问童玲作业完成没有，童玲对戴成仁说下回接着聊，然后笑着去写作业了。

此后，戴成仁没出差的周末都要来林如蝶这里做饭吃饭，顺便还会给林如蝶和童玲买点小礼物来，三口之家的氛围越来越浓厚。

一晃又几个月过去了。一天，戴成仁忽然对林如蝶说："我很希望尽快拿到这个家庭的正式入场券，你是否愿意让我加入？"

林如蝶用手摩挲着自己疲惫的双眼，避开戴成仁的视线："我最近太忙了，人感觉特别疲惫，再给我一点时间，让我考虑好再给你答复。"

"你还要考虑什么呢？是在考验我对你忠心吗？你真的可以放心的。如果你还不放心，那现在我带你去一个地方，去看一样东西。"

"什么东西？"

"一种可以让你相信我的忠心的东西。"戴成仁用有点诡异的目光看着林如蝶。

"不能直接说出来吗？"林如蝶满腹狐疑。

"还是亲自去看一下为好，事实胜于雄辩嘛。赶紧收拾，我在下面等你。"戴成仁不由分说，就出门往楼下走。林如蝶看戴成仁已经下楼去，只好也下楼去，坐上了戴成仁的车。

小车穿过两边满是银杏树的柏油马路，向右拐弯，从城的西北角直抵东南角，最后在一个施工到一半工程的建筑工地边上停下来。

戴成仁指着前面一座已经建到七八层高的大楼，对林如蝶说：

"这是在建的宏宇大厦，上面都是居民住户，下面是店铺，我已经在这里定购了两间店铺，以后你如果有兴趣，可以在这里开个什么店,安安稳稳做一个老板娘。"

如果说刚才一路上林如蝶还是满腹狐疑,甚至有点不太情愿地坐上车的话,那么现在她的心境完全改变了。一切来得太突然,她简直不敢相信眼前的这一切。因为在很早的时候,她的心里就有一个梦想:拥有一个店铺,把它装修成书店的模样,自己做书店老板,坐在寂静安适的书店里,静静地看书或者写点自己想写的文字,周边还有和她一样爱看书和学习的人,有求知若渴的年轻人,有须发斑白的老者,还有活力四射的学生,他们一律和自己一样,沉醉在这温馨宁静、书香四溢的书屋里……天哪,这原本是一个遥远的梦幻啊,谁能想到忽然之间梦幻马上可以变成实现了! 今天,此刻,看得见的希望就在眼前! 林如蝶的内心激荡起一股无法言说的激动和震撼。

但是,自己之前从不曾对戴成仁说起过这个,戴成仁是怎么知道自己的心愿的? 还是根本就是一种巧合? 如果戴成仁是了解自己的愿望,而做得如此及时而巧妙,那么戴成仁可谓对自己用心良苦而真诚;如果是一种巧合,那她和戴成仁之间是有着怎样的一种缘分啊! 真的是命运在冥冥之中已经为自己安排好了后半生可以相伴的人? 为她这个曾经清高孤傲又单纯,如今正一天天走向沉默和孤独的苦难女子找好一个可以依托后半生的男人? 这个男人就是戴成仁?!

林如蝶紧紧地抿着嘴,好像非常认真地看着高大的建筑和在忙忙碌碌的建筑工人。半晌,她的嘴角终于微微上翘,露出一丝轻松而欣慰的笑意,似乎看到了大楼已经建好、书店已经书籍满架的样子。戴成仁捕捉到了林如蝶那抹微微的笑意。他似乎看到了她的内心,知道她心里是喜欢这个店铺的,这个店铺在她心里分量很重。他得意地拉起她的手,紧紧握住,眼睛看着林如蝶,坚定而又柔和地对她说:"亲爱的蝶蝶小姐,嫁给我吧,我会让你过上公主般的生活的。"

林如蝶没有说话,羞赧地低下了一直向上昂着的头,在暮色中对着戴成仁微笑了。

三十八

　　一年一度的暑期又到了。这是林如蝶的复活季节。每个学期到最后将要结束的阶段,林如蝶总是感觉精疲力竭,仿佛身体所有的元气都被掏空了一样,暑假成为她休养生息的救命时间段。而在这一阶段,除了休养,她还要做所有因为工作忙而耽搁下来没有做的事情。比如到医院检查身体,按照自己的想法买菜做好吃的犒劳自己和女儿,收拾整理混乱无序的衣柜和家里各种杂乱的物品。现在,她又多了一样极其重要的事情,那就是:她和戴成仁的婚事。平时工作忙,戴成仁没敢太多打搅她,现在,按照戴成仁的建议,暑假必须完成这个事情。

　　林如蝶并没有期望有什么正儿八经的婚礼仪式。婚礼是一种极其神圣庄严的仪式,她已经经历过一次,虽然最后没能保住它的成果,但毕竟在生命中有了一次印痕,这种印痕是刻骨铭心的,哪能随随便便再来一次?她虽然无声地答应了戴成仁,但她的心里还是不踏实的,还一直还悬着,她并没有在实际行动上完全接受戴成仁,依然多多少少地排斥着他,甚至不曾留戴成仁过夜过,她自己也从不曾到戴成仁家里住过。所以,至此她还对自己已经做了决定的选择不太确定。她偶尔就会忽然在心里问自己:我真的答应戴成仁了吗?我喜欢他吗?他真的爱我吗?他真的对我好吗?

　　除了最后一个问题,她觉得尚可用肯定来回答,其他的问题,林如蝶都觉得有点模糊。她清晰不起来,只好换个思路问自己:你想不想要一个家?这个将成为自己老公的男人人品好不好?将要组建起来的新家会不会长久稳固?她觉得答案基本上还是肯定的。那么就行了,就这样吧,省得人家一天到晚心神不宁地追着自己,弄得自己也不得安宁。把这件事情办了，一切便安宁了。

上午9点，戴成仁如约而至。他今天特地打扮了一番：上身穿着一件白底蓝条子T恤，下身是藏青色涤纶中裤，脚上一双黑色皮凉鞋，头发向后梳理得整整齐齐，还泛着一丝油亮的光。看到林如蝶，满脸的笑意不由自主地绽放开来。

"收拾好了吗？可以出发了吗？今天的林老师更漂亮了。"戴成仁的声音里带着一股特有的温情。

"就这样了，我也并没怎么可以收拾的，只不过穿了一套新裙子而已，哪里需要搞得很隆重的。"林如蝶的声音很平静，这和她的内心是一致的。

"就应该隆重的啊，咱是去领通向幸福的通行证啊，那么重要的事情，必须隆重啊。不过，你怎么穿都漂亮，再简单一块布披在你身上就和一般人不一样，看你穿的这身套裙，多有气质啊！哦，对了，等会带你去买点首饰，你喜欢什么：戒指，那是必需的，项链，你喜欢怎样的？到时到店里去挑选。赶紧出发吧，我的女王。"戴成仁的心情像烧到80度的水，虽然还没沸腾，但已经是热热的，让周围的空气也温暖起来，林如蝶很快收拾好，然后跟着戴成仁下楼。

利群黄金店。林如蝶在选择结婚首饰。林如蝶在前边走边看，戴成仁紧跟在后面。这种待遇让林如蝶有点不适应，金店内各种白金和黄金饰品熠熠闪光，让她眼花缭乱，所标的价格也是完全在自己的料想之外的。"尽量选价位低一点的，不要让他太破费了。有点东西做个纪念就行了。"她暗暗对自己说。她看到那些银光闪烁的白金专柜，首饰不但特别漂亮别致，价格也比黄金低很多，她就在白金专柜里挑选了戒指、项链、手链。她选了价格最低的钯金三件套，确定这种选择总价最低了，然后对戴成仁说："可以了，就这样吧。"

领证和买首饰一样顺利迅速，甚至更快捷。半个小时不到，两本红彤彤的本子分别放在了戴成仁和林如蝶的手中。戴成仁翻开红本仔细看了一番,然后把本子放到自己的衬衣口袋里。林如蝶则快速地瞄了一眼就把红本放进自己的包里。

接下去到哪里去? 林如蝶忽然发现这是个问题:到戴成仁的家还是回自己的家? 两个原本各自为政的人从此刻开始应该是一家人了,那么理所当然应该是在一起过日子了。林如蝶满心犹豫,默默地向前走。

"今晚就住我那里吧,今天咱们正式为一家人了。今天中午,我们要举行一个简单的聚餐,我招呼了一些我的好朋友,你看看需要叫上谁就叫上,让他们一起为我们庆祝一下,就算是一个简单的仪式,来纪念今天的日子。"戴成仁仿佛看穿了林如蝶心思。

林如蝶用沉默表示同意了,她没什么要求,只要两人能好好过日子,有没有仪式都不重要。

中餐,萍聚餐馆,一个圆桌,十几个人。李重天、周秀丽、徐花花、童玲和戴文龙,还有戴成仁单位的几个同事,林如蝶想起了父母、姐姐如梅如兰以及华朵。她想父母亲就不打扰他们了,哥哥也算了,如梅如兰和华朵原本是该叫上的,但是,现在也来不及了。她很惊讶于自己怎么事先没想到,她甚至根本就没和华朵通气,就和戴成仁领了证。但是。她又想,即便告诉她们,她们能替我做主吗? 她们还没我了解戴成仁,或者说,她们如果和戴成仁接触得多的话,可能会答应得比我还快。在这将近一年的时间里,林如蝶对戴成仁的抗拒力还是不会弱的,就像当年他对童大俊一样,也是让童大俊经受了一番艰难的等待,还差点让童大俊绝望。现在,她再回头看,把自己对戴成仁的态度和对童大俊的态度作了对比。她惊异地发现,两者竟然有很多相似之处:同样的开始比较冷漠,同样的答应对方时没有主动对对方提出什么条件,同样不在意形式。最后,林如蝶惊讶地发现,领证的时间竟然是同月同日。天哪！这是一种多么惊人的巧合啊，领证的时候都没想到，这下子忽然就发现了。

林如蝶忽然有了些莫名其妙的不安，她觉得必须给华朵打个电话。她曾经和华朵探讨过戴成仁这个人，也带华朵见过戴成仁。当时，华朵就说，戴这个人不错的，是个会居家处事的好男人，只要你能管好，应该可以选择。但林如蝶总觉得华朵对戴成仁了解并不够，以至于说不出戴成仁的缺点。那戴成仁的缺点是什么，林如蝶一下子也说不出来，但是，她觉得他肯定不是大家想象的那么完美的，虽然她还没弄清楚，但她总是有种预感，或许结婚后她会发现他身上存在着的缺点。

吃过午饭，林如蝶打通了华朵的电话。

"亲爱的蝶蝶，今天什么好日子，让你忽然想起了我。"华朵在电话那头挺开心。

"真不愧是我肚子里的蛔虫，竟然知道今天是好日子。是的，今天是我的好日子，告诉你一个秘密。我把红本子领了。"林如蝶压低声音说。

"红本本？结婚证？和戴成仁？真的？恭喜啊！你想明白了？"华朵又惊又喜，惊喜之余似乎又有一丝不放心。

"我想好了，一个人过日子太冷清太孤单了，有个伴肯定会好一点。"林如蝶随便找找就能给自己找出领证的理由。

"祝贺你。其实我也不是不想找，只是还没看到合适的，第二次我得认真看准一点，不能再失败了。"华朵说得很认真。

"下次约个时间，我和戴成仁一起请你吃饭。然后你也要抓紧找，不要等自己变成老太婆了还没找到合适的人哦。"林如蝶顺便刺激了一下闺蜜。她太了解华朵了：此刻的华朵对结婚的对象要求很高，因为她害怕失败，越是有过失败，就越是害怕，越是害怕失败，就越不容易成功。其实,自己何尝没有华朵那种心理呢,但过去的那些年让她觉得一个人过日子是一种煎熬,她尝够了独处的孤独滋味,她知道自己并不像旁人眼中的那样,平平静静,安安稳稳,无欲无求。她其实和所有女人一样,渴望有一个属于自己的温暖的家,渴望有一个爱自己的男人陪伴在自己身旁。正因为她觉得自己骨子中还有一份对男人的依恋和依赖感,她才果断地做出了成家的决定。

晚上,戴成仁的屋子里。四个人三盘菜。童玲吃过晚饭便回学校去了。林如蝶吃得不多。倒是戴文龙,难得回来一趟,家里的一切都感到新鲜,吃饭胃口很不错,看见家里新来的阿姨斯文又漂亮,他也尽量让自己显得有礼貌。林如蝶也主动和戴文龙闲聊,了解到他在贵族学校快毕业了,计划考出国,他说父亲希望他像龙一样,能在天上飞,但他自己却对出国不太有兴趣。

第一次住这个新家里,林如蝶有一种说不出的陌生感觉。睡觉时,林如蝶不说话,对她来说,眼前这个男人的身体还是陌生的,这个陌生的身体里所散发出的气味让她很不习惯,她能感觉到从他身体里散发出来的气体分子像雾气一样向她笼罩过来,这雾气中又有很多灰尘,让她感觉到呼吸艰难。这种奇特的感觉是林如蝶从来不曾遇见过的。

三十九

失去的家园终于重新建起来了,不知为何,林如蝶却并没有开心的感觉。有些细节林如蝶也是刚刚才知道:戴成仁离婚时把房子留给了前妻,他只要了儿子,现在住的这个家是他租来的。不过,他作为最出色的销售经理和销售部的总负责人,收入应该不会低。想到这里,林如蝶心里暗暗吃惊:自己是什么时候变得这么会计算人家的经济了,以前自己和童大俊的时候,从来不考虑对方的家庭经济情况,现在,怎么对戴成仁挑肥拣瘦的了?似乎自己那么快答应嫁给戴成仁就是因为那次看了戴成仁买的那两间店铺。哦,对了,那店面房子建得怎样了,快建好了吧,什么时候和戴成仁一起去看一下。

林如蝶把这想法告诉戴成仁,说如果有时间,两人一起去看一下。戴成仁说不急,还早呢。林如蝶便不再催问。

一晃几个月过去了。年底快到了。戴成仁又要外出收钱了,每年这个时候是他工作最辛苦的时候,一年的账大部分都是这个时候才拿回来,如果力度不大,能力不强,收不回足够的钱,业绩就要受到影响。所以,这一出去要多久才回来,戴成仁自己也没多少把握,有可能会到年前才能回。戴成仁出差之前,林如蝶又委婉地提起要去看房子的话题。

戴成仁正在炒菜。

"房子早建好了,证也办好了,你就不要那么操心了。"戴成仁一边炒菜一边说说得轻描淡写。

"啊……"林如蝶想说什么话,但没有说出来,甚至连声音都没发出来,她觉得自己忽然失声了,她不敢说话了,因为她觉得自己忽然脑门有点发热,心脏开始猛跳,脸开始发红。

"那……怎么没叫我一起去呢?办证不是要签名的吗?"她终于说出来了,紧张的声音有点发虚。

"证上没有你的名字,也没有我的名字。"戴成仁依旧轻描淡写。

"啊?那……那是谁的名字?"林如蝶更加惶惑了。

"戴文龙的。就他一个人的名字。"戴成仁依旧不动声色,仿佛说一件与林如蝶没什么关系的事情。

"那……那你当时不是说是我们俩的?你为什么要那么说?"林如蝶虚弱地问,声音是那样微弱,似乎是自己做错了事情一样。是的,她有什么理由质问他呢,本来就不是自己的东西,自己没有付出过任何代价,如果人家不愿意给你,也是有道理的。

可是,一开始也不是自己向他索要的呀,是他自己说是为两个人买的,或者说就是为我买的。如果当初他不是带着我去看那店面,我或许还没答应要和他结婚的。

"怎么能这样骗我呢?"林如蝶在心里喊,她涨红了脸,站在离戴成仁两三米远的地方。

戴成仁并不理会林如蝶,也不再说话,自顾自继续炒菜、装盘,仿佛什么事情都没有发生,仿佛林如蝶根本不存在。

林如蝶终于忍不住了,突然转身,快步走向房门,打开门飞快冲下楼。一下楼,她飞快地跑起来,跑到一个没有人的角落,然后放声大哭起来。

"真没想到,原来是骗人的。为什么要骗我?你怎么可以这样骗我?才结婚,就这样地对我,那以后还有什么事情做不出来啊!我嫁给了一个骗子……天哪!……"林如蝶忽然觉得自己就是一只任人宰割的羔羊,柔弱的天性让她难于抵抗狼的欺凌,她觉得自己掉进狼窝了,后半辈子完了。

不知过了多久,她开始感觉又饿又累。戴成仁并没有出来找她,这让她更加心冷如冰。天色已经很暗了,她并不需要担心路人看见自己失态的脸,她也顾不得那么多了。她觉得浑身发冷,越来越冷,她需要回家,回到那个没有欺骗没有虚伪的自己的家。可是,一抬头,她已经走到了戴成仁所在的家的楼下。她不想上去,可是,不上去,她又能去哪里?自己原来住的房子的钥匙在包里没带下来,如果要搬回去住,也不是现在,现在她两手空空,没有其他地方可去。

她只好慢慢地向上爬,爬上楼,擦了擦脸上的泪痕,然后尽量装作若无其事的样子进去。门虚掩着,并没有锁上。她径自走进卧室,没有侧身去看坐在客厅里的戴成仁。她轻轻地关上卧室的门,然后无力地躺倒床上，迷迷糊糊地闭上了眼。

不知过了多久，林如蝶感觉有人打开卧室的门，悄悄地走进来了。她微微睁开眼，想看清楚那人是谁，却看不分明，室内的光线很暗，她是隐隐地觉得是个男人，是谁呢？好像有点像童大俊。矫健的步伐，健硕的身材。她等待着他的靠近。可是，她却忽然觉得那个靠近自己的身影伸出黑色的双手卡住了自己的脖子，将自己掐得透不过气来。她拼命地挣扎，一边用劲全身力气喊："放开我，放开我。"但是，她却喊不出来。她继续挣扎着。黑影慢慢离开了，她的身子也变得轻飘飘的，似乎飘飞起来了，从床上飞起来，向窗外飞出去，一直向黑漆漆的无边天幕外飞去。在黑黢黢的天地间，她穿过古老的村落，掠过荒无人烟的旷野，飘飞过幽暗阴森的峡谷。终于，她的身体失去了平衡，失去了继续飘飞的力量，忽然向世界的边缘——黑暗无边的深渊坠落下去……她惊骇地大喊"救命，救命"。

林如蝶感觉有一双暖烘烘的手臂抱住了自己，她醒过来了。戴成仁已经把她翻过身来并紧紧抱住了。"怎么了，如蝶？做噩梦了？不要怕，有我在。"戴成仁安慰道。

林如蝶浑身冰冷，额上满是冷汗，她蜷缩在戴成仁的怀里，瑟瑟发抖。她没有说话，轻轻地啜泣了几下，然后又闭上眼。她忽然发现，世界上有比被欺骗和没有房子更可怕的东西，那种被人卡住脖子往死里整和坠入黑暗深渊的感觉，比被欺骗和没有房子可怕多。现在，她至少还有一个可以庇护自己的怀抱，有一个可以安稳睡觉的家。林如蝶在心里对自己说，必须有一个正常的家，过正常的生活。已经失败了一次了，不能轻易再放弃这个再次重建起来的新家了。房子的事情就暂且放下吧，好好地和他过日子吧。

林如蝶决定把自己梅花小区的小套旧房子卖了，在离学校近一些的地方重新买一套稍微大一点的三居室房子。她把想法在电话里和戴成仁说了,戴成仁说你看着办吧。林如蝶就把旧房子挂到中介卖了,同时又在中介的陪同下开始到处看房子,她把课余饭后的时间都用上了,最终选了离学校比较近的阳光1号小区里面的一套七成新的三居室的房子。

开始装修房子。戴成仁说自己比较忙,装修的事情也许帮不了多少忙。林如蝶心里想:你当然忙的,我也不指望你,自己慢慢弄,我辛苦都是应该的,谁让我想住大房子呢。装修的钱也肯定不够,只能自己去想办法了。

花了两个多月的时间,林如蝶终于把房子简单地装修好。终于能住上让自己满意的房子了,林如蝶觉得这是她人生当中的一件大喜事,这件喜事足够抵消之前一段时间的不开心。

她想趁这个机会,叫上亲朋好友一起聚一下,庆贺一下,让他们知道自己开始了新的生活。

那天早上华朵第一个敲开林如蝶的家门。

出现在林如蝶视野里的华朵比以前更加美艳:一袭白色纺绸无袖长裙,腰间系一条金色细腰带,乌黑的披肩长发,鼻梁上架一副金丝边框眼镜,鲜红而有棱角的嘴唇,圆润的下巴,白皙的脖子上一圈细细的彩金链子,花纹精致的金链子伴随着主人皮肤微微的抖动闪着耀眼的光芒。她的身后跟着毛卓成,穿着一套耐克运动服,脚上有耐克标志的鞋子崭新锃亮。

"欢迎欢迎,快进来。"林如蝶一边擦着手从厨房里出来,一边朝屋子里喊,"玲玲,快出来,看看谁来了。"

童玲从卧室里走出来,来到华朵和毛卓成的面前。站在华朵和毛卓成面前的是一位身材匀称、面若梨花、光彩照人的姑娘。她白里透红的面庞,光洁的额头,微微卷翘的细睫毛下面是一双晶莹剔透的黑葡萄般的眼睛,高挺的鼻梁,轻启的淡红色嘴唇线条分明,给人温文尔雅之感,浑身上下又散发出豆蔻年华女孩所拥有的纯真、从容和自信。

看见华朵和毛卓成,童玲十分有礼貌打招呼:"阿姨好! 卓成好!"

"哇,几年不见,玲玲变成大美女了!"华朵又惊诧而又欢喜。两人进来坐下。

"谢谢阿姨夸奖。阿姨吃水果。"玲玲一边给华朵削苹果,一边和毛卓成说话。这边,林如蝶带华朵参观房间,完后两女人坐沙发上轻声说话。

周秀丽和李重天来了,带着李周豪。周秀丽见到华朵也热情地迎上去和她说话:"哦,你就是华朵啊,常常听如蝶提起你,果然光彩照人呢!"周秀丽发出由衷的赞叹。

"哪里哪里。你是秀丽吧,如蝶也和我说起你的,还有李大哥,你们可都是教育界的精英啊,当然还有如蝶,为了培养社会接班人,你们辛苦了。"华朵边说边微笑,让人感觉优雅精干而又落落大方。

"哪里是什么精英,教书匠而已。我刚刚离开教学一线,到教育局去了,在教育局教育科。"周秀丽说。

林如蝶听了觉得很意外,她没想到秀丽竟然离开讲台了,心里莫名其妙地产生了一丝失落。不过,这一丝感觉很快地像一小片丝绸滑落到地上一般。因为她又觉得,秀丽离开教师岗位,肯定是因为李重天太忙了,这样秀丽可以腾出时间关心儿子照顾家。

"到教育科有职务吗? 你在学校里可是政教主任啊。如果去了没职务,那岂不是亏了。"林如蝶有些戏谑。

"哎,不管什么职务不职务的,重天太忙了,儿子需要一个人关照啊,这样也是为了让重天能更安心地工作。如蝶,你可要坚持哦,能一直在讲台上坚守到最后的老师才是真正的好老师。不要学我做逃兵。"周秀丽感慨地说。

"如果有机会,我倒也宁愿做这样的逃兵的。不过,想到咱们的孩子都必须经过高中三年熔炉的考验,我想我能坚守在这个岗位上还是很有价值的。站在教学一线,和孩子们在一起,是不断逼迫自己向前的一种方式。"林如蝶拉着周秀丽的手,把他们引进了客厅落座。

李重天和李周豪走向书房,李重天看到里面三个年轻人在说话。童玲、戴文龙和毛卓成也看到了出现在门口的李重天。三个人对着李重天一起叫道:"校长好!"

"今天应该叫叔叔。"李重天带着一丝嗔怪纠正道。

"李叔叔好。"几个赶紧改口,然后不约而同地笑了。

几个人又把目光投向李周豪。

李周豪穿着一套白色的标有阿迪达斯图案的运动服,看上去精神状态特别好。

"我今天特地穿了这身衣服,是为了吃完饭去打篮球。进入高中以来,我都没时间打球啊。等会儿吃过饭大家一起去,如何?"李周豪说。

"太好了……"几个都乐呵呵地答应着。

"你们今天打球可否邀请一个老人家参加?我的意思是我可否加入?"李重天看着三个小伙子。三个小伙子愣了一下。

"那肯定欢迎了。叔叔和我们一起打球,太好了,我也是篮球运动健将呢,我到时可以和叔叔较量较量。"戴文龙第一个反应过来。

"李校长真的要和我们一起打球?"毛卓成似乎有些怀疑。

"爸爸您不是开玩笑吧?您怎么可能有时间?"李周豪睁大了惊诧的眼睛。

"我今天就是有时间了。你忘了你爸读大学时也曾是校篮球队的前锋哩!就是一直没有时间,今天我沾一下你们的光,向你们讨教,顺便也活动活动筋骨,呵呵。"李重天不紧不慢地说。

"真是太阳打西边出来了。好,那就欢迎加入,咱们下午两点半学校篮球场见。"李周豪对着父亲做了个鬼脸。李重天微笑着走出房间,把那片空间留给了那群春光灿烂的年轻人。

客厅里,三个女人叽叽喳喳地谈天说地,从房子谈到孩子,从工作谈到家庭,从男人谈到丈夫。李重天走过来了,但他被电视节目吸引住了。屏幕里电视台记者正在采访通阳市最新一届的高考理科状元。

记者问:"请问你能取得这么优异的成绩,是否有什么学习秘诀?"状元女孩答道:"没什么特别的方法,就是刷题,理科刷题比较容易获得高分。"记者问:"平时在家父母管你多不多,你觉得父母对你严格吗?"状元答道:"父母自己工作也很忙,我基本上不需要父母管束,我自己会面对一切。进步了,开开心心。退步了,就会给自己压力。有一次我因为没有考好哭了,父母并不知道。"记者又问:"你和父母平时交流多不多?"状元女回答道:"一般吧。知道父母忙,有要紧的事情我才和他们说。"

看到这一幕,林如蝶转过头来问华朵:"你们已经准备好把儿子送到国外读大学了吗?"

"是的,在国内进好学校太难了。"华朵压低了声音,仿佛怕被毛卓成听到,"儿子他爸的意思是想让他学医,最好是牙科,子承父业嘛。"华朵说。

"那不错啊,他也算是尽了一个父亲的责任。我们家玲玲是要老老实实地待在国内的,因为他爸爸肯定不会同意的,而我一个人又没有足够的能力负担。"林如蝶说话时偷偷朝孩子们在的方向瞄了一眼,然后叹了口气。

"谁说都要出国的? 在咱国内读大学就不能成才了? 孩子有能

力,你让他出去见识见识,但并不意味着出国就是好。"李重天看到林如蝶叹气,马上插话,表达了自己的看法。

"如蝶你愁什么呢? 玲玲这孩子情商很高的,到哪里都会很出色的。你没听到大家在唱吗:孩子读一流大学,那是为世界做贡献;孩子读二流大学,那是给国家做贡献;孩子读三流大学,留在身边,才真正能照顾到父母,能为家庭做点贡献了。到时,玲玲没去世界一流的大学,留在你身边的机会岂不是更多,你们彼此能互相照顾,这比什么都强啊。"周秀丽一番话让林如蝶获得了不少心理安慰。她忍不住笑了:"这顺口溜说得倒挺实在的。是的,孩子能在身边挺好的!"

正谈论得热火朝天时,戴成仁电话打过来,说让林如蝶带着客人下楼,他开车过来把客人接到饭店去。饭店那边,有些客人已经到了。

林如蝶一行等人分坐戴成仁和李重天的车,驶向白天鹅饭店。

白天鹅饭店,客人们已经围坐在一起。如梅和如兰也来了。

"姐夫也没来?"林如蝶问如梅。话一出口她就觉得自己问得多余。自从大学毕业后她因为和童大俊结婚与姐夫发生矛盾以来,她和姐夫之间就有了隔阂,这种隔阂没有谁刻意主动去化解,一直就这么存在着,或者说谁都不愿意先低头,因为谁都不觉得自己有什么错。那么就顺其自然吧,世界那么大,朋友那么多,事情那么繁杂,留着这么一个小问题没解决,这并不影响各自的生活。生活的苦水,林如蝶已经喝了不少,这种事情,现在她完全可以做到忽略不计。她甚至可以很平静很淡然地面对父母的事情,甚至能做到勉强自己做自己并不很情愿的事情,比如和戴成仁和和睦睦地过下去,而不是像和童大俊在一起的时候那样心高气傲,自认为没有男人自己照样会过得很好,然后高傲地离开。她已经开始学着隐忍,对人对事都不做出急躁的决定。她想,之前也许就是因为太急躁,做出了或许是错误的选择,以至于后悔也来不及。生活千变万化,永远会有新的矛盾和问题不断地产生,面对困惑,还是以慢的方式来处理为好,在慢处理的过程中,或许能看清一些真相,获得一些经验,明白之前不曾明白的道理。

"戴经理,今天您是得了一个宝贝,咱林老师不但是个大美人,而且心聪目明,德才过人,和戴经理有缘,是戴经理的福分啊。戴经理以后可一定要珍惜哦。"林如蝶听到周秀丽正对着戴成仁说话。

戴成仁的脸上露出灿烂的笑容,开心地回应道:"周老师真是说到我心坎里去了,我也觉得林老师就是个宝。我是含在嘴里怕化了,捧在手里怕摔了。这个宝很珍贵,我都不知道用什么方法来保存才会稳妥。哈哈哈。"

林如蝶一一招呼着客人,整个宴席合上,她配合戴成仁秀恩爱,虽然她在心里对戴成仁有很多不满,但在家人和朋友的面前,她还是给足了他面子,配合他进行各种口语秀,毕竟这是他们进新房的一种仪式,差不多也可以看作是他们结婚后第一次正式请客,尽管非常简单,但她还是希望将温馨融洽的一面展示给亲朋好友。

宴席结束,李重天和李周豪等一帮人如约打球去了。

通阳中学的操场上,李重天微胖的身材暴露出他长期缺少运动的状况。他的步伐有点缓慢,抢球的动作也不够敏捷,和他年轻时在球场上的表现相差甚远,如果不是李周豪他们让着点他,估计他能抢到球的机会并不多。半场下来,他累得满头大汗,气喘吁吁。

"爸爸,你说自己以前打球如何厉害,今天看你的表现,我觉得你属于吹牛类型的。"趁着休息时间,李周豪笑着数落父亲。

"唉,没想到如今退步得这么快。岁月不饶人啊。"李重天边擦汗边喘着气说,"应该是长期缺乏运动造成的,如果可以,我也希望能腾出时间锻炼。"

"爸,我觉得你球技退步才是正常的,谁让你工作这么忙呢,一年到头做不完的事情。你看你一个星期下来能和我见上几次面?和我说上几句话?为了学校,你快连儿子都不要了。爸你也是够拼的了。"李周豪一不小心又开始数落父亲起来,看来,这个父亲欠儿子的似乎有点多了。

"校长为了学校的发展日理万机,能有这般球技已经很不错了,我为校长伯伯鼓掌。"童玲一直在一边观看助威,此刻,她却鼓起掌来。

"你想让我爸爸高兴一下,放心,我数落我爸,他不会不高兴,别人说他,他都不会放在心上的,只有我们家的女王——我妈开腔,他才会竖起耳朵好生听进去。嘿嘿,这个你就不知道吧。"李周豪笑着对着童玲说,然后斜着眼睛看着李重天。

"听说你妈妈也是很优秀的老师呢。李周豪你挺幸运的,生在教师之家,难怪考试总是拿高分,莫不是靠了爸妈的那点基因自傲了吧?"童玲忽然把矛头转向了李周豪。

"谁说的,我靠的是自己努力。你没看见我一天到晚在刷题吗,童美女?照你这么说,你这次作文获奖也是沾你妈妈林老师的光了,不是你自己的本事?"李周豪立马回击。

"好不容易获一次奖,那是我挑灯夜战废寝忘食换来的。这一年,我可是瞒着我妈林老师大人读了一堆课外书的,为此,我几门功课分数都下降了,害得我妈差点慌了神。"童玲把头转向李重天,"校长伯伯别把这事告诉我妈哦。我现在已经慢慢把功课补上去了。"

"玲姐,不妨说说你看书的体会吧。"毛卓成有点好奇。

"读过一本好书,就像交了一个益友。鸟欲高飞先振翅,人求上进先读书。不读书的人,思想就会停止。没有比读书更好的娱乐更持久的满足了。读书的好处也许不能很快地在考试分数上体现出来,但对于人的心灵的滋润和丰满是毋庸置疑的。"童玲信手拈来,口吐莲花,让在场的人都向她行注目礼。

"童玲同学,看来你要超过你妈妈了,后生可畏啊。你想不想以后也和你妈妈一样,做一名中学语文老师啊?"李重天用欣赏又怜爱的目光看着童玲。

"李校长,你觉得我可以当语文老师吗?"童玲擦着额头上的汗,看着李重天反问道。

"爸,你知道吗,我们都不想选择师范专业,是因为我们觉得做老师很辛苦。多年来,我们亲眼看到老师们每天披星戴月,早出晚归,忙得家里顾不上。像您、妈妈,还有林老师,你们都是最真实的样板。虽然我们尊敬老师,但我们当中很多人却并不想让自己以后这么辛苦。"没等李重天回答,李周豪便接着说道。

"我想以后从事金融行业,不过我爸爸希望我做医生。"毛卓成说。

"我也没想过要当老师。"戴文龙也说。

"现在有不少年轻人不喜欢当老师,认为当老师太辛苦,收入也不高,我觉得那是一种很狭隘的思想。我们选择一门职业,不能只停留在考虑个人的利益上,更要考虑到国家和社会的需要。比如中国汉语言文学,需要有人继承并发扬光大,如果同学们能为了汉语言文学的传承,报考师范专业,那就是对我国传统文化和教育事业的最好贡献。"李重天郑重其事,字字珠玑。

"所以,我觉得当老师其实是很有意义的事情。"童玲顿了顿,然后看了看李周豪等几个人,笑着说道,"也许我就是那个偏偏要报考师范的那个人……呵呵呵。"

童玲说完,转身大踏步向前走了。

傍晚的斜晖铺洒在宁静的校园,李周豪看到了柔和的阳光下一张秀美的侧脸,一绺被汗水沾湿的头发黏在白皙的脸颊上,高挺的鼻梁在金黄色的余晖的映衬下显现着柔美的轮廓,长而微微上翘的睫毛忽闪地眨了几下。他忽然觉得她是那么好看,是那么富有青春的活力和魅力。眼前的童玲让他觉得熟悉而又陌生。他把视线转向自己的父亲。他看到父亲李重天的脸上露出了欣慰的笑容,眼睛里散发出了赞许的目光。

四十

猪年腊月的朔风格外的凛冽,它顽皮地从林如蝶倒罩在胸前的长长的风衣里穿过,钻进她短短的小棉袄,又穿越那层不太厚实的线衫,最后穿透最里面那层薄薄的贴身内衣,直渗进林如蝶的肌肤,吹得她感觉自己像衣服被扒光了一般,光身子任凭透凉沁骨的寒风将自己吹成冰人。回到家,停好电瓶车,上了楼,进了房间,关好房门,林如蝶哆嗦着打开取暖器烘烤着自己,这时,包里的手机响了。

肯定是戴成仁的。果然,电话刚接通,戴成仁那头颇为焦急的声音便传过来:"怎么这么久才接电话啊! 在忙什么啊?"

"没忙什么,才到家。"林如蝶不紧不慢地回答,一边在猜测戴成仁打电话的意图。

"要过年了,我已经把年货买好了,放在客厅角落的地上。"戴成仁兴致勃勃地说。林如蝶顺眼看去,家里客厅的一个角落已经堆放着一堆东西,显然是戴成仁刚买来的年货。

"哦,看到了,看起来要拜年的地方很多啊。"林如蝶轻声说。

"那当然,到时候你只管跟着吃饭就行了。"戴成仁的声音里满是笑意,看起来心情很不错。

但这并不能感染林如蝶,之前戴成仁就对童玲说,希望她到她爸爸那里过年。十七八岁的女孩子是最敏感的,戴成仁一句话还没完全吐完，童玲马上就答应了。林如蝶一想到玲玲那么毅然决然离开的样子，心里就泛起一种说不出的凄冷滋味。

大年夜，三个一起吃年夜饭。年夜饭吃得很安静，戴成仁偶尔说几句让人提神的欢快之语，戴文龙也和父亲互问互答几句。林如蝶几乎没说什么话。

正月初一到初三回戴成仁老家拜年。林如蝶提不起精神，但为了礼貌，她和所有的亲戚朋友都热情打招呼，对所有的客人都笑脸相迎。戴成仁很开心，每天笑意盈盈，携妻带子，东奔西走，收获到满满的溢美之词。

正月初四，按照计划，戴成仁和林如蝶一起到青水老家拜年。

看到如蝶和戴成仁出现在门口，林兴盛赶紧把女儿女婿引进屋子。余仙花的脸上露出欣喜的神色。这种表情在林如蝶的眼中是陌生的。她记忆中的母亲对她选择对象的问题上态度是强硬的。那时林如蝶大概是被父亲林兴盛宠坏了，竟然不顾她的反对，一定要嫁给那个叫作童大俊的穷小子，让她和林兴盛难过了好一阵子。如今女儿尝到了苦头，那个童大俊已经抛家弃子，如蝶一个人也孤单地过了三年。现在，如蝶终于找到了归宿，听如蝶说姓戴的工作不错，为人也蛮好。现在，这个女婿就在自己跟前，余仙花不由得睁大眼睛细看。

眼前的女婿，个子高高的，皮肤白皙，五官周正，头发向后梳理得整齐而发亮，手上还拎着大大小小的包，看上去就是一个精明能干、做事讲究的男人。

"快坐下，喝点热茶，一路辛苦了。"余仙花和林兴盛一起赶紧招呼女儿女婿。

屋内有些昏暗。林兴盛端出米糕和番薯花，又去厨房拿热水瓶来沏茶。林如蝶将窗户打开了一扇，让房间里的光线和空气变得好些。

　　戴成仁把手里的东西放在桌上，又从口袋里摸出两个大红包，一个塞到林兴盛手中，一个塞到余仙花手里，笑着说："过年了，给爸妈每人一个红包，你们自己买点喜欢的东西。"

　　林兴盛笑着对戴成仁说见外了，余仙花稍微推辞了下也就收下了，一边说："人回来就是了，不需要买啥的。"林如蝶看到，父母亲的眼神里透露出欣喜，他们对女婿的第一印象是很不错的。

　　"爸爸现在还好吧？"林如蝶看到父亲比以前消瘦了些便关心地询问情况。自从那年父亲学校出事，全家人担忧难过了好多天。幸好后来学校里有一批家长联名上书，认为不该将责任都让林校长承担，他们呈列了林校长之前为学校所做出的贡献，希望上级部门能对林校长从轻处罚。最后，教育局以及相关部门经过慎重研究，给予林兴盛记大过和免职的处罚。林兴盛退下来后做了两件事情，一是动员中村初中的新领导以学校的名义向教育局提出申请，要求中村初中设立中考考点，二是立刻联系了三位学生的家长，和他们进行交流，最后和他们达成共识，联手创办了一个名叫"青水特产"的土特产公司，进行米糕、番薯花以及番薯片等本地特产的加工和销售。之后林兴盛的工资也基本上都投到了公司里面，当然，他也几乎将自己所有的精力倾注到了那上面。

　　"县政府已经批准中村中学设立中考考点了，'青水特产'公司现在已经有了样子，开始盈利了。一年比一年好。有了收益，他们几个可以开始按计划去做了。"林兴盛平稳的话语当中带着一丝欣慰。

　　"什么计划？"林如蝶问。

　　"我建议他们再生一胎。他们还年轻，原来的孩子没了，现在开始要第二胎还来得及。政府也允许的。"林兴盛语气中带着释然。

　　林如蝶忽然心头一热，她觉得父亲太了不起了，为别人考虑到了最实质的层面。

"之所以要先创办公司，就是为了解决经济问题，有了收入，才能养育后代，他们的精神才会有支柱。现在，他们三家夫妻的状态还好，其中两个妻子已如愿怀孕，状态还不错。他们也非常理解我，不怪我。但我心里明白，我必须尽我所能去帮助他们，让他们重新找到家的温暖，否则我的心会一辈子不安宁的。"林兴盛抬头看着女儿和女婿，目光中流露出一股执着，额上皱纹一层层清晰地排列着。

"所以，你爸爸很忙的，那个公司比家还重要。不过，我理解他，也支持他的。"余仙花说，"家里如兰、如梅经常会过来帮忙的，等会儿如梅和如兰要过来帮忙做饭的，今天家里一桌子怕是坐不下了去了。等会到邻居那里再借个小圆桌面，让孩子们坐一桌。"

离吃饭的时间还有一阵子，林如蝶打算先去看一下华朵。她给华朵打了个电话，让她在家等，她马上就过来。

林如蝶一个人拎着一袋过年前金山县胡柚镇中学的学生给她寄过来的胡柚，敲开了华朵家的门。

林如蝶想给华朵一个惊喜，因为她知道胡柚是华朵的最爱，每次胡柚采摘后，林如蝶都要弄点来给华朵尝尝。她边敲门边想象着华朵看到自己时欢欣雀跃的样子。

开门的不是华朵，是一个高个子男人。男人长得钻石脸，皮肤有点太阳色，头发浓密，眉宇间透露着灵活劲和英俊气。

"请进。"男人非常礼貌地说，等林如蝶身子都进屋后便躬身去关门。这会是谁呢？是华朵说的钟老师吗？

"蝶蝶，你终于来了，盼你盼了好久了。让我看看你，又有啥变化了？"华朵人没出现，声音却早已经从厨房里传出来了。看到林如蝶时，她上前来，一下抱住了她，俩闺蜜抱在一起，一阵尖叫，不知道是哭还是笑。

"唉,怎么又瘦了些,比上次还瘦。不能再瘦下去了,再瘦下去,风真的一吹就把你吹倒。"华朵带着一丝嗔怒。

"我给你带来些胡柚,你先吃,吃完还想要的话,我再给你弄点来。"林如蝶指着地上的袋子说到。

"不要太记挂我,你要多担心你自己的身体。我现在很好。"她转过身看了一眼高个子男人对林如蝶说,"这就是钟伟,青水二中的知名体育教师。"

"哦,这么英俊威武,充满勃勃生机,原来是体育组的大帅哥呀,朵朵你好有眼力!"林如蝶赞叹道。

"林老师过奖了,我们同行,你是通阳府上的老师。比我高一个级别的,以后你还希望你多多指导。"钟伟谦虚地笑道,一边忙着给林如蝶倒茶。

凭感觉,林如蝶觉得华朵和钟伟的交往有一段时间了,她看到钟伟在这个家的一举一动比较自然,已经有点主人的状态,而且看上去,他性情温和,举止得体优雅。林如蝶心想,这个挑剔的华朵,总算找到一个合他心意的人了,真不容易。

"我和钟伟打算过了年到海南那边玩,你和你家老戴要加入吗?住宿免费哦。"华朵有点得意地看着林如蝶。

"免费?你那边有朋友?住朋友家,还是宾馆招待?什么样的朋友啊,这么阔气。"林如蝶有点惊喜。

"是钟伟自己的,钟伟不久前在海南买了房子。他说每年寒假可以去住一段时间,就可以逃离咱们江南低温潮湿的冬季,特别是年纪大的人,到了那边,血液循环都会好起来,原本有血脉不通关节疼痛毛病的,到了那里慢慢就会好起来。像你这么怕冷的人,冬天到那边住住,不知道多好呢。"华朵一边说,一边往林如蝶手里塞桂圆干,"多吃点,补补身体,看你都瘦成猴子了。"

"没办法,牙齿不好,吃东西就吸收不好……哎,海南有房确实好啊,冬天里面多暖和啊。钟老师真厉害,花了不少钱吧。"林如蝶表现出羡慕状,但心里却很清楚,自己是去不了。寒假只剩下十天了,她还有好多事情没做:整理家务,陪伴家人,看望父母,看书写文章。自从上次李重天交代了她那件事后,林如蝶对自己的要求更加多了起来。近期她又被选入学校提升品质通讯报道组,所以,稍有空闲,就会不由自主地想到写东西。

"我感觉以后房价会有上涨空间。如果经济压力不大,以后留着自己寒暑假住住,改善生活质量,也是很好的。林老师不妨也去买一套。"钟伟显然对自己买的房子很满意。

"当然是想买的,可哪来的钱呢。"林如蝶微微一笑。

"其实,我也没什么家底的,老师的收入,林老师你也是清楚的。我买房首付的钱是我带篮球训练班挣来的。这些年,家长们对独生子女的培养越来越重视了,各种补课和培训班遍地开花。这不,我的篮球训练队每个周末都是人员爆满,没有报进来的家长都来求情。我不忍心拒绝他们。再说,我收费的价格比那些培训机构还低,训练也比他们更正规,学生家长都愿意来我这里。咱这也是用自己的能力和汗水挣钱,问心无愧的。"钟伟坦然地把自己挣外快的事情说了出来,看得出他对林如蝶很信任。

"可是,上头是明文规定,在职教师不能搞有偿家教的。"林如蝶声音虽然不重,但明显地流露出一种不敢苟同和担忧。

"上有政策,下有对策。上头是说不准,可是学生和家长需求很强烈,大家不都在搞吗?嘴里不说,彼此都心知肚明。难道你这么多年没办过家教?"钟伟用疑惑的眼神看着林如蝶。

"最早的时候应学生家长的要求,是辅导过一些学生。但自从上头明文规定不能搞有偿家教以来,我真的就没办过了。而且,现在,在学校的时间很长，所有的精力都花在学生身上了，根本就没有精力去搞什么家教。周末学校也让我们在学校为学生无偿补课，学生和老师们几乎都没时间在校外补课。"林如蝶很认真地说。

"那可能是学校和学科不同的原因，估计你们通阳市区高中学校管理比较正规和严格，重点高中的师生周末都在校上课的，没什么课外时间搞家教。我们是初中，周末两天都是休息的，家长们都希望把这两天的时间利用起来。所以，只要家庭经济条件允许，他们都舍得为孩子花这种钱。"钟伟说得有理有据。

"确实，补课是一种普遍现象，这也是不争的事实，这样已经造成了一些不良后果，有些家里经济实力好的孩子因为习惯于补课，上课不认真，觉得反正课外可以去补课，不懂的可以问家教的老师。课堂上被老师批评，他们也不以为然，因为他们觉得不依靠课堂上的老师，他照样能把学习搞好。所以我认为，过度的家教其实是害了孩子。反正我的女儿玲玲，到现在为止，我们没给她开过一次家教。她自己也从没想过要家教补课，有问题，在学校里自己问老师，所有的老师都愿意帮助她。"林如蝶不由自主地把女儿玲玲搬出来。

"你们两个老师，怎么一遇到就开始唇枪舌剑的。依我说，教育局这种规定也有不合理的地方。补课是学生和家长的需要，各个层次都有各自的需求，有的是跟不上老师讲课的进度需要补课，有的是想更加出类拔萃需要补课，还有的实在是基础差也需要补课，如果都不让在职教师辅导，那些教育机构聘请来的不是年老退休和精力不支的，就是非正规教师出身的，对我们学生和家长伤害岂不是更大？正因如此，才会出现上头说归说，大家做归做，彼此都睁一只眼和闭一只眼，相安无事。我家毛卓成，当年也是补过课，英语成绩才获得较大提升的，这样便于他以后通过雅思考试。"华朵出来打圆场。

"如蝶，你参评名师的事情怎样了？"华朵趁机换了个话题。

　　"各种事情在着手做。参评名师不是那么简单的事情，所谓名师，应该是普通老师的榜样，必须要做很多成绩出来的，我必须在通阳中学有突出的表现才行，"林如蝶终于找到了让自己不随便的理由，因为刚才和钟伟的一番话，她觉得自己一不小心表达出自己在有偿家教上于钟伟不同的看法了，她怕自己得罪钟老师了。

　　"我们当老师的，最大的目标只是评个高级职称而已，评上高级后，有些教师工作动力都没以前那么大了。像我们学校，有的就开始想着怎么搞家教，挣点家用，或买个好房子，或出去旅游什么的，说是再不出去走走，真的就老了。不过，我可没觉得自己老了，四十五岁，人生才刚刚开始。职称评上了，工资提升了，人生的追求更多了，生活质量更高了。虽然我接收家教学生，但是，我不只是为挣钱。带这些学生，我不但和他们相处很开心，还和很多家长建立起了很好的朋友关系。你看，我和朵朵，就是因为毛卓成参加篮球培训认识起来的，我今天能与这么美丽大方、气质高雅、聪慧过人的美女医生走到一起，就是家教带给我的机缘啊。感谢篮球！感谢家教！虽然很忙碌，但是，生活很美好。我说得对吗，亲爱的朵朵大夫？"钟伟说完后朝身边的华朵做了一个鬼脸。

　　林如蝶看到，华朵满是欢喜，但她却故意绷着脸，严肃地盯着钟伟："不要胡言乱语，小心被教育局的人听到了，会以违反教育教学纪律来处置你。挣了几个小钱，到时全部吐出来还不算，到时还要被学校除名呢。"

　　"你喜欢他什么？是看他长得帅，还是因为他的巧舌如簧？"趁钟伟到厨房拿热水瓶之际，林如蝶把嘴巴凑到华朵的耳根笑着说，"没想到你也是个好色之徒啊。"

　　"好色是人之常情，你当初看上姓童的也不就是因为他姓童的英俊潇洒，男人也可以是秀色可餐的。不过，钟伟更令我欣赏一个的是他的气质,敦厚又不死板,英武也不乏儒雅,虽然是体育老师,却无粗俗野蛮之气。总之,目前他是让我最有感觉的男人。"华朵回应林如蝶道,"卓成在初三毕业的那个暑假一天到晚跟着钟伟打球。自从钟伟带他打篮球,他的篮球技术进步飞快,个子也长高了不少,性格渐渐开朗了。"

"那不错,让孩子和他多多相处,这个家以后会和谐的。"林如蝶若有所思地说。

"你新组的家有什么矛盾出来吗?"华朵突然盯着林如蝶问道。

"有。"林如蝶转身看了看身后没人,继续说到,"问题真不少,都是之前没想到的。但今天先不说这个。你们稍微准备下就出发,一起到我父母家吃个饭,好不容易过年才得空,大家在一起多聊点开心的。"

"等下卓成,他今天要过来。"华朵说。

"哦,卓成呀,他爸现在怎样了?"林如蝶忽然想起不久前华朵在电话里和她说起毛忠革和宋宁吵架的事情。

华朵压低了嗓门:"听院里的人说,毛忠革怀疑他们的儿子毛卓越不是亲生儿子,有可能是宋宁和别人的,因为他怎么看都觉得那孩子不像是他这个家庭的成员。毛忠革你知道的,那张面皮挺白净的,五官也不赖,宋宁更是没话说,可两个人生出来的儿子怎么就那么丑,脸型和他们俩没有一点像的地方。为了这事,毛忠革暗地做了些调查,最后不知道从哪里得来的消息,说宋宁是做过面部整形手术的,整形前和整形后相差可远了。毛忠革说宋宁欺骗了他,想要和她离婚。"

"啊,这样啊!那现在他们离了吗?"林如蝶颇感惊异。

"没有,宋宁死活不同意,她说看在儿子的分上,希望毛忠革能原谅她,她会把儿子培养成才考上名牌大学的。"华朵微微一笑,"说实话，我还是有点同情宋宁的，不惜冒着风险接受那种痛苦的手术，却没想到孩子的诞生还是让她露了馅。"

"那孩子真的那么丑?"林如蝶觉得事情有点不可思议。

"其实也说不上特别怎么的，至少还是正常人的样子，一个鼻子两个眼睛的，卓成曾经把他带来玩过。"

"这是毛忠革自找的，喜欢女人的漂亮，朝三暮四，把咱这么美丽的朵朵弄丢，后果他自己承担。这种事情孩子是无辜的，可别又糟蹋孩子!"林如蝶为无辜的毛卓越抱不平。

"笃笃笃"有人敲门。华朵去开门，毛卓成出现在门口，手里牵着一个三四岁光景的小男孩。

"妈。我把卓越也带来了。林阿姨好! 钟老师好!"毛卓成看到林如蝶便热情地打招呼。林如蝶看到站在毛卓成身边的小男孩，又瘦又黑，五官毫无特色地拼凑在一起，完全没有哥哥卓成的俊秀之气。

"阿姨好。"毛卓越学着哥哥的口吻对林如蝶和钟伟叫道，声音还稚气未脱。

林如蝶注意到，卓越和哥哥确实完全不像，卓成完全是毛忠革的版本复制，而卓越他和英俊潇洒的哥哥在一起，有天壤之别。

四十一

一行人到林家的时候，林家已经摆好了饭局，林家的人都来了，中饭摆了两桌。

大姐夫蒋海洋和林如蝶坐在同一桌。这让林如蝶很觉意外，凭她这么多年对蒋海洋的了解，她知道他是不太愿意和自己接触的，今天怎么突然坐这儿了? 她刚回家时看到蒋海洋和戴成仁在说话，就让她颇感意外。过去的那么多年，蒋海洋所做的一切，都像铁烙一般地刻在了她的心里,她很难将它们从记忆中抹去。她只要一见到蒋海洋,脑子里就立刻浮现出当年他在她面前呈现的那张冷漠的面孔、鄙夷不屑的眼神,还有那些尖酸刻薄的讽刺挖苦的言语。

如兰一直忙碌着,她是这顿饭的主厨。看着如兰在厨房和客厅间来回跑,还偶尔走路停下来歇会儿的样子,林如蝶便起身过来帮姐姐。

"都好了,你就不要弄脏手了,难得回来一趟。"如兰不让妹妹帮忙。

"看你脸色也不太好,肯定太累。你歇一会儿,让我来。"林如蝶心疼地说。

"没事,就是这阵子经常觉得肚子疼,也不知道咋的了,好像也没吃什么。上次咱妈隔壁的王二婶一家,因为吃了喷了农药的空心菜,一家人中毒进医院。隔壁邻居都吓坏了,幸好送到医院及时。现在的蔬菜,据说十有八九都要用农药。所以,我洗菜的时候特别仔细。"如兰说完,眉头忽然一皱,手连忙按住肚子。

"怎么了,肚子又疼了?马上去医院看看吧。"林如蝶关切地扶着如兰在厨房的板凳上坐下。

"没事,去看大家聊天吧。"如兰摆摆手,拉着妹妹一起坐到大桌上,开始关注大家聊天。

虽然是一家人,但以这样大团圆的方式聚在一起,每年也只有一两次,一次就是春节大聚会,另外有可能是某家操办大事,比如某人过大生日,某家的孩子考上了大学,等等。之前还要多一点,林兴盛出事后的这几年,这个大家庭的喜事也变少了,似乎除了过年,大家都没怎么在一起聚过了。现在难得聚在一起,话就特别多,各种话题都唠:各自工作的情况、儿女的事情、长辈的身体、年收入、住房等等。

"如蝶,你现在到通阳市区了,又调进了那么好的学校,工资肯定比以前高很多吧?"顾大兵带着羡慕的口吻说。

"哪里,我怎么能和姐夫比啊。你是大老板啊,我一年的收入也许还抵不上你两个月挣的呢。"如蝶知道,顾大兵最初时是很牛气的,因为他的链条厂经济效益好,他甚至想动员如兰辞掉工作,安心在家操持家务。

"唉,这年头不行了啊! 你看看,现在实体经济都挣不到钱,我这厂子效益也是王小二过年,一年不如一年。接下来连工人的工资都要发不出来了。这个厂子怕是要倒了,我也要喝西北风了。"顾大兵神情有些沮丧。

"是啊,听说如蝶那个学校是通阳市最好的学校,那边老师的工资比我们青水县的老师工资要高出很多,是这样吗?"蒋海洋向林如蝶投去了和悦的目光。

"没有的吧。现在绩效工资很透明,可能在其他福利上稍微多一点,但也是有限的。只不过,眼下很多企业单位和个体经济不太景气,教师相对来说还是能够保证旱涝有收。以前大家都不愿意当老师,现在不一样了,考个教师资格证也不那么容易了,尤其是年轻女孩子,能当教师,找男朋友是分分秒秒的事情。我们学校每年都有年轻的女老师分配进来,很快便有人来说对象,对方大多是公务员。"林如蝶觉得今年大团圆的气氛和往日有些不一样,心情也特别好。她想,难道真的就是自己从金山那个小破县城调到了通阳市的缘故?自己所有的微小的变化都能带来周围人的连锁反应? 这世界真的很奇妙啊!

"听说你们房子也买好了,在哪个位置? 价格如何?"蒋海洋又把话题引到了房地产上。

"二手的,并不大,也不算贵,位置不错,小区离学校也不算远。"林如蝶很奇怪自己竟然也能这么和和气气地和蒋海洋交流,她本以为这一辈子他们间的怨气可能不会消除了。可是,没想到在这个毫无准备的团圆年饭里,短短的几个对话,让多年积怨的坚冰开始悄悄地融解。有时,意外的惊喜总在不经意间发生,让你来不及弄清前因后果。

"其实,靠那点死工资,买房子是很辛苦的,还贷款不知道要多少年啊。但是,做老师的有一个办法解决还贷问题,那就是办家教班。我们青水县的家教班办得很疯狂。小学生放学早,家长们还没下班,孩子没地方可去,于是课后作业班就应运而生。那些老师把学生组织起来,放在自己的家里,辅导他们做作业,向家长收取费用。这笔钱也不少啊,初中生则是周末的文化补习班和各种兴趣班。钟老师,听说你们学校有不少老师都开了补习班,这笔收入很可观啊。"顾大兵对钟伟说这些话时眼神中有很多羡慕意味。

"是的,学校是有搞有偿家教的老师的,但钟伟没有参加。他那点工资吃吃够了,不会有另外的想法,他是个不求上进的人。呵呵。"华朵在钟伟开口之前就接过话茬,让不知所措的钟伟偷偷地松了口气。

等华朵说完,钟伟不急不慢地补充道:"其实,问题也不全在老师们的身上,学生个体也是有差异的。学习成绩落后的学生和家长有补课的需求,上面一刀切都不让补课,他们就会找那些并不专业的补课机构,那些机构的教学师资比较差,收费也特别高,家长们去那里,会蒙受更大的经济损失。"

"说的也是,千篇一律地不准办补习班也不是个办法。如何办好,如何防止乱收费,这是需要政府有关部门动脑筋的。"顾大兵说。

"大家不要光顾着讲话忘记吃了,看这个甲鱼,等下要凉了,大家趁热盛点汤,呵呵。"如兰招呼大家吃菜。她先给父亲和母亲各盛了半小碗带汤的甲鱼肉,然后顺手拿过一边的玲玲的碗,往里面舀了两勺汤。没想到,玲玲一把抓住如兰的手,轻声说道:"阿姨,我不要这汤,听说养甲鱼的人是用蛆虫喂养的,我一想就恶心。"

看着玲玲嫌弃的目光,如兰只好把玲玲碗里的汤倒进自己的碗里。她压根没想到会有这么一种说法。

"莫乱说,哪能呢?要是听你这么一说,不是没人敢吃这甲鱼了。这可是我昨天花大价钱买来,今天又辛辛苦苦炖好,本以为是给你们滋补滋补身体的,你看你和你妈,都瘦得像猴精一样了,还不肯吃。你不吃便罢,可不能乱说。"如兰一边轻声和玲玲说着,一边端起自己的碗,起身向厨房走去。她走到门边,觉得肚子又有一阵痛。她靠在门框上,一手扶着门框,听到后面有脚步声,回头一看是如蝶。

"怎么了,姐?又肚子疼了吗?"林如蝶觉得如兰有点不对劲。

"嗯,有点。这个甲鱼汤,玲玲说是蛆虫喂大的。"如兰愤愤地说,"这年头,人心都被钱熏黑了,为了自己挣钱,啥事都干得出来……哦……肚子痛。"

如兰说完赶紧往卫生间走。林如蝶跟在后面。

"很多血。"如兰脸色苍白地看着林如蝶。

"会不会是例假?"林如蝶焦虑地问道:

"应该不是……"如兰有点心慌。

"吃过饭,赶紧去医院,我陪你。"林如蝶果断说道。

青水人民医院。林如蝶拿着刚刚从B超室里拿来的单子,回到妇科。

妇科主任张医师看了看单子,又看了看如兰,对如兰说:"你上个厕所,看看现在还有没有血。"

如兰走了,张医师神情凝重地对林如蝶说:"子宫瘤,已是中晚期了。我们没有能力治疗了,你们到省城专业的肿瘤医院去看看吧。

你记住，一定不要把实情告诉病人。凭我们的经验，病人知道实情，心理压力会很大，会加速病情的恶化，对治疗会很不利。病历我给你写两份，一份真实的，一份假的，你知道怎么处理的。"

"啊……哦……"林如蝶听完张医师的这番话，如同从梦幻中醒来一般，几乎不敢相信自己的耳朵。"子宫瘤""中晚期""不要让病人知道真相""这里没有能力了""到省城去治疗"……这些字眼像接二连三的炮弹，一颗颗打在她虚弱的心窝里。这怎么可能？一直都是身体强壮的姐姐，上午还做了两大桌饭菜的如兰，怎么可能是癌症中晚期患者？！会不会是医院弄错了单子？但单子上白纸黑字清清楚楚写着：林如兰，女，49岁，青水县双塔街道。

"没了，张医师，现在没有血。"如兰进来时，脸色自如了些，"问题不是很大吧？"

"嗯，不是特别大。刚才我和你妹妹说了，宫颈口有个小脓包，已经在体内被挤压破了，出了血，毒水也排出来了，没什么大碍。但我还是建议你切除，把残余处理干净。我建议你们去省城专业的医院处理，那里的医疗技术要高一些，可以保证处理得更干净些。"张医生面带微笑很平静地说。

"哦，好，那谢谢张医师了。"林如兰从医院走出，呼吸了一口新鲜空气，对如蝶说："省城我一个人自己去就行，你就不要担心了。"

"那不行，看看姐夫有没有时间，如果他没时间，我陪你去。"林如蝶说。

"大兵他哪里可能会有时间？他是忙得经常忘记回家的人啊，他自己厂里的事都让他焦头烂额，哪有心思陪我做小手术？"林如兰对顾大兵对自己的不闻不问已经习惯了。也难怪，这些年来，顾大兵总是忙着他自己的事情，三天两头也不在家吃饭，经常忙得睡觉也在厂里。

"那我陪你。就这么定了。"林如蝶果断地说道。

林如蝶把如兰送回家，就打电话给如梅，让她到西山公园一起商量一件事情。在西山公园，得知如兰的病情，如梅惊恐地睁大眼睛表示不敢相信。两个人在悲伤中商议着陪如兰去省城医院治病的细节。最后决定，先由如梅陪着如兰去治疗，林如蝶想办法联系熟人，以备需要。如梅准备买点土特产后，马上和如兰动身去省城医院。

自从如兰生病，林如蝶就开始一心两用。其实不止两用，以前就是一心多用，现在又多增添了一件让她时刻牵挂的事情，那就是如兰的治病的进展。

两个人去医院的当天，如梅电话就打回来了，说医院那边人很多，姓刘的医生说需要尽快开刀，但因为人太多了，不知道什么时候才能轮到。如梅让林如蝶赶紧想办法找人帮忙。

林如蝶到处打听，终于打听到她曾经教过的学生李文君也在那医院心血管科上班，于是她赶紧联系到了李文君，把如兰的情况告诉她。自从毕业后，李文君和林如蝶就从未联系过，但电话上听到林老师的一番话，李文君便毫不含糊，赶紧联系刘医生，对刘医生再三强调病人是自己的老师的姐姐，希望刘医生一定要尽全力帮忙。

一切安排妥了。刘医生说三天后给如兰做手术。

林如蝶总算是松了一口气，她开始寻思着自己何时去趟省城医院看望如兰，然后等如兰手术做完了，病情稳定了，再去拜访下李文君，向她表达一下自己的谢意。林如蝶没想到自己能在这么特殊的情况下遇到李文君，没想到李文君能这么尽力帮助自己，她从内心感激李文君。

如兰的手术做得比较成功。但医生悄悄对如梅说，以后是否会复发尚不能确定，这要看病人恢复的情况。医生说，为了彻底治愈，需要做几个疗程的放疗和化疗。

　　元旦前一天的傍晚，大雪纷飞。林如蝶等学生都离开了，立刻收拾好东西坐火车去省城。

　　省城的医院永远是繁忙的，即便是节日，也是人满为患。走进如兰所在的病房，林如蝶被一种荫翳的氛围围裹住了。如兰邻铺的床上，躺着一个满头白发的女人。虽然她是睡着了的，虽然她的大半张脸被被头遮盖住，林如蝶依然能从那床边高低不平的吊瓶和床沿坐着的男人感受到这女人所经历过的不一般的痛苦。

　　坐在病床边上的男人四十多岁，面容憔悴，头发有有些凌乱，神情却安然，他默默地坐在床沿，眼光时刻注视着床上的女人。

　　"我们来这里已经很多次了，每一次都让她经历一次巨大的苦痛。她原本是个非常美丽的女人，现在却已经头发全白。医生说，这可能是最后一次了……"男人的声音哽咽了。

　　林如蝶没想到女人竟然是男人的妻子，她原以为男人是伺候她病危的母亲。

　　林如蝶忽然内心涌起一股哀伤之情，她看见女人的身子动了下，男人赶紧凑过去和她说话。

　　"你醒了？饿吗？想吃什么？我给你去买。"男人把女人的被头向下拉了一拉，让女人的脸露出来。

　　林如蝶看见一张五官精致却毫无血色的脸。这张脸和满头的白发极不相称，脸部显示，她只是一个四十多岁的女人，是一个曾经极其美丽的女人。

　　男人开始和妻子说细软细软的话，也不管女人气息微弱到已经无法回复他，他只顾着自己殷勤地对她表白。他对她说话的时候脸上始终挂着微笑，神色极其安详，仿佛一切都很美好，并不像医生所说的，这有可能是他们最后一次来这里。

　　林如蝶转过身子，面对如兰，把那男人对妻子说话的场景挡在了身后。

"医生什么时候开始给你化疗?"林如蝶问如兰。

"明天,你放心。我不怕的,你别替我担心。"如兰看到林如蝶来很开心。

林如蝶相信姐姐是坚强的,但是,她还是担心化疗给如兰带来不能预测的痛苦。当然,担心也是没有用的,该来的总是要来的。林如蝶觉得最重要的还是要设法让如兰保持放松的精神状态。

第二天,化疗开始。黑色不透明的袋子里的液体缓缓地注入了如兰的血管里。林如蝶知道,那是有剧毒的液体,它会把人体中有益的细菌和有害的细菌一起杀死,不分青红皂白。这是一种很残忍的治疗方法。看得出,如兰觉得很不舒服,可是,她没有叫喊。

第三天,邻床的女人咽下了最后一口气,来不及向这个世界和守候她多年的丈夫说再见,便撒手人寰。随着医生和男人搬运和推车的声音从房间里消失,一个与死神抗争的生命也从此在这个世界上消逝。

如兰开始大把大把地脱发。医生说这是正常的。林如蝶等不及想出什么安慰和应对的办法,便急匆匆要赶回学校了。临走时,她拉着如兰的手叮嘱:"你要相信自己,挺过这关,一切便好了。信念有时真的会产生奇迹的。"

如兰使劲地点点头。

四十二

林如蝶感觉有点心力交瘁。

学校品牌提升工程已经开始,全校教职工开始加班加点,所有的老师都早出晚归,夜以继日。以前只是周六上半天课,周日一天还可以休息,自从提升工程开始,学校各项事务接踵而至,精品课程的编写,各种社团的组织和场地建设,所有台账资料的整理和补充,校级和中层领导不断地修改和完善校园发展的顶层规划。全校的老师一个个忙得昏天黑地,除了吃喝拉撒和短暂的睡眠时间,剩余的所有时间都用在工作上了。

林如蝶觉得自己要做的事情太多了。除了学校另外布置的任务外,她自己每天有许多工作:备课上课批改、班主任工作、为参评名师做的教育教学研究、学校各种活动的通讯报道,等等,这些事情每一样都马虎不得。

学校又给林如蝶增加了一份任务,那就是师徒结对工作任务:作为有多年教学经验的老教师,必须在学校同一学科组找一位年轻老师,作为帮扶对象。林如蝶所结的对象是徐花花。徐花花自己向领导提出要求让林如蝶做她的师傅。林如蝶觉得徐花花还像以前一样信任自己,她也从心底里愿意帮助徐花花,希望她能在教育这片园地中尽快成长。

徐花花自从来到这个学校,工作一直踏踏实实,和同事相处得也很不错,已经开始受到领导的关注。刚刚发出的关于开展青年教师课堂教学比武的通知,相关领导就有意识地鼓励徐花花报名,林如蝶也很支持她,徐花花于是果断报名参加。这意味着在不久的将来,她要经历不同规模和层次的公开课,而每一次公开课,都是一场艰苦卓绝的考验。到底有多艰苦,林如蝶是清楚的,那远远不是自己当年在金川中学和金山中学那种温和而有限度的竞争,而是一场需要做无比辛苦无限努力的战斗。说那是战斗,一点不为过,那种全身心投入、所有人力和物力注入、超强度备课、一次又一次地上课磨课,简直可以用呕心沥血、死而后已来形容。但是,作为年轻老师,有机会去吃这种苦,去经受这种炼狱一般的磨砺,必然会获得一个飞跃般的成长。所以,她希望徐花花能参与这样一场历练,不管最后结果如何。

现在,师徒两人都面临巨大的挑战:林如蝶参加名师评选和徐花花参加教师课堂教学比武。这两场战斗的难度系数可以说是不相上下。林如蝶对自己说:挑战就是机遇,成功了,是一种质的飞越,失败了,是一次历练,是经验的积累,所以,无论如何,她和徐花花都必须尽最大努力去面对这次挑战,并无怨无悔。

她决定和徐花花来个竞赛。把这件重大事情分三个阶段来落实,每一个阶段再细化实施措施。

周日的下午,林如蝶把徐花花约到了雅兰茶室。

"这次轮到我请你了。难得放松一回,我们轻松地聊吧。先聊摆在咱俩眼前的大蛋糕。"林如蝶从糖果盒内拿出两块圆圆的饼干摆在桌子上。

"蛋糕?您指的是……"徐花花看着桌子上的两块饼干。

"市名师评比和青年教师课堂教学比武这两样事情对你和我来说就如两块大蛋糕,这蛋糕营养又美味,能给人巨大的精神支撑,当老师的人能得到这种荣誉,就是自己人生价值的体现,这是所有老师梦寐以求的事情。但是这个蛋糕太大了,如果没有巧妙的方法,不动脑子,不花力气,我们就抱不了它。"林如蝶看着徐花花瞪大的眼睛说。

"明白了,确实如此,我也是鼓足勇气报了名的。现在咱们来商量下该怎么做才能把这大蛋糕捧起来,拿回家。林老师,您是有经验的,您先给我些指点吧。"徐花花一边给林如蝶的杯子里倒茶一边说。

"时代不同了,有些做法不太一样。十八年前我参加课堂教学比赛时备课要求是所有任务必须一个人独立完成,教辅只有课本和教参。所以,只要我发挥出自己所有潜能,把自己最好的一面展示出来就万事大吉了。但如今电子科技如此发达,电脑上可以查阅的资料极其丰富,而且参赛教师备课允许向他人求教,这意味着备课不能闭门造车,需要广泛收集资料,汲取各家的经验融合消化,最后形成自己的特色。"林如蝶不急不缓地说开了。

林如蝶把捧蛋糕的程序分成三步:第一步叫站稳脚跟。就是先做好知识储备,本专业所涉及的知识点要全面复习掌握。第二步叫量准尺寸。要拿下蛋糕,自然要知道它的大小,要上好课,就必须了解学生的特点和学习情况。第三步叫巧妙入手。要根据学生的基础和学情去设计教学内容,选择适合学生的讲解方式,那样才能做到胸有成竹,因材施教,从而切实有效。

徐花花认真听完后也发表了自己的看法,两个人热烈地切磋着。聊完教学的,师徒两个又谈到了家庭的事情。林如蝶叮嘱徐花花,不要因为自己的工作忙而疏忽了与爱人之间的交流。听到林老师说这话,徐花花眼神倏然暗淡下来。

"怎么了? 交流真的不够了吧?"林如蝶关切地问。

"是的。他现在经常抱怨我没时间陪他。其实我也是没办法。现在年轻,不拼搏一下,难道还要等老了再拼? 他不太体谅和理解我。"徐花花低着头,仿佛在赌气。

"别生气,你要理解他,也许他还不太了解教师职业的特点。要让他理解你,肯定需要一定的时间。同时他也需要你的理解。"林如蝶的口气异常委婉,她在说这些话的时候,脑子里都是自己年轻时一心扑在学校工作上而童大俊却在外面和别人没日没夜打麻将的场景。那时的她太投身于工作,导致疏忽了另一半,或者说另一半脱轨了自己还无法察觉,无力管理。

徐花花觉得林老师说得很有道理。结婚后,刘和明曾多次埋怨她在学校工作时间太长,她就抱怨刘和明不体谅自己,却从没站在刘和明的角度去考虑问题。看起来,人是需要别人提醒的,有时自己真的很难发现自己的问题。

　　林如蝶和徐花花喝完茶各自回家。家里依旧空空的,静静的,戴成仁照旧出差在外。林如蝶感觉非常疲惫和独孤。她自己也弄不明白,明明是休息放松了半天,怎么反而更累了。虽然她懂得怎样劝慰徐花花,但其实自己的家庭问题就从来没有解决掉。这个家并不是她原先想的那样,它不是那种两个人可以好好说话,开心时一起分享快乐,烦恼时可以倾诉愁肠的气氛柔和、气息温暖的家。每次回到家,她都没办法让自己感觉到家应该有的温度和感觉。戴成仁在家时,她还会在不知不觉中绷紧了神经,防止自己说不该说的话,做不该做的事情,以至招来无端的呵斥。她觉得这个家已经完全不是她预想中的家了,该有的东西没有,没想有的,它却来了。她记得戴成仁当初曾经许诺过,他会很好地守护着这个家,会陪伴在她身边,决不会让她感到孤独,他要把自己所有的爱都给她,直到她爱上他且离不开他。

　　林如蝶曾经是被这句话感动的。她觉得只有真正爱自己的人才会这样发誓。所以,很多时候,当林如蝶觉得戴成仁如何如何不好时,她就又会想到他说的这句话,于是她就在心底里对自己说:他至少还是对我有爱的,不要轻易去想离开他。

　　但林如蝶不得不承认,她有过好多次要离开这个家的想法,只是最终都被压下去了。她用一句话来告诫自己:别忘了一个人独处的孤单。一个人的日子真的不好过成个家不容易,产生矛盾时,别走极端,能过得去的就让它过去,只要他所做的不是偷骗嫖赌的邪恶之举,就尽量忍着点。“忍”和“仁”也许有相通之处,儒家的“仁”里面应该就有“忍”的内涵,家大概就是在忍耐中建成的,没有忍耐就没有家。之前的那个家也许就是因为彼此不够容忍才破碎的。所以,让自己拥有一颗能忍之心,也许就是使生活之路宽阔的密钥。

　　想到这里,林如蝶甩了甩头,在心里说:继续忍吧,让它成为一种生活方式。

林如蝶到学校时,晚自修第一节课刚刚开始。为了更真实了解学生的学习情况,她悄悄地从教室的后门轻轻走进教室。

她看到学生们都在写作业,一切都很正常,她的心开始放松了些,但她很快看到李周豪在看一本厚厚的书。她悄悄走过去,想知道李周豪看的是什么书。等走近时,她看到了书的厚度和里面的排版设计,马上明白了,那是杨伯峻版本的《论语》。她心里寻思着:这家伙,超前学习的能力挺强的,我只是在课上顺带提及了一下,他就真的把书弄来阅读了。想到这里,林如蝶心里暗暗喜欢。她又看到毛卓成,趴在桌上,似乎睡着了。林如蝶走过去,用手摸了摸他的头。毛卓成抬起头,眯着眼看着林如蝶一眼,脸上显出歉意,说了声"林老师,不好意思,我昨晚没睡好",然后揉了揉眼睛,拿出笔开始写作业。

林如蝶把毛卓成叫到了教室外面的走廊上,询问他近期的学习和生活感受。毛卓成脸上现出一丝不安:"感觉有点累,觉得自己总考不出理想的成绩,有点沮丧。"

"目前你的名次在班里还是属于中上的,也不算差。你想更好一点,那就找一个目标,向你的目标看齐,然后一步步地赶超你的目标。"林如蝶没想到毛卓成上进心这么强烈,就为他出主意。

"我觉得李周豪很不错,我想以他为目标。"毛卓成低下头说。

"想以李周豪为榜样,挺好,我支持你。好成绩都是奋斗出来的,只要你以后能坚持努力,我相信你会赶上去的。"林如蝶用非常肯定的口气说。她看到毛卓成眉宇间的愁云有些散开来,才又柔和地提醒道:"但是,身体很要紧,晚就寝时千万不能躲在被窝里看书哦,否则第二天精神萎靡,反而影响学习效果,得不偿失的呢。"

"嗯,我知道了,谢谢林老师。"毛卓成眉头舒展开来,脸上露出了一丝笑意。

　　林如蝶坐到讲台上，把手上拿着的一摞资料放下，又拿出笔，开始认真地看起书来。她每周都要抽出一定的时间阅读多种全国权威语文教学杂志，从中汲取新鲜的信息，获取新鲜的教学理念，时刻关注语文教学改革的新动向。同时她会融合自己的思考，尝试将别人的教学理念运用到自己的教学实践中，在实践中进行完善和发展。她也发现有些文章从理论上看起来很好，实际是无法操作的。半年下来，她根据自己的理论学习和教学实践活动，归纳和总结了自己的教学体会，写了两篇教学论文，已经发表了一篇。

　　林如蝶逐渐明白了，虽然自己已经评上了高级职称，但那不是教育教学探索的结束，而是真正的开始，只有继续探索研究下去，才能真正摸索到教育教学的真谛。所以，不管这次名师评选结果如何，她都会认认真真地做下去。时代在发展，教育需要不断地改革和创新，教师只有不断地学习，才不会被淘汰，学生才能真正学到知识。是的，没有去做，怎么知道自己就不行呢！李重天说的是对的。

　　接下来让林如蝶觉得压力最大的一件事情，是下一个学期要在全市范围内上公开课。林如蝶已经记不清多久没有上这样大型的公开课了。她想，不要害怕，大不了就当作是平时上课吧。而自己平时上课，无论是从教案的设计、教学结构的安排、教学环节的过度、教学语言的简练和得体、板书的简洁有序、教态和仪表的呈现等等各个方面，她还是认可自己的，虽然没有特别的激情和魅力，但没什么大问题。这么多年来，她做事一直讲求事脚踏实地，不愿意盲目跟风，让自己有独特的一面。她觉得每一个人都有自己独特的一面，保留自己的特色并不是什么坏事。正如她自己，走到哪里，都会被人看出来是一个教书的，也许正说明自己是具有了教师的特质，这应该不是什么坏事。

　　当然，这次上课应尽可能弄点有新意的东西出来，林如蝶想。反复考虑之后,她决定按照自己已经发表的那篇论文上的理念进行教学,那就是从学生的实际情况出发,让学生自己提出疑问,然后又由学生自行学习和合作学习解决问题,老师全程作为一个名学生参与其中,关键的时候引领和总结一下,这就是"非指示性教学"的理念,这种理念的雏形是她好多年前从某本教学杂志得到的启示,她后来在教学中经常做尝试,逐渐形成了一套自己的教学思路。近段时间,她也经常采用这种教学方式,感觉都很不错。主意定好后,她觉得公开课也没有想象中的那么难了。

四十三

一晃又几个月过去了,新的一个学年又开始了,学校的品质提升工程将在这个新的学年里有一个阶段性的成效,市名师最后阶段的评价和市青年教师课堂教学比武决赛也将在新的学期里完成。

上个学期学校范围内经过初赛,徐花花已经在校内脱颖而出,成功进入市级复赛的队列。市级复赛定在一个月以后,徐花花一开学就让自己进入备战状态。按照惯例,教研组里有老师要到市里参加比赛,所有的老师都有责任给参赛老师听课评课,并帮助参赛老师搜集教学资料,同时,参赛老师自己必须上大量的训练课,让听课的老师不断地提意见,直到感觉到没有什么需要修改为止。

原本就上两个班级的语文课,还要兼任班主任工作,徐花花把自己的时间表排得满满的,每天除了原来固定的工作外,还要腾出两三个小时专门用于备训练的课、上训练的课和听取听课老师的意见并进行调整和修改。常常一天下来累得想吐,有时感觉快晕倒了。

距离市青年教师课堂教学比武只有一个星期了。那天,市教育局的领导来学校检查工作,其中就有市里的语文教研员杨老师。语文组长通知徐花花立马去上课,让杨教研员听一听她的课。

徐花花接到通知时正从厕所里出来。刚刚她觉得头晕恶心，在厕所里呕吐了。听到紧急通知后，她赶紧去准备课。她知道教研员来听她的课，对她来说是好事情，如果教研员能指出她的不足之处，那她到市里的比赛无疑更有优势。但此刻，她觉得很紧张，感觉压力很大。现在已经是最后阶段了，如果自己的课被教研员否定，那要重新调整怕也来不及的，那真的太糟糕了。所以，这堂课只能赢不能输。徐花花想到这，赶紧喝了口水，压了压心里头的那点紧张不安感，开始酝酿要上的课。

上课铃声响过。徐花花看见杨教研员、李重天等从教室的后门走进来，后面还跟着林如蝶以及本校的好几个语文老师。徐花花默默地做了个深呼吸，然后开始了上课。

徐花花上的是《说木叶》一课。

不知是否因为身体虚弱的缘故，徐花花这堂课上得疲惫而缺乏激情，还不如平时上的课，学生课堂反应也比较拘谨和呆滞，整堂课显得比较沉闷。

下课后，徐花花收拾好教学材料，径直走到教研组办公室，有些惶恐地坐在杨教研员边上。

杨教研员说："我今天来学校是检查教学工作的，既然听了课，我就实话实说。我觉得这堂课存在着很多问题……"教研员说了一大堆，话语里饱含着很多否定。他认为教学重点还不够突出，环节不够鲜明，尤其是整个课堂调动学生积极性的措施不够。因为关乎比赛，教研员不能对这堂课做个人指导，他说提出来他的看法也仅仅是给徐花花一种参考。

教研员走后，徐花花觉得非常失落。辛苦了这么久，到最后，却被教研员否定了。徐花花明白，教研员的话有很高的水准，被否定了，八九不离十是有问题的。辛苦了这么多天，又得修改了，好累啊，时间也很紧了,要修改也不能全部推翻了重新来。怎么办?怎么办?怎么办?她感觉脑神经变得越来越紧,头开始发痛,连林如蝶叫她都没听见。

林如蝶走到徐花花面前,看到她的眼睛里噙着泪水,便轻轻地拍了下她的背,说道:"不哭,现在改还是来得及的。我认为今天主要是你的状态不好,课堂上没有把学生的注意力和积极性调动起来,这和你这段时间太疲劳有关系。"

林如蝶本是想安慰徐花花,没想到她这么一说,这么一拍,徐花花竟然趴在桌子上直接哭起来。

"我太累了,我受不了了,当初就不应该报名的……"徐花花声泪俱下,仿佛被堵拦了很久的水忽然被放闸泄洪一样,顷刻间奔腾而下。

"哭吧,哭出来会好受些,这段时间你真的辛苦了。但不要后悔自己的选择,既然选择了,就要坚持做到底。知其不可而为之,孔子所做的事情比你难多了,他为了实施自己的政治主张,周游列国,九死一生,尚且坚持下来,最后终于找到了自己的方向,成为伟大的教育家。你接下去做两件事情,一是按照教研员的要求修改,二是安排好休息的时间,让自己休整一下。休息好了,脑子清醒了,你还是原来那个你。你要坚信这一点。"林如蝶坐在徐花花的对面,很平静又很轻柔地说。

林如蝶是理解徐花花此时的心情的。一路走来,她充满着希望,付出了很多,到最后阶段被否定,她心里该有多么紧张和失落,年轻的心有时很难承受过重的负荷。但是,她相信,只要徐花花坚持,只要她继续陪伴徐花花,最后成功的可能性还是很大的。

当晚,徐花花的心就平静下来了,她的思路开始清晰起来,很快找到了修改教案的方法,后面的几堂课上得一次比一次好。

比赛那天,林如蝶和几个老师一起,陪着徐花花到市里去。这次徐花花反而淡定了,她觉得自己唯一能做的就是集中精力按照既定思路把这堂课上完,结果如何不是自己要关心的事情,获不获奖也与自己无关。她的任务只有一个:和学生们一起,在这四十分钟时间里,把自己预设好的教学步骤在课堂上从容而又完整地呈现出来。

比赛终于结束了,徐花花获得了第一名。徐花花似乎还不太相信自己听到的,当工作人员第二次念到她的名字让她上台领奖时,她才回过神来,迈开大步,奔向领奖台。台上,徐花花抑制不住的泪水夺眶而出。台下,林如蝶的眼眶里也含着晶莹的光芒。徐花花的成功不仅让她为有一个优秀的学生而感到骄傲,也使她获得了一种力量,这种力量鞭策着她在不久之后自己的名师评选教学展示中勇敢前行。

四十四

高二的新班是在原来班级的基础上做调整而组成的。有的班级出去的人比较少,就维持原来的班级,有的班变动人多些,就拆散了,学生分别被分到其他班去。林如蝶的班级被定位为文科班,徐花花的班被定位为理科班。童玲选择读文科,来到了林如蝶班里,李周豪和毛卓成仍然留在林如蝶班级,这样李周豪、童玲、毛卓成都在林如蝶这个班级了。

学校的大型文艺活动"青春颂"正如火如荼地筹备着。李周豪和童玲联合起来同时负责两个节目,一个是大型歌舞剧《十八岁宣言》,以独唱、合唱以及舞蹈等多种形式来表现当代青年学生的理想抱负和困惑迷茫;另一个是儒学辩论活动,辩论的主题是"学为先还是仁为先"。正方认为:好学为先。反方认为,好仁为先。李周豪负责选拔辩手,组织选手进行辩论训练,童玲负责辩论稿子的撰写和修改。

　　"这个周日我们开始辩论训练吧。我把正方和反方的稿子都准备好了,肯定有很多疏漏之处,需要在辩论的过程中不断补充和修改。"童玲用征求的眼光看着李周豪。在她和许多女生的心目中,李周豪就像王子,但她却不能让自己在他面前表现出对他有钦羡的意味。如果那样,就显示了自己的幼稚和轻薄,所以,她和李周豪说话的时候,表情是淡定而平和的。

　　"好的,没问题,要不要你先把反方的稿子给我看下,我们两个先来对抗一下?"李周豪似乎知道童玲会接受他的挑战。

　　"好啊,等会儿自修课我们到心理谈话室里交锋吧。"童玲果真爽快答应了。

　　下午第四节自修课。心理谈话教室。李周豪和童玲分别拿着各自的稿子,开始唇枪舌剑起来。

　　"我方的观点是:好学为先。随着社会的发展及发展中所产生的各种问题,许多家长都意识到孩子好学的重要性。当今的许多家长为什么要让孩子在小时候便学习《弟子规》,学习《论语》呢?答案已经十分明确,即是让孩子通过学习而培养起良好的道德品质,为培养起一个良好的道德品质做一个量的积累。所谓:'小之不就,大之难成。'"童玲首先开场,她条理清晰,字正腔圆,慷慨激昂。

　　"我方认为:好仁为先。我相信大家一定都看到了,不法商家凭借化学知识肆意添加各种化工原料,无良黑客利用高科技手段祸害民众,前辈先贤的科研成果成了我们昧着良心骗人赚钱的工具,我们不禁要问:培养德行与学习知识到底何者为先?我方认为培养德行更重要……"李周豪不慌不忙,镇定自若地反驳。

　　一男一女交错的辩论声在心理辅导室余音绕梁般地回旋着。这种声音不是关于一个小疑惑的争强好斗的争论,它是一种渗透着儒家哲学韵味的文化交锋,它是中国几千年儒学人文底蕴的穿透,给人带来的是生命世界里的璀璨的星光。它们落在年轻的童玲和李周豪的心里，就像漆黑的天幕上划过一道耀眼的亮光，照亮了他们前方的路，让他们朝着光明的未来勇敢地前行。

辩论结束，两个人一边充满成就感地商量着下一步如何修改，一边赶紧向食堂跑去，因为食堂晚饭时间快进入尾声了，再不去就吃不到饭了。两人你追我赶，洒下一路欢声笑语。

傍晚自修课快下课的时候，林如蝶才把之前留下来的班级杂事处理完毕。她来到自己班的走廊上，透过教室的最后唯一一扇可以看到教室内情况的窗户玻璃朝里面看，发现学生们早就做好了卫生打扫工作，教室内外异常整洁。看来应该是李周豪已经早早把工作布置下去并提早完成了，为的是早点开始朗诵训练。

台上，学生们已经开始在进行朗诵预演了。主持人是李周豪和童玲。从童玲自然的表情和愉悦的眼神里可以看出，她和李周豪的合作非常默契。一个是青春明媚，一个是自信阳光，这俩孩子站在讲台上主持是那么的协调完美，让林如蝶想到金童玉女一词。林如蝶看到这里，像喝了一碗定心汤一样，心里获得安稳感，她本想等玲玲下课带她一起去食堂吃饭。但是，她忽然改变了主意。她想起某位名人说过的话：教育孩子有时只需要默默守在一旁，不需要费太多的口舌。

"是李周豪和童玲在上面吗？"林如蝶的耳边忽然响起了浑厚的男中音。她回头看到了李重天正站在她边上，也正伸长着脖子往教室里看。

"是的，他们在搞活动，他们俩是主持人呢。"林如蝶想李重天可能是巡视校园，顺路来看看儿子。明天，考察团就要来了，他肯定要到处转转，看看校园里有没有做得不好的地方。

"最近学校工作辛苦，要注意身体。家里有什么困难吗？"李重天关切地说。

林如蝶轻描淡写地说道："没有什么，就是觉得有点累，休息休息就没事了。现在学校里大家都忙，要做的事情那么多，我怎敢偷懒呢。家里就那样子，我会处理好的。"林如蝶发现自己每次见到李重天，说话的口气就变得客气起来，仿佛之前不曾有过特别的交往，仿佛这个校长也就和其他人一样，于她而言没有任何特殊之处。可是，真正的情况也就是这样的啊，确实没有特别之处啊，我为什么会有那些奇怪的想法呢？林如蝶暗暗地自嘲。

"市名师的评选已经进入最后一个阶段了，最终的评估和市级公开课也随时就开始了，准备得怎样了？"李重天提起了要紧之事。

"我一直做着课堂教学探索，教学实践的资料已经积累了不少，已经形成了自己的一套理论，我会把这些东西在课堂上体现出来。学生成绩这块，我也没放松，班里学生的成绩已经越考越好。"林如蝶说完这些的时候，为自己在校长面前如此表现乖巧而惊异。想从前，自己从未想过有一天李重天会向自己表白。她忽然觉得当年她拒绝李重天应该是因为不了解，因为敬畏。敬畏与恋爱之间还有着很大的距离。当年的李重天也没有和自己有足够的思想交流，两个还存在着很多陌生区域的年轻人，想走到一起，是很难的。童大俊是以死打烂缠的方式的，貌似成功了，但结果还是散伙。李重天和姓童的是完全不一样的行事风格。

"好的，我就知道你会积极努力，不会辜负你自己这么多年来的辛苦。说实话，我只负责鼓励你积极参与，至于结果如何，真的就不是我能管的范围了。但以我的看法，你只要努力，最终是能成功的。不是这里成功，就是那里收获，总之你的辛苦肯定不会白费。"李重天脸上绽放出笑意，看着林如蝶。

林如蝶不好意思再说什么，赶紧低下头说："可别再表扬我了，其实我现在很多时候都很没自信，而且从来没这么不自信过。老戴就经常打击我。"

"没这么严重吧？"李重天笑了笑，"戴成仁我不是十分了解，但是，从我和他接触几次的情况上看，我觉得老戴这个人还是有很多有优点的，对生活有激情，敢说敢做，头脑灵活，待人接物也不错，也没什么不良嗜好，总体还是不错的。也许你们缺少沟通。老戴好像工作挺忙的，你也没多少闲着的时间，你们俩需要找机会，好好沟通一下。"

林如蝶勉强笑了笑说："也许，好吧。"

李重天一边点头，一边回应从身便走过去和他打招呼的几个老师，然后穿过走廊，向教学楼的上一层走上去。

下课的音乐声响起。走廊上一个个教室的门先后打开，学生们陆陆续续跑出来。

"妈，你怎么在这里？"童玲看见林如蝶时欣喜地跑到她跟前。

"想检查一下班级卫生，发现已经做好了。知道是你们几个班干部的功劳。你和李周豪刚才的主持挺好的，我在窗外都看见了。"林如蝶捋了捋童玲鬓前的头发，看到女儿精神饱满，浑身洋溢着青春的气息，状态比前阵子好多了，很是欣慰。

"林老师好。"站在后面的李周豪喊了声。林如蝶觉得李周豪也越来越活泼了，脸上的光彩让他原本清秀白净的脸庞放射出一种生动热烈的神采。多好的一个孩子！林如蝶在心里说。

"我和童玲要主持校园《青春颂》主题文艺晚会，这段时间我们俩都在修改台词，这个周末在体育馆进行排练，到时您来指点下。"李周豪清澈而明净的眼睛看着林如蝶，说话时脸上带着诚恳的微笑。

"妈，你来看一下也好，看看有些台词需要做哪些修改，你帮我们参谋参谋。"童玲神采飞扬满脸笑意地看着林如蝶。

　　林如蝶心里充满了欣慰,几天来的烦恼和忧愁此刻一扫而光。周末她其实自己有很多事情要做,而且她已经很累了,也迫切需要休息。但是,她还是爽快地答应了李周豪和玲玲的要求。她觉得这两个孩子在一起是那么和谐,两个年轻的生命让青春激情互相撞击,迸射出的火花是那样的美丽而灿烂,似乎能让人看到美好的未来。林如蝶觉得自己的这种感觉并不是无缘无故的。

　　周日上午,林如蝶如约来到学校体育馆。未进门就听到了从里面传出来的喧闹声,来这里彩排的人很多,整个体育馆生气勃勃,热闹非凡。

　　彩排过程还算紧凑。四个主持也搭配得比较和谐,尤其是童玲和李周豪,可以用自然和默契两个词来概括。林如蝶不知不觉又想起了自己当年在师范大学老乡联谊会和班级中秋文艺晚会上的情景:李重天的发言鼓舞人心;自己的诗歌朗诵生涩羞怯;和童大俊跳舞神奇的默契……那时候,自己是那么年轻,还有李重天、童大俊,都是意气风发、满腔热忱的青年,那时候满心都是憧憬和梦想,只顾着埋头向前奔跑,从不考虑前方将会遇到什么,自己的所作所为会把自己带向怎么样的命运之途,一切都任由上天安排,因为心中有美好的梦就相信上天会好好对待自己。可是,最后怎么就走散了?这当中自己究竟哪一步走错了?人生无常啊,曾经的年轻再也回不来了!

　　彩排结束后,林如蝶请童玲和李周豪到学校附近的雅馨饭馆吃饭。三个人一边吃一边聊。林如蝶肯定了两个人的主持风格,对其中的一些细节发表了自己的看法,不知不觉又谈到了学习。李周豪说,进入高三后,他要静下心来好好对付高考。他的目标是京都大学,他已经制定了一个学习计划,如果能顺利地按照计划去做,他估计上京都还是有希望的。童玲也说要好好计划计划,不过,她还没最终定下目标大学。

　　林如蝶笑着说:"女孩子报个师范也不错的,像妈妈一样。虽然我也承认当老师是很辛苦的,不过,当老师自有当老师的乐趣。"

　　"妈妈你知道吗? 班里同学们很少愿意报师范专业的。"童玲似乎想打击一下妈妈。

　　"为什么?"林如蝶有点惊讶。

　　"你看你和学校的老师们,早上到学校比一般单位的人都早,晚上摸黑回家,两眼一睁,累到熄灯,一年到头没多少时间休息。虽说有寒暑假,可是各种培训学习还有家里的琐事,包括看病,一个暑假都被安排得满满的,哪一个假期是真正过得轻松的。"童玲毫不客气地数落着妈妈。

　　林如蝶听到童玲的数落,一点都不吃惊,也不生气。她这么多年吃的苦,受的累,特别是她和童大俊的婚姻出现裂痕的那几年,她觉得自己简直都要活不下去了,那时她曾暗自想,如果能好好活下去,并忘记过去,那就是奇迹。老天果真关照她,让她好好地活到现在。她所承受的痛苦,是婚姻的失败带来的,并不是当老师造成的,相反,当了这么多年的老师,虽然其中也有很多艰难困苦,但每当有过去的学生来看自己或者帮助自己的时候,她就会觉得自己没有白辛苦,人心是可以换回人心的。做了一辈子的教师,她已经把教师这个职业当作是自己生命中的必经历程,似乎自己天生就是投奔做教师这件事情来的,她所有的喜怒哀乐悲欢离合都与教师、学校有着千丝万缕的关联,她所有的人生故事都和学生、学校以及课本血脉相连,她二十多年间的一言一行、一举一动,一思一得,都与教师这个事业息息相关。

　　林如蝶并没有反驳女儿,她平静而安和地说:"人啊,其实做哪一行都是辛苦的。你看那些在室外工作的建筑工人,每天披星戴月,顶风冒雨,冬天面对冰天雪地,夏天经受如火骄阳,不知道比我们当老师的辛苦多少；那些医生、护士，面对各种各样的病人，他们要镇定自若；医生为病人做手术，还要承受巨大的心理压力；护士一天到晚不停地忙碌还要面带微笑，尽量给病人以安抚。现在病人因为家人治病不顺的事情到医院大闹的事情也时有发生。前几天咱通阳市人民医院就有病人家属因亲人在医院治病无效死亡而大闹医院，在医院门口挂白幅、烧纸钱，又哭又唱，后来被警察拖走。那天我到医院开药，刚好撞上看到了这一幕。所以，医生也不容易当的啊。"

"妈，可是我没说过一定不当老师哦。"童玲突然诡谲地笑。

林如蝶惊异地看着女儿。

童玲继续说："其实，有时我觉得老师这个职业还是不错的，发挥特长，教书育人，桃李满天下，就像徐老师，在讲台上讲课，声音那么好听，姿势那么美，讲课又生动，有那么多的学生喜欢她，我们班的同学都很崇拜她。还有妈妈，虽然年纪大了，但也是很不错的，喜欢你的学生也很多。做这样的老师，人生就有价值。所以，即便是辛苦一点，也是很值得的。"

林如蝶在一旁听着，心里暖暖的，不知不觉眼眶又有点潮湿了。

高一高二的青春旋律大型主题活动正开展得如火如荼时，高三的师生们却全力以赴投身到迎接高考的战斗中。一方是热血沸腾，大展青春的热情和生命活力，另一方是专心致志，铆足了劲儿复习做题。明暗两股强大的潮流在校园中按照各自的轨道运行，互不干扰。整个校园里被这两股强大的浪潮推动着，仿佛是一列载满了货物的列车，带着厚重的分量稳妥地前行着。

六月，火一般的季节，高考的节奏踩着朝阳投射出的影子开始，又在晚霞的余晖中落下帷幕。校园里紧张，放松，欢闹，喧腾，几个有特色的环节过后，在学校学习生活了三年的高三毕业班的学子们终于离开学校，或带着留恋，或怀着忧伤，或欢欣雀跃，或泪眼婆娑。占学生总人数三分之一的高三学哥和学姐们走了，校园里忽然安静了下来，像喧闹的剧场曲终人散一般，剩下的是沉沉的静默。

但还有高一和高二的师生们，或许是被刚刚结束的一场喧嚣之气吸附住了，一时半会儿还没回过神来，都静静地，仿佛在回味着学哥学姐们留下的欢声笑语。

第二天，他们便接到通知：搬进高三教室，从6月10号开始，原来的高二年级直接启动高三模式，整个年级进入新高三状态。教室里原来的布置都充满了上战场的气氛，一条条醒目的标语刺激着刚刚进入高三教室的学生们的心脏："人生能有几回搏，此时不搏更待何时？""不苦不累，生活无味。不拼不搏，一生白活！""拼十载寒窗，赢一生荣光！""破釜沉舟搏他个日出日落，背水一战拼他个无怨无悔。"老师上课也换成了高考复习的模式，教材上的新课都差不多已经上完，迎接高考的第一轮复习拉开了帷幕。

高三意味着什么？林如蝶很清楚。经历过这么多届的高三，她体会很深刻。有几次，她暗暗对自己说，这回好好干，下一回不跟上去带高三了。但是，下一回，她还是跟着上高三了。

早上六点十五分，林如蝶准时到达操场。此刻，校园的操场已经一扫静谧，到处是跑步的队伍和喊口号的声音。林如蝶走在自己班级的队伍边上，偶尔也和着学生的步伐一起跑。

早跑结束后，食堂里挤满了人。学生们吃过早餐很快回到教室，各自在讲台上的签到本上签了名字，然后坐到自己的座位上。

林如蝶布置好了早读课的内容，便坐在讲台上一边看书，一边关注着下面的朗读状况。学生们拿出书放声朗读或者背诵起来，此起彼伏的读书声渐渐响起，不一会儿，高亢的读书声立刻汇聚成朗读的海洋。

"古之学者必有师,师者,所以传道受业解惑也。人非生而知之者,孰能无惑,惑而不从师,其为惑也,终不解矣……"一个温润的男声吸引了林如蝶的注意。林如蝶看到,毛卓成正很专注地复习着文言文。她没有打扰他,脚步轻轻地向教室门口走去。

她看见李重天恰好从教室门口走过。她打心眼里佩服李重天的敬业精神。这些年,林如蝶辗转了四个学校,见识了多名校长,李重天是最勤奋又最敢想敢做的一个。自从他来到通阳中学,这个学校整个面貌发生了翻天覆地的变化,校园环境、教师的精神状态、学生的精神风貌都出现了明显的改善,学校教育教学改革力度也是空前之大。当然,也许正因为力度大,有老师对他有微词,认为他对教师的要求太高,让教师的教育教学压力变得更大了。林如蝶明白,李重天能让老师们都变得兢兢业业任劳任怨,一个个在岗位上像拼命三郎一样,也是他用凡事都敢为人先,亲力亲为,勇于做第一个吃螃蟹的行动换来的。他在学校里的工作时间和付出的精力只有那些班主任才可与之抗衡。他这么拼命有时让人觉得好像这个学校就是他李重天的,不然他为哪般?但人人都知道,通阳中学是一所公办学校,某一天李重天走了,换了个校长,一切就不复与他有关系,他要是为了这个学校的发展把身体搞垮了,后果只能由他自己承担。她已经好几次听到周秀丽在她面前表达担忧,说李重天为了工作,根本不管自己身体,每次学校组织的体检都不去,因为他怕查出身体有什么问题,周秀丽就有了阻止他拼命工作的理由,他就不能那么全力以赴地为学校做事了。

林如蝶又想起了自己的父亲。当年,父亲也是把自己所有的时间和精力投在了工作当中,把原本毫无特色的中村中学整顿得有声有色,却在本该退休之际继续承担校长重任,最终遇到学校校车翻车事故,父亲因此受到牵连,把退休后本应该放松享福的时光也赔进去了。在其位，谋其政，像父亲和李重天这类人，想让他们尸位素餐是不可能的，拼命是他们的本能。

　　早自修下课，林如蝶准备开始自己的语文课。自从进入高三来，她觉得语文教学乐趣的逐渐消散，师生们靠的全是考试信念的支撑。这些天她和学生们每天要给几百个字注音，给几百个词语做解释，要生吞活剥背诵很多成语。几天复习一个知识点，完全是一种知识集训，仿佛是让高中之前的所有的知识点在高三来个大集中，全都到学生的脑子里走一遍，在那里暂时留下一个完整的印象，以应对即将到来的高考决战。这是一场非同一般的战斗。所有的人，从咿呀学语，到走进校门，六年小学、六年中学，历经十二年的寒窗苦读，关了十二年的牢笼，坐了十二年的板凳，抄写了十二年的文章、背了十二年的课文、验算了十二年的计算题，累积了十二年的各式教材读本，最终将以一场决战的方式来了结，并由此走向翘首多年、梦寐以求的高校殿堂。如此，这场考试到底有多重要就不言而喻了，它成为国考第一，成为牵动全国人心的一件大事，也就顺理成章了。林如蝶清楚地记得，自己参加高考那年因为身体不适而没能考出理想成绩，她那时是懊丧的；她还想起了同班的一个平时成绩很好又长得很帅气的男生，因为考试成绩出乎自己意料，竟然以跳楼的方式结束了自己的年轻的生命。如今，每年到高考接近的时候，高三学生的家长们也和自己孩子们一样，神经开始高度紧张，对子女生活和精神方面的照顾空前的周到，甚至不惜用辞职陪读的方式来应对这一年，只求孩子能取得一个令他们自己比较满意的成绩。

　　总而言之，高三了，无论是对学生，还是对她这个班主任而言，最累、压力也最大的时候就到来了。

　　那天，她实在太累了，提早了一点就回家。打开家门时，她发现客厅里很凌乱,沙发上躺着一个衣衫不整的年轻女子。看见了林如蝶,那女子慌乱地拿着衣服遮住了自己暴露的身体。林如蝶一下子蒙住了,以为自己走错了门,正想扭头出去,看见戴文龙从里面房间走出来。

"阿姨,这是我女朋友倩倩,和我同一个公司上班的。"戴文龙显然没想到林如蝶会提前回家,看到满脸是惊诧的林如蝶,忙走过来解释。

林如蝶看到自己睡觉的枕头被那年轻的女子垫在她的屁股低下坐着,自己盖的毛巾毯子也随意地被拖到了地上,顿时心生烦躁:真见鬼,一个女孩子,第一次在别人的家里如此随意,成什么样子!

"我身体有点不舒服。"林如蝶感觉自己有点脑子不够用,勉强地回了一句,她想她必须尽量少说话,免得暴露出自己内心的不快。她走进自己卧室,发现自己的床被弄得乱七八糟,更加心烦意躁。但是,她依然克制着自己,她没说什么,自己梳洗完后就休息了,她实在是太累了,头晕乎乎的。不一会儿,就迷迷糊糊睡着了。

不知什么时候,忽然一声"砰"重重的关门声响起,林如蝶从睡梦中被惊醒,她的心脏怦怦怦地跳起来,胸口极度心慌、憋闷。原来是有人出门去吃消夜了。已经是半夜时分,关门的响声把林如蝶从深沉的睡梦中惊醒,以至于她之后整夜都不能安睡。这已经不是第一次了,虽然林如蝶之前和戴文龙有交代过,但年轻人总是健忘的。至于戴成仁,这种事情,他是不会出面管的,他连林如蝶什么时候生病,什么时候病愈都从来不关注。林如蝶想到这里,赶紧提醒自己:"不要多想,安下心来,赶紧睡觉,否则明天早上又没有精力上课的。"

"睡觉……睡觉……"林如蝶尽力地安抚着自己虚脱乱跳的心,在昏昏沉沉中再次进入梦乡。不知何时,又一声巨大的"砰"声。原来是有人吃好夜宵回来了。这声音在林如蝶的感觉里,响得像地动山摇一般,她的心脏再一次剧烈地跳起来,简直像要从胸口蹦出来一样,她很想骂人,但是,她不会骂也骂不了人,昏头昏脑的,根本就起不来。她只有默念着:心静下来,静下来,睡觉,睡觉,明天要起早,要上课的! 她感觉头又热又昏又胀,心脏又好像塞了团棉花的闷堵。直到天快亮的时候,她才放松下来,进入睡眠状态,但时间已到,不得不起床了。

林如蝶昏昏沉沉赶到学校,又迷迷糊糊地上了课。她感觉自己这天的课上得糟透了,她分明看到了学生眼中所含的不满的眼光。

林如蝶觉得无论如何必须把情况向戴成仁反应一下了。

戴成仁出差回来了。他看到戴文龙把女朋友带到家里来住,并不觉得意外,他和平时一样,仿佛家里并没有发生什么变化。

晚上,戴成仁走进卧室,照例一句也不说,也不看林如蝶一眼,只顾自己闭上眼睛睡觉,林如蝶就主动和戴成仁说话。

"小龙把女朋友带到家里来住了。"林如蝶轻轻地说。

戴成仁没回应。

"我身体虚弱,睡眠很不好,被吵醒了就心慌得厉害,睡不着。"林如蝶又轻轻补充了一句。戴成仁还是没回应。

"年轻人的生活习惯和我们不一样。能否让他和女朋友住他自己单位分配的房子里。"林如蝶继续低声而小心翼翼地说,语气卑微到了极点。

"睡觉了! 有什么事情不能等天亮再说吗?"戴成仁低沉而决绝的声音像命令一般,语气里带着浓浓的火药味。

"等天亮? 天亮的时候你就能好好地听我说话了吗?"林如蝶瞬间心像被一大波冰水浇洒了一般,立刻变得冷飕飕的。她屏住呼吸,不敢再说话。可她心里是满满的怨气,但她无法把它们释放出来。她只好在黑暗中恨恨地瞪了一眼戴成仁,然后无奈地躺下。她躺着,心里却有一团跳动的气流在回旋,撞击着她的胸口,仿佛时刻要把她内心的一团火揪出来。好久好久,她才慢慢地昏睡去。

第二天,没等林如蝶醒来,戴成仁又早早出去了。

林如蝶也上班去。等她回来时,两个年轻人还赖在床上嬉闹着。一会儿,女的半裸着走出来,去卫生间冲澡,戴文龙也随之走进去,小小的浴室又变成了两人嬉戏的乐园。

两人从浴室出来,穿得很少在客厅里闲聊。女的在林如蝶面前晃来晃去,却从不正视林如蝶,仿佛林如蝶是空气一般,她和自己的男朋友说什么话,做什么事情,完全不顾及站在这间屋子里的林如蝶的感受。倒是林如蝶自己,觉得在这个屋子影响了他们两个人走动和说话,妨碍着他们嬉戏,是个多余的人,她没事应该赶紧离开他们的视线,或者干脆不要出现在这个家里。

这是怎么回事?怎么转眼间,我变成这个家的外客了,他们都不当我一回事。林如蝶为家里氛围的骤然变化感到莫名的惊诧和压抑。待在家里,她感觉很难受,别人玩得很开心,卿卿我我地聊,她像一个大灯泡。离开吧,她心不甘,这是自己的家,自己一直是习惯于蜗居的。

三天过去了。林如蝶始终找不到机会和戴成仁说话,不是出差,就是到了晚上要睡觉时间了,不能说话。林如蝶渐渐地开始害怕回家。每次晚上从学校回来,走到楼下时,她就会放慢脚步,犹豫着是不是要在楼下再转几圈。好几次,她差点想干脆不回这个家,在旅馆里住算了。这个屋子现在对他来说已经完全没有家的感觉了。

林如蝶决定自己和两个年轻人商量下。

那天,她犹豫了很久,最后,终于鼓起勇气和他们两个对话了。

"我想和你们商量一件事情。"林如蝶站在戴文龙房间门口,"你们年轻人精力旺盛,生活习惯和我很不同,你们单位也有房,你们平时能否住在单位,周末再回来住,再说,文龙的新房子也可以装修起来住。”

“这……”戴文龙犹豫不决。

“凭什么我们不能住这里?”倩倩拉着戴文龙的手,双眼直视着林如蝶,眼光中透露出桀骜,语气非常坚决。

“因为我们作息时间不一样……”林如蝶尽量让声音显得平静。

“这也是我们爸爸的家,我们想怎么住就怎么住!”女孩竟然极其霸气。

“可这首先是我的家……”林如蝶开始有些控制不住自己。

“我们爸爸的房子就是我们的房子,你想赶我们走? 除非你们两个离婚。”倩倩出语如利刃一般。

林如蝶觉得自己的心瞬间就被利刃狠狠地剜了一下,她感觉眼前的这个女孩简直是个疯子,或者也可能是自己疯了。她觉得自己的胸口有一股沸水一般的热浪滚涌上来,烫得她胸口生痛,浑身发抖。天呀,竟然有人在自己的家里这样羞辱自己,而这个人竟然是一个二十多的黄毛丫头,戴成仁未来的儿媳妇。她才来这里几天呀,竟敢这样对待她未来的婆婆,或者说她未来的公公的老婆,她怎么可以这么无法无天?! 林如蝶想到这里,浑身颤抖,她伸出手指着那女人,用虚弱的声音拼尽全力喊道:“你,给我滚!”

“你给我滚!”对方轻而易举地把林如蝶自以为是重磅炸弹的一句话推了回来,这枚炸弹便轻轻地回落在林如蝶的身上,在林如蝶虚弱的身体里炸开了。林如蝶觉得自己的身体和大脑被击打得魂魄散开,六神无主,不知道该怎么回应了。却见对方轻松地扭转身子,哼起了小调在客厅里来回走。

不知过了多久,林如蝶才从刚才的废墟中清醒过来。她像一个从战场上的死人堆里爬出来的血污满脸的幸存者,胆战心惊地靠坐在沙发上,气喘吁吁。她的手触摸到了软绵绵的东西,那是枕头,是比自己的喉咙更有力量的东西。她哆嗦地抓起软绵绵的枕头,奋力向那个要让自己滚出去的女人的方向扔去。

"打人了,打人了!"女人尖利刺耳的叫声在小小的空间迅速膨胀开来。戴文龙立刻冲到林如蝶和女人中间,用他高大的身体将女人挡在自己的身后。女人却从戴文龙的身后冲过来,对着林如蝶喊着:"神经病,发毛病。神经病……"

林如蝶却什么也喊不出来,她觉得自己已经失声了,也差不多失去思考的能力了,她只想寻找求助,但是,她不知道求助于谁。如果是在外面,她肯定打电话给戴成仁了。但是,现在,与自己对立的那一边是他的儿子与未来的儿媳妇,戴成仁是不会站在自己这一边的。她两肩颤抖着,泪水盈眶,手脚冰凉,她感觉自己的心脏紧紧地蜷缩在一起,收缩得发痛,一股寒冷的气流直冲脑门,她又开始浑身发冷。

"爸爸,你快回来吧,这边吵翻天了……"林如蝶听到戴文龙打电话的声音,无疑是打给戴成仁的。

林如蝶想,戴成仁在电话里会说什么呢?他会帮我吗?毕竟我是他老婆呀。不,不,他肯定是帮他们。不,这绝对不行。今天明明是他们小辈对我不尊,无视我这个长辈,应该是小辈向我道歉,怎么能要我道歉!是的,你们有三个人,我只有一个人,你们不和我作平等交流,我无法得到你们的尊重,我已经无处可以安身了。你们不离开,那我离开。好,好,我立刻就离开这里。可是,离开了这个家,我哪里去?

"爸爸妈妈,你们过来,有人欺负你们女儿,你们要过来替我做主。好的,我就在这里等你们来。"女人一边打电话,一边用尖刀利刃般的眼神狠狠地剜了一下林如蝶。

"嘀嘀,嘀嘀……"林如蝶看到自己身边的手机屏幕亮了,是戴成仁打来的。她犹豫了一会儿,用颤抖的手拿起电话,她还没等戴成仁说话,眼泪就开始像断了线的珠子一样往下掉,说话直哆嗦:

"求求你……让他们搬出去住……我……"林如蝶一边抽泣,一边浑身发抖,语无伦次,觉得自己的身体往十八层地狱坠落下去了。她隐隐地听到手机那头戴成仁在说:"你以为你是谁?你想叫哪个人走就可以? 听着,这是我的家,我没有叫他们走,他们谁都不能走,你竟然想赶走他们? 你这样做要承担后果的!"

这些话进入林如蝶耳膜时,林如蝶觉得自己的心脏瞬间变成一个脆弱得即将就要爆炸的气球,稍微有点压力就会爆炸,她立刻会粉身碎骨,体无完肤。她开始慌了,忽然停住了哭泣,靠着墙从地上艰难地爬起来,找到自己的随身包。她想自己必须立刻离开这个地方,这里已经不是自己的家了,再不走,等待自己的是灭顶之灾。

"赶走……怎么叫赶? ……我……我……"林如蝶已经失去了思维和语言能力,因为她对这个"赶"字一时无法理解。她抓起随身包,哆嗦着打开房门,慌忙逃了出来。

该到哪里? 这样的面目能到哪里? 林如蝶一边流泪,一边茫然地往西面一处相对偏僻的田园方向走去。那是以前戴成仁曾经陪她散步过的地方,那边是一大片还没有开发出来的荒地。林如蝶一路迷迷糊糊,顾不得行人诧异的目光。等走到那个偏僻的草地,她虚弱地躺倒在地上,忍不住号啕大哭起来。

林如蝶不知道自己是什么时候昏睡过去的。等她醒来的时候,天色已经昏暗了,荒地四周变成一片黑压压的,身旁随风摇动的草木像被什么手控制着一般,对着她摇头晃脑。她忽然感觉到一种莫名的恐惧,想立刻爬起来离开。可是,她却发现自己浑身无力,双腿站立不起来,头疼得像要裂开。她下意识地觉得自己可能发烧了。怎么办？向谁求救？戴成仁？呵呵，算了吧。玲玲？也不可能。只有花花了。她摸到随身包，费劲地拉开随身包的拉链，拿出手机，找到了徐花花的号码，然后用颤抖的手指拨通了电话。

徐花花借着手电的光，在荒无人迹的草丛中找到了林如蝶。她含着眼泪把林如蝶背到了车子上。

当夜，林如蝶住在徐花花家。徐花花愤怒地指责戴成仁作为一个男人，不但不好好呵护自己女人，反而做伤害自己女人的主要元凶。徐花花认为，这件事情弄成这样，最根本的原因在戴成仁。因为他的大男子主义，因为他的利己主义，因为他的严重的家族观念，使得他把儿孙后代看得很重，从而轻视了妻子。如果她尊重妻子，就会关注妻子的感受，就会听取妻子的意见，就会想办法去处理两代人住在一起产生的矛盾，完全可以避免矛盾的激化。

林如蝶觉得徐花花把自己心里要说的话都说出来了，和徐花花交流，她觉得是那么的轻松愉快，很容易沟通的，可这些年来，和戴成仁交流艰难的情形，真的难以形容，那简直是和一头牛在说话，不，不是和牛，是和老虎和豹子在一起。但是，再胆怯畏惧，日子还是这么过来了，而且还要继续过下去。

第二天，林如蝶回去了，她想好了。这次一定要让两个年轻人住到他们自己的房子里去。她这个要求并不过分，过分的是戴成仁。其实只要戴成仁一句话，两个年轻人就不会赖在这里不走。如果戴成仁坚持不让他们搬出去，那林如蝶自己搬出去。

四十五

林如蝶发现，不知何时开始，自己经常是神经绷紧了弦来上课的。到高三，有一部分学生因为跟不上大队伍而出现精神焦躁或自甘堕落的现状，与此同时，高三的家长，也比任何时候都关注自己孩子的学习，如果班主任哪个环节出现明显的管理漏洞，是逃不出家长的火眼金睛的。

她觉得目前自己的班情况总体还算稳定的，但有一个学生，让她感到有些头疼，那就是这个学期新插班进来的欧阳潇。

语文课序幕刚刚拉开，林如蝶就发现坐在离讲台很近的欧阳潇在开小差。全班同学的头都是抬起看着前方白板上的"小说阅读的技巧"幻灯片，只有欧阳潇的脑袋是低着的。林如蝶很快就看清楚了欧阳潇在做其他科目的作业。欧阳潇已经连着几天是这种状态了，前两次，林如蝶都只是提醒了一下，希望欧阳潇能将注意力集中到听课上面来。为了不影响全班同学，林如蝶没有停下课来去批评或制止欧阳潇，她没有把握在很简短的时间内就搞定欧阳潇这个脾气很执拗的学生。

林如蝶曾经因为欧阳潇多次没交作业找欧阳潇谈过话，欧阳潇很坦白地告诉林如蝶，他一直就有贪玩的毛病。妈妈也拿他没办法，他自己也意识到是不对的，但他没有恒心，无法改变自己。林如蝶那次就在心底对欧阳潇的"特殊性"隐隐担忧，她觉得这样的学生只有不断地进行正面引导和鼓励，直接批评效果肯定是不会好的。所以，前两天林如蝶都忍住让自己不发火，只是善意地提醒。

但显然，欧阳潇不但没改正的意思，反而越发变本加厉了。之前两次还有点带着遮掩地做其他科目的作业，今天上课一开始就拿出来做了，看起来根本不在乎老师会不会看到他。

怎么办？要不要制止？林如蝶一边讲课，一边在内心飞快地考虑着该如何应对。她终于在心里做出了决定。她一边讲课，一边走到欧阳潇身边，视线落在欧阳潇的课桌上，很温柔地说了一句："希望某些开小差的同学集中注意力听课。"

欧阳潇没有反应，甚至都没抬头看林如蝶一眼，仍然在写。林如蝶继续讲课,心里一边继续在思考,下一步该怎么做。十分钟后,林如蝶又在讲课的过程中穿插了一句:"如果在语文课堂上做与语文无关的作业,要被没收的哦。"

林如蝶觉得这是着欧阳潇逼着自己说出这句话的,因为像欧阳潇这样无视老师的存在,堂而皇之地随自己的性子的现象并不多。一般开了小差的学生,发现老师盯住自己的时候,都会主动收起其他作业。林如蝶希望自己说狠话会带来她想要的结果。但是,她再次失望了:欧阳潇仍然继续写着,依旧没有抬起头来看老师或其他任何人。而此刻,班里有些同学已经开始注意到欧阳潇在写其他作业了。

林如蝶停顿了片刻,似乎有点不知所措。她想如果还像什么事情都没有一样地继续上课,估计以后根本就没法再管欧阳潇了。于是,她停住了,走到欧阳潇身边,一边依旧亲和地说:"其他作业暂时先收了吧。"一边伸出手去收欧阳潇的数学讲义。林如蝶伸出去的手刚刚捏住讲义的一个角时,欧阳潇突然一把扯回讲义,结果,讲义的一个角留在了林如蝶的手里。

意外之余,林如蝶还是有点心理准备的。她没有再在去理会那试卷,只继续对欧阳潇说:"做事要有方法,在对的时间,做对的事情。"

"人家睡觉你都不管!"欧阳潇愤愤地说。林如蝶环视了下教室,没看到有人睡觉。

"刚才哪个同学睡觉了? 王大力吗?"林如蝶把目光投向王大力,因为王大力经常会在课堂上打瞌睡。"老师,我没有睡觉。"王大力赶紧为自己辩护。林如蝶又微笑着对着欧阳潇说道:"老师管谁,其实是关心谁……"

班里有学生开始为林如蝶鸣不平了:"太过分了,都看不下去了。""老师,别管她,继续讲课。""是的,继续。"另几个纷纷应和。

林如蝶也就很爽快地说了声:"好的,我们继续。"

接下去讲课的时候，林如蝶的心里总觉得漂浮着什么东西，挡住了她呼吸的顺畅，让她感觉有点迷糊和堵塞。

下课的铃声马上就要响了，林如蝶觉得有必要给今天课堂事件做一个了断或是总结，她必须向欧阳潇和全班同学说点什么，让他们对今天这件事情有个正确的分析和理性的把握，而不是就那么没头没脑地过去了。

林如蝶顿了顿首，目光正视着全班同学。她说："今天欧阳潇同学在语文课堂上开了个小差。我谈谈看法。首先欧阳潇同学学习勤奋刻苦值得肯定，因为我发现他最近在抓紧一切时间做作业，这是他上进的实际行动。但他安排时间错位了，这就难免顾此失彼。当然，这不仅是学习方法上的问题，更是一个如何为人做事的课题，人必须学会合理地安排时间，否则永远是事倍功半。同时，一个人必须尊重他人，然后才能获得他人的尊重。希望欧阳潇同学能懂老师同学对你的负责和真诚，我相信你最终会明白这个道理。"

说完这些话时，林如蝶悄悄地看了一眼欧阳潇，发现他把头埋得很低。

这件事情发生后，林如蝶的心里像被一口闷气堵住了一般，经常会觉得有些憋闷，每次看到欧阳潇时，心里就觉得有些莫名其妙的不安，总觉得会有什么更不好的事情滋生出来。她担心欧阳潇的行为会在无形中影响甚至带动某些人，会影响班风。

林如蝶约了徐花花，说晚饭后和晚读课前之间的二十分钟休息时间一起到操场上散步交流。

操场上，两个消瘦的身影并肩而行。林如蝶叹了口气低声说道："欧阳潇这个孩子有点让人头疼。"

"你知道他的父亲是谁吗？"徐花花用一种别样的眼神看了林如蝶一眼，接着说："他是我们市卫生局的领导，就是欧阳宏局长……"

"欧阳宏？啊？那花名册上家长一栏写的是母亲的名字。"林如蝶有点意外。

"欧阳宏极其宠爱自己的宝贝儿子，想为儿子创造好的学习环境，当年想方设法要让儿子到我们学校来，可是，欧阳潇的分数相差太多了，档案是调不到我们学校。于是欧阳宏就找了他的老同学、咱市教育局曹局长，来了个曲线就学，先让儿子在咱们的民办高中班就读，高二第二个学期才插班到我这个班里，高三又转到你班里。也许是家长太宠的原因吧，这孩子学习习惯不好，上课爱走神，做作业总是偷懒。最糟糕的是他在班里有一定的影响力，有些男生会学他那一套，变得爱表现爱攀比和显摆了，他们都知道欧阳潇的父亲是卫生局局长，因此一个个对他客气得很。现在的学生，一个个也都精灵得很哪！"

"这样啊……以后班里的孩子们怕是要受他的影响了。"林如蝶禁不住满心忧虑。

"去年他也让我操碎了心。这样的学生，照理得加倍交学费。"徐花花一半开玩笑，一半替林老师担心，她神情凝重，面容有些憔悴。林如蝶知道，这两年多来，徐花花作为年轻老师和班主任，每天早出晚归，虽然已经结婚了，但陪伴老公的时间不多，一门心思在学校里，也是到呕心沥血的程度。

"家里情况怎样？和家里那个相处还好吗？"林如蝶问。

"我在学校的时间太长，和他在一起的时间比较少。我们两个人的行动不太一致，这个家以后会怎么样，全靠造化了。"徐花花脸上浮起一层愁云。

林如蝶闻言似乎从徐花花身上看到了当年自己的影子。当年，她也是工作忙得焦头烂额的时候，童大俊开了小差，和别的女人天天在一起打麻将，接触频繁，最后心思转移到了那个女人的身上，最后和那个女人走了。那时的自己也心高气傲，没有太多的挽留，一个家就这么破了。她忽然为徐花花担心起来：

"花花，工作的事情，我们尽最大的努力去做是对的，但不要影响到家庭，对女人来说家庭特别重要，没有了家，会很孤独，幸福就无从谈起。"

"可是，男人如果真的要走，我们也留不住的。想当年，您那么出类拔萃又为人和善，可以说才貌德三全，但家最终还是散了。那不是您的过错，有些男人注定是与我们无缘的。当然，还有一个原因可能是我们工作实在太忙了，可工作是我们自己选的，谁让我们做上了这一行？所以，这都是命运的安排。无法接受我们这一职业的男人，走了也罢，世界那么大，难道就没有机会重新去遇见对的人了？"徐花花的思路和林如蝶并不一样，她并不觉得万一眼前的家散伙了会是一件多么可怕的事情。

林如蝶沉默了，她忽然觉得历史确实常常有惊人的相似之处，自己曾经的过去如今似乎可能又会重演一次，只不过是演在另一个人身上而已。

离高三的学考只有一个月的时间了。为了让学生扎扎实实地把知识点复习到位，林如蝶对学生各种作业检查得特别仔细。

一天晚自习课，林如蝶亲自检查学生做语文学业水平测试训练试卷。查到欧阳潇时，林如蝶发现几张试卷都只是选择题简单写了个答案，其他都全没做。

"这些题目为什么没做？"林如蝶有点严肃。

"那些题目很烦人的。"欧阳潇没好气地回答。

"烦人也要做，你要参加考试的。"林如蝶不让步。

"过几天再说。"欧阳潇头也不抬。

"不能拖延,今天的任务今天完成。"林如蝶的口气变得坚决。

"不做咋的?你难道又想找我爸爸告状?"欧阳潇回应极其迅速,似乎要立刻盖住林如蝶的话。

"这孩子哪根神经搭错了,说话如此剜割人心。必须制止他,不能让他再这么疯狂。"林如蝶静默了几秒钟,冷冷地对欧阳潇说:"你出来一下。"

然而欧阳潇的身子根本就没有动。林如蝶又说了句:"你出来一下!"声音明显提高。很多同学的注意力被吸引过来了。于是欧阳潇站起身,跟着林如蝶从教室的后门走出来。

冬天的夜幕漆黑而冰冷,走廊上静静的,所有的班级都把门关得紧紧的,不让刺骨的寒风入侵到教室里。一阵寒风吹过来,林如蝶禁不住打了个冷战。好冷。但是,她觉得眼前还有比这刺骨的风更冷的东西。

林如蝶感觉到自己胸口憋着一股闷气,胀得有点难受。她走近欧阳潇,感觉他靠在走廊的栏杆上的魁梧的身体和自己瘦小的身材形成鲜明的对比,不知为何,她感受到一种压抑感。

林如蝶抬着头对欧阳潇说:"你说话很盛气凌人啊,每一句话都是不满,为什么这样?"

欧阳潇忽然扯开嗓门喊道:"我就是不满,怎么样?"

刺耳的大嗓门惊动了隔壁的班级。有几个学生跑出来上厕所,很明显,是借机会出来看个究竟。是的,冬夜的校园原本是宁静优雅的,谁会在如此安静的冬夜的走廊里肆意喧嚷,搅乱了校园的一片祥和?

林如蝶很尴尬,她似乎感觉到邪气已经压倒了正气,这孩子根本就不明白她的苦心。该用一种怎样的办法,才能让他清醒过来?不能继续温和了,需要展示出强硬的一面,必须和他正面交锋,用自己坚定的态度告诉他：有时做人做事是不能太过任性的。她在心里对自己说，有时候就是因为你过分柔和，过分迁就他，才让他变得如此嚣张跋扈。

她终于对着他放大了嗓门："你耳朵聋了吗？你哑巴了吗？你作为这个学校的一名学生，作为这个班级的一名成员，你有责任遵守这个班级的各项规章制度，你有义务完成这个班级老师布置的作业，你必须有耐心和这个班的老师和同学做沟通，你必须学会和这个班的老师同学和睦相处。可是你看看你自己这副样子，学习不努力，态度不端正，别人批评你一下还翘鼻子，老虎屁股摸不得，你哪里有和人交流的诚意？你哪里有一名合格中学生的样子？我警告你，你这样是在浑浑噩噩过日子，是无端地浪费自己的青春，也是对自己和他人的不尊重。"

不知道多久没有用这么大的声音，又这么连贯而又气势磅礴的语句训斥学生了，而且是在如此静谧的冬夜。林如蝶相信边上几个教室里的学生和在教室内坐班的老师们都听见了。但是，她已经顾不得那么多了，她豁出去了，把自己降低到了和学生一样的位置，和学生据理力争，让自己也和学生一样，为了一份尊严，为了一口气，她较真、激动。

她说完后，四周一片宁静。欧阳潇低着头一声不吭，林如蝶气喘吁吁愤怒地看着欧阳潇。

半晌，欧阳潇才说出一句话："我也有自尊的，你们老师动不动就找家长告状，我就讨厌。我承认今天的事情我不对。"欧阳潇的语气开始缓和下来，说他以前犯错的时候，人家动不动就找他爸爸，他最讨厌人家提他爸爸了，因为人们眼中只有他爸爸。他说他其实知道自己自我控制能力差，很多毛病一时改不过来。

看来欧阳潇并不糊涂，他也希望通过自己的努力支撑起一片属于自己的天地。林如蝶趁机和欧阳潇做了进一步交流,一直到下课铃声响起。

下课后,林如蝶走进办公室。之前在隔班坐班的刘老师对林如蝶说:"刚才发火了? 犯不着啦! 不愤不启、不悱不发,那些老油条,你讽刺他几句就得了,干吗那么较真呀?"

"忍不住了……"林如蝶无奈地摇了摇头,看到徐花花从那头走过来。

"发火会伤了自己的身体,我们对学生不能动真火,吓唬吓唬他们就可以了,不必真和他们生气,要是真的生气,那这辈子咱们得生多少气啊。"徐花花也劝慰林如蝶。

"刘老师、花花,你们说的道理我都懂。但是,今天我真的是无法控制住。狠狠地发一次火,即便暂时让学生记恨,只要能阻止他们朝着错误方向继续滑行,那都是值得的。"林如蝶虚弱但口气却很坚定。

坐到自己位置上的时候,林如蝶觉得浑身乏力,身体像被掏空了一般,骨架也像要散了一般。她知道,她再也不是以前那个可以不吃早饭能连上四节课的青年林老师了,她应该是名副其实的中年妇女,是一个经受过许多磨难的身心多处受伤的中年妇女。

然而,她却还必须在人生的道路上继续拼搏,她还需要继续向前奔跑。来到一个新的学校,身上挑着重担,还一直被学校作为骨干力量在重用,一直像年轻人那样奋斗着的,或者说,她比很多年轻人更专注、更勤奋。她经常会想李校长对她的叮嘱。林如蝶觉得,和李重天一比,自己的努力是多么的微不足道。尽管自己觉得很努力了,很疲惫了,但所获得的成绩根本不可以和李重天相提并论。他是省级特级教师,是市一流中学的校长。虽然她并未曾亲眼看见过去的那些年李重天奋斗的过程,但她可以想象到他的不懈努力,因为他这个乡村娃要在城市里站稳脚跟并撑起一片属于自己天地,需要艰苦顽强的拼搏,需要百分百靠自己的实力。

林如蝶觉得李重天的话句句实在,她总觉得自己只有要照着李重天说的去做,那些梦想是可能变成现实的。李重天的某些话给了林如蝶一种希望,这个希望犹如她生活中的一盏灯,照亮了她前行的方向,对她来说,如果通过努力,在新的天地实现了某个梦想,那么她的生命便有了新的价值,这或许就是一种重生。

她喜欢通阳这片土地,她感激通阳中学。自从来到通阳中学,她渐渐淡忘了在金山发生的那些不堪回首的往事,包括离开金山县城后寓居在那所城郊学校的极度孤独和抑郁的时光,她原本痛楚压抑的生活逐渐开始变得充满阳光,她的生活翻开了崭新的一页。她觉得只有用努力工作的方式,才能回报这一切,除此之外,没有办法。

四十六

华朵来电话了,和林如蝶聊了很多,都是关于儿子毛卓成的。这次,她不再和以前那样风风火火地闲扯了,她变得小心而细致,因为毛忠革在和她商量如果儿子高考分数没有达到京都大学的分数就把他送到国外读书的事情。

"就这么一个孩子,现在就要准备让他到那么远的地方去读书,有这必要吗? 我一开始对这也是质疑的。但看看周围同事同学朋友们,但凡有条件,一个个都把孩子往国外送。最后我觉得这种选择也是有道理的。"华朵的语气里有点说不出是欣喜还是担忧的味道。

"是啊,咱们这代人的孩子都是独生子女。所接受的教育比我们好多了。如今在国内参与名校的竞争确实比较辛苦,到国外可能会有更多的机会选择更好的高校,所以,只要家里经济条件允许,那就让他出去呗。"林如蝶也觉得应该根据各自需求和家庭经济情况区别对待。家庭条件好的,孩子出去之后也学到真正知识和技能的,还是值得去；但如果只是为了混一张无用的文凭，家里父母又极其辛苦地节衣缩食供孩子读书，那无疑是烧父母的钱，那伤害的不仅仅是父母，还有孩子的良知。

"是的，孩子不是他一个人的，也不是我一个人的。到最后，孩子都将脱离原来的家庭，组建他自己的一个家，到那时，他便自己谋划生活了。孩子翅膀硬了之后就会飞走的，你想留都留不住。"华朵言辞中流露出淡淡的失落之情。

"卓成想选择什么专业啊？"林如蝶很认真，仿佛是自己家的孩子要出国一样。

"以前他说过喜欢金融专业，但他父亲是很想让他读医，而且最好选择牙科。"华朵说。

"这个主意不错。医学很有前途的，卓成这孩子也聪明上进，你们的梦想会成为现实的。朵朵，你以后可以享福了。"林如蝶仿佛已经看到了未来的华朵，颤巍巍却怡然自得地走在公园金色的林荫道上，旁边是儿子儿媳妇，后面还跟着几个漂亮的孙子孙女。

"好吧，但愿借你吉言，以后我能过上潇洒的富婆生活，住在装修豪华，环境优雅的别墅里，看书，喝茶，听音乐。不，光有这些还不够。"华朵停了一下，正想继续说下去，林如蝶笑着接过话茬："还需要一个老伴，和你一起，进厨房，下厅堂，走树林，听流水，看日出日落。我早就知道了。这不是有了吗？你找到钟伟这个大帅哥老师，琴瑟之和的梦想已经实现，你还需要什么？找个机会赶紧和钟老师把证给领了，有本证会多点安全感。"

"我可不急着领证，感情这个东西，并不是靠一本证来维系的，真正的感情是靠两个人的性格、世界观和各自修为等各种因素来巩固的，这些东西归纳起来就是两个字：缘分。我和钟老师的缘分到底有多久，时间会证明的。其实我还有一句话想说的，那就是——当我们老的时候,咱姐妹最好能够住在隔壁,可以互相关照……"

"会的,会有那么一天的。那时,我们可以像回到童年一样,再无忧无虑地疯狂一回。"林如蝶顺着华朵的想象说,一边就笑起来,仿佛不久的将来,这一切就能成为现实。

"等高考结束,分数出来,卓成的事情定下来的时候,我们一起吃个饭,你带上童玲,趁大家还不曾分散,再一起聚一下。"电话那头华朵很开心。

林如蝶放下电话的时候想到着自己的女儿玲玲。之前她从不曾想过玲玲是否要出国这个事情,但现在她忽然觉得自己也有必要去试着考虑一下这个问题。或者在合适的时候,把这个问题摆到桌面上和童大俊交流一下。

周末,林如蝶想打个电话给童大俊,但她估计童大俊不会接电话。自从离婚后,童大俊不仅对她而言就像从地球上消失了一般,从不曾有过电话联系,更别说见面,即便是为了童玲的事情,也无法让他在林如蝶面前露脸或者发声。林如蝶想如果真的需要,就让女儿和她父亲交流吧。

晚上,林如蝶和童玲聊出国的事情。童玲表示,出国耗费的钱太多,妈妈挣钱很辛苦,她不想出国。她说,只要自己努力,在国内同样能学到本事,同样能创业谋生。她估计父亲也没有经济能力支持她,所以她觉得自己不必考虑出国这件事情。

好吧,就让女儿好好地待在自己的身边,陪伴自己,这不正是自己一直希望的吗? 林如蝶想这件事情就这样定了吧。

周一的中午,林如蝶在食堂吃饭,电话响起。

来电的是欧阳潇的姑姑,说欧阳潇的语文成绩总是上不去,眼看这高考越来越近迫,她很替侄儿着急。姑姑说,她也是某校的老师,是教音乐的，欧阳潇是她看着长大的，他父母工作一直都忙，没时间管儿子，一直来她看管得多一点。这次，她要给欧阳潇找主课辅导老师，再不辅导，侄儿的高考要泡汤了。

林如蝶犯难了，平时在学校欧阳潇都不愿意学习，现在还要专门找时间为他补课，他愿意吗，听得进去吗？再说，她也没时间啊。

"林老师，我们这次是和欧阳潇好好谈了一番的，包括他的父母，也一起给他做了思想工作，现在，他已经同意上辅导班了，他也知道高考成绩意味着他的未来。林老师，您放心，我们不是让您白辛苦的，我们是要给您辅导费的。我也是教师，我知道教师的辛苦，辅导学生给费用是理所当然的，我们用周末的时间给欧阳潇做辅导，欧阳潇获得学习的进步，您获得经济的补偿，对谁都有好处。"姑姑说。

"哦，欧阳老师你说的我都能理解，但上头不准有偿家教，这您也知道的，违反的话，后果很严重。"林如蝶委婉地拒绝。

"林老师，是您比较遵守规则。其实有很多老师一直都在暗中做家教的。您想想，学生和家长需要辅导老师，老师也可以为自己增补家用，这是劳动所得，没什么不对的。林老师，我们有您这么优秀的老师晾着不请，难道还要去找那些不正规的辅导机构吗？您放心，只要我们自己不说，没人会知道您给自己的学生辅导。再说了，您只是帮一个朋友的忙，不是那种规模化的办班辅导，没那么严重的。帮帮忙吧，林老师。"欧阳老师近乎哀求。

林如蝶有点犯难了。作为欧阳潇的老师，他极其希望欧阳潇的学习能上去，说实话，只要欧阳潇愿意学习，别说免费，就是倒贴一点钱，她也是乐意的。

"好吧，那这样好了：周末有空我就给欧阳潇辅导，但我肯定不收钱。只要欧阳潇成绩有进步，我就开心的。"林如蝶压低了声音，怕被相关的人听到引起误会。

　　"好的,那就这样定了,谢谢林老师。"得到答复,欧阳老师放心地
搁了电话。

　　欧阳潇每个周末来林如蝶家。一段时间过去了,林如蝶发现欧
阳潇确实比以前认真了许多,和她单独面对面,态度诚恳,也愿意听
讲,还能主动问一些问题,布置的作业基本能完成。虽然在教室里上
大课的时候表现一般,但在补课的时候,状态还是比较好的。林如蝶
想弄清楚为什么补课的时候欧阳潇能认真,到了正式上大课时,他还
是忍不住要开小差。

　　和欧阳老师谈到这个问题时,这个做姑姑的很直率说明了原因:
以前读小学他就上课经常不认真,父母就让他参加补课班,每次考试
前家里都要请家教给他恶补,那样还能应付考试,如果不补习,那结
果会无法想象。

　　林如蝶感慨万般:这种被动学习,让孩子养成了依赖他人的习
惯,完全丧失了主动学习的能力。长期如此怎么行啊？但此刻,她也
没办法了,教一点是一点吧,能让欧阳潇学考和高考拿到让他们自己
满意的成绩是关键。

　　林如蝶觉得自己像被不断抽打着的陀螺,一刻都不敢停下行动
的步伐。班级、学生、选考、学考、补课、写参评名师的论文,做课堂教
学设计。她很相信古话里说的"好事成双,祸不单行"的说法,如果一
件事情做成了,后面往往有另一件好事也水到渠成;如果一件事情做
砸了,不好的另一件事随之也接踵而来。现在,她同时做着好几件事
情,每件事情之间又都有着千丝万缕的关系,每件事情也都需要她良
好的身体状况和健康的心理素质来支撑。

　　有时她暗暗惊叹,惊叹自己有如此强大的内心和强悍的身体素
质,本来她总以为自己不行了,身体的,心理的,都很孱弱了,但是,她
发现事实并非如此,人的潜能是无限的,只要你能找到让自己潜能得

到挖掘的动力。现在,动力是什么呢?就是做好属于她做的每一件事情。别看一件件都是小事情,可只要能一件件都做好,就是另一种成功啊!林如蝶相信万丈高楼平地起,要让一堂课成功,必须做好课堂设计,熟练地操作课堂的程序,发挥自己的特长,智慧地把握课堂方向。要成就名师的称号,就必须研究透这门学科教学的特点,掌握其教学的规律,积累众多的教学实践,总结出有价值的教学经验。所有这些,都需要要一件一件事情地去做,需要脚踏实地地耕耘,事情做得实实在在,即使不能成为名师,也是有收获的。

"不想太多,努力做好手头的事情,只管耕耘,不必问收获。"林如蝶对自己说。

通阳市名师评选工作的最后一个阶段——综合评估阶段如期拉开帷幕。

上展示课的表现、论文发表的情况、教学业绩等等一系列的资料放在一起,十多个评委分层分段进行评选,为期一个多月的名师终期评审的竞争激烈异常。林如蝶在心里对自己说,参与过就好,不要太在意结果。

期末考试也临近了,学校的各项评比工作也开始了。先进班级是每一个班主任所追求的目标,这不仅仅是某个班级学生的荣誉,更是学校对一个班主任一年工作成绩的评定。如果这个班被评上先进班级,那么同时意味着班主任是优秀班主任。这样,一年的辛苦得到了肯定,那时你会觉得曾经的付出都是值得的,相反,没有被评上,曾经的努力似乎收获不大,心情也会黯然。林如蝶虽然因为各种杂事,分散了好多时间,但她的运气还不错,班级工作的各项指标都还好,基本上能入围先进班级。相反,隔壁班级班主任刘老师更年轻些又更自信,目前各项分数排在林如蝶班级的后面。如果他想超过林如蝶的班级,挤入先进班级的行列,除非最后这个阶段他的班级表现特别出色,各个项目一分都不被扣掉。但那太难了。

周日傍晚,吃过晚饭,玲玲准备回学校。林如蝶说送她到公交车站。母女相伴而行。

玲玲几次欲言又止的样子,林如蝶感觉到了,她笑着问道:"有什么话在妈妈这里不能说吗?"

"没什么。我就是觉得有点奇怪。前几天我吃过晚饭去教室,遇到李周豪,我们俩经过翠柏小路,无意间听到走在前面的刘老师和另一个老师在说话。"玲玲转过脸来,对着林如蝶,"我听刘老师说你课外给学生做辅导,属于违反教育部门规定的行为,我当时以为听错了,但李周豪也听到了。妈妈,这是真的吗? 你有给学生辅导了? 还收了钱? 然后会因为违反规定被处分吗?"

林如蝶吃了一惊,但立刻平静地解释道:"我是经不住欧阳潇家长的再三要求才答应给他做辅导的,但是我没有收钱的,完全属于帮助朋友的性质。怎么会受到处罚呢!"

"是啊,我想你也不会做傻事,但其实有不少老师都有带家教的,都没有受到处罚。但听那个刘老师的口气,这事情似乎很严重,这让我有点担心起来,你要是因为这样帮助学生而造成不好的影响,那多不划算。你自己身体都那么不好,不如留点精力养身体呢。"玲玲带着些许嗔怪。

"不要担心,身正不怕影斜,没事的,我明天向相关的人说明一下。"林如蝶微笑着,显得很淡定。

"这种事情说不清楚的,你还是不要主动去说明的好,一说明,反而没事变有事了,小事变大事了。"玲玲的思维完全不像林如蝶想象的那么简单,她比林如蝶想象中的老练多了。林如蝶禁不住感慨:现在的年轻一代真不可小觑啊。

"是的,还是不说为好,我心端正就好,外人怎么说我们无法掌控,一切顺其自然吧。"林如蝶叹了口气。

"妈妈你就是太善良,太好说话,做事情总是先考虑别人的感受,却不预想对自己的影响。你脾气这么好,总有心眼坏的人会欺负你。我要是你,我可不来帮这种忙。像欧阳潇这样的学生,成绩差,就让他差好了,无非是他爸爸是卫生局局长什么的,有什么了不起的,这种官二代,我最瞧不起。哼。"玲玲似乎是在替妈妈出气的同时,顺便也发泄一下自己的不满。

"有点太愤世嫉俗了吧。《论语》里不是有'忠恕'二字吗?忠,尽心为人;恕,推己及人。我们为人做事尽心就好,考虑问题需要多站在别人的角度。你站在欧阳潇的角度去考虑,他也有他的苦衷,学习不好,老师们动不动就向他父亲反应,表现不好,人们就拿富二代给他戴帽子。所以,这些事情,你不要想太多了,妈妈的事情妈妈会解决的,你放心好了,没事的。"林如蝶没想到女儿发起牢骚来也火气十足,赶紧安慰,她不想因为自己的事情搅乱女儿单纯平静的学习生活。

"妈妈你就喜欢用仁爱之心看人和待人,可有的人远远不像你想象的那么善意和单纯。我给你看个东西。"林如蝶从口袋中掏出一张皱巴巴的纸条,展开来给林如蝶看。

林如蝶看到上面写着:"亲爱的玲玲,自从上次看到你在青春诗歌朗诵会上的表现,我就被你优雅的气质所吸引……我希望你能接受我的请求,让我成为你最好的朋友,让我对你的爱慕之情像常春藤一样永远茂盛。"林如蝶看到这里,像被电触了一样,转眼看了一眼玲玲。她明白这是一张男生向女生的示爱的纸条,这笔迹似乎有点熟悉。当她看到署名是"潇"时,明白是谁了。

　　"是欧阳潇写给我的。没想到吧？他竟然敢向自己老师的女儿写这种纸条，这种狂妄可想而知了。他真是自鸣得意，恬不知耻，不知道别人是多么讨厌他。如果我会看上他这种人，那我的智商也就差不多为零了。"童玲带着剧烈的嘲讽口吻，仿佛欧阳潇是她面前的一团空气，只要她用力轻轻一吹，就会随风飘散而去。

　　"是的，你千万不要理睬他，不管他是真喜欢你还是闹着玩，你都不要当作一回事情。高三阶段，必须好好对付学习，没有时间开这种小差的。这个欧阳潇，太过分了，我还以为他这段时间表现不错，各方面进步了。我本来还想好好地表扬他一番，甚至向他父母报喜。"林如蝶叹气。

　　"妈妈你放心，我知道该怎么做的。妈妈，我上车了，你赶紧回去吧，等会你自己还要去学校呢，不要弄得太累了。"童玲看到公交车来了，就赶紧上了车，一边回头和林如蝶挥手告别。

　　林如蝶目送着女儿上了车，车门很快关上，车子向学校方向开去。

　　林如蝶也骑上电瓶车去学校。骑到半路，包里的手机响了。林如蝶心想谁会在这个时候打电话自己，戴成仁是不可能的，玲玲呢刚去学校，父母平时在这个时间点也不会打电话，因为他们知道自己周末的晚上都是在学校晚坐班。那会是谁呢？她停下车，从包里把手机拿出来了。

　　竟然是校长李重天！林如蝶心里吃了一惊：李校长没事是不会打电话给我的，难道那些流言已经传到了他的耳朵里了？难道他真的认为我课外做有偿家教了？

　　"李校长啊……"林如蝶这回接电话竟然有点心虚，她自己都觉得很奇怪，自己没做错什么的，心底坦荡的，可是为什么说话那么没底气。她听到电话那边说："如蝶啊，你到学校了吗？到学校的话，来我办公室一趟,我想和你聊聊。"

"哦哦,好的,我在路上,马上就到。"林如蝶感觉自己说话的声音有点慌乱,她觉得自己真的有点莫名其妙。

来到学校,林如蝶先到了自己办公室,坐下缓了两口气,又拿出镜子照了照,整理了一下因为骑电瓶车被风吹乱的头发,又拿面油,用手指蘸了些涂在皮肤有点干枯的脸上,然后简单地抹了两下润唇膏。这套简单的修饰程序是林如蝶经常使用的,上课前也这样操作,为的是让自己日渐粗糙和苍白的脸多一点润泽,让自己显得精神一点。这和学校里那些化妆精致的美女老师的修饰打扮相比,要简单很多。

走出自己的办公室,穿过环境优雅的信安亭,走上修为楼二楼,林如蝶敲响了校长室的门。

"进来。"李重天浑厚的声音从门内传过来,原来门是虚掩着的。

"坐。最近还好吗? 身体如何?"李重天一边给林如蝶沏茶,一边简单地询问她的近况。

李重天平时也很难得有空和林如蝶聊家庭话题,现在一口气连着问两个问题,让林如蝶一时不知怎么回答。

"还行,就这么过。身体也是老样子。"林如蝶不知道该不该展开,她不敢说太多的话,自从来到通阳中学后,她慢慢地感觉到李重天已经不是二十年前的那个李大哥了。他现在是一个有着几千名优秀学生的市重点中学的校长,每天考虑着学校大大小小的事情,要和各种人打交道,要解决各种各样的问题,他的工作压力比她这个当班主任的大多了,虽然,他还能表现出对自己的关心,但林如蝶认为那是他作为学校领导关心老师的普通行为,她感觉他和自己的距离已经渐渐远了。她在他面前变得有点拘谨和陌生起来。

李重天并没有继续问下去,很快就进入了正式话题:"是这样的，有人向我反应你搞有偿家教，从中谋取利益。眼下教育部门抓这方面的事情力度很大的，我找你就是想向你了解下情况，也许有人不了解实际情况误解了你。因为按照我的感觉，你是不会做这种事情的。"

"我没有。我只是经不起人家的相求，帮一个朋友的忙，为他的儿子补习语文，但是我并没有收钱。"林如蝶把为欧阳潇辅导的前因后果说了一番。

"哦，卫生局长欧阳宏的儿子。我知道他儿子在我们学校。你如果确实没收钱的，那问题不大，能让欧阳潇成绩有进步，那是再好不过的事情，卫生局长都得感谢你，感谢我们的学校。但如果你收了钱，被人举报，消息还传到社会上去，那对我们就很不利，不要说你个人的市名师评选资格会被一票否决，对我们学校的声誉也会造成很大的负面影响，说不定省级特色示范学校就评不上了，这真的不是开玩笑的。既然有人向我反应，提及你，为了慎重起见，我还是觉得需要和你面对面交流，听你亲口告诉我没有这回事，这样我才放心。"李重天说话的时候神情凝重，似乎真的有一点担心这件事情会是真的。

听完李重天一番诚挚恳切的话后，林如蝶原本有点慌乱的心反而平静了下来。此刻，她的内心非常安静，神色也极其坦然，她忽然觉得很多东西真的没必要紧张，要来的它们自然要来的，你躲都躲不掉，不来的，你日思夜想也没你的事。她不紧不慢地说道："李校长，我知道这事情的轻重。你也知道，我是一个从艰难困境中走出来的人，能有机会来通阳中学，在你的领导之下的学校做事，我是非常开心，也非常珍惜的。我巴不得尽最大努力为学校增光，绝对不敢做对不起学校的事情，我是绝对不能让自己给学校添乱的。"

李重天一边点头一边继续说道："我信得过你的，我相信你也经受得住那些空穴来风的闲言碎语，所以，我们也别在意人家怎么说，身正不怕影子歪，是红的人家说不成白的。今天请你来还想和你交流一下另一件事情。市名师的评选结果很快就会出来，我没有参与做评委，但我对你还是充满信心的，我始终认为，像你这样一心扑在工作上、以校为家、工作兢兢业业、成绩显著的老师，就是标准的名师。现在咱学校像你一样的老师越来越多了。学校这几年发展的势头也越来越好，但愿这次省级特色示范学校能验收过关……"

李重天滔滔不绝的声音和说话的样子在林如蝶的前面渐渐模糊起来，林如蝶忽然意识到自己可能是疲劳过度，人恍惚了。她想赶紧回自己的办公室休息。她站起来，告别李重天，走出校长室。没想到刚走到门口，觉得眼前一阵发黑，两腿发软，人立刻要倒下去。李重天慌忙上前一步，抓住了林如蝶的手臂，然后让她靠在他的身上，慢慢将她连拖带抱到办公室的椅子上。

就在林如蝶昏倒在校长室门口，李重天扶着林如蝶坐到沙发上的那一刻，有一个影子从校长室对面的政教室闪过，那影子闪过的同时，手举相机对着校长室门接连拍了几张照片，然后倏然消失在暮色里。

林如蝶醒来时，看到李重天正站在门口打电话，同时焦急地向外张望。她很快明白了是怎么一回事情。她晃悠悠地站起身，要走出去。李重天慌忙上前扶住："我刚才好像看见刘老师了，正想过去叫刘老师来一起陪你去医院。"

"没事了，我只是一时头晕，天旋地转地，现在好了，明天后天有时间我自己会去医院看的。"林如蝶一边说，一边就挣扎着扶着走廊的边沿，离开了校长室，向自己的办公室走去。

李重天想去搀扶，林如蝶坚持自己走，他只好目送着林如蝶走进自己的办公室。

林如蝶回到自己办公室，赶紧躺倒在躺椅上。她实在太疲惫了，不一会儿就昏睡过去。

　　林如蝶醒来的时候，办公室灯依旧亮着，但是没有人。班主任们都到教室里去了，周末学校规定班主任坐班的。林如蝶赶紧收拾好自己的备课资料，到教室坐班去了。

　　李重天和往常一样，一个班一个班地走过去。经过高三(11)班的时候，李重天看到了端坐在讲台前的林如蝶。他很惊讶她这么快就出现在了教室里，而且很挺拔地坐在讲台前，完全看不出刚刚是经历了昏厥的。也许她真的是太累了，现在应该没什么大碍了吧。唉，如蝶也是苦命人，一路走来都磕磕绊绊，没过过几天舒心的日子，看来身体也一年不如一年了，希望她这次参评名师能有收获。李重天看着林如蝶专注备课的侧影，禁不住在心里为她祈祷。不过，他马上又觉得，结果对林如蝶来说或许并不重要，重要的是她经历了那么多的事情，现在还能好好地工作和生活，这就值得欣慰。

　　李重天看人确实很准。不说他青年时代曾经追求过的林如蝶，眼下学校里的任何一个老师，只要在这学校待半年以上，李重天对他们的性格、做事风格和工作情况就能知道个八九不离十。他依据某些条件选择了一批年轻老师作为学校的骨干，结果这批年轻老师一个个都出类拔萃，不仅工作做得好，为人处事也得体有分寸，很受老师们的认可。在李重天的眼里，林如蝶不管最终能否获得荣誉，他都不会怀疑她的优秀。他想，她确实太累了，以后就让她平平淡淡地工作着吧，参评名师对她来说，也许真的是多余的。

　　李重天心里的想法林如蝶永远不会知道。这一整年下来，她和李重天在一起说话的时间和次数一只手的指头都数得过来了。林如蝶发现自己很少主动和李重天说话，即便面对面碰上，她基本上只是叫一声李校长，或者只是微微一笑而过。她已经不再会像以前那样，看到他像看到大哥一样，很主动并很自然地和他东南西北地扯，把他看成周秀丽的另一半,当作是自己人,她不知道自己是从什么时候开始,觉得自己和李重天之间有了一道模模糊糊的隔膜,这道隔膜告诉她,她和他处于两个不同的区域,她无法走进他的那个区域,他也没有必要走进她的这个区域。是的,人生活在这个世界,上天为每个人划定了各自生存的区域,每个区域的人生活的状况是不同的,每个区域的人所做的事情也是不同的,他们对于生命的体验和感悟也有所不同。

林如蝶专心致志地备着第二天上午要上的课。备完课,她又把班级上周的情况做了归纳总结,规划解决问题的方案,然后按照年级组的要求部署新一周的班级工作。她还要计划组织和动员学生们参加新芽杯中学生作文竞赛。这个竞赛是新高考改革后出现的,学生如果在这种作文竞赛中得奖,可以在高考总成绩上加分,这将直接有助于学生的高考,她相信学生们会很重视。但是,获奖的名额很有限,到底该让哪些学生拥获奖机会呢? 林如蝶想到这事情,心里就有些不宁静。

她觉得这种比赛的规则有些不公平。每个班级只有两三个名额可以被推送上去,而这两三个名额完全是由老师决定的,老师的决定直接影响到学生的命运,如果老师做得不公正,作文好的学生就面临着:就会失去应有的机会。那么,这三个名额,我到底该怎么确定? 我该如何把这碗水端平? 她担心有些家长神通广大,知道这些事情的真相,到时会打电话来要求照顾。所以她必须尽快把名单定下来。

林如蝶把平时作文比较好的十个学生的作文抽出来,准备一一仔细批改,然后选择前三名直接推荐上去。她批改到一半的时候,放在讲台上的手机抖动起来。

"是谁来电话了?"她一边疑惑着,一边拿起了手机,看到了屏幕上显示着"欧阳老师",她心里忽然有种预感,似乎知道欧阳老师将要说什么。

她拿起手机从座位上站起身来,轻轻地走到教室外面。

"林老师好,这么晚打搅您,真的很不好意思。您现在方便说话吗?"电话那头,欧阳老师的声音非常委婉柔和,"是这样的,我听说咱们学校有作文竞赛,如果获得省级二等奖以上,高考可以加分的。是有这回事情吗?"

"是的。只是这个事情现在我们还没具体考虑好怎么操作。"林如蝶惊讶于欧阳老师消息如此之灵通。

"我是想请林老师帮个忙,看看能否给欧阳潇一个机会。我哥是很要强的人,他对儿子一直给予很大的期望……"欧阳老师的要求正是林如蝶所担心的,听着电话那头欧阳老师的声音慢慢转变成一种淡淡的羞愧和无奈,林如蝶迅速地思考着回绝的理由。

"我能理解你的心情。但这个事情我可能现在做不了主。因为目前这一关只是初评,之后还需要现场作文。现场作文是凭借实力说话的,欧阳潇的现场写作的实力可能弱了一些。"林如蝶如实告诉欧阳老师。

"第一关如果能争取到,我们会努力想办法让他在第二关中创造佳绩的,第二关实在不行,那我也算对他父亲有个交代了。"欧阳老师依旧不想放弃为侄儿争取机会。

"那等我看完他们的初评作文再说吧。"林如蝶觉得先退一步好些。

"那谢谢林老师了。不管结果如何,我也可以向我哥交差了。"欧阳老师千恩万谢后挂了电话。

林如蝶虽然口头语气缓和了些,但她心里已经打定了主意,不能把这个名额给欧阳潇,因为作为一名老师,她的良知告诉她必须这么做。至于欧阳老师那里,到时她再和她沟通,她相信欧阳老师最终也是会理解的。

四十八

自从林如蝶昏倒在校长室那天后,她感觉到周围的同事对她的态度有了很微妙的变化。起先她还不曾察觉,慢慢地,她觉得同办公室的有些老师和他说话少了,她原本以为年终了,大家都忙于自己的工作,闲话都不说了,除了非说不可的话。渐渐地,她觉得有点孤单,她看到同办公室其他老师之间似乎依旧和从前一样谈笑自如,她开始怀疑是不是自己什么时候得罪了某人,但得罪一个人可能,不可能同时得罪好几个人的吧,尤其是那个刘老师,最近怎么都不和我说话了呢?

找花花聊一下,林如蝶想,或许从她那里可以得到答案。

午饭时间,林如蝶和徐花花一起在食堂用餐。

"花花,你是不是听到有关于我的一些不好的传闻?"林如蝶将一口饭塞进嘴巴,轻轻嚼着。

徐花花喝了一口酸菜汤,看了林如蝶一眼,然后有点漫不经心地说:"世界上最不缺少的就是嚼舌头的人,他们怀揣某种目的,说着一些不符实际的话,并希望人们把那些东西当作饭后提神的点心从中得到心理上某种满足。这种人最卑鄙了。"

"我明白了。是有人对我有看法了,我已经隐约感觉到了。他们肯定是误会我了,我很想知道你是怎么看的。"林如蝶知道确实有人在找她的茬。

她想自己并没有做什么有违师德的事情,相反,在通阳中学,她让自己各方面都争取做到最好。她是带着感恩之心来到通阳市的,她喜欢这里,爱这个学校。她每天走进校园的时候,都会在心里对自己说一句:我爱这个学校! 我爱这片土地! 我要好好工作,我要忘记过去的一切,让美好的生活从这里开始。虽然,和戴成仁的婚姻让她也一度失望,但姻缘是人与人之间的一种缘分,或许自己命中注定没有理想的姻缘,她承认自己在恋爱婚姻方面脑子简单鉴别力弱,但工作方面她一直都是用心的。现在,在这么美丽而又让她充满希望和信心的校园,为什么会有人对她有莫名其妙的看法呢?

林如蝶心里一下子乱极了,她低下头,脸色变得有些苍白。

"他们说你和李校长有什么非常关系,还说你课外搞有偿家教,听说有人反映到教育局去了。我那天在走廊上听到刘老师在说,他说他也是听别人说的。现在很多人都喜欢管闲事,不知道是谁那么无聊,喜欢无中生有。"徐花花说得很轻松随意,仿佛这些事情是一层薄薄的灰尘,用力一吹就会飞散并消失在空气中。

"花花,有些事情我本不想多说,但对你说一些是无妨的,你一直是我信赖的人。我和李校长在大学时确实因为是老乡关系,交往比较多一点,那时他也曾经表示过对我有意思,我没有接受。你或许不知道,我们那个年代谈恋爱不是先接触再发展,而是先约定好行或者不行,然后才开启恋爱模式的。李校长是一个很守规则的人,我没有同意,他就没有勉强我,所以,我们之间是非常单纯的老乡兄妹的关系。后来李校长和我的好闺蜜周秀丽走到一起,我也根本不清楚。如今,二十多年过去了,我和李校长一直都没有联系过,直到我来到这个学校。但是,这几年,我一直忙于自己工作,李校长他忙他的事情。我们之间没有发生新故事的理由。虽然李校长有时会给予我一定的关心,但是,那完全看在老乡同学的情谊上,并无半丝特别的意思啊。这些人不知道出于什么目的,要说那些乱七八糟的话。"林如蝶有点沮丧,悄悄望了四周一眼,不再说话。

"林老师,你不要太在意别人的胡言乱语,你的为人大家是看得到的,我徐花花就第一个不相信他们说的那些。这年头,各人心里都有自己的念头，有些人天生就喜欢嫉妒别人，看不惯别人比他优秀，所以千方百计地诋毁别人，生怕别人占了他的道。不要说你没做有偿家教，即便有，做的人那么多，为何只举报你，他们到底想做什么？林老师，谁是造谣生事的人，你最有感觉，你看看你自己的周围，平时谁对你有敌意，可能就是某人了。不过，你也可以选择忽略，咱不和那些小人一般见识。"徐花花不愧是林如蝶的学生，最后几句话说到了林如蝶的心上。

林如蝶听完，长长地叹了口气："哎，我是最怕多事的，这样的事情如果上头没人追查，我宁可随便他们怎么说，根本不想理会。有你相信我，就够了。"

吃完饭，林如蝶赶紧回到办公室做事情，当她批改好一个班级的作业时，午休课已经快下课了，她只好稍微眯上眼趴在桌子上休息一下就开始下午的工作。

下午，林如蝶接到了学校办公室主任的电话，让她立刻到办公室去一趟。

林如蝶来到办公室，看见李重天和几个陌生人坐在那里等她。

"这就是我们学校的林如蝶老师。"李重天对他身边一个高个子男人说到，然后又对着林如蝶说，"这是通阳市教育局人事科的金科长。今天他们办事顺路经过我们学校，顺便找我们了解有关有偿家教的情况，你尽可以实话实说。"

林如蝶心里暗暗吃了一惊。

"你好，林老师，我是教育局人事科的金大洲。前段时间有人举报你们学校有老师进行有偿家教，其中有人说到了你的名字。你知道，我们现在关于这方面的事情要求是明确的，任何教师不得进行以谋取利益为目的的家教。一般来说，我们的老师都是比较自觉的，但是，也许有些老师对这一政策持有不同意见，可能会做违反规定的事情,如果有,我们希望能整改,及时改过了,没有造成重大的恶劣影响的,我们一律不予追究。"姓金的高个子男人说话声如洪钟,语气严肃认真,表情却亲和,脸上还带着一丝微笑,看着林如蝶时,眼光中流露出一丝准备谅解的意味。这眼光,让林如心里忽然涌起一种难以言说的滋味。

林如蝶在心里对自己说:不要害怕,你没做错什么。她看了李重天一眼,又看着金大洲,尽量让自己显得非常平静地说道:"情况并不像有些人说的那样,因为我做的并不是有偿家教,仅仅是因为自己班里的一个学生家长的再三请求,我才答应给他的孩子做语文辅导,而且我没有收过一分钱,你们可以向家长进行调查。"

"好的,我们会做调查的,如果你说的情况属实,那就不存在任何问题。你就不要有什么顾虑,继续好好工作。李校长刚才向我们介绍你的时候,说你是很优秀的老师,我们相信李校长的评价,希望林老师今后继续脚踏实地地工作,为我们通阳市的教育做出新的贡献。"金科长脸上露出微笑,先前有点凝固的空气开始流畅起来。

林如蝶晚上回到家时,发现戴成仁忽然回来了。

"这次怎么不到两周就回来了? 工作计划改变了吗?"林如蝶轻声问道。

"小龙办婚礼。这个周末,我得准备下。"戴成仁并不看林如蝶,但他却知道林如蝶在听,"你就不用参加了。他们说了,你是外人,他们需要的是他亲生的父母参加。"

林如蝶一下子没反应过来,但很快她也就明白了:戴文龙要举行婚礼了,她被排除在外,不必去参加婚礼。不但如此,戴成仁要和他的前妻,戴文龙的母亲,一起见证他们儿子的婚礼。想到这里,林如蝶觉得心里像被吹进一股冷风,胸口刺进一股冰凉。她平静地说道:

"我无所谓。"

但是她的心里却在说："戴成仁，你做事没原则。不尊重我，其实就是羞辱你自己，因为我是你的妻子啊。你在小辈面前树了一个坏榜样，以后的事情不知会怎样发展了。好吧，不要我参加也好，我落个清净，以后戴家小辈的事情应该都与我没什么关系了。"

四十九

转眼间到了5月，天气已经明显是盛夏的节奏了。经历百日誓师大会，好几个月的鏖战，高三的师生们已经到了因久战而疲惫的阶段，但是，不能停下休息。学生中开始出现心理焦躁的现象。林如蝶便联系学校心理辅导老师，分别给有心理焦躁现状的学生做辅导。家长们的电话也越来越多，不少家长几乎每天都要来学校来看孩子，顺便给孩子送中餐。

这天中午，林如蝶经过校门时看到了欧阳潇的妈妈。林如蝶也是不久前才认识她。她来学校找林如蝶时，林如蝶几乎不敢相信这是一个已经有十八岁孩子的母亲。她高挑的身材，体形饱满却不臃肿，面部皮肤白而细嫩，林如蝶无法判断是不是化妆品起的作用，浓黑而细长的眉毛很优雅地向上微微弯曲，鼻梁挺直，后脑勺一个波浪形的发髻，几绺蜷曲的刘海挂在前额的两边，整张脸很精致。身上一套淡咖啡蚕丝旗袍式连衣裙，气质富贵雍容，像旧上海大户人家的闺秀。不过，开口说话后，林如蝶就觉得她的性格并不像她的外形那么斯文儒雅，她说话快人快语，声音脆亮，一看就是个精明强干的女人。聊过后，林如蝶知道这个叫史梅英的局长夫人，在卫生局医疗器械科当科长。

眼下，林如蝶看到她竟然和边上其他的家长一样，手上拎着一个饭罐子，也给儿子送饭来了。林如蝶感到有点吃惊，她赶紧迎上去。

"欧阳潇妈妈，你怎么也在这里啊？今天空些了？"林如蝶关切地问道。

"这不是没办法吗？以前一直忙，都没时间照管他，现在高三的最后一个阶段了，再不来鼓励他一下，以后就没机会了。人家的妈妈都来了，我不来，我怕他有想法。"史科长露出灿烂的笑容。

"非常理解你的心情。我也有读高三的女儿，这段时间，我也在考虑弄点什么营养的食物给她补补。"林如蝶提起了玲玲。以前，玲玲吃住都在学校，自己很少去关注玲玲的生活细节，从上个月开始，她就让玲玲跟自己一起吃饭，有时也让毛卓成一起来，这样，她可以把他们的伙食调整得好一点。

"是的，我听潇潇说起过，说林老师的女儿很优秀，是年级里的女神。这叫作有其母必有其女啊，林老师自己这么优秀，女儿优秀是必然之事。"史科长看起来是由衷的赞美。

"这都是孩子们开玩笑说的。欧阳潇进步不小啊，只要最后这段时间坚持住，会有较好的结果的。快下课了，我也要赶紧去食堂准备女儿的饭菜了，回头见啊。"林如蝶说完，匆匆挤出人群。此刻离上午最后一节课下课时间只有七八分钟了。

林如蝶、童玲、毛卓成三人在食堂靠窗的位子一起吃饭。斜对面，李周豪和李重天面对面而坐。林如蝶很难得看到这对父子在一起吃饭。

"卓成，多吃点，这段时间要注意营养哦。"林如蝶柔和地说。

"哦。"毛卓成一边答应着，一边快速地往嘴里扒饭菜。

"好像华朵阿姨很久没来了。"童玲看着妈妈说。

毛卓成很快就把自己餐盘中的饭菜解决了，然后抹着嘴对她们两个说要去赶做数学作业。

毛卓成离开后，童玲说："妈妈，我发现这段时间毛卓成不太开心,好像都不太和同学说话了,连我都不太理睬了,也不知道是不是因为他三模考试成绩退步的缘故?"

"是吗?会不会是越来越临近考试,有点紧张了?拼搏了这么多年,真正的大考来临了,大家都开始紧张了。你看每天中午校门口来送饭的家长那么多,就知道连家长也紧张了。家长们一个个都过来陪孩子了,华朵阿姨没来,可能他有点失落。"林如蝶觉得高三学生,有些反常表现都是正常的。

"我们可能不太了解毛卓成。"童玲若有所思地说,"三模成绩出来那天,他对我说了一些话,让我忽然觉得我之前并不十分了解他。妈妈你要多去关心他一下。"

"他对你说了什么?"林如蝶把一块猪脚夹到童玲碗里。

"他说'这样的生活好没意思啊'。我当时怀疑我听错了。但我又明白我并没听错。那声音就是从他嘴里发出来的,我就问他在说什么,他却又说他没说什么。我觉得他心底里有想法,不愿对外人说。"

"也许吧。毛卓成一直是比较文静内秀的,家里情况又特殊,有些话估计他也不轻易对别人说。"林如蝶微微叹了一口气,她觉得学生一代代换新,代沟在不知不觉中慢慢变宽,有时她并不能真正了解学生。尤其对毛卓成,她有些担忧。这孩子父母离异,父亲又娶了年轻的妻子,又有了另外的孩子,对他难免疏忽。母亲也因为自己的婚姻坎坷,并且不在本地,对他的关照不能很到位,而自己作为班主任,要面对四五十名学生,也很难关心得很细致,并且终究不能代替母亲角色。

林如蝶想必须和华朵交流下,让她多过来看看儿子。

童玲吃完拿起餐盘的同时,李周豪也吃饱拿着空餐盘站起,跟在童玲的后面走了。

林如蝶还在吃着饭,听到有欢快的笑声传过来。她想,是不是有什么喜事了。她隐约听到"终于成功了""从此咱们学校级别提升了""这两年没有白辛苦"之类的话，一打听原来是省级特色示范学校评审通过了。她的心里忽然间涌上一股幸福的暖流，觉得作为通阳中学的一员很幸福，也很骄傲。是的，付出总会有回报的，特色示范学校评审通过就是对全校每一个老师的巨大奖励和莫大鼓舞。真的太好了！

饭后，徐花花约林如蝶在校园的光华路散步。

"咱们的学校发展得越来越好了，我们能到这个学校都是幸运的。李校长说的话很有道理，我们大家都要做学校品牌的建设者，而不仅仅是享用者，好品牌需要所有的老师付出。"林如蝶依然抑制不住内心的欣喜。

"是的，今天全校老师都很开心。不过，可不止一个好消息呢。"徐花花眨着眼睛看着林如蝶。

"还有什么事情能比学校的发展获得提升更可喜的？"林如蝶有些不以为然地笑。

"估计你还不知道。我可是听人说市名师考核工作已经结束，入选的名单已经定了，里面有你的名字哦。"徐花花压低了声音，声音里带着兴奋。

"真的吗？"林如蝶有点感觉意外。

"你还不自信吗？你是无愧的，你的基本功那么扎实，职业素养那么深厚，这是有目共睹的。但是我之前还有点担心，像你这样不善于搞人际关系的，最终会不会被刷下来？现在终于相信：总有人是可以靠自己的实力上去的，这个世界还不至于那么一团漆黑。林老师，恭喜你！"徐花花紧紧地拉住林如蝶的手，开心得像自己获得名师荣誉一样。

"我倒是觉得自己还不够格。何为名师？依照我的理解，不仅是要在教学上为同行起带头引领作用,还要在为人处世方面为学生做表率。我自己觉得这两方面都做得不够。如果没评上,我觉得是正常的,如果被评上了,那我必须再花更多的努力去弥补自己的不足,才能对得起这份荣誉。如今,所有的人都奋起直追了,我是一点都不敢放松自己啊。我只有不停地努力,才能不至于被你们年轻人甩到后面。"林如蝶反而有些不安起来。

"在我的记忆里,林老师你一直是出类拔萃的才女,虽然生活有时不尽如人意,但是,你的才气和聪慧、儒雅和善良我们都看得到的。了解你的人都会由衷地喜欢你、关爱你,你一直就是我心中的教师楷模,也是学生心目中真正的行为之师、品德模范。"徐花花把平时没有机会表达的对林老师的赞美一股脑儿都搬了出来。

确实,一直来,林如蝶就是徐花花心中的最美老师。徐花花却觉得林如蝶就是一块遗落在荒滩上的美玉,这美玉经过岁月雨水的荡涤和冲刷愈加显出温润而美丽的光芒。

林如蝶打电话给华朵,希望她近段时间能多过来看看儿子。华朵说因为自己和钟伟闹矛盾了,自己心情不好,把儿子给疏忽了竟然不自知。

第二天华朵来了,给毛卓成带了很多吃的东西。看着儿子默默地咬着苹果,华朵忽然眼眶潮湿起来。她于是赶紧转过脸去。

"你和钟伟老师闹矛盾了?你们领证了没有?"等毛卓成离开后,林如蝶轻声问。

"我们已经分手了。没领过证。"华朵有气无力地回答。

"为什么啊?钟老师人不是还不错的吗?"林如蝶既觉得意外,又似乎觉得是预料之中。

"因为经济问题。他把他自己原来住的和海南的房子全卖了,加上他办课外班所挣的钱,买了个新的房子,但不是为我和他自己买的,而是给他儿子买的,他说是给儿子结婚用的。他说如果和我结婚,他就住我这里。我当场就和他吵了,我不接受一个把自己财产全部转移掉之后再和女人结婚的男人。这种男人,显然还是把女人当作外人提防着,甚至还有可能是揩女人的油来的。我告诉他,我不想找一个对女人一毛不拔,甚至还想从女人身上捞好处的男人。我们俩关系就这样结束了。"华朵说得很伤心,伤心中有透露出冷静。

林如蝶不知如何应答了。世界上有些事情总是那么如出一辙的相似,钟伟的做法和戴成仁的做法是一脉相承的。是不是再婚的女人在男人眼中真的是二等公民? 他们在潜意识里确实无法把她们当作真正的家人? 那他们为什么又要再一次结婚? 仅仅是为了解决生理需要吗? 他们这么对待身边的女人,女人当然不能接受了,这样建起来的两人之家还有么幸福可言?

林如蝶觉得自己永远无法弄懂男人的生命逻辑。她只能认为,男人是一种奇怪的动物,一方面很自私,为了自己的子孙,可以牺牲女人。另一方面,男人这种做法又是一种自我牺牲,为了子孙,牺牲自己的爱情、婚姻,舍弃了自己原本可以更惬意美好的生活。男人身边有一个爱自己的女人,生活质量明显会高一点,但他却可以做到不在意,即使因为经济问题导致女人离开了他,他也在所不惜。这大概就是戴成仁至今与她过着貌合神离的生活却丝毫没有改善欲望的原因所在。

"看来天下男人都一样。男人这么自私,我们确实不该纵容。"林如蝶忍不住也开始数落起来,"这么多年来,我和戴也一直因为经济问题产生各种矛盾,因为彼此的观念不同,我们的矛盾也一直积压着无法解决。"

"所以,我决定这辈子不再想结婚的事情了。不要幻想有哪个男人会真正爱你,把你当作心肝宝贝,把你当作掌上明珠,那是二十几岁的姑娘的梦想。我们已经人老珠黄,爱情已经不再属于我们。如蝶,这段时间我一直在闭门思考,我想好了,我们不要依赖男人,我们女人也可以独自为家。"华朵说话时表现出坚决而又有些许无可奈何的意味。

五十

十年磨一剑,一季守一花。让高三学子等待已久、让所有高三人心潮澎湃的高考大战终于到来。

6月6日,高考的前一天。傍晚,各个班级的班主任在教室里宣读了考试注意事项,各科老师在教室里轮流走动,不时地和一些学生轻轻地交代着什么。学生们看起来都在忙着复习,却似乎又显得比往常轻松随意些。高三的老师们都明白,最后时刻,不能让学生太紧张了,要适当地放松,要像平常一样,正常地吃饭,午睡,看书,休息。总之,要让学生按照原来的良好状态运行,那样考试才能发挥出正常的水平。

这些天,林如蝶和其他班主任一样,每天二十四小时陪着学生,晚上也住在学生寝室里,吃饭到学生的大食堂里,课间基本待在教室里和教师隔壁的办公室里,以便给需要帮助的学生提供最及时的服务。两天前就停课让学生自学了,教室里,走廊上是静默着走来走去的学生,平时爱喧哗的活跃分子,这个时候也一个个都变得安静了。

但林如蝶知道,这只是表面现象,很多学生的内心是不宁静的,辛苦拼搏十二年,就是为了这最后的一刻,犹如一个做了十二年的梦,此刻突然梦醒,呈现在眼前的是梦的终结时分,是上战场和敌人拼刺刀的时候了。但他们不能慌,至少不能让自己表现出内心的慌乱,他们遮掩得很好,看上去比较安定。但这种安定是动荡着的安定,只要稍微有点风吹草动,一切焦躁不安就可能会被连根带泥地拔出来。

6月7日早上,距离第一场考试语文进场还有十五分钟的时候,林如蝶看到毛卓成正用有点慌乱的眼神看着她。

"怎么了?"

"我忘记买红牛饮料了。"毛卓成露出紧张神色。

"不用紧张,来得及。不如这样,你在这里等着,我去给你买。"林如蝶知道,学生中流传着红牛提神的说法,很多男生考试前都要买。学校的小店在最东边的大门,走过去再回来需要七八分钟,这个时候让毛卓成自己跑去买,时间上确实有点紧张了。

"这……"还没等毛卓成继续说下去,林如蝶便赶紧冲出教室,用最快的速度向学校东门的小店跑去。路上已经没什么人了,考生们都等候在了考场的门口或附近。林如蝶一个人跑在空荡荡的路上,忽然有一种奇怪的感觉:多久了,没这么跑过,用这种对她来说几乎是最极致的速度,为的是给毛卓成买一瓶饮料。不过,她没时间继续想下去,买了饮料,不停地往回跑。到了班级里,他把毛卓成手上娃哈哈矿泉水瓶里的半瓶水倒了,然后把红牛饮料倒进矿泉水瓶递给毛卓成说:"赶紧进去吧,好好考,胜利属于你。"

毛卓成点点头说道:"谢谢林老师。"

毛卓成便和其同学一起,鱼贯进入了考场。

林如蝶忽然觉得喉咙干得要冒烟,她知道是因为自己刚才跑得太快了,这和她每次跑步后的感觉一样。但她是开心的,能给一个学生带去哪怕是一点点实实在在的帮助,都是做老师的价值的体现。

作为高三(11)班的带队老师,两个半小时的等待,让林如蝶感觉从来没这么漫长过。也许因为这两个半小时决定着学生十二年语文学习的结果,也决定了学生未来将走进哪一所大学。当然这两个半小时也牵动着所有有孩子参加高考的父母们的心。有些父母昨晚把孩子接回家,第二天早上又亲自把孩子送到学校来,有的家长早早来到学校看望孩子,在校门口看着孩子走进校园。这些都为学生们人生最关键的一次考试增添了一种仪式感。

十点半过后,家长已经陆续围在校门口,他们有的手里拎着饭盒,应该是早就做好的给孩子中午吃的饭菜,有的是夫妻俩一起在等,等着把孩子带回去或者带他们到附近餐馆吃点好的。到十一点半,考试结束的铃声响起的时候,校门口的人已经把宽阔的校门挤得水泄不通了。

林如蝶在辅导教室里等待,有时到校园内走走。在考试将近结束时,她看到校门口人潮如涌的壮观的景象,内心被震撼住了:高考真的是中国父母的大节日,这几天,父母可以停止自己的工作,只为陪伴自己的孩子度过全力拼搏的三天,让孩子把十二年间学到的本领顺利地、毫无保留地呈现出来。

"可怜天下父母心。"林如蝶轻轻叹道。她当了那么多年的高中老师,也带了很多届高三毕业班,但之前并没这么真切的感觉,只有这次,女儿参加高考,她觉得自己才真正体会到这些父母的心境。世间的很多事情,原本以为自己懂了,其实,只有身处其境才能真正知道其中的滋味啊!

校门被打开了。校门外的家长像潮水一般从门外涌进来,不远处的教学楼下,刚从考场里走出来的学生也乌压压地成群朝门口涌去。两股人流在校门内侧会合到了一起。孩子和自己的父母相聚在一起,前后相拥,并肩而行,有的手捥手出校门,有的父母看着孩子欣慰地笑,有的孩子在父母面前低着头嘤嘤地啜泣,有的对父母的询问默然无语,各种形态的呈现,如一场不需要导演的大舞台,每个人都是最本色的演员,演绎着生活中最平实却又最令人动容的一幕。

　　两天半的时间梦幻一般地过去了。6月9日上午十一点，最后一门考试结束的铃声响起。考生们从各个教室蜂拥而出，整个校园顿时人山人海，每一个角落都布满人流。有的走向自己的教室，有的走向寝室，有的走向校门，有的单独在人流中穿梭，有的和家长并肩而走，有的捧着书本和生活用品。他们的形态和容颜千姿百态。有的开心地欢笑，有的表情凝重，有的伤心哭泣，有的默然不语，有的步履匆匆，有的淡定从容，人群中还夹杂着手里拿着编织袋和杆秤的收废纸的大叔和大妈。

　　林如蝶到教室时，学生们已经差不多到齐了。接下来的十分钟时间是她作为眼前这班学生班主任的最后的演讲了。她知道，无须多说什么了，三年了，该说的都已经说完了，之前说的都是给他们布置作业或者批评和警告他们。而此刻，他们瞬间脱离了考试，脱离了学习，马上也要离开学校了，她作为他们的老师和班主任的身份马上要结束了。所以，她并不打算说什么，就把考完后关于分数的查询，填报志愿的注意事项以及最后一次聚餐的要求很细致地交代一番。稍后的午餐是整个高三年级最后一次聚餐，吃完这顿午饭，这帮孩子便真的就各奔东西了。

五十一

　　通阳市著名的白天鹅大酒店早就披上了节日的盛装。印花的大红地毯，五花十色的气球，厚实的大红桌布，套着大红布套的软座靠背椅，还有大圆桌上早就摆好的精美的白瓷碗和晶亮透明的高脚酒杯，整个布置像一场豪华高档的大型宴会，十几张大圆桌把宽阔的酒店大厅渲染得红红火火、满堂喜气。

　　这是三年来第一次也是最后一次如此大规模的聚餐。

　　老师们都被分散分配到了各桌，和学生们融合在了一起，所以很快就进入敬酒程序。学生们先给老师敬酒,然后大家各自和好友们互敬,餐厅很快变成一个欢笑嬉闹的海洋,各种情态的劝酒和敬酒画面在同一时刻展现,整个餐厅人声鼎沸,犹如沸腾了的汤锅。

林如蝶向玲玲那桌走过去,李周豪也在这一桌,他坐在玲玲的左边。毛卓成坐在玲玲邻桌。林如蝶看到他们正在起兴地敬酒。

"把酒倒满来,今天让班长代表咱全班同学敬一下咱班的班花、团支书童玲同学,这是咱全体男同学的心愿,平时没机会,今天是最好的也是最后的机会了,大家一起监督着,要让班花把这杯酒喝得一滴不剩。"一个高亢的男声。

"对,最后的机会,班长一定要代表全班男生把这事情搞定。喝——喝——喝——"很多男生开始应和。

李周豪缓缓地站起来,他表情镇定,稳稳地端起盛满红酒的酒杯,慢慢地抬起头。只见他扫视了一圈,最后把视线落在了玲玲身上,语气很坚定:"那就让我代表全班男同学,敬我们的班花童玲同学,祝高三(11)班的女神永远美丽,快乐。我先干为敬。"说完一仰脖子,把酒喝光。全场顿时掌声响起。

玲玲不紧不慢地站身起来,环视了一圈,然后微微一笑说道:"本姑娘平时是不喝酒的,但是,我不能辜负大家的厚望,承蒙同窗们三年来的厚爱,我今天就是醉倒在这里,也要把这杯酒喝下去。"说完,她看了李周豪一眼,露出自信地微笑,然后在众人的注视下一口气把一杯酒喝完了。全场又响起一阵热烈的掌声,伴随着尖利的口哨声。

林如蝶刚开始还为玲玲担心,怕她对付不了那杯酒。当看到玲玲勇敢地把一满杯酒喝下去时,她知道,女儿已经长大成人了。曾经在自己眼里是一只羽翼未丰的小鸟,有一天忽然自己振翅飞翔了,她曾经担忧着,焦虑着,现在她放心了:女儿能够独自面对自己的世界了。

欧阳潇端着满满的一杯红酒走到童玲边上,拿了边上的酒瓶将童玲的酒杯倒满,然后很认真地看着童玲,一本正经地说:"尊敬的女神。临别之际,我也敬女神一杯。如果我曾经有什么做得不对的,希望你大人不计小人过,祝愿女神的明天更美好。"说完,然后他端起自己的酒杯,一仰脖子,一杯酒瞬间下肚。

童玲站起身来,甩了甩头发,眯着眼睛,似笑非笑地看着欧阳潇说:"你趁机来整我是吧?还记着以前我对你的批评是吧?好,我不怕,今天难得你这么诚心诚意,我看来是要一醉方休了,我喝。"说完,她也仰起脖子,咕咚咕咚,几口把酒喝了。喝完,她挥了挥手喊道:"今天大家都必须尽情喝,都要一醉方休,一醉方休啊。"

林如蝶看到玲玲满脸红润,眯着眼睛在呼气,反而感到欣慰:这是敢作敢为的性格,她喜欢这种性格,但之前,她没怎么看出来。也许,在母亲面前,孩子会隐藏自己强悍的一面,只有当脱离父母的羽翼,他们才能真正获得飞翔的能力。

林如蝶正想回自己的座位时,看到毛卓成正端着酒杯朝向童玲那边走去。显然,他也想给童玲敬酒。只见毛卓成端着酒杯,一个人静静地走到距离童玲只有四五米的边上时,忽然停住了。他看到童玲满脸酒气地和同学说话,似乎在犹豫着什么,然后一扭头,看见了林如蝶。他向林如蝶走过来。

"林老师,我要敬您一杯。我曾经是叫您阿姨的,自从来到这里,您成了我的老师。这三年您给了我不同于一般人的关爱,承蒙您的悉心照顾,我进步很大收获很多,说不尽的感激都在这杯酒中了。"毛卓成说完把杯中的红酒一干而尽。林如蝶正想着如何安慰毛卓成,却看见徐花花和几位学生也端着酒杯朝自己走来。徐花花给林如蝶敬酒。学生也纷纷过来给两位老师敬酒。

一个小时后,宴会的喧闹气氛到了白热化状态。童玲和许多同学一样,已经走路有点东倒西歪了,欧阳潇喝了很多酒,眼睛发红,拿出笔记本缠着童玲给他签名,毛卓成也喝得迷迷糊糊趴在桌上。林如蝶和徐花花喝得最少,因为她们知道今天他们要照顾好这些学生,要确保高中三年的最后一天平安无事,要确保学生们一个个能安全到家。

林如蝶看着最后一个学生离开酒店。她看着他们互相搀扶着,走着歪歪斜斜的步子上了的士,知道他们是去歌友卡拉OK厅。他们临上车时还不忘向林如蝶喊:"林老师等下一起过来唱歌。"

林如蝶被几个电话一直催促着,便骑了电瓶车去歌友卡拉OK厅。厅里面已经是白热化的状态的。也许是酒宴上喝酒的气氛早已经把这帮年轻人的热血烧煮得沸腾了,在这OK厅,这已经烧开了的沸水,只管在此尽情地发散气泡。林如蝶听着一首首曲子,发出那些声音的人都是和她朝夕相处了两年或者三年的学生,此刻,一个个像是歌星,唱得那么投入,那么充满激情。李周豪唱得豪迈而潇洒,毛卓成唱得婉转而略带伤感,童玲唱得欢快而优美。每个人的风格都不一样,但每一个人都唱得很投入很动情。

"林老师,来一个,林老师,来一个……"林如蝶忽然被一阵呼叫声惊醒。原来是学生们要求她来表演唱歌了。林如蝶有点紧张了:没准备,在学生面前献丑,多难为情。但幸好之前也去在卡拉OK厅唱过,有几首老歌她还是可以哼唱一下的。

"红藕香残玉簟秋,轻解罗裳,独上兰舟,云中谁寄锦书来,雁字回时,月满西楼……"林如蝶唱起自己喜欢的古诗词《月满西楼》。纯净的声音在人影幢幢的厅内回荡,周围静静地,没有一个人发出来声音,所有的人都听得非常认真。林如蝶才发现,原来自己也可以唱得像模像样。这种激情四溢的场合里,怎么连自己都有点歌手的味道了?林如蝶对自己的超常发挥感到惊讶。

"再来一个,林老师。再来一个,林老师。"在一片起哄声中,林如蝶又唱了一首《虞美人》。唱完后学生们又以尖叫表示对林老师的赞美,没想到效果这么好,生活中经常有意外的小惊喜啊。林如蝶觉得很开心。

这一晚,通阳中学的高三党们在结束自己高中学子的身份之后,彻底放松了一回,狂欢了一次,林如蝶也跟着这帮年轻人原形毕露了一回。

母女俩回到家,已经是午夜时分。

第二天,林如蝶醒来的时候太阳已经照到阳台上。房间里静悄悄的,戴成仁出差还没回来。林如蝶走进玲玲的房间,看到还在酣睡中的女儿。晨光透过窗户映照在她洁白宁静的脸庞上,长长的睫毛轻轻披洒着,乌黑的秀发散落在玉白色的枕席上。

林如蝶走过去,伸出手拉了拉毛巾毯给玲玲盖上。忽然,她发现有两张折叠好的信笺从毯子里露出来。她拾起,展开一张,看到上面用黑色水笔写的工整而又带点秀气的字迹:

玲姐:

收到我这封信时,你一定会觉得很意外。是的,连我自己都觉得不可思议,怎么忽然之间用这种方式和你交流了。但是,我现在就觉得用这种方式和你说话最能够让我把心里的话说出来。之前怕影响你,一直不敢和你说话,现在,高考终于结束了,我终于可以大胆地和你聊几句了。

今天上午最后一门考试结束,大家都开心地扑向父母等待已久的怀抱,打点回家的行李,而我,躲在自修教室的角落给你写这张纸条。之前我觉得有千言万语,现在忽然觉得不知道该说什么。

是啊,我能对你说什么呢?赞美你的美貌吗?你一定会用看怪物的眼光来看我;诉说内心的忧伤吗?你一定会觉得一个男人爱诉苦很讨厌。虽然我经常觉得自己内心失落而孤寂,但是,我不敢对任何人诉说。我知道我内心的这份孤独也许是家庭带给我的,或许是与生俱来的。我更清楚是,我知道我内心不仅仅是孤独,还有一份与孤独抗争的渴望,只是我的勇气还不够,力量还不足,但我相信我会努力让自己走出孤寂,走向光明。

你是我最信赖的人,虽然我还没对你说过什么,但是,我的心告诉我。我不敢对你有奢望,因为他确实比我优秀很多,我永远没有办法让自己超越他。所以,我想说对你说的终于无法说出来,就让我把它永远放在心底吧,以后,你依旧是我的玲姐,我最可信赖的好朋友。

暑假你和几个同学一起出游的活动我也想参加。我也想趁这个美好的假期走一走祖国的美好河山,把高中阶段美好的同窗友情用这种美好的方式储存起来。

卓成草上
7月9日

林如蝶看完一封,又展开另一封信。林如蝶一看笔迹就知道是李周豪的,再看署名,果然是李周豪。林如蝶飞速地展开字条:

亲爱的女神:

终于可以骚扰你一下了,高考结束了。我们明天就开始计划出行吧,把这些年不曾游览过的山水名胜游玩个够。我这里已经有五个人报名参加了,加上你就六个人。具体行程明天我们六个人在通阳阁讨论。明天上午9点半通阳阁,不见不散哦。

豪 哥

林如蝶背对着还在睡梦中的玲玲,一边看信,一边紧张地关注着背后的声响,她怕玲玲醒来发现。看完之后,她轻手轻脚地把信照原来的痕迹折好,放在毛毯下,轻轻走出房间。

她回到自己的房间,关上门,按着扑通扑通乱跳的胸口,半天才平静下来。因为偷看了女儿的信,更因为她觉得第一次看到了毛卓成真正的内心世界,又发现李周豪对玲玲的大方而成熟的热情。她忽然觉得有些羞愧起来,这么偷偷摸摸地窥视别人的内心,她感觉自己有点过分了。

林如蝶估摸中午玲玲不会在家吃饭了,她决定为玲玲准备一份丰盛的早餐。她在厨房里忙了一阵,煮了两个鸡蛋,烙了三个油煎饼,焖了一锅白米粥。忙完后,已经是上午九点半了。

玲玲起床,梳洗,吃早饭。然后看着林如蝶说:"妈妈,我今天在外和同学玩,中午不回家吃饭了。"

林如蝶说:"好的,考完是需要放松放松的,在外面自己要注意安全。"

五十二

通阳市具有悠久的历史,有众多的名胜古迹,当中不乏名人的足迹和故事。从险峻峭拔的天际龙门、葱茏巍峨的草药山、四省交汇的廿八都古镇,到山形如鬼斧神工的刀削般的青峰山,以及孔子第四十八代嫡长孙孔端友在北宋末年奉像南下,被赐居于该市的孔家庙,许许多多的景点都非常值得一游。而对于童玲与李周豪、毛卓成这群刚刚经历了十八岁成人礼的生龙活虎的年轻人,大多数人并没有走过这些景点。此刻,他们人生首次最大考试——高考结束了,他们觉得自己真正获得解放了。一连几天,他们疯狂地奔走,仿佛要把积攒了很多年的玩劲一股脑儿使出来。他们走过了天际龙门、草药山,此刻,正攀爬在青峰山九九十八曲的上山路上。虽然有石块垒砌的台阶,但因为天气炎热和前面几天的攀登和走访,他们的体力似乎有些不支……

童玲和李周豪落在队伍的后面。

"快点啊,你怎么落在我的后面了呀?"童玲回头笑着对着李周豪喊。

李周豪却没有回答,单是抬起头,朝童玲看了一眼,又抬头看了看前面,然后加快了步子,赶紧跟上童玲。

两个人并行。李周豪满脸是汗珠子,却并不擦。童玲拿出自己的毛巾递给他。李周豪并不接。

等两人走到树荫下,童玲说:"停一下。"

李周豪茫然地停住了脚步。童玲拿起毛巾,转过身来,对着李周豪,抬起手用毛巾从他脸颊两侧轻轻地擦汗,然后又擦他的额上、鼻尖上和下巴上的汗珠子。

李周豪一声不吭,雕塑一般地站着,任凭童玲静静地为他擦汗,当脸上的汗水被擦干之后,他忽然像苏醒了一般,脸忽然就变得通红了起来,两只眼睛放射出灼灼的光芒,像两柱电光,直直地射到了童玲的脸上。

童玲却并没有看李周豪,正低下头要把毛巾放进随身包里。忽然,李周豪伸开双臂,一下子把童玲抱住了。李周豪感觉自己浑身的血液如同被烧开了一般,心头是熊熊燃烧的烈火。他为自己有这种特别的感觉而惊诧。但他并不慌,此刻,他要用这团烈火燃烧自己,也燃烧眼前这个自己喜欢的女孩。是的,他早就感觉到自己喜欢童玲,只不过没有找到合适的机会表白。在高考尚未结束之前,感情的事情是必须压制着的,不仅是感情,所有的事情,都必须在高考之后才能考虑,这个道理他懂。如今,压制了很久的感情忽然之前被激发出来,像蓄满冲击力的大坝里的水,当遮拦太久的闸门被打开时,强势的水流会无所顾忌地冲撞而出,翻滚而下,哪管大坝下面是一马平川还是万丈深渊。李周豪紧紧地将童玲抱在怀里,一边不由自主地将自己的嘴唇靠近对方因惊诧错愕而张开了的红唇。

"别……前面有同学,人家会看到的呢。"童玲慌忙挣扎着。

"嘘……"李周豪不由分说,迅速地将自己的唇盖在了对方有点冰凉却柔润的嘴唇上……

正当两个火热的身体紧紧贴在一起时,不远处晃过一个人影。这人影刚从下面的转弯处出现时,恰好正面对着李周豪的脸。李周豪猛然睁大眼睛想仔细看时,影子却很快消失在边上的树丛里。

李周豪放开了童玲,用袖子擦着脸上的汗,一边尴尬地对着童玲笑:"看,这天气太热了,汗太多了,来,你也擦一下。"李周豪从自己的包里拿出毛巾,给童玲擦脸上的汗。他看到童玲被汗水浸湿的刘海分成几缕贴在前额上,脸色竟然有些苍白,一双眼睛也睁得大大的,像一只突然间受到惊吓的小鹿。但她很快就恢复了常态,对着李周豪说:"咱落得很远了,得赶紧跟上他们。"

"好嘞,这回看我的了,如果你跟不上,需要我背你,就吱一声哦。"李周豪丢掉了疲惫和尴尬,开始精神振奋地向上攀登。

"谁需要背了,我可是女生中的登山健将哦,差不多可以和你拼一拼的,来,咱来个比赛,看谁先赶上大部队?"童玲一下子抢在了李周豪的前面,一边开心喊道。

两人开始你追我赶。没过多久,就赶上了前面的几个同学。

在他们的后面,有一个人姗姗来迟,那就是毛卓成。

青峰山的风景美得难以用言语来描述。几个人开心地吟诵起诗句来。李周豪看到毛卓成耷拉着脑袋,就说:"卓成,你是这里唯一的青水县人,你们青峰山这么有名,你不妨先来吟诵一首如何?"

"行,我就先来几句吧。三峰——青如削,卓立千寻不可干,正直相扶无依傍,撑持天地与人看。"毛卓成张口就来了。

"这是辛弃疾当年登青峰山留下的绝句,挺不错的。其他的同学能否再来一首,我们的班长大人可不能落后哦。"童玲禁不住拍手鼓掌,然后把眼光投向李周豪。

"好吧,那我也来一段。"李周豪稍稍思考了下,然后大声朗诵,"林虑双童长不食,江郎三子梦还家。安得此生生羽翼,与君往来共烟霞。"

"这个好,白居易来青峰山游览时留下的。"童玲忍不住拍手鼓掌。

"轮到我了,我也来一段。"欧阳潇跨出一步,走到大伙中间,仰头眯眼开始诵读,"走遍名山脚不停,见渠令我眼偏明。郎峰好处端何似,笋剥三竿紫水精。"

"这是杨万里的。哇,一个个都是大诗人啊,看来各位来青峰山之前都做了很充分的准备的啊。"童玲惊喜万分。

"那是的,来之前班长交代过的,到山上,每个人都要吟诵一首关于青峰山的诗词。为了博得女神的一笑,我可是花了一个晚上的时间找了这首来背诵的。"欧阳潇一边笑一边把视线转向童玲,"现在,该由众人仰慕的女神出场了,请女神来一首。"

"来就来。留到最后的,是最难的,也是最好的。"童玲微微一笑,轻启丹唇,"奇峰迎马骇衰翁,蜀岭吴山一洗空。拔地青苍五千仞,劳渠蟠屈小诗中。"

"这是陆放翁的《过灵石三峰》。这青峰山的名气果然是由来已久。除了唐宋那么多名家来过并留下诗文,还有明朝的徐霞客也来此一游并留下游记之文。今天,就让我们沿着先人的足迹,好好游赏一番。咱们先在此合影留念,之后继续向山顶进军,尽情地领略青峰山的绝美景致吧。"李周豪情不自禁地感慨万端,召集大家拍照留念。几个人很快找好了自己的位子,只有毛卓成,站在山崖边上,似乎在眺望远处的风景。

"卓成,看什么呢? 过去排合照了。"童玲走过去叫。当她走到毛卓成身边时,忽然有一种慌乱不安的感觉:这是悬崖的边缘,虽然,在这里看远处,风景很美,但是,站在这个地方,感觉随时都可能掉下悬崖。

"太危险了,这个地方不宜久站,快过去。"童玲催促到,一边拉着毛卓成离开悬崖。

"一二三,西瓜甜不甜?"童玲喊道。

"甜。"几个一起张嘴喊。李周豪跑到几个一起,站定。

只听得"咔擦"一声,相机的快门轻轻响起。

拍完照片,一伙人继续向山顶前进。

欧阳潇经常走在最前头,一会儿高歌,一会儿回头喊话,童玲尾随李周豪之后,有说有笑,毛卓成多数时间落在最面,话不多,只管默默地登山。

"今天我们征服青峰山,明天我们的目标是廿八都古镇,到那个老镇,咱们可以好好地歇息歇息,吃一顿好的。小伙子们,姑娘们,加油啊!"李周豪大声喊着,队伍又加快了速度向山顶靠近。

五十三

通阳方家菜谱。林如蝶、周秀丽、华朵等一群妈妈在庆祝孩子们高考结束。

"难得今天我请饭。大家尽情吃,喜欢吃什么就点什么。都说孩子十年寒窗不容易,我看我们做母亲的一路陪伴和担忧过来,同样也很不容易。今天,我们也要放松一下,释放内心积压已久的郁闷。"林如蝶首先发话,"我先敬秀丽一杯。前些日子,别有用心的人偷拍了一些照片,然后添油加醋造谣,目的是想阻止我参加名师的评比。我想,我和秀丽这么多年的友情,秀丽最了解我,我们的友情绝不会因为那种谣言而被摧毁。秀丽,让我们为我们铁一般牢固的友情而干杯。"林如蝶用坚定而又温和的目光看着周秀丽,一边举起手中的酒杯。

周秀丽缓缓站起身,露出温暖的笑容,举起手中的酒杯,对着林如蝶的杯子,轻轻触碰了一下:"愿我们的友情万古长青。"说罢两人将杯中的酒一干而尽。

"第二杯,我敬华朵。亲爱的朵朵,你陪伴着我长大,我们的友情是父母给我们安排好的,那些年,我们在一起度过了许多快乐美好的时光。虽然自从读大学之后,我们不能时刻相伴了,但童年的美好记忆永远不会被尘封。愿我们的友情像苍松一样,永远青翠。"

华朵站起来,微笑着看着林如蝶,看着如蝶把一小杯酒喝下去,然后才一仰脖子,将杯中的酒一干而尽。

周秀丽也和华朵互相敬酒。然后他们不知不觉就谈论起孩子的考试情况来。

"毛卓成情况怎样?"林如蝶首先想到毛卓成。

"准备选择2+3的,两年在国内,三年在国外,然后在国外读研。专业是牙科。"华朵看起来对儿子的未来有着美好的规划和憧憬。

"在国外读研毕业,到时不回来,岂不是帮别人培养了?"林如蝶笑着说。

"出国肯定有出国的好处,多学点本领吧。至于到时孩子是否回国,走一步算一步吧。"华朵并不反对孩子留在国外。

"我们也决定等豪豪本科毕业,再让他考国外名校,但最终我们希望他能回国,毕竟是咱华夏民族的人才,培养出来能够回来建设中国,那是最理想的。"周秀丽说。

林如蝶说:"玲玲这孩子很适合当老师,而且她有一股牛劲,自己选择的事情，她一定会把它做好。所以，我们基本上定好在国内报考一个好一点的师范大学。"

华朵笑了："你看你，当了老师，就一条道走到黑，就只知道做老师可以挣到饭吃，看看你们家，几代都是老师，名副其实的教师世家喽。"

"教师世家有什么不好，我就喜欢。班里学生只要有报师范专业的，我第一个支持。如今的教师难当，学生难做，但正因为如此，才更需要有才华的人补充到教师这个岗位上。教师的素质，直接影响到新一代国家接班人的质量。当了这么多年的老师，我越来越感受到教育责任的重大。提升教师队伍的素质，永远都是最重要的。"林如蝶说到这里，嘴角不由得微微向上翘起，她喃喃地叨念道："如果玲玲做了老师，那一定会成为我们家族中最优秀的老师，那多好。古之学者必有师，师者，所以传道受业解惑也……"

"祖孙四代是老师，到时我们要叫你师奶奶师太太了，到时你们家桃李满天下，学生来看你们的时候，是不是要排队排到门外几百米了？"周秀丽也开心地笑起来。

　　三个女人正沉浸在美好的幻想中，桌子上的手机响了起来。是林如蝶的手机。林如蝶接起电话，是童玲打来的。"妈妈，不好了。出事了……毛卓成掉水里了……李周豪救毛卓成……"

童玲结结巴巴说着时，林如蝶惊慌的眼神刚好和华朵以及周秀丽询问的眼神相对。

"孩子那边出事了，卓成掉到水里了……李周豪下水救卓成……"林如蝶没等华朵和周秀丽把疑惑说出来失声喊道，"赶紧走，去青峰湖。"

青水县人民医院门诊急诊5号房。一阵又一阵撕心裂肺的哭声："卓成，你快醒过来，你不能就这样走了，丢下妈妈……"

病床上，白色的被单盖住了一个人的身体。华朵趴在床上蒙着白色被单的人身上哭喊着，旁边站着的林如蝶也失声哭泣，满脸泪水。床头边上是氧气罐和呼吸机。呼吸机已经停止工作，心电监护仪上的线条已经变成了直线。

周秀丽和李重天也站在病床边，周秀丽泪痕满面，脸色苍白。

几个医生匆匆地进进出出，时而在李重天边上轻轻地说些话。

林如蝶紧紧抱住颤抖且哭喊着的华朵，试图抚慰悲痛欲绝的闺蜜。

"都说好的，等你玩回来，我们再一起出去旅游。这些年，因为你学习忙，妈妈一直都没有机会陪你远游。终于等到了，终于可以放松玩一下了，终于等到你长大成人了，我以为我终于可以松一口气了，可是，怎么……就这样了呢？你怎么就丢下了我了呢？……这是一场梦吗？……是一场梦啊……"华朵抽噎着哭诉着，脸色苍白，几乎昏死过去。

林如蝶说不出话，她只是紧紧地抱住华朵。

警察从走廊上走进来，和李重天说话。警察说："我们已经做了初步的调查，当时毛同学坐在游艇尾部，在游艇行驶中站起来，大约是没站稳，忽然掉到水里的。刚掉下去时，同学们没注意到，船行驶了五十多米了，李同学发现了，让快艇赶紧调头。然后李同学跳下去救毛同学。李同学把毛同学推到船边，自己却体力不支了。后来在欧阳同学的帮助下，李同学被拉上快艇，也挺危险的。现在，李同学没事了，在33号病床，李校长，您可以去看您的儿子了。"

李重天和周秀丽赶紧向33号病房跑过去。

"毛同学不会游泳吗？"警察把林如蝶拉到一旁轻声问。

"照理……应该会……蛙泳……中考都是要考的,不知卓成他……"林如蝶眼睛红肿。

"有同学反应毛同学那天心情不好,并且平时性格也偏内向,父母是离异,且都不在身边的。"警察说。

"这个……确实如此……"林如蝶说不下去了,她看见华朵哭得要昏过去似的,赶紧离开警察,回到华朵身边抱住华朵。

当天傍晚,通阳市区和青水县城都在传播着一个让人极其痛心的消息:

"通阳中学一名高三毕业生落水淹死了!"

"听说父亲准备以后送他出国留学的。"

"可惜了,……听说父母是离异的……"

"也许他没有在家庭中得到温暖……可惜……"

消息在通阳中学像一颗巨大的原子弹无声爆炸,爆炸开来的烟雾遮住了整个校园的天空,大家都只怔怔地看着滚滚的乌云,不敢叫喊,不敢逃跑,似乎要任凭烟雾将自己吞没。办公室里,老师们听到消息时,一个个惊诧地张大了嘴巴,他们都希望这个消息是那些无聊者杜撰的传闻而已,不是真的。

但是,一切都是真真实实的存在。李校长已经去医院处理事情,他已经电话交代助理小丁老师说,学校事务暂时都交给了班子成员管理。

坐落在青水县城西南角的山脚下的青水殡仪馆,四周树木葱郁,环境幽森。遗体告别仪式正在这里举行。

来宾们都穿着素色服装。两排花圈围在水晶棺的两侧。毛忠革、华朵、李重天和林如蝶等都穿着白色短袖,右臂袖管上套着黑色布纱,布纱上别着一朵白花。几个人一律脸色苍白,眼圈青黑,站在大堂的中央,他们的身后透明的全封闭灵柩里,一个年轻的高中生静静地仰卧着,身上盖着洁白的被单,经化妆师修饰过的红润的脸上显现出安静的神情,仿佛酣睡未醒。

"各位朋友们,老师们,同学们。感谢大家冒着酷暑来到这里,送我的爱子毛卓成最后一程。此刻,我悲痛的心情无法用言语来表达,说实话,我到现在都不愿意相信我儿子卓成真的走了……"毛忠革没说几句话就哽咽了。停了一会儿,他继续说道,"作为一名父亲,我今天想对儿子说,儿子,爸爸对不起你,家庭的破碎让你承受了孤独的煎熬,爸爸工作的忙碌没有让你享受到亲情的呵护。爸爸关心你太少,爸爸后悔了……"

隐隐的抽泣声又响起。华朵在林如蝶的搀扶下摇摇晃晃地走到水晶棺旁:"卓成,我们母子一场,还没有好好地享受天伦之乐,我还没好好地陪你,你也还没好好地陪我。儿子,你走得太快了啊,妈妈跟不上啊……"

李重天、徐花花泣不成声。

毛忠革讲完话泪流满面,童玲眼圈红肿走上去。童玲脸上带着泪痕说:"我是高三(11)班的童玲。今天,我怀着无比沉痛、惋惜和不舍的心情,代表我们班全体同学来送别毛卓成同学。"

"卓成同学,还记得那些日子吗?我们在朝晖广场参加升旗仪式,在仙霞小道追逐嬉戏,享受着丰富多彩的高中生活。我们以为你和我们一样,经历了紧张的拼搏,会变得成熟而又坚强;我们以为你和我们一样,顶住了如山的试卷的重压和如海的习题的冲刷,会变得镇定而无畏;我们以为你和我们一样,通过了三年的鏖战,最终会成长为睿智而强悍的斗士,乐观地迎接属于我们的未来……没想到,你却一不小心,独自先离我们而去。"

"但是,我们是依然相信:生命如同一朵花,你已经绽放过;生命似一场球赛,你已经拼搏过;生命像天边那抹绚丽的夕阳,你已经辉煌过。亲爱的同学，我们相信，你在天堂也会好好的，会快乐的。我们在这里遥祝你一切安好！"

童玲说完，呜呜呜地哭了。华朵也再次哭起来，她的哭声早已沙哑。在场的人也禁不住流泪。水晶棺里的人依旧安静地闭着眼睛，那平和而宁静的神情，让人觉得仿佛他并没有离去，只是在安睡，明天太阳再次升起的时候，年轻的生命便又会开始他生机勃勃的节奏。

五十四

高考分数出来了。

童玲在填报志愿，林如蝶在一旁和她聊。

"咱家前面三代都是教师，你当了老师，那咱家就是四代教师之家了。"林如蝶看着童玲很柔和地说。

"我想好了，就报师范学校的汉语言文学专业。语文是我的强项，以后，我还会兼学心理学。毛卓成的死对我触动很大，我总觉得毛卓成是一个有心理症结的人，他看上去很正常，其实内心有解不开的疙瘩，只是没有人注意他，大家都很忙。"童玲说到这里，忽然抬起头看着林如蝶，"妈妈，你知道吗，其实我也经常有很困惑很郁闷的时候。其实我也不喜欢你和戴叔叔组成的这个家。虽然，我知道你是爱我的，一切都为着我，可是，这个家却经常让我感到陌生甚至害怕，我无法在这个家里得到我想要的那种放松和温暖。我们这个家和毛卓成的家有相似之处，我能感受到这种家庭温文尔雅的下面藏着的冰冷，所以，我特别能理解毛卓成的无奈和忧伤。该如何好好面对自己所处的环境，该如何以良好的状态投入未来的生命旅途，我想好好去研究一下，我相信心理学会给我一定的指导。我觉得，作为一名中学教师，必须有足够的心理学知识，才能很有效地引导和教育当今家庭情况日益复杂的学生们，给学生们一个正确前行的方向指导。"

　　"你的想法很好,我赞同。妈妈很抱歉,因为自己在婚姻问题上处理的失误,或者说是能力上的欠缺,不但没把自己安顿好,也没能给你一个温暖的家,这是妈妈的无奈。我也是想把日子过好的,可是,老天不遂我愿。现在我们只能面对事实,希望你和妈妈一样,面对困难,不要颓废,要相信,生活最终会对坚强和勇敢的人微笑的。"林如蝶满含歉意的话语中透露出坚定。

　　"妈妈我理解你的。我想说的是学校抓教学很紧,对学生的内心发展和变化却关注不够,这应该是当今教育的一个弊端。我希望到了我这一代人来当老师,每个人都有全面的心理学知识,每个老师都必须有疏导学生心理问题的能力,也就是说,必须做新型的智慧型老师……"童玲说这些话时,满脸潮红,内心有些激动。

　　童玲最终选择了中州师范大学汉语言文学专业。林如蝶知道,根据高考的分数,玲玲被中州师范大学汉语言文学专业录取肯定没问题。

　　8月中旬,童玲收到了中州师范大学汉语言文学专业的录取通知书。

　　距离童玲开学的时间越来越近了,林如蝶带着玲玲去看华朵。

　　林如蝶和童玲站在华朵家门口,看着门缓缓地打开,华朵消瘦而憔悴的面孔出现在她们的面前。她的背后是光线黯淡的家。

　　"阿姨好!"童玲看着华朵,柔柔地喊了一声,声音却透亮,仿佛想借助这声呼喊把这个有点昏暗的家叫亮堂起来。华朵不由自主地将萎靡不振的视线移到了童玲的身上。

　　童玲穿着一身白底子小碎花的连衣裙,修长的身材,白皙的皮肤,乌黑的秀发像一绺瀑布一般撒在肩膀上。她的到来,顿时让昏暗的屋子有了一点生气。

　　华朵不由自主地上前抓住童玲的手:"玲玲,好孩子,赶紧进屋吧。看到你,我就像看到我们卓成一样……"

才说了一句,华朵就哽咽了。她停了一会儿,又说:"如果卓成在,也该拿到大学通知书……"话没说完,两行泪水滴落在地上。

林如蝶紧紧握住华朵的手:"我们姐妹俩相处这么多年了。玲玲也是你看着长大的,我的女儿也就是你的女儿。以后,你想孩子了,就让玲玲来看你。"

"如蝶。"华朵叫了声,想说什么又没说出来。

"阿姨,只要你有需要,我随时会来看你的。"童玲微微抬起头,目光中充满期盼。

"好孩子!"华朵看着童玲一会儿,伸开双臂,把童玲搂在怀中。

忽然,一阵笃笃笃的敲门声响起。

"是钟伟。"华朵淡定地说,"自从卓成出事,他就经常过来宽慰我。他向我道歉,说他之前做错了,希望我再给他一个机会。"

"他怎么错了?"林如蝶一下子没反应过来。

"他说,准备用公积金贷款,在青水重新买一个房子,他希望我能住进他买的房子里。"华朵去开门。

"我觉得钟伟老师人还是不错的。你不妨重新考虑下,两个人在一起能互相照顾。"

门开了。钟伟看见林如蝶,眼神中露出一丝惊讶,然后马上热情地打招呼:"林老师好,好久不见。"

钟伟似乎瘦了些,可能是受到华朵的情绪的影响,没有以前林如蝶看到的那么开心健谈了,但眼神中流露出的真诚更多了。

"钟老师,这阵子辛苦了,朵朵多亏你关照。"林如蝶觉得此刻的钟伟对于华朵有了不一样的意义。

"华朵现在需要人关心,我希望自己能帮得到她。她一直是不轻易屈服的,但这次她经受的打击很大。这么好的一个女人,命运待她不公,我不忍心看着她颓废。"钟伟一边说着话,一边起身去烧开水。

钟伟去烧开水之际,华朵坐在林如蝶的身边,低声告诉林如蝶,这阵子都是钟伟在陪着她,他的确给了她很多关爱。钟伟说他希望能两人能走到一起,并能拥有他们俩的孩子。

林如蝶听到这里,忽然心头一热,她觉得如果真的能有这样的结局,那很好。凭她的感觉,钟伟是爱华朵的,也是适合华朵的。

"这次,你不妨认真考虑下。我觉得钟伟对你的感情还是真的。"华朵觉得这个时候应该推助一把,让华朵勇敢地迈出这一步。

中午,钟伟掌勺,四个人在一起吃了一顿简单却不乏温馨的午餐。

回到通阳,林如蝶又带着童玲去走访李重天和周秀丽。

李重天、周秀丽家。李周豪给客人泡茶端水,童玲帮着李周豪,他们俩看起来非常默契。

"东西也收拾得差不多了吧?"林如蝶微笑着看着李周豪。

"差不多了。京都大学和中州师范大学只隔两条街,到时我和玲玲一起出发,路上也有个有照应。"李周豪微笑着回答林老师,同时看了眼童玲,似乎让林如蝶放心。

谈话间李重天聊到了心理健康的问题。

李重天郑重其事地说:"自从毛卓成出事,我一直在反思,反思我们教育的漏洞在哪里。毛卓成同学的家庭情况有点特殊,这使他的性格也逐渐地发生变化,这可能是造成最后结局的重要原因之一。所以,今后学校要在另一个领域做更多的探索,要关注当今中学生心理发展现状。学校教育仅仅抓教学质量是不够的,中学阶段是孩子心理发展的关键时期,关注学生身心健康的发展,是学校必须承担的任务。我已经决定要做一个关于中学生心理发展变化及对策的课题。"

　　李重天希望童玲和李周豪到大学里也能在教育心理方面做些研究，以便将来能够以全新的教师形象走上讲台。童玲连连点头，她觉得李叔叔说到自己心里去了，她在心里对自己说，以后要好好努力，拿出不一般的成绩来，不让李叔叔失望，为通阳中学争光。

　　童玲和李周豪两人一起出发去中州。四个多小时后，火车就把他们带到了一个全新的城市。在新的城市，新的目标在引领着他们，新的征途在呼唤着他们，他们很快融入到崭新的世界当中。

　　大学生们都已经奔赴各自的新战场，到了那里，就像军人到了战场上一样，全身心地投入新的环境中。后方，父亲们依旧忙自己的工作，儿女离开身边对他们似乎并没有多大的影响，而母亲们却多少能感受到一丝寂寞的孤单。林如蝶接电话和打电话的时间也多起来，有时是和华朵，有时和如兰，有时和徐花花，有时和周秀丽，她觉得这些人在自己的生命中有着不同的意义，她和她们每个人所交流的内容都有所不同的，交流感触也各异。有时候，她觉得闺蜜、小姐妹对于自己的帮助比某个做老公的人更大。当然，老公的身份和性质又和闺蜜不同，他们之间无法互相代替，这或许就是为什么自己觉得婚姻不如意却还一直坚守的原因。

新　生

五十五

送走了一批，新的一批又来了。新的学期又开始了。

这天傍晚，林如蝶感觉胃有点不舒服，她临时决定回家一趟。

她回到家里，脱下外套，躺到了床上。她半躺半靠在软绵绵的靠枕上，一动也不想动。她感觉好累好累，仿佛身体里的所有的元气都已经消耗殆尽。此刻，她非常希望身边有一个人，能走到她的床前，温柔地和她说些诸如此类的话："你怎么了？身体不舒服吗？我给你倒杯水吧。你可能需要去看医生，我陪你去。"可是，房间里寂静得似乎能听到空气流动的声音。一会儿，她觉得不对劲，那嘤嘤的声音应该是自己的耳鸣。她看着洁白的天花板，看着安静得能听到自己喘气回声的四壁，感觉有一种冷冷的气息向她包围过来，一下子侵入她的身体各个部位，甚至皮肤里和肌肉里。

肚子还是痛。她估摸着位置，估计是胃。她忽然想起学校数学组的汪丽芹老师。汪老师才三十五岁，半年前就因为胃癌走掉了。之前汪老师也经常胃痛，但她并不在意，经常喝咖啡，因为每次喝了咖啡之后她感觉会舒服些。可是，谁能想到，那次去医院检查，一查就说是胃癌晚期。想她如果知道会是那样的结果，说什么也该早点把工作停下来去医院治疗啊。但人都经常抱着侥幸心理，都不愿意把事情往坏处想，都只会日复一日地熬着。林如蝶想，如果哪天自己去医院检查，查出什么重大的问题，她一点都不会觉得奇怪，因为她和经常不适的身体已经斗争了很多年，她一年一年地熬过来了。她本以为自己随时可能遇上巨大的疾病灾难，但是，一直没有，不但没有，还活得好好的。所以，她想，倘若再查出身体有什么问题的，那也值了。不要为自己悲伤，该经历的已经经历过，人生的各种滋味，自己已经是饱尝过十分之八九了。

　　林如蝶一边想着，一边昏沉沉地，感觉自己似乎已经睡着。但她却又隐隐地听到母亲和如兰说话的声音。她睁开眼来，看见母亲就坐在离她床边两米不到的桌子旁，如兰应该在更远一点的地方，被母亲挡住了，但她能听到如兰说话的声音。如兰的身体已经痊愈，她和母亲在谈论着过年做米糕的事情，说今年要买点黑芝麻掺和在米糕里，做黑芝麻糕。林如蝶似乎就闻到了芝麻的香味，但是，她觉得头非常晕，脑袋重得犹如被千斤顶压着，她挣扎着想起来，可是无法动弹，她感觉自己的眼睛要被压破了，脑袋正被埋进无底的深渊。她拼命想叫喊，喊母亲和如兰来叫醒她，把她从床上拽起来。可是，她们俩像根本没有看到她一样，完全不理会她。她不敢放松，依旧拼命挣扎，她知道，只要她一放松也许就掉进深渊里，再也看不见母亲和如兰了，再也看不见这个世界了。她一点点地用力睁大自己的眼睛，一点点的挣扎扭动自己的头。终于，她醒过来了。她赶紧挣扎着坐起来，靠在床靠背上，努力撑开双眼，不敢让自己的眼睛闭上，她担心自己一闭上眼,脑袋一歪,也许就再也醒不过来了。

房间里静静的,一点声音也没有,一个人也没有,家门应该是好好锁着的。戴成仁在外出差,没有人能走进自己的房间。她知道,自己又做噩梦了。

她渐渐清醒过来时,她发现天色已经黑下来。已经是晚上时间了。她打开灯,昏沉沉地走下床,想着该如何解决晚餐。

虽然早已经到了晚餐时间,但她一点都不觉得饿。胃痛没那么严重了,但胃口不开。她打算用玉米粉和面粉调和起来做面疙瘩吃。每次在家自己做饭,她就会想到以前经常吃的面疙瘩,这种东西不但柔软可口,还生津养胃,以前都是麦子收获的季节才能品尝几顿的,现在,只要自己愿意做,随时都可以吃到。她拿出面粉开始调。当面调得差不多的时候,锅里的水哗哗地也开始有点沸腾了。她开始拉面片下锅。

做到一半时,她忽然听到客厅里有响动,似乎有人在客厅里。她从厨房里探出头,有点紧张地往客厅里看。她看到了一个影子在晃动。

"你什么时候回来?怎么没声音?吓我一跳。"林如蝶打开客厅的灯时,看到了戴成仁。

"莫名其妙。"戴成仁回了一句,却没拿正眼看一下林如蝶,仿佛他不是出差才回来,而是一直就在家里。戴成仁和林如蝶的交流越来越少了,偶有交流常常要暴怒和嘶吼,出门和进门依旧不和林如蝶打招呼,在家也总是忙他自己的事。林如蝶根本不知道他在忙什么。此时,他自顾自地忙了一会儿,然后很快又出去了。

林如蝶在解读戴成仁的时候,心情是复杂的,有时是愤怒的,但是，她找不到发泄愤怒的途径。虽然两个年轻人早已搬到了他们自己的房子里，但这个家依然没有温暖的气息，她与戴成仁之间的交流依然很艰难，显然，他们之间的问题其实与两个年轻人关系并不大。她觉得戴成仁和她说话时的口气永远都是很强硬的，很少有平缓柔和的时候。平时她心里有再多的话，也只能憋着尽量不讲，因为每多说一句话，就可能引爆战火。戴成仁似乎永远像一只装满了火药的炸弹，轻轻一点，就是爆炸。林如蝶觉得自己也总是满腹怨气和愤懑，总觉得自己很累，但自己即便有再大的怨气，再愤怒的火苗，都会因为身体的虚弱而慢慢消融，化解为无力自淌的流水。如果说戴成仁是一座火山，那么自己则像一潭被污泥堵住了出口的发酵了的死水，潭里面充满了污浊的烂糊泥和发臭的气泡。

林如蝶在心里说：你回来了，我难道就算有了温暖的家了吗？呵呵。你人不在家时，我至少没失望，因为本身不抱希望，可是你人回来，我内心反而变得更加空荡而焦虑，刚刚营建起来的那种内心的宁静，忽然之间又失去了。

林如蝶继续在心里问自己：他不在家，希望他能回来。他回来了，我为什么心里反而特别的堵？我是在等他吗？我为什么又不愿直白地告诉他晚上留在家里陪我？我如果这么说，他不理睬我，我是不是更加丢失了可怜的尊严？为什么他就可以做到那么冷漠淡定心无所顾？为什么我每每都会失落忧伤，顾影自怜？是我的生命里缺少坚强吗？不，我的生命里更缺少温暖，缺少爱人的呵护。只有我自己知道，我是多么需要这一切，但我却不能用摇尾乞怜的方式得到这一切。所以，我自卑，自怜，又不得不自尊，自强，我的心很痛，我感觉到自己很孤独很孤独。我只能默默地一个人啜泣，感受着一只无形的甲壳虫在撕咬着我依然脆弱的心。好吧,甲壳虫你就尽情地撕咬吧,就让那颗心被撕咬得千疮百孔鲜血淋漓吧……

林如蝶一个人在家里,内心被鼓胀憋闷得几乎要让她窒息的情绪围裹着,久久无法消散,而远在家外的戴成仁对此自然是一无所知。

这几天,林如蝶都尽量让自己做事情效率高一点,以便腾出一点时间早点回家休息。她没有把身体不适的事情对戴成仁说,因为她觉得那样做毫无意义,这就好像对一个毫不相干的人说一件与他毫不相干的事情一样。

有时,林如蝶会恍恍惚惚,觉得是不是自己的判断力真的是出问题了,或者自己的感觉出了问题,似乎什么东西都是不可信的。看人也一样,她看戴成仁时怎么也看不明白。林如蝶感觉自己在这个家里,每说一句话都是需要压在心口超过二十四个小时,有时是好几个二十四个小时后才敢说出来的,有时甚至是从夏天到冬天都没能说出来。她看到很多女人说话像爆炒豆子一样,在老公面前尤其放肆,而他们的老公都很愉悦地接受,或者很安静地听着,绝不当场怒目相对。她很羡慕,一方面觉得那些女人不够稳重,另一方面羡慕她们即便这么不稳重,却也不会招致老公的斥责。她如今已在不知不觉中养成了不轻易说话的习惯,因为一说就是错。在戴成仁面前,每说任何一句话,都有可能招来一场暴风骤雨,最后最狼狈的还是她自己。

她觉得自己正在慢慢朝着沉寂、静默的方向走去,朝着一条静僻荒凉的路途走去。

但是,她觉得选择这样一条路来走并不坏,一切都变得安静好多,一个人可以做自己想做的事,说自己想说的话,自言自语也可以,说什么都不会得罪人,不会遭到狂轰滥炸,一人的世界是一个自由的世界,是一个安全的世界,是一个宁静的世界,把自己锁在这样的世界里,生活会变得平静,人会变得心平气和,所有的问题都会化大为小。

她觉得自己正和戴成仁以一种极其特殊的方式相处着。她不会说要离开这个家,他也没说过要和他分开过;她用沉默来表达自己内心的不满,他则用无所谓与她的沉默相抗衡;她只要这个家保持一种表面上的和谐,他则还会在有外人的场合对她多一份亲和,体现他作为一家之长的护花风度。她想,能这样已经很好了,就这样过日子吧,平安即福,能风平浪静过日子,已经算很不错的了。

可是,她又发现,想法很美好,可事实又常常是另外一码事情。后来相当长的一段时间内,身体似乎不是很配合,总让她感觉到某个地方不舒服,怎么换姿势都不舒服。有一次,她怀疑自己的尾椎骨有问题,到医院做过检查后,什么问题都没有,但她就是感觉到不舒服。后来又觉得头昏沉沉的,认为一定是脑袋出了问题,又让医生给做了核磁共振,结果依然没任何问题。再后来,她觉得自己的胸口有点痛,做了CT,肺部依旧是好好的。再后来又找到以前给他看过病的医生看,医生问了一些情况后说回家好好休息,然后就直接不予理睬,给下一个看病了。她觉得非常纳闷,她只好离开了医生的办公室,独自走到外面的走廊上,看着其他人从她面前走来走去,她不知道自己该回家还是继续到另外科室就诊。最后,她认定自己是疑难杂症,医生应该没办法解决,靠医院的那些钢铁设备和X线是不能解决问题的。

现在,林如蝶站起身来,想换出门的衣服和裤子,却不知道穿什么好,短棉袄不够暖和,长大衣又太笨重。想来想去,抓到了平日里经常换穿的绒线裤,又到衣柜去找一件中长的羽绒服。在翻衣橱时,她忽然觉得身体特别不舒服,她想可能真的是身体某个地方出现问题了。但是,她已经不愿意去猜了,因为她永远猜不到自己会生什么病,她唯一能做的,是过好当下的每一天,甚至是每一个小时。

她一个人站在空荡荡的客厅中间,忽然有一种说不出的悲伤感。这么空空荡荡的家,对她来说已经是太熟悉。当初离开童大俊,就是因为经常处于这种感觉中。为了摆脱这种孤独感,她必须再给自己一个机会。那时她相信自己可以摆脱那种孤独感的束缚,追求到一种倚靠和温暖。但是,事实证明,一切都是徒劳。她花费了那么多的力气,耗费了那么多的感情,最后得到的还是一样的结果,不,还不如原来,如果一开始就不放弃,或许自己所经受到的苦痛还没有现在那么多。第二次组合家庭,自己的孤独感并没有得到解除,反而多了许多意想不到的焦虑。戴成仁的思路和她的完全不同。他常常对她说幸福从来都是自己给的,别人给不了。话是这么说的。可是,如果不需要别人,只靠自己一个人就能幸福快乐,那么一个离了婚的人为什么还要再结婚?而你戴成仁又结婚了后,发现和自己所选择的人一起生活感觉不到快乐,是不是就又可以和她说再见了?人就是为了快乐而活着的吗?自然应该不是。不能说没有快乐就无法生存下去了。

林如蝶觉得自己现在面对着的是更严重的问题:感觉日子非常无聊,生活非常无趣,觉得自己随时可以离开这个世界,因为她在这个世界上,自己感到的尽是孤独,对别人也无多少帮助。比如,在戴成仁那里,林如蝶觉得自己现在应该是没有什么价值了。不然,戴成仁何以说话总没有口气好一点的时候？想当初他可是乐此不疲地缠着她，要娶她，说要让她离不开他，现在却是动辄发火。也许，自己现在是老了、丑了、病了，所以他怎么看她都不顺眼，他和她又没有共同的孩子。戴成仁从来不肯把玲玲当作自己女儿，她渐渐也不愿意把戴文龙看作是自己的亲生儿子了，尽管一开始时她是决心把戴文龙当作自己的儿子的。现在，一切都变得那么糟糕。这样的两个人在一起，注定是没有未来的，或许不久的将来就得分道扬镳了。

想到这里，林如蝶忽然觉得心底一阵抽搐，浑身发冷。

"再婚的女人大多是没有好结果的，除非她的孩子对她特别好。"林如蝶的耳畔又回荡起戴成仁说过的话，同时她又想起另一句话，"性格决定命运"，这似乎又告诉林如蝶，一切结果的造成，是林如蝶自己造成的，因为自己的性格。那么自己的性格到底是怎样的？胆怯的？懦弱的？优柔寡断的？不，都不是。她还不想给自己做归纳，她虽然知道自己是柔弱的，但用那些词语来总结自己似乎并不完全符合实际，从前的自己也曾经活泼可爱过，也朝气蓬勃过，也坚强勇敢过，怎么现在就一无是处了？她觉得无法真正清楚地认识自己。

天色完全黑下来了。林如蝶用纸巾擦了擦眼眶和脸颊，换上大衣围上围巾，独自出门散步去了。

五十六

如果说之前较长一段时间里，林如蝶曾经对自己是否有抑郁症这个问题做了长久的猜测和评估的话，那么现在，林如蝶觉得可以不用猜测了，她觉得自己已经是个不折不扣的抑郁症病人了。没有比她更像抑郁症患者的了。

在学校,林如蝶觉得上课的压力一天比一天大。好几次,学生的表现让她吃惊得无法接受。那天,课上完后,课代表周心怡走过来。

"老师,和你说点事情。"周心怡的语调和往常不太一样

"哦……好啊。"林如蝶的心立刻有了警觉感,她不知道他们又有什么新花样要出现了。

"是这样,有些关于你上课的想法我想跟你交流一下,或者说向你提点意见。"林如蝶觉得周心怡淡定的样子多少有点装的成分。

"好啊,有意见尽管提出来,如果你们提得合理,我会尽快按照你的要求改善的。"林如蝶尽量压制着内心已经涌起的波澜,让自己显得诚恳而轻松。

"我觉得吧,您有些内容可以讲慢点,有些可以讲快一点,有些东西可以忽略不讲,有的东西还要更细致地讲,还有的……"周心怡一口气说了好几条,让林如蝶几乎记不过来。她的神经绷得有点紧,心脏有被挤压的感觉,内心很是不安。

这么多意见!什么意思?是说我的课讲得不好吗?那些内容如果删了不讲,你们课外会去看吗?林如蝶心里愤愤地想。可是,她尽量装出一副虚心接受的样子说:"好的,我明白了,下次我会改善的。老师教就是为了让同学们更好地学。"

周心怡带着一丝满足感走了。林如蝶默默地向办公室走去,她对自己说,没什么好委屈的,满足学生的要求,才能不被淘汰。她又觉得90后这代人的有很多想法是60后的人是无法理解的,但他们绝对是更聪明,当然似乎人情味更淡一点。每次迎接新的一届,林如蝶都会有新的陌生感出现,和最早的那几批的学生相比,这些学生对老师的亲昵感是越来越淡了。这也许的确是学生的问题,也许又是自

己的问题。岁月剥蚀了自己的容颜,淡退了自己的激情,销蚀了自己的斗志,不得不承认,自己老了,魅力已经消失,热情也逐渐衰退,一切只能顺其自然。

晚上,回到家楼下,楼道一片漆黑,楼道灯又坏了,不知道什么原因。自从林如蝶搬到这里半年来,她已经是第五六次遇到路灯坏了。当她爬到黑漆漆的二楼时,忽然感觉眼前一个黑影晃动起来,她惊恐地叫了起来。黑影动了一下,发出了细微的"阿姨"两字。林如蝶定睛细看,原来是二楼那户人家的小女孩。小女孩说因为她做错事情,妈妈罚她站在门外。林如蝶惊魂甫定地走到自己家门口,用颤抖的手费劲地打开门,发现自己的身上和额上已经出了一层冷汗。

打开房门,进门,又赶紧反锁好门,她发现自己心脏怦怦怦地乱跳。

她走到厨房里,开始清洗水池里的碗,一整天用过的碗,都是放到最后洗的。墙上的电子时钟已经指向22点。窗外夜幕下的小区异常宁静。林如蝶尽量让自己动作轻些,但静静的空间里还是回响着瓷器相碰击的清脆声响。她很想说点什么。白天里想说的话都没说,那就晚上说,可是没有听众。于是,她开始对自己说起话来。

"是的,本来就想找个伴,可是,又不在一起,不但人不在一起,心也不在一起……每天走的路有什么好怕的? 一个人在家有什么好怕的? 黑夜有什么好怕的……可是……还是怕。"

"和你说过很多次了,一个人孤单,一个人害怕,可是,你从来就没当回事情。这些年,你我各自为政,你只管过自己的日子,全然不管我……这不是我想要的生活,不是。"

她一边说,一边往阳台上走,她想起还有衣服晒在外面没收。但她感觉自己眼睛有点潮湿了，喉咙里有哽咽的声音发出来，她觉得自己白天被积压在心底的幽怨之气被抽提出来，开始向外发散，原本空荡荡的家里散发着浓浓的忧伤气息。

"好。从此之后，我再也不会求着你回来。求了这么多年了，是到了不该求的时候了，是到了该自己独立的时候了，老都老了，该是自立的时候了。今后我必须做到完全能够一个人应对所有的事情，即便你立刻离开我，从此不在我的世界里出现，我也要好好地自己过日子。"这声音越来越响亮，口气也越来越坚决。林如蝶听到了发自自己心底的声音。

梳洗好到床上，静下来时，已经过了二十三点。

通阳人民医院，医生给林如蝶做了各项检查。检查结果，没有什么实质性的问题，医生建议她到精神卫生科看一下。

林如蝶来到精神卫生科，在门口徘徊了好久，终于很抗拒地走进精神卫生科。

"说说你的情况。哪里不舒服？"一个身形瘦削的锥子脸的女医生看着林如蝶问道。林如蝶觉得她的眼神有点怪怪的。心想，被这样的医生治疗过后的人或许会变成真正的精神病人。

"没啥，我就是头痛、肚子痛，有时还脖子痛。不是这里就是那里，反正每天都有不舒服的地方。"林如蝶说了自己身体的实际情况，她并不想隐瞒什么。

"机器已经检查过没什么问题了，需要考虑精神焦虑，我们也称之为抑郁。"锥子脸的医生表情漠然地说。

"精神焦虑？抑郁？不会吧，我不觉得自己有。"林如蝶虽然已经有心理准备,但仍然不由自主地为自己辩护。

"你自己怎么可能会认为自己精神有问题?我们专业人士看得多了,你一进来我就看出你的问题来了。"锥子脸语气很肯定,"不要觉得奇怪,现在的人因为工作压力大,得焦虑症是很正常的。"锥子脸的医生很自信地对林如蝶说。

"天哪,真的吗?"以前都是林如蝶自我臆测,现在由专业医生说出这个结论,她有点难以承受。此刻内心的防线开始坍塌,她觉得医生说的应该是真的。这些年,她确实想得太多,担忧太多,以至于心烦意乱,寝食不安。

"你也不必紧张,只要按照要求服药,你会感觉人很舒服,睡觉会很安心,睡觉好了你的身体就会好起来,你也不必担心药物的副作用,它很小,小到可以忽略不计。"锥子脸脸上开始出现温和的神色,让林如蝶对她的敌意消除了一大半。锥子脸继续滔滔不绝地说着,似乎想让林如蝶对她的戒心彻底消除。最终,林如蝶感受到了她的诚意,接受了她的治疗建议。

"好的,先吃半个月,吃完继续来,可能需要吃半年。"女医生低下头,刷刷刷写了记录,然后在电脑上写了什么,最后把医保卡交给林如蝶说:"行了,去付钱和拿药吧。"

林如蝶惊异于自己的变化,刚进来时候是那样的排斥,并在心里想好,不轻易去吃那些药。没想到锥子脸几番轰炸,自己便乖乖投降了。

在药房拿药时,林如蝶觉得自己有点像做贼一样,拿到药就赶紧回家了。等回到家,才打开那一堆纸盒子装起来的药仔细看:疏肝抑郁胶囊、逍遥丸。开始按照说明书上的提示服药了。吃过药没多久,她觉得昏昏沉沉的。她躺到床上，很快就昏睡过去。

林如蝶醒来时迷迷糊糊的，似乎天色已黑，她忽然想起自己还需要到学校晚坐班，便慌忙爬起来，来不及弄吃的，开车直奔学校，到了办公室抓起书本就往教室奔跑。

夜晚的校园静谧得像一座空城一样，但林如蝶知道，每个教室里都满满地坐着汲取书本知识的学生。她跑到教室门口，停了下，调整了一下自己慌乱的神情，然后轻轻地推门进入。学生们有几个抬头看了看她，然后又埋下头写作业，有的根本就没抬起头，也许根本就不知道林如蝶是什么时候进教室的。

第二天早晨。语文课。

林如蝶仔细检查了上课要用的电脑，确认页面展示没有问题，然后对着放在办公桌上的镜子照了照，确认自己的脸部表情也没有什么问题后，才镇定地向教室走去。林如蝶边走边叮嘱自己：小心点，不要出差错，否则又会被那帮小子嘲笑了去。说是嘲笑一点不过分，因为那种声音、那种腔调，在林如蝶听起来和善意的笑是不一样的。林如蝶很痛苦于自己的神经和思维越来越敏感。她回想起自己年轻的时候，台下的那些小子们只有崇拜她钦羡她才貌双全的分儿，绝对没有一丝丝不敬的可能。如今，情况已经发生了翻天覆地的变化，她觉得自己曾经的优雅和自信在某个时间点突然消失了，她的记忆力、视力和听力也突然衰退。上课时她的心会莫名地变得紧张，以至于注意力不能很好地集中，曾经是倏然而逝的四十分钟，现在对她已经成为一种煎熬。

她忽然觉得自己应该从此离开讲台，结束这个做了二十多年的职业，不，应该结束做任何事情，因为自己现在的状态可能没办法做好任何工作了。她为自己产生这样的想法而害怕。她想，这么可怕的念头绝对不能让别人知道，一旦被人识破，做人的尊严都没了，因为一个人胆小到都不敢做事情，无能到都没有自信坚守自己的岗位，那活着还有什么意义？

她一得空就想着自己活着的意义和价值。她回忆自己年轻的时候，曾经是有活力有魅力老师，是漂亮可爱的妻子，是聪慧能干的妈妈，走到哪里，迎接她的都是灿烂的笑脸、和善的目光。如今，丈夫视她如空气，女儿在外闯荡，学生们不再喜欢她，自己俨然成了多余的人。

然而她立刻又不平起来：人总是要老的，凭什么老了就得不到尊重了？别人不尊重我，我是否应该想办法活出自己的价值，守卫住自己的尊严？

林如蝶觉得内心里头住着两个自己，两个自己每天在吵架，争论着各种问题，尤其是对待该放弃生存还是坚持活下去的问题，争吵得更为激烈和悲壮。

最后，林如蝶对自己说，你是一个精神抑郁症患者，平时各种纠结的想法缠绕自己是很正常的，想摆脱工作甚至脱离周围所有的人去隐居的念头也是正常的，你还是原谅自己吧，原谅自己所有怪异的想法和所犯的错误，你还要想着该用什么样的办法，可以让自己逐步摆脱抑郁这可怕心魔。

找徐花花聊聊吧。

晚饭后，林如蝶找徐花花一起散步。两人走在学校的操场上，半路遇到也来散步的刘老师。

"刘老师，你也来散步啊。"林如蝶主动打招呼。

"我是常客,林老师是稀客哦,今天怎么想到散步了,平时你可舍不得花费时间在这事情上的。"刘老师的语气里带着些许惊讶。

"是啊,觉得工作太累了,想放松一下。"林如蝶苦笑道。

"谁让你那么拼命的?都老教师了,荣誉也不少了,可以歇息了。"刘老师似乎是随意说笑,似乎又有什么特指。

"是人都会觉得累的,一天十几个小时在学校,要看管这么多的学生,要操心这么多的事情,班主任就是一个全能管家呀,能不累吗?"徐花花接着说。

"我确实老了,不应该去争那些荣誉什么的了。那些东西应该留着给你们年轻人。以后我不会再去争那些东西了。"林如蝶似乎有点明白刘老师话语中的含义了。这些年,她和刘老师、徐花花同一个年级,刘老师班级的某些本来可能获得的荣誉似乎都被林如蝶抢走了。

"林老师,可别这么说,荣誉面前,人人有份,一个人,她的获得和付出是成正比的,林老师获得荣誉是理所当然的。当然了,以后林老师是应该多保重自己的身体。你们看看我,在学校里忙忙碌碌,回到家老公还抱怨。说我把家都丢了……"徐花花一边为林如蝶辩护,一边为自己叹着气。

林如蝶发现年轻老师的压力其实比自己更大,她那原本想一吐为快的念头改变了。她和徐花花以及刘老师边走边谈,一边适度倾诉着,一边又努力自我消化着来源于自身的负能量,她觉得这样或许能为自己减压又不会增加别人的精神负担。

五十七

林如蝶早上醒来,第一反应是几点钟了,去学校会不会迟到,当她刚刚开始紧张时,忽然想起是周末,顿时释然。忽然,林如蝶听到客厅里有说话的声音。她轻轻地起床,打开卧室的门。

是戴成仁在客厅里打电话,他的声音不大,似乎是和儿子戴文龙在说话。林如蝶不敢惊动他,站在房间站门口,竖起耳朵听着。

"什么? 不想生二胎? 告诉你,必须生,传宗接代,懂吗? 现在政策允许生,你们还犹豫什么? 什么? 没钱养孩子? 不用担心,我会养的,生个男娃奖励二十万。到时孩子学费我来负责,你们只管生下来。"戴成仁说到这里,忽然把声音压低了些,林如蝶隐隐约约听到戴成仁说什么时候打钱给戴文龙。

林如蝶一动不敢动,怕戴成仁知道自己在偷听。自从被戴成仁以及他的儿子儿媳妇三人合力"围剿"后,林如蝶再也不会也不敢去关注他们的事情。林如蝶知道,自己不可能被姓戴的这家人善待,因为戴成仁没有把她当作真正一家人的信号已经在无形中传递给了他的儿子和儿媳妇。尤其是他的儿媳妇,林如蝶每次只要一想起来她们之间曾经发生过的那场争吵,就心跳加速,浑身肌肉紧张,甚至感觉到自己的心脏会颤抖,那几乎是一种极其恐惧的感觉。她常常在心底暗暗祈求:再也不要看见她,再也不要这种战争,如果预先知道会有,一定要设法躲开。虽然,那场争吵的根源其实在戴成仁,但造成的结果是婆媳之间的关系彻底崩溃。而戴成仁之后也是多次责骂林如蝶,说这个家被她搞得一团糟。他甚至威逼林如蝶,让她主动去化解和儿媳妇之间的矛盾。戴成仁每每这样说和做的时候,林如蝶心底的惶恐和愤怒便像火一样腾腾燃烧起来,从心脏一直烧到脸上,然后浑身血液沸腾起来,紧接着神经的发条也被拧得紧紧的,紧绷得脑子和心脏一起发痛,然后什么事情都做不下去,所有的注意力都集中在等待戴成仁发话。戴成仁一开始数落，林如蝶就像被久压着的弹簧忽然被放松了，产生一种本能的反击，那种被羞辱到极限的感觉又被刺激起来，委屈、悲愤等各种复杂的感觉瞬间涌向她的心脏。当林如蝶意识到自己这座活火山要被点爆时，她赶紧逃离。因为她不想让自己这座小火山被戴成仁的大火山吞没。

他的脾气已经是越来越不好了，只要她开口说话，他就很强硬地否定，或者对她的缺点进行抨击，似乎想把她仅有的一点自信全都打掉。她在家里已经没有可以说的话，不仅不能说话，她时时刻刻都担心着他发火，他炮轰式训斥，让她根本没有回击和招架的机会，每次她都觉得心脏和大脑被压缩得很紧很痛。她感觉自己在他面前就像小鸡在老鹰的爪下。她只有状态最好而他的情绪也最稳定的时候，才有可能勉强和他对话，绝大部分时间，她都需要小心翼翼，和他保持一定的距离。

此刻，林如蝶听到他说孙子他会养的这话，觉得非常刺耳。己所不欲，勿施于人，生孩子本是小辈们自己的事情，你做长辈的为何要给他们下这样的命令？她无法想象一个连老婆都不好好对待的人，却能竭尽自己所能承担养育孙辈的责任，这是什么道理？而且他对自己是那么节俭对老婆是那么的锱铢必较，凭什么就能对孙辈出手大方，一掷千金？林如蝶内心忍不住荡起悲伤的涟漪：嫁给这样的男人是女人的悲哀！

林如蝶正在心里叹气，戴成仁走过来了。林如蝶来不及退到房间里面去，就慌忙转过身去。

"今天是周日，又不上班，起这么早干吗？"戴成仁对着林如蝶的背说，似乎在猜测她刚才是否听到他和他儿子的对话。

"哦……上个月我们房贷的钱是我垫付的,你的那一半什么时候付?"林如蝶在慌乱之中忽然想起了戴成仁还欠着房贷钱没给,之前她曾经向他要过,都被他很不耐烦地拒绝了,说等他有钱自然会给的,但两个月快过去了,他却不再主动提这事情。

"钱钱钱,你就知道钱,除了钱,你还能说点别的吗?"戴成仁忽然语气凶狠起来。

"……这……不是说好一人还一半的吗? 你这事情本该不用我提醒的,该你自己……"林如蝶仿佛忽然间挨了一记闷棍,似乎自己真的是个只会谈钱的人。她感觉非常难受。可是她心里明白,真正把钱看得很重的恰恰是戴成仁自己。

林如蝶说不下去了,转身走进房间,关上门,再也不愿意和戴成仁对话了。在房间里,她的心又开始焦躁起来:他和他的儿子、儿媳妇和孙辈才是真正的一家人,而我只是一个外人! 在这样的家里我还要能待多久? 林如蝶不由自主地再次在心里对自己发问,她感觉被自己按捺在灵魂深处的那种没有归属的气息又开始放纵地飘荡出来了。

她忽然想做一件事情,应该说已经是想了很久的,但一直都不敢去做。现在,她决定要把它做出来,不管会发生什么,那就是:再写一封信给戴成仁,把自己一直来不敢说的话对他说出来,结果怎么样就随天意了。她不敢当面对戴成仁说,只能用书信的方式和他交流。

林如蝶想到这里心里又掠过一丝悲凉,但她立刻暗示自己:敢写这封信,就是一种勇敢,不要犹豫,今天做一件勇敢的事情吧。

她打开电脑,开始写信。

林如蝶说了很多铺垫的话,要求彼此放手的事情只用一句话轻描淡写地带过。她觉得这一句话分量足够重，或许戴成仁看到这句话后，家里会卷起千尺浪，但她不管那么多了，迟早都要面对的。她把信用QQ发过去，她希望这次会出乎自己的意料，戴成仁会很心平气和地和她交流，最后达成共识。她觉得自己这次有点像是她给他最后的通牒了。

她等到第二天，没有收到戴成仁的回复。她继续等，等到周末，戴成仁回来了，他和她说别的事情，神色和往常一样，似乎根本没收到那封信。

她还是不敢当面对戴成仁提起自己写的那封信。

她想，也许他还是没看，也许他看了，只是把它当作蜘蛛网一样轻轻抹去了。

不知是因为吃药的效果，还是自己意念的坚持，林如蝶觉得自己整日压抑颓废心慌的状况逐渐有些缓解了，噩梦也做得少了，到班里上课也不那么害怕了。她甚至发现自己好久都没想到"死"这个字眼了。她对自己说，加油，继续努力！

周末，她上午上完课回家，依然一个人。午饭她自己做了点面疙瘩吃，吃完休息了一下，然后起来开始收拾和整理东西，一边打开洗衣机洗衣服。洗完衣服她又把衣服都晒好。忽然手机响起来，是如兰打来的。林如蝶赶紧竖起耳朵。电话那头如兰的声音还是那么清脆而清晰：

"如蝶，我第三个化疗程序终于结束了，我现在自己感觉还不错的，就是头发都掉光了，不过，没关系，我戴着帽子。一切顺利，我想我以后肯定会慢慢好起来的。"

　　"我就知道,你一定能坚持的,因为坚持——就是胜利啊!"林如蝶说这些话的时候声音忽然变得极其轻松愉悦,好像是在说一件开心的事情,她把"坚持"和"胜利"两个词念得特别响。是的,她没有理由不开心。如兰已经是第二次癌症发作,从先前的子宫癌转到了肺癌,但她都能坦然地接受,积极配合医生进行治疗,每次打电话给林如蝶时都很开心的,完成一次治疗就像获得一次成功一样。这让林如蝶心生感慨:姐姐几次癌症转移,尚能如此笑对生活,自己有什么理由颓废和失落呢?

　　林如蝶一想起如兰,就觉得自己应该像一个英雄一样地站起来,不但自己要勇敢地站立起来,还应该去搀扶如兰,还有经历了丧子之痛的华朵,还有因为校车落水而失去安逸的老年生活的父亲。这些人都是自己最亲的家人和朋友,他们都经历了常人难以承受的伤痛,但他们都坚强地面对,勇敢地向前走了。自己和他们比,并没有更多的难处,凭什么就不能坚强了? 抑郁这种病,难道就有那么可怕吗? 不,绝不能让自己昏沉下去,绝不能让自己被自己给打败了。

　　"下周我过来接你,你到我这里透透气,我陪你到通阳城里四处走走。通阳的郁金香花展还没结束,我们一起去看郁金香好吗?"林如蝶说话时露出微笑,仿佛如兰能看到她一样。

　　"好的好的,我还真的想出来走一走呢。那就一言为定。"电话那头如兰爽快应答。这边,林如蝶的脸上绽放出了许久未见的笑靥。

五十八

　　六月的一天。一大早,戴成仁就在房间里忙着找什么,等林如蝶起来上厕所时,他已经一边往包里塞东西,一边准备走的样子。

"我这几天都要在医院待着。"戴成仁说话时眼睛并不看林如蝶，但他显然知道林如蝶看着他了。

"哦……在医院……干吗？"林如蝶微微吃了一惊，想问什么又不敢问出来。

"倩倩生二胎了，那边忙，不关你的事，问那么多干吗！"戴成仁果然开始甩话了。

"我……没想管……生二胎原本是年轻人自己的事情……"林如蝶本想说什么，却又说不出来，憋得满脸通红。

"你懂什么？你又不愿意生，你又生不出来，有什么资格评说这事！"戴成仁像一只被外物触碰到的刺猬，浑身立刻竖起了坚硬的刺，每一句话都能把林如蝶刺得心里直冒血。

林如蝶觉得像心脏被尖锐的刀刺了一下，疼得难以言表。她默默地离开了客厅，走到卧室里，像每次受伤后那样，远离戴成仁，躲在角落里无声地舔伤口。

戴成仁说完头也不回走出去，门"砰"的一声关上了。

林如蝶的心又开始莫名不安地跳起来，脑子里飞快地闪过几个问号：是男孩还是女孩？如果是男孩，戴成仁以后会一心扑在孙子上，她的戴成仁之间的日子可能就走到尽头了，如果还是女孩，她和他的生活还可以继续这样勉强地维持下去。

夜深了，戴成仁没回来。林如蝶关上卧室门，闭上眼睛，让自己进入无边的黑暗之中。此刻，她对黑暗有了另一番感受，如果说之前因为经常做噩梦而感觉黑暗是令人孤独和惶恐的，那么此刻，她反倒觉得黑暗是一种安全的逃避所，当世界处于黑夜之时，世间的一切反而变得安宁了，这时候，万物都处于睡眠状态，没有人可以耀武扬威，也没有人需要祈求悲悯,天地让所有的人沉默安息,这是最让人能安心的时刻。那么,就让我在这公平的黑暗世界中休眠吧。

周六晚上,英爵咖啡厅。林如蝶和周秀丽各捧着一杯拿铁相对而坐。

"医生说我是抑郁症。"林如蝶在周秀丽面前不想隐瞒自己的问题,她把自己近一两年内心焦虑、对工作缺乏热情和对未来生活失去信心的状况和盘托出。

"你找找原因。一个人最重要的是不能失去对生活的热情,而做到这点的前提就是要珍爱自己。一个人如果不懂如何去爱自己,那谁还会来爱你?所以,你没有理由颓废。"周秀丽怜爱地看着林如蝶。

"一个家庭,夫妻之间的扶持是很重要的。你经历过婚姻的挫折,又重组了新的家庭,那应该是你新生活的开始,你应该设法从新的家里获得对未来美好生活的信心。"周秀丽严肃的话语中带着关切,"可是,我在你的脸上没有看到你对幸福的憧憬。是不是现在的婚姻又出现了问题?"

"第一次婚姻出现问题,我果断选择离开。第二次又出现问题,你作为旁观者,会不会觉得那说明是我有问题?所以,我不敢轻易再次提出分手。"林如蝶低着头,像做错事情的孩子。

"别人那么想是他们的事情,你可不能这么想。别人不了解你,我了解你。婚姻是两个人的事情,两个优秀的人或许可以成为很好的同事,但不一定适合做夫妻。古人说夫妻就像穿鞋,不是找昂贵的,而是找合脚的,外人看起来很好,但合不合脚只有自己知道。这不是你的错。如果说婚后觉得存在很大的问题,那我们只能反省自己,当初在找这双鞋的时候还是缺乏足够的清醒。"周秀丽娓娓道来。

林如蝶专注地听着,觉得周秀丽的话句句都像春天里的细雨,柔柔地洒在她干涸已久的心田里,只有最后那一句,让她忽然怔住了,似乎那句话是一根鞭子,忽然打到了她的心里。她喝了口咖啡,勉强压住自己心头的慌乱,抬头看着周秀丽说道:"我当初的选择还是不够慎重。我感觉自己现在已经变成了一只柔弱胆小的病猫……"

"不要害怕,不要担心,勇敢地找回那个坚强聪慧的自己。"周秀丽微笑着柔和地安抚。

周秀丽回家后简要地把事情告诉了李重天。李重天听完沉默了一会儿对周秀丽说,有机会他会侧面去了解一下戴成仁的情况。

三天后的下午,李重天出现在通阳市矿山机械公司大礼堂的后面,他在最后一排找了个位置悄悄坐下。之前,李重天已经和公司副董事长王道明联系过,说想过来坐坐聊聊。王道明以前曾经为孩子读书的事情找过李重天帮忙,这次接到子李重天的电话,他让李重天下午过来,等单位开完表彰会,他邀请李校长吃晚饭。

矿山机械公司年表彰会在进行着。公司的董事长的发言很快接近尾声。接着是表彰先进,由王道明宣布受表彰名单。李重天的猜测没错,戴成仁果然在表彰人员名单里,他觉得以戴成仁的性格,工作一定会尽最大的努力,并会取得比较出色的成绩。此刻,在欢快的运动员进行曲中,他看到戴成仁大步流星地走上主席台,和其他受表彰的同行一起,他们从董事长手中接过上面写着"销售之星"的匾框,满面春风地站在台上。摄影师的镁光灯在他们脸上一闪又一闪……

表彰会结束,王道明看到了李重天。他紧紧握住李重天的手,把他带到自己的办公室里,泡了铁观音,两人坐下聊。

听李重天说想了解戴成仁在单位的表现，王道明说："老戴很不错的，作为销售科的总经理，他是我们单位拔尖人才，连续多年被评为销售之星。他敢挑重担，能吃苦，有谋略。他做的都是大客户，有些我觉得没有把握的单子，他去都谈成了。公司里常常把最难的任务交给他做，他基本上都能不负重托。特别是年终讨债，他是完成任务最好的。他在外出差的时间很多，很辛苦，付出也比一般员工要多得多。所以，单位每年评选最优秀的销售经理，戴成仁都榜上有名。"

王道明满口的溢美之词，让李重天颇有感慨。他想，在林如蝶眼里，戴成仁不是好丈夫，但在单位，戴成仁却是一名优秀员工。这两者之间是否存在着矛盾呢。

几天后，李重天约了戴成仁到方家菜谱喝酒。

"咱们认识也这么多年了，今天让我们像兄弟一样地敞开心扉聊一聊儿女情长的话题，可以吗？当然，还有一个原因是我受秀丽之托，想和你交流下你和林如蝶的问题。不知道你是否介意？"李重天趁着酒劲直接打开了话匣。

"我也正想找人聊一聊。我现在才知道，有些人需要相处久了才能真正了解。比如林老师，看上去是一个温文尔雅的知识分子，但你却不知道，她其实是个没有社会经验、不善理家处事的女人，根本不是我最初想象中的那种理想女子。"戴成仁开始数落，一边轻轻地叹息。

"此话怎讲？"李重天追问。

戴成仁于是发了一通牢骚，说林如蝶如何如何不会处理大家庭的关系。李重天感觉到了，在戴成仁的眼中，林如蝶只是一个单纯甚至幼稚的小女生，他只把她当作邻家小妹那样看待，这个小妹在他的大家庭中担当不起什么大任。但是他觉得他对她也不算坏。

戴成仁对这场婚姻的感觉和评判与林如蝶的感觉完全不同。一个把二人世界的家看得天一样的重，把丈夫对自己态度看成衡量自己生活质量的极其重要标准；一个以大家族的荣誉为重，把女人看成一个棋子，让她占着属于她的位子，却并不指望她有更多的使用价值。

李重天若有所思地说："每个人生长的环境不同，所形成的生活的习惯、看问题和处理问题的方式也就不同。你和林如蝶在这个方面显然有着很大的差距。农村出生、在外打拼的经历造就了你的做事风格为简洁、强悍和粗犷，而林老师在温暖家庭的呵护下成长，比较细腻柔弱敏感，你们在一起，你粗粝的风格会刚擦到她细腻敏感的内心，她会很受伤，会很压抑。而你却对此毫无察觉，根本不知道自己一次又一次伤害了她。"

"我工作忙，照顾不到那么多。"戴成仁不觉得问题像李重天说的那么严重，"每个人都有自己的事情，首先必须把自己的事情做好，不可能有那么多的精力去关注别人的感受。"

"男人很多时候是粗心的，但是，对待自己的女人，该细腻的时候还是需要细腻的。你是她的老公。你不关心她谁关心她？"李重天举重若轻地说。

"大家都是自己有手有脚的成年人，每个人都管好自己，一切便都好了，"戴成仁还是坚持自己的看法，"再说了，也不是完全不管她，该关心的，我还是关心的。"

"每个人管理好自己，话是对的。但有些人就是相对弱点，是需要别人去关爱和帮助的。比如一个病人，比如一个患抑郁症的妻子，如果丈夫不能给她必要的关心,那她就很难从精神的废墟中站起来。"李重天特别强调了抑郁症几个字。他看到戴成仁眉头微微皱了一下。

戴成仁慢慢抬起不知何时低下的头:"你说得对,我确实在拼尽全力做自己的事情,对她的关心不够。但有一点是我事先不曾想到的,那就是,我本以为我的工作很忙,想找一个可以关照到家的妻子,但没想到教师的工作比我还忙。两个人都忙,这个家自然不像样了。另外,我并不知道她抑郁,没看出来。"

"可见你关注她不够。夫妻之间需要相互关心、相互理解、相互信任。我和秀丽都是老师,两个人原本也都很忙,那时孩子也小,我们俩还都做着班主任工作,每天都像打仗一样,但也都过来了。后来我到了行政岗位,更是忙得连家都顾不上,家务和孩子都落在了秀丽的肩上,让秀丽付出太多,所以,后来我想办法让秀丽换了个岗位。"李重天说到这里,长长地叹了口气,"现在想起来,那时确实够辛苦的。但我觉得你们不一样,孩子都大了,各自也经历了婚姻挫折,应该彼此更加珍惜才对。特别是我们男人,我觉得更应该多点宽容和担当。你说是不? 来,让我们一起为男人的担当干杯。"

俩人正在碰杯,一个声音忽然在他们的背后响起:"哈哈,你们在这来吃饭,怎么能没我们的份儿。"他俩抬头看,是周秀丽,后面紧跟着林如蝶。

"来来来,一起坐下吃。"李重天仿佛算到周秀丽会来一样,赶紧打开早就放在一旁碗筷,给她们两个倒上了酒。

"下了班我把如蝶接过来,知道你们在这里,我们也顺便蹭点吃吃。"周秀丽似乎也事先知道李重天和戴成仁一起。

"学校就是特别忙的,林老师的工作做得很好,她很优秀的,不是所有的女老师都做得到的。老戴,你明白这一点吗?"李重天说,"每个人都有自己的价值观,亲密的关系往往容易让人容忍一些原本自己不能容忍的与自己的价值观相悖的事情。比如夫妻之间,有些时候明明是觉得对方不对的,但你都忍住了,并自觉接受另一方威压,这其实就是一种心理虐待。我也有这种时候,以前我忙得顾不上家时,自己觉得有点对不起秀丽,只要是秀丽说的话,我明明觉得不对,都不敢反抗,乖乖地唯命是从。时间久了,她就嘚瑟得像一个女王。哈哈哈。"

"你就吹吧。李校长,明明你是君王,在外号令千军万马,回到家也都是我伺候你一切,我做了你的婢女,你倒得了便宜还卖乖了……"周秀丽瞪着眼睛怒目嗔视,随后转身对林如蝶说,"看来,男人都是忘恩负义的,咱别理他们。"

"周老师是贤妻良母啊,李校长能娶到这样的老婆,家族能兴旺的。"戴成仁有点羡慕。

"我们不管什么家族不家族的。就一个孩子,以后在哪定居还不知道呢。孩子是国家的、社会的,我们不必把他圈在小小的家族之内。我们以后老了,老夫老妻如能相互照顾就很好了。"李重天说。

"对对对,最好我们以后都身体健康些,多活几年,多看看这个世界。"戴成仁马上改变了话锋。

"林老师,你打算让自己活到几岁啊?"李重天有点开玩笑地问。

"我可活不到那么久。过一天算一天。"林如蝶轻笑。

"老戴,如蝶身体不好,你可要多照顾她一点哦。"周秀丽笑眯眯地看着戴成仁说。

"托老天爷的福,我哪有资格让工作那么忙的大经理照顾啊,不敢当哦。"林如蝶慌忙推辞。

"周老师所言极是。我以后是要多留心一点,该照顾的时候是要照顾一下。古话说一日夫妻百日恩,就冲着是我老婆这个分上,我就该多照顾她一些。"戴成仁脸上的笑容开始绽放,仿佛得了李校长和周老师的教育顿时醒悟了一般,认识问题的态度一下子变得相当的好。

中途上洗手间时,周秀丽对林如蝶说:"如果你对戴成仁还是不放心,你就要设法从心理上离开对方,让自己真正做到一个人能面对一切,而不是时时刻刻感觉到有一个人站在你的敌对方,让那种压抑感影响你的情绪。你只有精神上独立了,才有可能真正地把握好自己。"

"是啊,为什么不能更加独立些呢?人来到世界上时是一个人,走的时候也是一个人,每一个生命都是独立的个体,我该明白这个道理的。"林如蝶若有所思地说道。

"有的时候人是活在自己的感觉之中,虽然戴成仁确实有些地方做得过分,但他或许也并没有你想象中的那么可恶,或许是你自己让自己处了一种担忧和害怕的状态之中。戴成仁风格粗粝,你细腻柔弱,你俩在一起,受伤的总是你,所以你要让自己的内心强悍起来。"周秀丽的说法与李重天的如出一辙,说完,她挽着林如蝶的胳膊向前走去。

如果说前面李重天的话像一杯暖心的茶,那么,周秀丽这番话就像一道亮光,照亮了林如蝶那被遮蔽已久、不见阳光的心之角落,她忽然间觉得自己的心胸亮堂了起来:是的,所有的心情都是自己决定的,有些可能真的是自己臆想出来的。也许他只是那种忙于工作,一刻也无法让自己停下来的那种人。他的注意力在他追逐他自己的梦想上,而他的梦想里,缺少了我的参与,因为他一直习惯于孤军奋战。他并非眼中无我,并非轻视这个家……想到这里,林如蝶觉得整个人忽然轻松起来,身上一下子像卸掉了千斤重负一般。

五十九

中州师范大学和京都大学都坐落在省城的中心地带,相隔仅一条街。课余,李周豪经常到童玲的学校找她,两人有时利用周末的时间到周边赏风景,有时在校园里探讨学习方面的问题。

这天是一个周末,李周豪早早约了童玲。今天,他要好好地陪童玲逛一下西子湖,并带她去吃她最爱吃的西湖醋鱼,因为从下周开始,童玲就要和她班上的五个同学一起,到一百多里外的一所偏僻的乡村小学——五里乡路头村小学进行为期半个月的支教活动。听童玲说,这次支教活动是她联系的。她从电视新闻节目上看到五里乡路头村小学因为条件差,老师们来了又走,孩子们经常因为没有老师而停课。童玲为此找到班主任,希望自己能和几个同学一起,利用实习时间去路头村给孩子们当一段时间的老师。班主任觉得童玲的主意不错,就把童玲等几个同学的申提交给了系主任,系主任经过开会研究,同意了童玲等几个同学的要求,但只给了他们半个月的时间,其余半个月的实习依然必须按照规定,在已经选择好的中学实习。

李周豪想,童玲在五里的半个月生活一定很艰苦,今天一定要让她美美地吃一餐,把未来几天的油水提前补进去。

两人骑着公共自行车来到苏堤。春天的苏堤两岸百花竞放,湖畔绿柳依依,堤上春风拂面,路上游人如织,呈现在童玲和李周豪视线中的是西子湖碧波荡漾、涟漪款款的绝妙美景。

"那个地方为什么叫五里呢? 那个村咋叫路头呢?"李周豪边停自行车一边问童玲。

"听说那儿以前是一片荒滩,路的尽头,方圆有五里之地,因为土地贫瘠,种不了什么庄稼,那里的老百姓长期生活在贫困之中。"童玲回答时也把自行车停好了。

"我猜你去那里半个月会瘦掉好几斤。"李周豪坏笑看着童玲。

"瘦掉有什么不好,正好减肥啦。"童玲开心地笑了。

"你现在这样正好标准,不能再瘦了。你今天得听我的,好好吃顿饱餐。待会点你最喜欢的西湖醋鱼。"李周豪拉着童玲的手,开始向前跑。

西湖醋鱼是上次李重天和周秀丽来看儿子时特地点的一道菜,他们自然把童玲也叫上了,童玲清楚地记得,当时自己吃到这道菜时的惊喜感觉:又酸又甜,又鲜又糯,入口便化。显然,李周豪也记住了。她觉得有点不好意思:"别吧,咱随便吃点,点这个大菜要花很多钱,够你在学校吃一个星期的。"

"甭说了,难得吃的。以后毕业离开这里,就没那么好的机会随时可以吃到了。"李周豪看着湖面上行驶而来的龙舟,激动得喊了声:"西子湖,你太美了。但是……你愿意和一个姓童的女孩子比美吗? 你怕不怕输给她?"

"李周豪,你傻样啊,你不怕人家笑话你啊……"童玲急忙上去捂他的嘴。李周豪趁机一把抱住童玲,顺势在童玲的脸上印了一个吻。童玲赶紧挣扎,挣脱李周豪怀抱,一边嗔骂道:"你疯了,大庭广众之下欺负良家妇女。回去我向你爸妈告状的。"

李周豪向前跑，童玲在后面追赶着。两人一路躲避着游人，不一会儿便跑出很远。

中午，湖滨饭店，两人相对而坐。西湖醋鱼、东坡肉和白菜，桌上热腾腾的三菜散发着淡淡的鲜香。李周豪一个劲地催童玲多吃菜。童玲就也不客气。她知道，这顿饭几乎花了李周豪在学校十天的伙食费，她不能让菜剩余了浪费了，那样就辜负了豪哥一片心意。

第二天，童玲一行五人，带着各自的行囊出发了。

一辆半新不旧的中巴车在狭窄而不平的山路上颠簸着，五个大学生仿佛一群受到惊吓的小鹿，一路尖叫，一路忙乱。但他们都知道，他们要去的那个叫作路头的村子是五里乡中最偏远的自然村。路头村小也是条件最艰苦的小学，那边的孩子情况很特殊，多数父母都在外打工，常年不回家，有的一年只回来一次，有的过年也不一定回来。平时都由爷爷奶奶帮衬照看着。老人们自己年纪也大了，经济也拮据，对孙子孙女们的照顾也不周全。总之，他们心里都清楚：路头村小的孩子们和城里的孩子完全不是一个天地里的。此刻他们经历这种崎岖不平的山路，人还远远没到路头村，就已经饱尝了与一马平川截然相反的感受。

到达路头村时已是晌午。

车门打开了。呈现在童玲和几个同学面前的是一座极其破旧的平房。平房都是泥墙，有三个房间，每个房间泥墙上开着两个洞，那应该就是窗户，窗户上并没有玻璃，窗木格子也烂得只剩下一个大框架子了。

平房前站着一堆孩子，个头高矮不一，穿着都不太整洁。有的头发蓬乱，有的脸上有污痕。但相同的是，他们的目光灼灼，带着一种期待朝着同一个方向看，那就是童玲一行中巴车所在的地方。在孩子们的前面，站着一名男老师。看到童玲几个从车门里面钻出来，他缓缓地向前走来，脸上虽然带着笑意，却有些疲惫和木讷。显然，他和孩子们已经等待好久了。

"我是路头村小的校长曾古。你就是中州师范大学的童玲老师吗?"自称是曾校长的人走过来，紧紧握住了童玲的手，他干硬的手掌让童玲感觉到了上面的老茧。

"曾校长辛苦了!"童玲才知道原来面前的男老师就是之前就听说过的曾校长。她发现，才三十多岁的曾校长看上去远比他的实际年龄要出老。

曾校长领着他们来到一间教室里，向五名大学生介绍了学校的情况，告诉他们到这里实习要有充分的思想准备。但愿他们不要像前面的那些老师一样，没能坚持到最后就走人了。童玲说，他们五个人和前面人会不一样，他们会坚持到底的。

童玲这次是下决心来这里，是为了磨炼自己，更是为了"教师"这个名称来的。她要和同学一起做与之前的老师不一样的老师，要做一个能坚守自己信念的老师，她第一次来践行自己的诺言，第一次听从自己内心的召唤，她相信自己能做好。

五个人加上增校长，一共六个人，三个教室，一个教室两班级，一二年级一个教室，三四年级一个教室，五六年级一个教室。每个年级只有十几个学生。两个年级的学生和老师都错开上课。

　　班级和任务分好后，童玲立马开始上课了。童玲没有讲课本上的东西，她让每一个学生轮流发言。说各自的家庭情况和自己的梦想。一节课下来，童玲便知道，这些孩子长年累月生活在父母缺席的环境中，内心有很多荒芜，那些荒芜处有渴望和梦想，也有无奈和麻木，亲情的缺失让单纯的心灵长出了杂草。

　　下课，她和孩子们坐在教室外面的土墩上说话。

　　"妮子，你说你好几年没见过妈妈了，那说说看妈妈长得啥样，不然要是妈妈忽然回来，她认不出你，你也认不到妈妈，那可咋办呐。"童玲压制着心底的伤感，装作很愉悦地问身边一个剪着不太整齐的短发、脸上有点污痕的女孩。

　　"妈妈可漂亮了。她剪着短发，她穿着红棉袄。"女孩说道，一边用手使劲地抓头皮，似乎很痒的样子。童玲发现边上好几个女孩也和妮子一样，时不时使劲地抓头皮。童玲凑上去看妮子的头发，发现上面粘着很多细小的白色的粉点。她觉得非常奇怪。她再仔细看时，看到了一个小小的虫子在妮子的发根爬。

　　"天哪，那不是虱子吗！"童玲的心一下子被抽紧了，"那白花花的就是虱子苞。"虽然童玲自己没见过虱子，但她听妈妈说过，妈妈小时候生活条件差，卫生条件艰苦，学校有很多孩子头发上长虱子。这种虱子是会传染的，班里只要有几个人有，全班孩子都会被传染。童玲再看其他女孩，果然一个个头发丛里都有白花花的小苞。

　　童玲不知怎么的，满心涌起的竟然不是恶心感，而是一种悲凉。这是什么样的生活状态啊，城里这么大的孩子一个个都干干净净的，打扮得漂漂亮亮的，爸爸妈妈都当宝一样的招呼着，而这里的孩子……她怕自己失态，赶紧对着孩子们微微一笑，以平复着自己的情绪,掩饰自己内心的痛楚,然后她心里有了主意。

放学后,童玲和几个同学把学生们送出很长一段路,直到一个个看到了自己的家,或者等到了来接孙子孙女的爷爷奶奶。几个人沿着颠簸不平的山路走回来,天已经黑了。曾校长做了一锅地瓜稀饭,让童玲等几个老师赶紧吃,菜是曾校长从自己家里带来的咸菜炒豆腐干。

曾校长并非不知道女学生头发长虱子的事情。他说曾经整治过几次,但没用,很多学生家里卫生都搞不好,只要几个学生染上虱子,很快就会传染给其他孩子。这样互相传染,总是治不好。路头村因为贫困,年轻人都出去打工了,剩在家里都是老人,老人们自己大多数也是体弱多病,自己照顾自己已经很不容易了,没有太多的精力管这些孩子。

"那我们想办法让孩子们自己管理好自己如何?"童玲说,"只要我们有心,肯定有办法解决或者逐渐缓解问题。"

"我们一起来想办法。"另外几个也表示同意。

几天后,童玲和几个老师同时在班里宣布了几条纪律:第一,本周末在家必须洗澡洗头洗衣服。第二,和爷爷奶奶一起把家里的被套洗一次,被子翻晒一天。

周一上午。童玲把学生们分成几批,轮流着召集到教室前的场地上,一个个给他们的头发上涂抹一种液体。那是童玲和伙伴们到外面买来的醋,里面混合了捣烂的大蒜。五个年轻的大学生,忍着内心的不适,轮流给每个孩子的头发上涂药,然后用塑料薄膜把头发包住。整整弄了一个上午,一个个累得快要趴下了。

"真的太感谢你们了，我代表家长们谢谢你们，我要让孩子们回去告诉他们的爷爷奶奶，一定要把这件事情做好，谁如果再长虱子，谁就不准来学校上课。"曾校长眼眶有点泛潮，他没想到从大城市里来的漂亮女大学生们能如此脚踏实地地做事情。

第二个星期的周一，童玲几个人给学生们再涂了一次药水。并监督，衣服不干净的学生第二天一定要换洗掉。两天后，童玲在课堂上看到，学生的精神面貌发生了很大的变化：女孩子们一个个变干净了，漂亮了，男孩子一个个变精神了，灵活了。学生们上课表现也活跃起来了，经常用手抓头皮的现象明显少了。

孩子们似乎忽然之间变开朗起来了。一下课，他们便围着老师们问这问那，把五个年轻美丽的姑娘围得水泄不通，仿佛一群刚刚睡醒的孩子，惊喜地看到让她们仰慕的明星，一个个毫不掩饰自己对眼前美丽的大姐姐们的欢喜。

童玲和几个老师做了很多家访。她们还通过电话联系了许多在外打工的学生家长，让他们和自己的孩子通话，并希望他们能多抽时间回家看看孩子，不要错过孩子的成长期。

"孩子的成长不可以缺少父母的陪伴！"这是童玲留给妮子爸爸和所有路头村小学生家长的最重要的一句话。

即将离开路头村小的最后时刻，童玲看到了自己和伙伴们的成绩，心里获得一些欣慰。但是，她知道，她们几个所做的，仅仅是让一个饥渴的人暂时获得了几口水和几个面包，并没有从根本上解决问题。他们走了，如何让其他老师能主动到这里并愿意长久地留在这里，是萦绕在她心头的一个问题。是用改善学校办学条件的方法来留住老师，还是让孩子们直接走出山里，到外面办学条件较好的学校就读？她思索着，想着该如何让像路头村这类学校的孩子们能拥有良好的学习环境。她想或许可以向当地有关部门建议，让相关部门直接采取一定的措施，或者最简单的方法就是让媒体出面，借助媒体的力量寻找解决问题的途径。

回到学校，童玲开始联系媒体。她决心在正式走上教师岗位之前，做一件让自己满意的实事，让自己得到一次成为新型的智慧型教师的锻炼。

六十

实习结束回来，童玲决定去看下久未见面的父亲。

童玲打通了童大俊的手机，她听到电话那头嘶哑的声音："玲玲，乖女儿，爸爸在医院里。"

来到金山人民医院肿瘤内科住院部，童玲看到躺床上的父亲童大俊。

童大俊仰躺在雪白的被褥中，面容憔悴，身形消瘦，皮肤蜡黄，眼眶突出，眼睛深深地凹陷下去。和之前在童玲记忆中的父亲简直判若两人。才两年没见，童玲也都快认不出自己的父亲了。玲玲忍不住眼眶发红，到底是爸爸，虽然他曾经做错过事情，比如对妈妈的负心，比如对自己的不闻不问，她现在都不想计较了。此刻，面对一个原本活生生的躯体，面对曾经也呵护过疼爱过自己的爸爸，玲玲噙在眼眶的泪水忍不住顺着脸颊滑落下来。她坐到床边，用充满柔情的目光看着曾经风流倜傥的父亲。

"玲玲……"童大俊看到玲玲时，迷离的眼神忽然变得有些生动起来，他用自己所有的注意力将目光聚焦在玲玲的脸上，"看到你……爸爸很高兴,爸爸一直在等着你来,想和你说几句话。"

"爸,你说吧,我听着呢……"童玲用手抹了一把脸上的泪水,露出勉强的笑容说道,"爸,你怎么把自己弄成这个样子了?没人照顾你吗?阿姨呢?"

"她早走了,我生病后,她知道我的病好不了了,不久就提出和我分手。我答应了。她要走,我拦不住的。我自身难保,也管不了她了。我们协议离婚后,她把家里的存款都取走了,我现在已经没钱看病了,你伯伯叔叔也没钱,我也没必要去借钱了,这个病反正是看不好了,时间拖得久,只是浪费钱而已。医生让我不要多想。可越是到这个时候,我越是会想,我对你和你妈妈是有愧的。其实我早就意识到了,只是我不肯说出来。现在一切也已经晚了,也没什么后悔可言,等待我的是无边的黑暗,是地狱……玲玲,我现在有点害怕,我害怕进到那个黑暗无边的世界里……玲玲……"童大俊像和这个世界做最后的告别一般,说话的口气和神态严肃而认真,甚至在女儿面前流露出对死亡的畏惧。这是玲玲从未见过的父亲的另一面。

"人之将死,其言也善,爸爸是在忏悔。妈妈知道一定会原谅爸爸的。我是不是该让妈妈来看一下爸爸。"童玲一边忧伤地在心底自问一边安慰父亲,"爸爸,你不要多想,好好养病,会好起来的。到时妈妈也会来看你的。"

"还能够和女儿好好地说话,真好,这样我就满足了。"童大俊脸上划过一丝暖暖的笑意,随即闭上眼,声音变得很虚弱,"我的情况你就不要告诉你妈妈了。我也无脸再见她了。"

童玲回到家,还是忍不住把去医院看童大俊的事情和林如蝶说了。听完玲玲的诉说,林如蝶沉默了好久,最后说了句:"后天周日我去看下你爸。"

　　周日的上午。通阳市第一人民医院。肿瘤科三号楼21室。

　　林如蝶站在门口，一眼就看到了躺在床上的童大俊。虽然很多年没见面了，但她还是一眼就认出了那个躺在床上的瘦骨嶙峋的人就是童大俊，而此时，童大俊两只铜铃一般大的眼睛也正盯住了她。看到她一步一步走到他床边时，他空洞眼神里散发出一种特别的光亮。他嘴巴动了一下，发出了虚弱的声音："如……蝶，你……怎么……来了?"

　　"听玲玲说你病了，来看看你。"林如蝶看到眼前奄奄一息的童大俊，忽然觉得自己是一个极其健康强悍的人，对童大俊的虚弱充满了同情，曾经的仇和怨此刻都暂时都被搁在一边。她一时也不知道说什么才好，"我是顺便来看你，我感冒几天了，来开点药吃吃。你怎么把自己弄成这个样子了?"

　　"你……比以前瘦了。你要多保重，我……对不起你……这么多年你带玲玲辛苦了，你身体不好，当老师又那么辛苦，我那时真担心你扛不下去。你还是挺过来了。玲玲幸亏有……你。我听她说，她选的专业也是老师，但愿她以后能成为一个像你一样的好老师，而不是……像我一样当逃兵。我也曾经是……一名教师……可我没有坚守，逃离了。到了机关后我慢慢发现……在那里上班，表面上很风光，事实上工作不仅忙，还很无聊，人与人之间尔虞我诈，不给自己戴一套面具是不行的……升官发财也不是容易的事情。"童大俊歇了会儿接着说，"她建议我做民间借贷，以她的名义，由我来出面找朋友凑钱。我花了两年的时间从朋友那里筹集到了1000多万元……我陪朋友喝酒、打麻将、K歌，把一切搞得妥妥的，人却累倒了。被查出来时已经是肝癌晚期了……让我没想到的是,她竟然在这种时候提出和我分手,卷走了所有客户投资的钱,一走了之,再也找不到人……"

童大俊一口气说了一大通,累得闭上了眼睛,脸色苍白,气息微弱。

"你再没去找她了?"林如蝶诧异睁大了眼睛。

"你看我这个样子,我还能去找吗……"童大俊说到这里苦笑了一下。

"我对不起那些朋友,对不起老母亲,我不知道自己能撑多久。我最对不起的还是你和玲玲。"童大俊侧过脸去,眼角渗出一丝泪痕。

"大家都不容易。人各有志,你有你的追求,我们的价值观不同,分手是一种必然,也不能全怪你。但是,不能否认,当初你的绝情带给我的伤害不小。我很长时间无法从那个阴影中走出来,婚姻的失败对我的打击太大了。我曾经非常恨你,非常……现在一切都过去了。人生就是由无数个爱和恨组成的矛盾体,生活就是一直在解决矛盾。矛盾没有了,生命也就结束了。也许,一个人当他的生命要结束时,也就意味着他把生活中所有的矛盾都解决了。"林如蝶轻缓而又平静地诉说着,仿佛一个哲学家阐述着一个简单而又深刻的哲学道理。

"是的,你说得对。我今天这个样子,也算是解决问题的独特方式,我没有别的出路,老天爷惩罚我,让我以这样一种方式面对你,面对这个世界……我心有不甘,但却为时已晚。但不管怎样,我在人间走了这一遭,最终也弄明白了一些道理。人生如同一场战争。小时候和贫穷抗争,立志要出人头地;成年了奢望爱情,希望主宰自己的情感,自己喜欢谁就能得到谁;情感得到满足了又争名利地位,想往上爬,想当像样的官员;有了职位后又想有更多的钱,位置坐得更高,享受更好的生活,拥有更多的荣誉……但最终是顾此失彼,竹篮打水一场空,不仅手中一无所有,还搭上了身家性命……都是因为贪欲过度。人心不足蛇吞象,我是被自己的蛇蝎之心吞没的啊……世上没有后悔药,如果有,让我重新来一次,我想我再也不会选择走这条让人身心疲惫却虚伪又虚无的路。"童大俊虽然说得费劲且几次作停顿休息,但他的思路却异常清晰,似乎想在离开这个世界之前,把想说的话都说出来,把之前没有机会对林如蝶诉说的都倾倒出来,他不想把它们带到另外一个世界。

"生活的道路千万条,没有一条是轻而易举能走通的。每个人都一样,走过了,便算完成了一种使命,所以,你就不要多想了,安心过好每一天,有事情需要帮忙,我和玲玲会过来的。"林如蝶阻止童大俊继续说下去,他觉得童大俊说得太多了,他已经虚弱快睁不开眼睛了。

"到现在我还要拖累你们,真令我羞愧。"童大俊痛苦得闭上眼睛,"我的事,你们就不用操心了,看到玲玲现在一切都很好,我就放心了。我是个不称职的父亲,感激这些年你对玲玲的照顾。现在我可以安心到那边了。"

"我不需要你感激,玲玲也是我是孩子。有时我想,不管怎样,你和我有一个孩子,我还是应该感谢你。人活在世上,应该尽可能忘记那些不愉快的东西,多想想自己的获得,就会觉得这个世界上所有的人都是值得自己感恩的,那样,自己和所有曾经是敌人或者对手的恩怨最终都会得到化解。"

"我想最后一次为你唱一首歌,可以吗?"童大俊虚弱地看着林如蝶,眼睛里充满哀求的神色。

"唱歌?你……"林如蝶怀疑自己听错了,这样一个奄奄一息的病人还能唱歌?还要为自己唱。没等林如蝶再想下去,她已经听见了低沉而微弱的男中音:"天边——飘过——故乡的——云,它——不停地——向我——召唤……"断断续续的歌声很微弱地从童大俊的喉咙底下发出来,林如蝶想起这是在金凤山野炊时童大俊第一次唱给她听的歌。那时,童大俊还是一个刚从农村进入大学校园的脸上带着一丝生涩的大男孩,那个大男孩是那么单纯可爱充满活力,可转眼间,一切已经面目全非。

歌声就此停歇。看床上的病人,脸色苍白,气若游丝,两眼无力地闭上。林如蝶走过去,轻轻地说了声:"不唱了,累了,休息一下吧。"她给他喂了一口温开水,然后看到他闭上眼休息,就悄悄地走出了病房。

林如蝶到医生办公室,了解到童大俊还欠医院五千多元钱,就从自己的工资卡里往童大俊的医保卡里转了八千元,并把自己的电话号码留下,嘱咐医生,有事情打她电话。

童玲每天往医院跑,她尽自己的所能照顾父亲。直到距离开学只有一周时,医生说童大俊不行了,童玲赶紧通知母亲。

当林如蝶心急火燎地赶到医院时,童大俊已经安静地走了,没有等到林如蝶见他最后一面。也许,他觉得该对她说的话已经说完,他可以安心地离开了。他留在世界上最后的表情是平和的,看上去没有痛苦,没有依恋,也没有绝望,似乎他已经把所有的情绪所有的困扰,在离开这个世界之前全部都自我释放了,像一个原先想要很多东西的人,一路艰辛地摘果实,到最后发现什么也拿不走,干脆彻底都丢下了。

　　林如蝶和童玲一起处理了童大俊的后事。这期间,童玲一直哭泣,林如蝶则相对平静,她觉得她能给他的泪在很多年前就流完了。

六十一

　　新学期开学以来几天,林如蝶一直觉得自己的头有点昏,她想或许是前阵子忙童大俊的事累着了,没怎么在意。教师节后的第二天,林如蝶照例早早赶到班里辅导学生的早读。站在讲台上看学生早读时,林如蝶忽然间觉得头越来越沉重。她想找个凳子坐下来,忽然觉得天旋地转,接着眼前一阵黑,便什么都不知道了。

　　醒来的时候,她发现自己已经在医院里了。徐花花坐在她身边。

　　"林老师,你醒来了!"徐花花看到林如蝶睁开眼,发出欣喜的声音。

　　"我怎么在这里?"林如蝶觉得浑身一点力气都没有,她想起来了,自己是在教室里晕倒的。

　　"检查的单子都开好了,等你吃得消的时候去做各种检查……"徐花花正说着,一群穿白大褂的走了进来。带头的主治医师是一个四十多岁的中年男人,姓郝。

　　"脸色蜡黄,明显地长期疲劳,睡眠不足,人长期睡眠和休息不够,什么病都会找上身的,以后要注意休息。等下去做检查,查完了我再给你诊断。"郝医生说,语气很亲和,然后转身到其他病床去了。

　　"林老师不要急,估计你没事的,就是太累了,太操心了。平时没得好好休息,干脆趁这次住院安心休息一下,你暂时丢开所有的顾虑,只一心把身体调养好来。"徐花花有点嗔怪地说道。

　　大半个上午,徐花花陪林如蝶到各科室做各种检查。完了,林如蝶坚决让徐花花回去学校,她知道,当班主任的人常常是人虽然离开班级了,但心里还是牵挂着学生的。徐花花带班非常用心,不能耽误了她的工作。

等徐花花走了,林如蝶拨通了戴成仁的电话。

"我可能是太疲劳了,感冒发烧,要在医院住几天,你如果有时间……"林如蝶尽量把话说得简洁而委婉。一直以来,她和戴成仁打电话都不超过一分钟,因为她知道,戴成仁希望她用最短的时间把话说完,否则就有可能浪费他的时间,他的工作永远是很忙的。

"我知道了。我有可能今晚就回来。"戴成仁果然还是忙,两句话说完就搁了电话。

林如蝶在心里估摸,或许戴成仁今晚能及时回来到医院来看自己,或许他只是随口说说而已。从内心来说,她还是希望他能过来看他,但习惯性的思路告诉他,不要指望他,这么多年,多少困难,自己一个人不都挺过来了嘛!

下午,郝医生也来了,同时带来了检查的结果。

"检查过的几个项目都没什么大的问题,但一直低烧不退,不知是什么原因。"郝好医生一边说,一边拿出单子写着什么。

"头还是痛,一直有点想呕吐。"林如蝶觉得自己非常虚弱,并不像郝大夫说得那么没啥问题。

"下午做个腰穿吧,看看脑脊液情况。有家属在吗?"郝医生一边问一边四下里看,一边说道,"做这个手术必须有一个家属在场的,必须打电话叫个家属过来"。他确认没有家属在,就吩咐护士先去帮林如蝶缴费。

林如蝶开始在考虑叫哪个家属过来。她立刻想到华朵,看看华朵在忙啥，也该和她通个电话了。林如蝶心里想着一边就拨通了华朵的电话。

"林老师啊，好久没听到你的声音了。"接电话的竟然是钟伟老师，"华朵正在里面接受孕检，我在外面等她，她的包在我这里。"

"啊，朵朵真的怀孕了！太好了。"林如蝶一高兴，竟然忘记自己是在病房里，兴奋地喊起来。

"不过，医生说是高龄产妇，需要特别小心，要做各种检查，我担心华朵受苦啊。"钟伟略带担忧的声音。

"你一定要照顾好她，多鼓励她，让她放心安心开心。这是你现在必须做也是能做的。"林如蝶完全忘记了自己打电话的本意，"我这边没事，等会替我向她问好，希望她好好的，孩子也平平安安的。到时我会去看她的。"

挂掉华朵电话后，林如蝶给徐花花打电话。

徐花花赶到后，郝医生开始张罗着给林如蝶做腰穿手术。

徐花花坐在床边的木板凳子上，双手紧紧握着林如蝶的双手。

瞬间刺痛，接着一阵不适，林如蝶知道郝医生已经把麻药打进了自己的脊椎骨。她心里有些慌，马上就要抽取脑脊液了，听说这种东西不到万不得已是不能抽的，抽了会影响大脑。但没办法了，自己已是砧板上任人宰割的肉了，想抗争也不能了，谁让自己生病呢。

在她胡思乱想的时候，郝医生的针头在她腰椎的脊骨上用力地抽吸着，她感觉到有一种巨大的力量在吮吸着她身体里的骨髓和血液，那种难以言表的难受感像魔爪一般紧紧地抓住了她的脊椎骨，甚至要把她的心脏都抽吸了去。她痛苦地闭上眼睛，双手紧紧抓住徐花花的手，指甲几乎嵌入徐花花白皙的手背。

郝医生和护士带走了两针筒脑脊液。临走时，他嘱咐徐花花："病人无枕平躺六个小时，如厕使用便盆在床上进行。六小时之后给病人补充大量的营养汤，比如骨头汤什么的。"

徐花花一边照看着林如蝶，一边计划着等会到附近哪家饭店弄骨头汤。

傍晚，戴成仁风尘仆仆地出现在病房的门口。他下了火车没有回家，直接来医院了。

"明知道自己身体不好，还不知道照顾自己，就知道工作工作，好好的一个人，硬是把自己折腾出病来，现在满意了吧？不得不老实了吧？"戴成仁一开口，还是那样，没有温柔平和，而是带着责备。但林如蝶不去计较。她想，他能这么及时过来，就已经不错了。

"辛苦你了，徐老师。我去打点饭过来，今晚我们三个就在这里吃晚饭。"戴成仁对徐花花说话的时候语气很委婉，流露出感谢之意。

"你不用这么客气，照顾林老师是我分内之事。医生嘱咐要给林老师喝大量骨头汤的，我知道附近有个饭店，我去弄点骨头汤来。"徐花花起身要出去，戴成仁却一把拦住徐花花："我去。这种事是男人做的，你们在这里等便是。"

戴成仁出去了。徐花花在林如蝶的床前坐了下来了。

"有时感觉老戴这个人又还不错的。"徐花花对自己的感觉似乎也不是很确定，说得很轻，似乎不是对林如蝶说。

半个小时后，戴成仁回来了，手上拎着好几个塑料袋。他把它们一一打开，摆好。骨头汤，炒鸡蛋，小溪鱼炒青椒，大白菜，盒饭，一顿简洁却也丰盛的晚餐开始了。

"哦，竟然还有小溪鱼。"徐花花惊叹，因为这是她喜欢的一道菜。

"上次在一起吃饭的时候我记得你喜欢吃这个,今天看到了,顺便就买了。"戴成仁一边分筷子,一边说。徐花花心里暗暗吃惊:这个老戴,原来并不是我想象中的大大咧咧的粗线条啊。

吃完饭,徐花花回去了。戴成仁在收拾。

"你外头的事情做完了?"林如蝶看了戴成仁一眼,轻声问道。

"我外头的事,不要你操心的。"戴成仁很快把晚饭的残局收拾干净了。

林如蝶觉得刚刚放松的心又像被刺猬刺到了一般,忽然间紧紧地收缩了一下,她觉得胸口有点堵。她想起了李重天和周秀丽曾经对她说的话:老戴的粗粝必然会和你的细腻形成摩擦,这一定会让你觉得很疼,但他自己却毫无知觉。林如蝶觉得李重天和周秀丽说的是对的,可是这种疼,自己到什么时候才会适应呢?

"明天早上我到郝医生那里问下情况。"戴成仁一边说,一边把水倒好,放在床头柜上。

第二天早上,戴成仁第一时间找到郝医生。郝医生说脑膜炎的症状很明显,但无法确定是哪一种脑膜炎,打算先实行病毒性脑膜炎治疗。郝医生又指着脑部核磁共振片说,病人的部分区域影像有点模糊,可能拍片时受到了什么东西的干扰。这两天我再仔细看下,是否能排除胶质瘤。走出医生办公室时,戴成仁在走廊上的椅子上坐了好一会儿,才走进病房。

"怎么样,医生怎么说?"林如蝶等戴成仁在床前的椅子上坐定,才吃力地翻转身来,从嘴巴里轻轻吐出一口气。

"没什么大的问题,但身体底子已经很差了,需要比较长的时间休养。都是你自己一直来不注意造成的。以后再不注意,你就等着吃苦头吧。"戴成仁带着教训孩子的语气。林如蝶看了戴成仁一眼，想继续问，但又怕惹恼了戴成仁，就不再作声。但她对自己说：不管怎样，这个时候他是我的家属，家属肯定是为病人保驾护航的。

周末，周秀丽出现在病房的门口。

周秀丽拉着林如蝶的手，目光中满是心疼："看你，都瘦成什么样了。"一边说，一边拿出带来滋补品和水果，有炖熟的白羽乌骨鸡、恒亮蜂蜜、徐香猕猴桃和衢州椪柑，她拿水果刀切开一个猕猴桃，拿出带来的小勺子，将猕猴桃舀出一小勺，喂到林如蝶的嘴巴里。

"真甜，好久没吃过这么好吃的水果了。"林如蝶尝了一口猕猴桃，觉得全身的血脉有点通畅活络起来，伴随着血脉一起活络起来的还有房间的气流，忽然间也变得是柔柔的、暖暖的，让林如蝶感到很舒服。她想坐起来，但一坐起来就头痛，只好又躺下。

"怎么这么严重?"周秀丽脱口而出，把目光投向正好进来查房的郝医生。

"可能脑压比较高，我等会儿给你开点降脑压的药挂一下，和抗病毒的药一起挂。"郝医生对着林如蝶说，似乎同时也是回答周秀丽的疑惑。

周秀丽在医院待了一个多小时，对林如蝶做了各种叮嘱，然后才三步一回头地走出病房。

之后，林如蝶每天接受挂针治疗。半个月后病情不见好转。那天，郝医生听说隔壁病房一个病人因为用错药死了，就让林如蝶赶紧转到省城医院去。郝医生让戴成仁很快把病人的出院手续办了。戴成仁带着林如蝶到了省城医院，又重新做了各项检查，然后又请专家会诊。会诊后，主治医生鲁主任说，接下去将以结核脑的方案进行治疗。

随着挂针次数越来越多,林如蝶觉得自己的身体越来越不舒服了。每次用药和手术之后,林如蝶都感觉身体极度不适。在医生给她做完第八次腰穿后,她终于坚定地做出了不再接受治疗的决定。

"我们一直都是在做尝试性治疗,至今都还没能确诊你的病,按照医院的规定是不能出院的。你可想好了,这时候出院是很危险的。"鲁主任语气很严肃。

"继续接受治疗,我已经没办法承受了。"林如蝶忍着痛,语气异常坚定。

"如果你一定要出院,那写一个出院申请,最后写上'后果自负'四个字并签名。"鲁主任明白林如蝶去意已定了。

"我可以马上就写。"林如蝶进一步表明自己的态度。

林如蝶出院了。出院后,她继续吃着鲁主任配给她的药,同时让自己放松休息。她要让自己疲惫了几十年的脑子彻底地放松,再放松。她不去想自己到底得的是什么病,医生到底有没有确诊,也不去想戴成仁以后会不会好好地照顾她,会不会再对她甩脸子。她现在什么都不想,只需要每天按时吃药吃饭,只需要看到自己每一天都好好地活着。她需要的是最简单安心的每一天,而不是无休止地经受痛苦。她终于知道,医生有时候也是无能为力的,他们几乎也完全依靠机器,按照机器检查套公式配药,这个时候,需要病人自己来把握自己的命运了,也许需要病人靠自己内心的意念战胜疾病。对待这种无名之疾,也许意念的力量更强大吧。

出院一个半月之后,林如蝶上班了。

她让自己适应着各种情况,时刻对自己说:你能行的,一切困难都会过去的。你的命运掌握在你自己手里。渐渐地,她能够和正常人一样应对日常工作了。

那天,她在自己的笔记本上写道:有时,人发自内心的力量可以超越药物对于人的治疗,世间最强悍的力量并不是来自外在的,而是来自人灵魂深处。不仅治病如此,人生中的许多事情也莫不如此。

林如蝶开始觉得自己能够坦然面对未来了,再不会经常有天塌地陷的恐惧感了,她的心里开始有了一种说不出的安稳感。

年末的一天,林如蝶上班时间跑出校园去邮局寄明信片。快走到邮局的大门口时,她看到了戴成仁。她想走过去和他打招呼,却发现他边上还有一个抱着孩子的女人紧靠着他走,那女的看起来有点面熟,那孩子是戴成仁的孙子。林如蝶发动了全身的细胞搜索记忆中的女人面孔,终于想起她曾在戴成仁的老相册里看到过这张脸。她立刻想起来了,那女人是戴成仁的前妻。他们似乎是刚从幼儿园把孙子接出来,正准备到哪里去。林如蝶默默地看着戴成仁走到他的车边,开门上车,那女人抱着孩子一起上了戴成仁的车子,然后车子发动,倏然向远处驶去。

林如蝶失神了一会儿,但她立刻对自己说,不要去想这是一个怎样的故事,随他们去吧,现在我要做的就是好好吃饭,好好吃药,好好上班,让自己的心平静而安稳,其他的事情都不属于我考虑的范围。只有这样,一切才会都妥妥的。

林如蝶还像平常一样上班。戴成仁也还和从前一样,并没有太多的变化,对林如蝶的态度反而比以前温和了。生活还在继续。林如蝶觉得自己那天看到的画面,像云烟一般,像梦幻一样,她有时会怀疑那是一场幻觉。

六十二

童玲终于毕业了。她听从了自己内心的召唤,回到通阳,通过考试和面试等竞争方式如愿进入了通阳中学,成为通阳中学一名年轻的语文老师。

8月的通阳市,阳光普照,街路上热浪滚滚。童玲开着林如蝶的车奔驰在去学校的路上。林如蝶坐在副驾驶室上很放松地靠着和女儿闲聊。

"没想到你真的回来了。真好。"林如蝶声音里透露出因为女儿回来的欣喜。

"为什么不回来?这里有我最亲的人,有我美好的中学时光,有我热爱的校园、喜欢的老师,有最珍贵的记忆,我喜欢这里。"童玲神情淡定,表情却坚毅,仿佛在诉说着一件让她难以忘怀的故事。

"你能回来,我真的好开心。你能以教师的身份回到母校,为母校的教育出力,我感到特别欣慰。咱家终于称得上是教师世家了。"林如蝶感慨万分。

"有一个人,他刚考上了东方大学心理学专业研究生。你可能猜不到。"童玲用有点诡异的眼神看了妈妈一眼。

"谁?难道是……欧阳潇?"林如蝶回想起两年前欧阳潇回母校看她时似乎提起过考心理学研究生的事情,但此刻她为自己如此大胆的判断感到惊讶。

"就是他。知生者莫如师啊。欧阳潇说毕业了可能会做专业心理辅导老师。"童玲很开心。

"年轻人潜能无限,后生可畏啊!好样的。"林如蝶忍不住赞叹。

"李周豪以后也会回来的。他出国读研是想让自己能站到一个更高的平台上。等他拿到文凭,学到本领,他自然就回来了。我相信他。"童玲对李周豪和自己的未来充满了信心,"我们要尽自己所能做点有意义的事情,我已经拿到了心理学一级证书,我会把心理学的知识很好地融入教育教学当中。教育是一朵云推动另一朵云,一棵树摇动另一棵树,我们要努力把这种美好的状态呈现出来,并相信在那种美好的状态中培养出来的学生将会更聪慧睿智、更勇敢坚强、更富有人文情怀和创新精神。"

林如蝶惊喜地看着女儿,等女儿说完了,她轻轻补充道:"新的一代已经成长,比我们更优秀,看来我可以准备退休了,不然要拖教育的后腿喽。"

"不会的,妈妈,您永远是最优秀的。如果您愿意给自己继续充电,补上之前缺少而现在又需要的知识,那您还可以在教育道路上走得更远。人必须活到老学到老,这是妈妈您以前对我说过的话。"童玲声音里满是欢愉,似乎在和妈妈开玩笑,又似乎是在对自己说。

"活到老学到老,谁说不是呢。听我女儿的,以后多向女儿请教,永远不停止充电。"林如蝶也笑了。

"互相学习哦。你就等着看我'粉墨登场'吧!"童玲这句话说完时,通阳中学的大门已经出现在她们的面前了。

新学期教工大会在学校孔子楼的会议厅召开。徐花花、林如蝶、童玲相依而坐。

校长公布每个教师的任课班级。徐花花、童玲均被安排担任班主任。徐花花作为上个学期的优秀班主任受到了表彰。表彰结束后,徐花花胸前戴着大红花走下主席台,要回到自己的位子。徐花花尚未落座,看到童玲早已堵在前面不让她坐。童玲向她作揖并喊道:"请徐老师接受徒儿一拜,从今以后,我就是您的徒弟,希望师傅毫无保留地将绝活传授给徒儿,以待青出于蓝而胜于蓝。"

徐花花吃了一惊,继而笑了:"我的绝活都是从你妈妈那里得来的,你该去拜你妈妈为师啊!"

童玲笑得更欢了:"妈妈是第一师傅,您是第二师傅。子曰'圣人无常师',孔子都有很多老师,我难道不应该向更多的优秀老师学习吗?"

徐花花抓住童玲的手嗔笑道:"都把绝活教给了你,我喝西北风去啊!"

林如蝶在一旁笑了。童玲也开心地大笑起来。

三人一起来到办公室。办公室桌子上每一个座位上都端正地摆放着一本淡黄色的书,书名是《中学生心理发展与教师教育素养》,书脊上署名是通阳中学心理科,扉页上写着成员的名字:李重天、徐花花、李周豪、童玲……

林如蝶欢喜地捧起厚厚的书本,对着童玲微笑,然后迫不及待地翻开。

新教师第一次汇报课,童玲选了《师说》这一篇。

开课的这一天,教室后面坐满了听课的老师,林如蝶、徐花花、李重天都来了。

上课铃声响起。

"老师好!"全班同学整齐有力的声音。

　　"同学们好!"童玲脆亮悦耳的声音。她环视了一下全班同学,脸上露出亲和的微笑。"古之学者必有师。这'师'字的意思是老师,那么,请在座同学们思考下什么样的人可以称之为老师呢?"

　　她稍停了下,接着说道:"都说教师是人类灵魂的工程师,是知识与文明的传播者。不错,教师不仅教给学生书本知识,帮助学生解答学习中遇到的各种疑惑,她还引导学生领悟许许多多的人生道理。教师应该是学生人生道路上的领路人。今天我们一起来学习唐代文学家韩愈的《师说》这篇文章,看看古代人是怎么看待老师这一行业的。请同学们翻开课本,请一起朗读课文第一段。"

　　"古之学者必有师,师者,所以传道受业解惑也。人非生而知之者,孰能无惑……"

　　朗读声整齐而有力,像战鼓一样,又一次撼动了林如蝶平静的心。她觉得自己的胸口被一股强有力的气息撞击着,那气息犹如一阵阵催人奋起的热浪,让她感受到一种说不出的温暖和陶醉。望着讲台上青春靓丽、精神焕发的童玲,林如蝶的视线模糊了。她仿佛看到了当年的自己,看到自己正走在从过去到现在的路上,看到自己曾经经历过的甜蜜与忧伤、痛苦和挣扎、坚守和奋起……她仿佛置身于一个安稳而又充满暖意的空间里。在这里,她不再有杂念,只放松地让自己沉浸在这种恢宏的气场里,任凭自己的灵魂被热浪推动,向上升腾,升腾,飞向那灿烂而遥远的美丽世界。